KB173880

묵시록
살인사건

묵시록 살인사건

니시무라 교타로 장편소설 — 이연승 옮김

블루홀6

◆◆◆ **차례** ◆◆◆

일러두기

—

본문의 각주는 전부 독자의 이해를 돕기 위한 옮긴이 주입니다.

1

나비 떼

1

아이들이 뛰노는 소리에 눈을 뜬 가메이는 오늘이 일요일이라 가족들과 함께하기로 약속한 것을 떠올렸다.

자칫 미궁에 빠질 뻔한 살인 사건을 간신히 해결하고 오랜만에 얻은 휴일이었다. 마음 같아서는 하루 종일 침대에 누워 있고 싶지만 약속했으니 슬슬 일어나야 했다.

그래도 아직 미련이 남아 이불에 파묻힌 채로 아내 기미코에게 물었다.

"여보. 혹시 지금 밖에 비 오나?"

"아니. 안 와. 날씨가 아주 좋아."

기미코가 웃으며 말했다.

"빗소리가 들리는걸."

"옆집에서 정원에 호스로 물을 주고 있거든."

"젠장."

가메이는 나직이 중얼거리고 슬그머니 일어나 커튼을 걷었다.

비는커녕 눈부신 4월의 햇살이 쏟아져 들어왔다.

초등학교 5학년 아들 겐이치와 다섯 살 딸 마유미는 이미 외출 준비를 마치고 기다리고 있다. 이럴 때는 마음을 다잡을 수밖에 없다.

세수하고 와이셔츠를 갖춰 입었다. 가메이는 기미코가 건네는 넥타이를 받으며 물었다.

"그런데 어디 가기로 했지?"

"뭐야. 잊어버렸어?"

"너무 오래전에 한 약속이라."

"멀리 나가기는 그러니 긴자의 보행자 천국*을 돌아다니며 백화점에서 쇼핑하고 저녁에는 외식하기로 했잖아."

"아, 생각났다."

"피곤하면 나랑 아이들끼리 다녀올게."

"그 정도로 나이 들지는 않았어. 아직 팔팔하다고."

가메이는 기세 실어 말했다. 두 달 전 마흔다섯이 됐는데 아직 마흔다섯밖에 되지 않은 것이라 생각하려고 늘 노력했다.

자기도 모르게 준비하는 손놀림이 바빠져 잠시 후 가메이는 현

---

* 특정일에 차도를 막고 보행자들만 다니게 하는 도로.

관에서 기다리는 아이들을 향해 외쳤다.

"가자!"

"아빠, 얼른!"

마유미의 목소리가 울려 퍼졌다.

가메이와 기미코가 현관을 나서자 마유미는 오랜만에 하는 아빠와의 외출을 기뻐하며 신이 나 있었다. 아들 겐이치도 기쁠 테지만 왠지 쑥스러워하는 느낌이다. 아들의 작은 머리를 톡 두드리고 가메이는 "자, 가자"라고 했다.

경시청에서 근무하며 사건 수사를 위해 긴자에 가끔 나가지만 일요일의 보행자 천국을 가 보는 건 처음이었다.

최근 주말에 흐린 날씨만 이어지다가 오랜만에 날씨가 맑아서인지 가메이 가족이 지하철에서 내렸을 때는 가족 단위 나들이객과 젊은 커플로 거리가 붐비고 있었다. 마침 긴자에서 열리는 축제와도 맞물려 배턴 트월러*와 청소년 연주단의 행진이 시작됐다.

아직 4월 초인데 초여름을 연상케 하는 따스한 날씨였다.

보도에 파라솔 달린 테이블이 줄지어 있다. 그중 하나를 간신히 확보한 가메이는 테이블 앞에 앉아 점심 도시락을 꺼냈다.

살인범을 쫓으며 연일 밤샘 수사를 해도 아무렇지 않은데 아이의 손을 잡고 인파 속을 걷다 보니 벌써 지쳐 버렸다.

---

* 배턴을 돌리거나 공중에 던져 잡아내는 묘기를 선보이는 사람.

기미코가 만든 유부초밥과 샌드위치를 겐이치와 마유미가 맛있게 먹는 모습을 보며 가메이는 담배에 불을 붙였다.

"혹시 어디 아파?"

기미코가 걱정스러운 얼굴로 물었다.

"아니, 별거 아니야. 나중에 먹을게."

가메이는 씩 미소 지었다.

"보행자 천국이라고 하지만 이건 뭐, 콘크리트로 만든 천국이네."

주변에 녹음이라고는 없고 곳곳에 오늘을 위해 장식한 듯한 관엽식물 화분만이 유일한 녹색이었다.

가메이가 태어나고 자란 도호쿠의 봄은 푸르른 색채와 향긋한 풀냄새로 가득했다. 식물뿐만이 아니다. 들판에 핀 꽃 군락 위로 수많은 나비도 날아다녔다.

'그러고 보니 이 천국에는 곤충이나 새도 없군.'

그렇게 생각했을 때 불현듯 마유미가 외쳤다.

"아! 나비다!"

마유미는 샌드위치를 든 손으로 하늘을 가리키고 있었다.

2

듣고 보니 분명 나비 한 마리가 머리 위를 날고 있었다.

작고 하얀 배추흰나비였다.

나비는 우아하다기보다 왠지 필사적인 느낌으로 날고 있다. 도로에 놓인 관엽식물 위에 앉으려고 했지만 근처 테이블에 있던 아이가 손을 뻗자 다시 날아가 버렸다.

"어디서 날아왔지?"

"긴자에 나비가 있었나?"

기미코가 고개를 갸웃거렸다.

"이렇게 콘크리트만 가득한 곳에 나비가 살지는 못할 것 같은데. 유행만 쫓아다니는 불나방들이라면 얼마든 있지만."

가메이는 스스로 내뱉은 저속한 농담에 부끄러워하며 머리를 긁적거렸다.

"아빠, 또 나비!"

마유미가 기쁜 듯이 외쳤다.

"또?"

가메이는 반신반의하면서도 딸이 가리키는 방향으로 눈을 돌렸다. 나비가 그렇게 여러 마리 날아올 리 없다고 생각했지만 딸의 말처럼 조금 전에 본 것 같은 배추흰나비가 와코 빌딩 쪽에서 이쪽을 향해 날아오는 모습이 보였다.

놀랍게도 나비가 두 마리, 세 마리 늘어났다.

"한 마리, 두 마리, 세 마리."

겐이치가 큰 소리로 숫자를 외다가 도중에 멈춰 버렸다. 그러고는 잠시 후 "대단해!" 하고 환호성을 질렀다. 하늘을 날아다니는 배추흰나비가 놀라울 만큼 빠르게 늘어나 사람들의 머리 위에서 난무했기 때문이다.

몇 마리인지 이제는 셀 수도 없었다.

수백, 아니 수천 마리일지 모른다. 날갯짓 소리가 귀에 들릴 듯한 숫자였다. 하늘을 날다가 지쳤는지 가메이 가족이 앉은 테이블에도 나비가 한두 마리 떨어졌다.

아이들은 신이 나서 나비 떼를 쫓아다니며 즐거워했지만 어른들은 갑작스러운 상황에 당황하고 불안해하는 기색이 역력했다.

"이게 대체 무슨 일이지?"

기미코가 하늘을 올려다보며 걱정스럽게 물었다.

무수히 많은 나비가 봄볕을 받아 날개를 반짝이며 날아다녔다.

콘크리트 포장도로 위로 아이들에게 짓밟힌 나비 사체도 점점 늘어났다.

"혹시 지진의 전조 같은 건가?"

"바보 같은 소리 하지 마."

가메이는 기미코에게 한 소리 하고 몸을 일으켰다.

"어디 가?"

"나비가 어디서 날아오는 건지 확인하고 올게."

조금 전에 봤을 때 나비들은 와코 빌딩 방향에서 날아왔다.

가메이는 와코 빌딩을 향해 성큼성큼 걸어갔다. 그 와중에도 머리 위로 나비 떼의 비행이 이어졌고 그중 방향을 잃은 한 마리가 가메이의 얼굴에 부딪혔다. 반사적으로 손으로 얼굴을 쓸자 나비는 땅에 떨어져 꼼짝도 하지 않았다.

걸어가는 가메이의 어깨와 머리 위에 앉는 나비도 있었다. 지쳤는지 어깨를 흔들어도 달라붙은 채로 다시 날아가려 하지 않았다. 나비를 그대로 두고 가메이는 와코 빌딩 옆 골목길로 들어섰다.

밝은 대로에서 해가 들지 않는 어두운 골목에 들어가자 순간 눈앞이 깜깜해졌다. 잠시 멈춰 서서 눈을 깜빡이고 있을 때 골목 안쪽에 뭔지 모를 덩어리 같은 게 있고 그 위에 대략 2, 30마리 정도되는 배추흰나비가 앉아 있는 광경이 보였다.

가메이가 다가가자 나비들이 일제히 날아올랐다.

나비들이 떠난 곳 아래에는 뭔가가 바닥에 드러누워 있었다. 작은 흙더미처럼 보이던 그것은, 하늘을 바라본 자세로 쓰러진 젊은 남자의 시신이었다.

3

스물대여섯쯤 돼 보이는 점퍼 차림 남자였다. 미소 짓는 얼굴이다. 그러나 자세히 보니 마치 인형처럼 표정이 전혀 바뀌지 않았다.

'죽었나?'

가메이는 급하게 남자 옆에 다가가 허리를 숙였다. 손목을 잡아 맥을 짚고 심장에 귀를 갖다 댔다. 맥박은 느껴지지 않았고 심장 박동도 들리지 않았다.

그 대신 달착지근한 아몬드 냄새가 났다.

'청산이다!'

"왜 그래요?"

그때 등 뒤에서 목소리가 들렸다.

대여섯 명쯤 되는 남녀가 가메이를 힐끔거리고 있었다.

"구급차를 불러 주십시오! 경찰도!"

가메이가 소리쳤다.

두어 사람이 공중전화를 찾아 뛰어가는 모습을 보고서야 가메이는 자리에서 일어나 주변을 다시 둘러봤다.

커다란 골판지 상자가 세 개 보였다. 안을 보니 상자마다 대여섯 마리 정도 되는 나비 사체가 있었다. 죽어 가는지 몸부림치듯 날개를 파닥거리는 나비도 있었다.

점퍼 차림의 남자가 세 상자에 배추흰나비를 가득 채워 와 하늘에 날려 보낸 게 틀림없었다.

왜 그런 짓을 했는지는 알 수 없다. 그저 장난일까. 아니면 뭔가 다른 뜻이 있는 걸까.

경찰차와 구급차가 거의 동시에 도착했다.

구급대원 두 명이 남자의 시신을 확인했고 잠시 후 한 명이 가메이를 향해 "죽었습니다"라고 알렸다.

"역시 그렇습니까."

"이미 시반이 보입니다. 청산 중독사로 추정되는데, 자살인가요?"

"저도 잘 모르겠습니다."

가메이가 대답했다. 할 수만 있다면 시신의 주머니를 뒤져 소지품을 확인하고 싶지만 오늘은 비번이다. 자꾸만 앞으로 나가려는 손을 막는 건 성실한 가메이에게 힘든 일이었다.

경찰차 두 대에서 쓰키지 경찰서 형사들이 내렸다. 그중 가메이도 아는 이모토 형사가 가메이를 향해 "여어, 가메이" 하고 말을 걸었다.

"자네가 최초 발견자라며?"

이모토는 가메이보다 세 살 어리지만 머리숱이 적어 오히려 나이 들어 보였다.

"비번이라 가족들과 함께 나왔다가 발견했네."

가메이는 갑자기 수많은 나비가 날아왔다는 것, 그것들이 어디서 왔는지 확인하던 차에 시신을 발견한 경위를 설명했다.

"나비라면 여기 오는 길에도 보이더군. 아주 난리도 아니던데. 이 남자가 날려 보낸 건가."

"저 상자에 담아서 가져온 것 같아."

"그렇군. 자네도 함께 조사하겠나?"

"그러고 싶지만 난 오늘 비번이라. 가족들이 저기서 기다리고 있어."

"눈빛이 이미 사건을 조사하고 싶어서 안달이 나 있는걸."

이모토가 히죽 웃었다.

결국 가메이는 보행자 천국에서 기다리는 아내와 아이를 내버려 두고 이모토와 함께 현장 조사에 착수했다.

시신 옆에서 빈 오렌지 주스 병이 발견됐다. 만약 안에 독극물이 있었다면 남자가 스스로 마셨거나 혹은 누군가에 의해 강제로 마셨다고 추정하는 게 타당해 보였다.

점퍼 주머니에서는 6천 5백 엔이 든 가죽 지갑과 10엔 동전이 열두 개 든 동전 지갑이 나왔다. 신분증 같은 건 없었다.

청바지 뒷 주머니에 들어 있는 것도 색 바랜 손수건 한 장뿐이었다.

시신을 들추고 상자 아래도 확인했지만 유서는 고사하고 유서 비슷한 메모도 찾을 수 없었다.

"자살이라고 해도 이런 상태라면 무슨 이유로 죽었는지 알 수 없겠는걸."

이모토가 불평했다.

죽은 청년은 굳이 쓸 필요가 없어서 유서를 남기지 않은 걸까. 아니면 혹시 타살일까.

상자 중 하나에서 꿀이 들었던 것으로 보이는 깡통이 발견됐다. 아마 남자가 나비에게 준 것인 듯하다. 남자가 입은 점퍼에도 군데

군데 꿀이 묻어 있었다.

가메이가 골목에 처음 들어섰을 때 시신에 나비가 모여 있던 것도 꿀 때문이 분명했다.

"어지간히 나비를 좋아하는 사람이었나 보군."

이모토는 미세하게 뚫린 상자 속 공기구멍과 바닥에 떨어진 나비 사체를 보며 중얼거렸다.

분명 이토록 나비를 많이 모으는 건 힘들 것이고 좋아하지 않으면 할 수 없는 일이라고 가메이도 생각했다. 문제는 남자가 왜 이런 일을 벌였는지다.

가메이는 다시 시신 옆으로 허리를 숙였다. 조금 전부터 시신 왼쪽 손목에 채워진 금색 팔찌가 신경 쓰였기 때문이다.

가메이 정도 나이가 되면 남자가 팔찌 같은 걸 차는 게 아무래도 꺼려지지만 요즘 젊은이들에게는 별문제 되지 않는 듯했다. 벗겨 보니 팔찌는 금이 아닌 황동으로 만들어져 있었다.

팔찌 뒷면에는 네잎클로버 그림과 함께 이런 글귀가 새겨져 있었다.

우리는 세상의 소금이니라.

글자는 그렇게 보였다.

"어디선가 들어본 말인데."

이모토가 팔찌를 보며 중얼거렸다.

"신약 성경 마태복음에 나오는 구절이지. 정확히는 '너희는 세상의 소금'이지만 이건 예수의 말이니 신자 입장에서는 '우리는'이 되는 게 맞아."

"잘 아는걸?"

"아들이 주일 학교에 다닌 적이 있어서."

가메이가 미소 지었다.

"그럼 이 남자가 기독교 신자라는 말인가?"

"글쎄. 그냥 액세서리로 차고 있었을지도."

"그래도 영 이해가 안 돼."

"뭐가 말이지?"

"이 남자는 어떻게 이렇게 만족스러운 표정으로 죽은 걸까. 자살이어도 청산 중독사라면 죽기 전까지 엄청나게 고통스러웠을 텐데."

이모토가 고개를 갸웃거렸다.

시신의 입가에 떠오른 미소는 가메이에게도 수수께끼였다. 신앙심 때문일까. 하지만 기독교에서는 자살을 금지할 터였다.

그때 갑자기 머리 위가 시끄러워졌다.

날갯짓 소리였다. 고개를 들어 보니 보행자 천국 위를 날아다니던 나비 떼가 골목에 다시 돌아와 있었다.

방생된 곳으로 돌아오는 게 나비의 습성인지 아니면 깡통 밑바닥에 조금 남은 꿀을 찾아 돌아온 것인지는 알 수 없었다.

가메이는 넋을 잃고 머리 위를 날아다니는 나비 떼를 잠시 바라봤다.

4

갑작스러운 나비 떼의 출현과 한 청년의 기이한 죽음은 대낮 긴자의 보행자 천국에서 벌어진 사건이라는 점 때문에 더 언론의 주목을 받았다.

모든 방송국이 저녁 6시 뉴스에서 사건을 다뤘다.

특히 사건이 발생한 시간에 우연히 보행자 천국을 취재하러 온 TNS TV 기자는 머리 위를 날아다니는 무수한 배추흰나비 떼와 그것을 바라보는 사람들의 표정을 생생하게 카메라에 담았다.

다음 날 조간신문들도 앞다투어 사건을 기사화했다. 전날 이렇다 할 사건이 없었기도 해서 심지어 1면에 사진을 실은 신문도 있었다.

사람이 한 명 죽었는데도 기사 내용이 묘하게 밝게 느껴지는 건 사건이 일어난 날이 햇살 반짝이는 봄날의 휴일이었다는 점과 아름다운 나비 떼 덕분일 것이다. 자연을 잃은 대도시 도쿄가 잠시나마 자연을 되찾은 것처럼 느껴지기도 했다.

그러나 사건을 담당한 쓰키지 경찰서에서는 죽은 청년의 신원이 밝혀지지 않아 애를 먹고 있었다.

시신은 시나노마치의 게이오 병원에서 부검을 마쳤고 부검 소견이 경찰에 전달됐다.

사인은 역시 청산 중독이며 체내에서는 일반인 치사량의 스무 배가 넘는 청산가리가 검출됐다. 사망 추정 시각은 정오에서 1시 사이라고 소견서에 적혀 있었다.

시신 옆에 있던 음료수병에서는 예상대로 청산 반응이 나왔다. 그리고 병에 남은 지문은 죽은 청년의 지문뿐이었다.

일단 자살 가능성이 커졌지만 단정할 수는 없었다. 범인이 있고, 사전에 청산가리를 섞어 놓은 음료를 그가 장갑 낀 손으로 청년에게 건넸다면 비슷한 상황이 펼쳐질 것이기 때문이다.

문제는 죽은 청년의 신원 파악이었다. 어디 사는 누군지와 인간관계가 밝혀지면 자연스럽게 자살, 타살 여부도 판명될 가능성이 컸다.

남자가 입은 점퍼와 바지, 신발, 손목시계 등은 모두 저렴한 물건으로 브랜드명이나 제품명이 없어 신원 파악에 도움되지 않았다.

경찰이 기대를 건 것은 '우리는 세상의 소금이니라'라고 새겨진 팔찌였다. 형사들은 도쿄 시내와 근교에 있는 교회에 일일이 전화를 걸어 문의했다.

그러나 대답은 한결같았다. 그런 팔찌와 죽은 청년에 대해서는 아는 게 없다는 것이었다.

5

가메이 형사가 경시청 수사 1과에 출근하자 상사인 도쓰가와 경부가 "힘들었겠군, 가메이" 하고 말을 걸었다.

"가족들과 함께 오랜만에 외출했는데 설마 시신을 발견하게 될 줄은 꿈에도 몰랐습니다."

"쓰키지 경찰서 쪽에서는 어떻게 보고 있지? 자살로 기울었나?"

"자살이 70퍼센트 정도 되는 것 같습니다. 시신에 저항한 흔적이 없는 걸 보면 억지로 청산이 든 음료를 마신 것 같지 않으니까요. 그리고 무엇보다 얼굴에 미소가……."

"웃으면서 죽은 건가."

도쓰가와가 심각한 표정을 지었다. 아무리 굳게 각오한 자살이어도 죽을 때 미소를 머금는 경우는 드물고 독을 마시고 죽는 사례라면 더욱 그렇다.

"쓰키지 경찰서에서도 정말 영문을 모르겠다며 고개를 갸우뚱거렸습니다."

"팔찌에 새겨진 글자와 관련이 있을까. 믿음이 강하면 죽음이 두렵지 않은 경우도 있다지."

"하지만 도내 모든 교회에서 그런 사람은 모르겠다고 했고, 그걸떠나 기독교에서는 자살이 금지잖습니까."

"세상의 소금이라는 말은 성경에 나오는 구절 아닌가."

"맞습니다. 그런데 남자가 별 이유 없이 팔찌에 새겼을 수도 있죠. 성경 속 구절은 왠지 멋져 보이니까요."

"그것도 그래. 자네는 나비가 날아다니는 모습을 처음부터 목격한 건가?"

도쓰가와가 신문에 실린 사진을 보며 가메이에게 물었다.

"네. 처음부터 봤습니다."

"나비가 보행자 천국 위를 날아다니기 시작한 게 언제쯤이었는지 기억하나?"

"가족들과 점심을 먹고 있을 때 처음 한 마리가 보행자 천국에 날아왔습니다. 다섯 살 제 딸이 발견했고, 시간은 아마 12시 20분경이었을 겁니다."

"나비가 날아다니는 광경은 나도 TV에서 봤네. 꽤나 장관이더군. 꼭 하얀 눈꽃송이들을 보는 것 같았어. 현장에서 직접 본 느낌은 어땠나?"

도쓰가와는 담배를 꺼내 들었다.

가메이는 어제 기억을 되짚는 것처럼 허공을 봤다.

"파란 하늘에 하얀 나비들이 날아다니는 모습은 분명 아름다운 광경이었습니다. 그런데 뭔가 으스스하기도 하더군요. 왜 으스스했는지는 저도 잘 설명할 수 없지만, 아마 콘크리트 거리와 나비 떼가 어울리지 않아서 그랬던 것 같습니다."

"그 나비들은 결국 어떻게 됐나?"

"대부분 어디론가 사라져 버렸습니다. 지쳐서 도로에 떨어져 죽은 나비도 수십 마리 됐던 걸로 기억합니다. 포장도로에 나비 사체가 있었으니까요."

"긴자에 나비 서식지가 있다면 흥미로울 텐데."

"그렇겠지만 긴자에는 녹지나 물이 없습니다."

"나비가 못 사는 곳인가?"

"제가 사는 고향에서는 봄이 되면 수많은 배추흰나비가 유채꽃밭 위를 날아다녔습니다. 그곳에는 초록이 있고 꽃의 꿀도 있을뿐더러 개울물이 흐르죠. 그러니 나비가 서식할 수 있었을 테고요. 하지만 긴자에는 아무것도 없습니다."

"긴자 근처의 녹지와 물이 있는 곳이라면 가장 먼저 황궁이 떠오르는데 나비들이 그리로 갔을까?"

"아마 그럴 것 같지만 지금으로서는 확인되지 않습니다."

"죽은 남자는 왜 그렇게 많은 나비를 일요일의 긴자에 가져와 날려 보냈을까?"

"모르겠습니다."

"자살 가능성이 큰데 정작 유서가 없다고?"

"네."

"거기에 신원도 여전히 불명."

"쓰키지 경찰서도 애먹고 있는 것 같습니다. 사건이 신문에 나왔으니 시민들의 제보를 기대하고 있겠죠."

"희한한 사건이로군."

도쓰가와는 스스로 되뇌듯 말하고 의자에서 일어나 창가로 다가갔다.

오늘도 바깥에 파란 하늘이 펼쳐졌고 봄 햇살이 눈부시게 내리쬐고 있었다.

도쓰가와는 성 때문에 나라현 도쓰가와 출신이라고 생각하기 쉽지만 실제로는 도쿄에서 태어나 도쿄에서 자랐다. 그래서 가메이 형사처럼 유채꽃밭 위를 날아다니는 배추흰나비 떼를 본 적도 없다.

지금의 도쿄에 과연 배추흰나비들이 안심하고 살 곳이 있을까.

죽은 청년이 뭘 위해 그런 짓을 했는지도 커다란 수수께끼지만, 대체 어디서 골판지 상자 세 개를 가득 채울 정도로 많은 배추흰나비를 잡아 왔을까.

"나비는 배추흰나비만 있었나?"

도쓰가와는 창밖을 보며 가메이에게 물었다.

"그렇습니다. 다른 나비도 몇 마리 섞여 있었던 것 같은데 대부분 배추흰나비였습니다."

"다른 나비가 섞여 있었던 게 확실한가?"

"제 눈으로 직접 봤으니 확실합니다."

"그럼 배추흰나비라는 종에 별다른 의미가 있는 건 아니겠군."

"네?"

"죽은 남자의 목적 말이야. 그는 보행자 천국에서 나비를 날려

026

보냈네. 나비라면 어떤 종이든 상관없었던 건지 아니면 반드시 배추흰나비여야 했는지가 궁금해서."

"나비라면 어떤 종이든 상관없었던 것 같습니다. 조금 전 말씀드렸듯 다른 나비도 섞여 있었으니까요. 배추흰나비가 많았던 건 요즘 가장 흔히 볼 수 있는 나비라 잡기 쉬웠기 때문이겠죠."

"도쿄 근교에서 배추흰나비가 군집을 이루고 있는 곳이 어딘가?"

"글쎄요. 아마 미나미보소 부근이 아닐까요. 그 일대는 날씨가 따뜻하고 꽃밭도 많다고 하니 배추흰나비가 살기 적합할 것 같습니다."

"지바현 말인가."

"설마 직접 가실 생각은 아니겠죠?"

가메이는 자신보다 다섯 살 어린 경부의 얼굴을 보며 물었다.

도쓰가와는 옆모습만 보인 채로 쓴웃음을 지었다.

"가지는 않겠지만 꽃밭 위를 날아다니는 배추흰나비 떼를 구경하고 싶기는 해."

그때 부하가 달려와 사건이 발생했음을 알렸다.

국철 이치가야역 부근 거리에서 청년들이 몸싸움을 벌이다가 한 명이 칼에 찔려 사망하고 범인은 도주했다고 했다. 살인 사건이 일어난 것이다.

가메이와 또 다른 형사가 형사실을 뛰쳐나갔다.

도쓰가와는 칠판에 '이치가야역 부근에서 살인 사건 발생. 오전

10시 23분'이라 적었다.

글을 쓰는 동안에도 도쓰가와의 머리 한구석에서는 우아하게 날아다니는 배추흰나비 떼의 모습이 떠올라 있었다.

6

이틀, 사흘이 지나며 쓰키지 경찰서의 고민은 더욱 깊어졌다.

죽은 남자의 신원이 계속 묘연했기 때문이다.

신문에는 남자의 외모 특징과 키, 몸무게가 상세히 보도됐고 팔찌 사진이 실린 전단이 도쿄 도내와 주변 경찰서에 배포됐다.

그런데도 남자의 신원은 여전히 확인되지 않은 채로 시간만 정처 없이 흘렀다.

제보가 전혀 없었던 건 아니다. 전화 제보가 들어왔고 몇 달 전에 실종된 큰아들이 아니냐며 경찰서로 직접 찾아온 부모도 있었다. 그러나 모두 다른 사람이었다.

남자의 신원이 불분명한 건 자살 가능성이 크기 때문일까. 그러나 언론은 정작 죽은 남자보다 나비 떼의 행방에 더 큰 관심을 보였다.

신주쿠 교엔에서 발견된 배추흰나비 대여섯 마리가 긴자에 나타났던 나비라면 긴자에서 신주쿠까지 날아갈 수 있는지 학자에게 의견을 구한 신문도 있었다.

지도리가후치 공원에서 하늘을 나는 나비를 목격했다는 커플의 이야기도 실렸다.

황궁 안뜰에서 궁내청 직원이 발견해서 찍은 배추흰나비 사진이 신문 사회면을 장식하기도 했다.

그러나 정작 중요한 남자의 정체에 대해서는 무엇 하나 밝혀지지 않은 상태로 일주일이 지나 그다음 주 일요일이 찾아왔다.

그날은 아침부터 날씨가 흐렸지만 바람은 시원하지 않고 미지근했다.

다행히 정오가 가까워져 햇볕이 내리쬐자 지난주처럼 긴자의 보행자 천국에 가족 단위 방문객과 젊은 커플이 모여들었다.

아이들 중에는 잠자리채를 손에 든 아이가 있고 카메라를 든 어른의 모습도 보였다. 지난 일요일처럼 나비 떼가 나타나기를 기대했을까.

정오가 지났다.

그러나 나비는 한 마리도 나타나지 않았다.

7

비슷한 시각, 긴자에서 약 17킬로미터 떨어진 다카시마다이라의 대형 아파트 단지 구석에서 기이한 사건이 일어나려 하고 있었다.

가장 먼저 조짐을 알아챈 건 단지 안 모래밭에서 놀던 아이들이었다.

모래로 터널을 만들던 여섯 살 소년이 하늘을 둥실둥실 떠다니는 새빨간 고무풍선을 발견한 것이다.

"아, 풍선이다!"

아이가 외치자 함께 모래밭에서 놀던 아이들도 일제히 하늘을 올려다봤다.

새빨간 고무풍선은 점점 작아져 잠시 후 시야에서 사라졌다.

아이들이 실망하고 있을 때 이번에는 파란색 고무풍선이 천천히 하늘에 떠오르기 시작했다.

뒤이어 노란색, 그리고 다시 빨간색.

"하나, 둘, 셋."

아이들은 그렇게 숫자를 셌지만 잠시 후 세는 것을 포기했다.

화려한 색의 고무풍선이 잇따라 떠올라 어느새 단지 위 하늘을 뒤덮었기 때문이다.

아이들은 숫자 세기를 멈춘 대신 고무풍선을 잡기 위해 뛰어나갔다. 고무풍선에는 하얀 종이가 붙어 있었다.

풍선을 발견한 사람이 비단 모래밭에서 놀던 아이들만은 아니었다. 다른 곳에서 놀던 아이, 개를 산책시키던 주민, 베란다에서 빨래를 말리던 주부도 하늘을 올려다보며 고무풍선을 발견했다.

모래밭에 있던 아이들은 도중에 떨어진 풍선을 주우며 단지 안을 뛰어다니다가 어떤 오래된 건물을 향해 다가갔다.

작은 조립식 건물로 전에는 단지 주민들의 모임장으로 쓰이다가 새 건물이 들어선 후 지금은 창고가 된 곳이었다.

아이들은 그 건물 뒤편에서 고무풍선이 하나둘 하늘에 떠오르는 모습을 눈여겨보고 있었다.

건물 앞에 도착한 아이들은 발걸음을 멈추고 호기심에 찬 눈빛으로 조심스럽게 건물 반대편을 들여다봤다.

그곳에서는 마지막 고무풍선 하나가 하늘을 향해 두둥실 떠오르고 있었다.

풍선을 붙잡으려고 달려간 세 살배기 여자아이가 앞으로 꽈당 넘어져 울음을 터뜨렸다.

여섯 살 오빠는 "바보야" 하고 넘어진 여동생을 일으켜 세웠는데, 그 순간 약 5, 6미터 떨어진 곳에 스물두세 살 정도 돼 보이는 여자가 하늘을 향해 드러누워 있는 모습이 보였다.

여자 근처에는 골판지 상자가 세 개 있고 납작한 고무풍선이 주변에 마구 널브러져 있었다.

여섯 살 오빠는 좀처럼 울음을 그치지 않는 여동생을 일단 내버려 두고 누워 있는 여자에게 말했다.

"아줌마. 거기 떨어진 풍선 좀 주워 주세요."

땅에 떨어진 풍선이라도 주면 동생이 울음을 그칠 거라고 판단했다.

그러나 여자가 대답이 없어서 소년은 여자 쪽으로 가 그녀의 얼굴 근처에 떨어진 고무풍선을 직접 집어 들었다.

그때 소년은 정체를 알 수 없는 공포에 휩싸였다.

'이 아줌마, 잠든 게 아니야.'

소년은 그렇게 직감했다.

머릿속에 작년에 세상을 뜬 고모가 떠올랐다. 소년은 그때 고모가 죽었다는 사실을 모른 채 친척들 앞에서 여동생과 둘이 장난을 치다가 어머니에게 혼이 났다. 어머니는 고모의 얼굴을 가린 하얀 천을 들어 올리며 "잘 보렴. 고모는 돌아가셨어" 하고 소년에게 말했다.

그때 소년은 태어나서 처음으로 죽음이라는 것을 접했다. 무시무시한 공포가 온몸을 사로잡아 고래고래 울부짖었다.

지금 소년은 다시 그때와 같은 공포에 휩싸여 다른 아이들을 남겨 둔 채 울음을 터뜨리며 도망치기 시작했다.

8

7, 8분 후 경찰차와 구급차가 현장에 도착했고 여자의 상태를 확인하기 위해 구급대원들이 급히 달려갔다.

구급대원 중 한 명이 여자의 가슴에 귀를 대 보니 심장은 이미 멈춰 있었고 입에서는 희미한 아몬드 향이 났다.

누가 봐도 청산 중독사였다.

순찰차에서 내린 이타바시 경찰서 형사들은 웬일인지 죽은 여자의 입가에 미소가 떠오른 것을 보며 하나같이 당황했다. 그 모습은 자연스럽게 지난주 일요일 긴자의 보행자 천국에서 죽은 청년의 모습을 연상케 했다.

모든 형사들이 두 사건이 비슷하다는 것을 느꼈다. 다른 점이 있다면 여자와 남자라는 성별 차이, 그리고 고무풍선과 나비라는 차이뿐이었다.

시신 옆에는 빈 오렌지 주스 병이 떨어져 있었는데 이 역시 지난 사건과 똑같았다.

상자 안에는 고무풍선에 바람을 넣을 때 쓴 것으로 추정되는 작은 수소통이 세 개 있었지만 전부 비어 있었다.

안경을 낀 오스기 형사가 오후의 햇살을 손으로 가리며 시신 옆에 몸을 숙였다.

낡은 청바지와 흰색 스웨터 차림. 스웨터 소매 끝에는 실밥이 튀어나와 있다. 미인은 아니지만 똑똑해 보이는 얼굴이 인상적이었다.

여자의 왼팔 소매를 걷어 봤다. 예상대로 그녀는 손목시계와 함께 황동으로 만들어진 팔찌를 차고 있었다. 역시 지난 사건과 똑같았다.

오스기는 장갑 낀 손으로 조심스레 팔찌를 떼어내 뒷면을 들여다봤다.

'역시나.'

그곳에는 네잎클로버 그림과 함께 다음과 같은 글귀가 새겨져 있었다.

우리는 한 알의 밀알이니라.

오스기는 기독교를 비롯해 모든 종교에 무관심했지만 이 유명한 구절이 성경에 나오는 말이라는 것 정도는 알고 있었다.

'아마 '한 알의 밀알이 죽으면 많은 열매를 맺는다' 같은 구절이었던 것 같은데.'

속으로 중얼거리며 여자의 신원을 밝힐 만한 다른 소지품이 있는지 살폈다.

핸드백 같은 건 보이지 않고 신분증과 운전 면허증도 없었다. 청바지 뒤 엉덩이 주머니에서는 싸구려 손수건과 3천 5백 엔이 든 지갑만 나왔다.

지난주 긴자에서 사망한 청년의 신원 또한 아직 밝혀지지 않았다.

'이번 시신도 확인에 애를 먹겠어.'

그렇게 예상한 오스기는 안경알을 반짝이며 고무풍선이 사라진 하늘을 올려다봤다.

9

그날 도쿄 상공에는 봄 특유의 남풍이 불었다.

평균 풍속은 7, 8미터였지만 순간 풍속은 15미터에 달했다.

상공 2백 미터 가까이 떠오른 백 개가 넘는 풍선들은 남풍을 타고 날아갔다. 일부는 공중에서 터져 아라카와강이나 도다 경정장에 떨어졌고, 아라카와강을 넘어 사이타마현 M대학 운동장과 닛포 자동차 공장 예정지에 떨어진 풍선도 있었다.

아라카와강의 도쿄 쪽 강변에서 낚시를 즐기던 노인이 떨어진 풍선을 주웠다. 노인은 아침 일찍 낚시를 하러 왔고 휴대용 라디오가 없어서 다카시마다이라 아파트 단지에서 일어난 일을 알지 못했다.

다만 그날따라 유독 풍선이 이상하게 많이 날아다닌다고는 생각했다. 그러나 어느 마트나 백화점에서 바겐세일을 홍보하려고 풍선을 날려 보냈겠거니 하고 대수롭지 않게 생각했다.

떨어진 풍선을 주울 때도 낚시에 방해되니 주웠을 뿐이었다.

'참 쓸데없는 짓을 하네.'

그렇게 노인다운 생각을 하다가 문득 손에 든 풍선에 엽서 크기 종이가 묶인 것을 발견했다.

그곳에는 당연히 광고 문구가 인쇄돼 있을 줄 알았지만, 아니었다. 광고치고는 조금 이상한 글이었다.

다음 주 일요일, 우리 동지가 항의하기 위해 분신자살을 할 것이다.

소스라치게 놀란 노인은 풍선을 인근 파출소에 전달했고, 파출소 경찰이 곧장 이타바시 경찰서에 연락을 취했다.

그러나 그 무렵 이미 똑같은 방식으로 종이를 매단 고무풍선 여러 개가 이타바시 경찰서에 배달돼 있었다.

엽서 크기 종이에 적힌 내용은 전부 동일했다.

다음 주 일요일 우리 동지가 항의를 위해 분신자살을 하겠다는 예고였다.

형사들은 풍선에서 뗀 종이를 책상 위에 늘어놨다. 마치 등사기로 찍은 것처럼 필체가 똑같고 손으로 문지르자 잉크가 번졌다.

그 뒤로도 풍선은 계속 이타바시 경찰서에 전달됐고 덩달아 자살 예고문도 늘어났다.

만약 한 장, 아니 대여섯 장 정도만 됐어도 장난쯤으로 대수롭지 않게 생각했을지 모른다. 그러나 5, 60장이 모이면 이야기가 달라진다. 숫자가 일종의 무게감을 형성해 형사들을 압도했다.

"이 정도면 다음 주 일요일에 반드시 뭔가 사달이 일어날 것 같은데요."

젊은 하라다 형사가 창백한 얼굴로 말했다.

"문제는 누가 어디서 분신자살을 하느냐지. 그걸 모르면 막을 도리가 없잖나."

오스기는 안경을 꾹 누르며 화난 듯이 말했다.

죽은 여성의 시신 부검은 지난번과 마찬가지로 게이오 병원에서 진행되었고 그날 밤늦은 시간이 돼서야 결과가 이타바시 경찰서에 보고됐다.

사인은 청산 중독사. 시신의 위장에 남아 있던 청산가리 양은 일반인 치사량의 20배가 넘었다.

시신 옆에 떨어진 오렌지 주스 병에서도 청산가리가 검출됐고 병에 묻은 지문 또한 여자의 지문뿐이었다.

그리고 황동 팔찌에 새겨진 네잎클로버와 성경 구절.

모든 조건이 똑같고 시신의 입가에 떠오른 미소로 미뤄볼 때 이번도 지난 사건처럼 준비된 자살일 가능성이 커 보였다.

그러나 현 단계에서 자살로 단정 짓는 건 위험했다. 만약 교묘하게 계획된 살인이라면 끔찍한 연쇄 살인 사건이 될 것이기 때문이다.

또 예고된 제3의 피해자를 막아야 했다.

이 두 가지 이유로 경시청 수사 1과에 합동 수사본부가 설치됐고 책임자는 혼다 수사 1과장, 실제 지휘는 도쓰가와 경부가 맡게 됐다.

'일요일 연쇄 청산 중독사 사건 합동 수사본부'라는 긴 현수막이 수사본부에 걸린 건 이튿날인 월요일 오전 11시였다.

10

도쓰가와의 젊은 시절 별명은 '사냥개'였다. 서른 살이 되기 전 사진을 보면 홀쭉하고 광대뼈가 불거진 얼굴에 날카로운 눈매가 사냥개를 연상케 했기 때문이다.

그러나 서른다섯 살이 넘으면서 갑자기 살이 찌고 몸매가 망가지기 시작했다.

마흔 살이 된 지금은 그를 사냥개라고 부르는 사람은 아무도 없다. 부하 형사들은 '도쓰가와 경부님'이나 이름을 뺀 '경부님'이라고 호칭했고 그에게 붙잡힌 범인들은 도쓰가와를 '늙은 너구리'라 불렀다.

합동 수사본부는 총 일곱 명으로 구성됐다. 인원이 적은 건 아직 살인 사건으로 확정되지 않았기 때문이다. 만약 이번 사건이 연쇄 살인으로 밝혀지면 인원은 순식간에 몇 배로 늘어날 터였다.

첫 사건을 담당한 쓰키지 경찰서에서 이모토, 이시카와 형사, 두 번째 사건을 담당한 이타바시 경찰서에서 오스기, 하라다 형사, 그리고 본청에서 혼다 수사 1과장과 도쓰가와, 가메이 형사가 파견됐다.

도쓰가와는 우선 이번 사건들의 문제점을 재확인하는 것에서부터 시작했다.

"지금 무엇보다 시급한 건 두 사람의 신원 확인이야."

도쓰가와는 다섯 형사를 보며 칠판에 '신원 확인'이라 적었다. 글씨를 잘 쓰지는 않는다. 아니, 오히려 못 쓰는 편이라 할 수 있다. 젊을 때는 글씨를 잘 쓰고 싶어 몰래 연습한 적도 있지만 지금은 오히려 악필이 개성 있어서 좋다고 생각했다.

"긴자의 보행자 천국에서 죽은 남자 신원이 사건 9일째인 오늘까지 여전히 확인되지 않았네. 왜일까? 신문, 방송에서도 그토록 대대적으로 사건을 다루고 있는데도 말이야. 이모토 형사, 어떻게 생각하나?"

쓰키지 경찰서의 이모토가 "솔직히 말해서 저도 금세 신원이 밝혀질 거라고 예상했습니다"라고 대답했다.

"소지품이 몇 개 없다는 점이 마음에 걸렸지만 나비 떼라는, 무엇보다 눈에 띄는 조건이 있지 않았습니까. 그런 짓을 벌일 수 있는 사람이 그리 많지는 않을 겁니다. 거기에 특징적인 팔찌도 있었고요. 그 두 가지 때문에 사안을 낙관적으로 봤는데 지금에 와서는 부끄러울 따름입니다. 어제까지 시민들의 제보가 스물한 건이나 접수됐지만 전부 다른 사람이었습니다."

"그에게도 친구나 지인이 있었겠지. 그렇게 많은 나비들을 모아와 보행자 천국에 풀 사람이라면 주변 사람들도 쉽게 기억할 특이한 인물일 가능성이 클 텐데 왜 신고가 들어오지 않는 걸까?"

"두 가지 가능성을 고려해 볼 수 있겠습니다. 하나는 주변에서 미움받고 있었을 가능성, 그러니까 어떤 이유로 소외당해 친구나 지인들이 엮이기 싫어서 경찰에 신고하지 않을 가능성입니다."

"지문 대조는 해 봤겠지?"

"전과자 카드에는 없었습니다. 따라서 그가 전과자라 신고가 없는 것은 아닙니다."

"또 하나는?"

"친구나 지인들이 아는 그의 모습과 그런 행동을 저지른 그의 모습이 일치하지 않을 수도 있습니다. 그러니 반신반의하며 신고를 주저하고 있는 거겠죠."

"음, 그렇군."

도쓰가와는 만족스러운 얼굴로 고개를 끄덕였다. 이모토 형사의 가설은 그의 생각과도 일치했다.

"네잎클로버와 성경 구절을 새긴 팔찌 말입니다만, 도쿄 도내 및 근교에 있는 교회들에 문의해 봤지만 그런 팔찌를 찬다는 교회는 없었습니다. 백화점이나 장신구 가게도 찾아가 봤는데 네잎클로버와 성경 구절이 함께 새겨진 팔찌 같은 건 어디에도 팔지 않았습니다. 그러니 팔찌는 그가 개인적으로 직접 새겨서 차고 있었던 게 아닐까. 만약 그렇다면 신원 확인의 단서가 될 수 없겠구나 싶더군요. 남들이 팔찌 뒷면까지 볼 수는 없었을 테니까요."

"그런데 두 번째 사망자도 비슷한 팔찌를 차고 있었지."

"그렇습니다. 그래서 어떤 집단이 뭔가를 표시하는 의미에서 찬게 아닐까 하는 생각이 들었습니다."

"어떤 집단 말인가?"

"모르겠습니다. 상식적으로 생각하면 어떤 교단 같은 곳에 속하지 않고 성경 말씀을 믿는 집단이라고 할 수 있겠지만, 그렇다면 왜 자살을 하는지를 모르겠습니다."

"아파트 단지에서 죽은 여자는 어떤가?"

도쓰가와는 이타바시 경찰서의 오스기 형사에게 눈길을 향했다.

11

오스기는 습관처럼 도수 높은 안경을 손끝으로 누르며 말했다.

"첫 번째 사건과 마찬가지로 전과자 카드에 지문은 없었습니다. 시민들의 제보가 몇 건 들어왔지만 전부 다른 사람입니다."

"풍선을 불 때 쓴 것으로 보이는 수소통 말인데, 그런 걸 사려면 소방서의 허가가 필요하지 않나?"

"맞습니다. 그래서 도내 및 인근 소방서에 문의해 봤지만 아직까지 그런 여자를 기억한다는 사람은 없었습니다."

"그럼 어디 멀리 떨어진 곳에서 풍선을 사거나 훔친 걸까?"

도쓰가와는 자문하듯 묻고 말을 이었다.

"앞서 말했듯이 이번 사건에서 가장 우선되는 건 두 남녀의 신원을 밝히는 걸세. 그들이 어디 사는 누구고 어떤 집단에 속해 있었는지가 밝혀져야 예고된 제3의 사건도 막을 수 있을 테니. 이모토와 이시카와 형사는 긴자에 가서 탐문수사를 해 보게. 남자는 커다란 골판지 상자 세 개를 와코 빌딩 뒤까지 운반했어. 그때 차로 상자를 옮겼는지, 짊어지고 갔는지, 또 다른 동료가 도왔는지는 모르겠지만 아마 목격자가 있지 않을까?"

"알겠습니다. 그런데 목격자가 나오지 않으면 어떡할까요?"

"나비 쪽부터 조사해 보게. 대부분 배추흰나비였다고 하는데 그렇게 많은 나비를 모으는 건 분명 쉽지 않았겠지. 아마 미나미보소 부근에서 채집한 것 같은데 그 지역에서는 남자를 목격한 사람이 있거나 남자의 행동이 입방아에 올랐을 수도 있어. 그곳에서 뭔가 밝혀질지도."

"알겠습니다."

"다음은 오스기와 하라다 형사. 자네들은 우선 다카시마다이라 아파트 단지 주변을 조사해 줬으면 해. 여자의 경우 상자에 수소통이 세 개나 들어 있었으니 긴자 남자의 상자보다 무거웠겠지. 차로 운반했을 가능성이 크니 그런 차를 봤다는 사람이 나올지도 몰라.

수소통과 고무풍선 쪽도 계속 조사해 보고. 그렇게 많은 고무풍선을 대체 어디서 입수했는지."

"알겠습니다."

쓰키지 경찰서와 이타바시 경찰서 소속 네 형사가 힘차게 뛰어나가자 지금껏 침묵하고 있던 가메이 형사가 도쓰가와에게 물었다.

"전 뭘 하면 좋을까요?"

"자네는 나와 함께 생각해야 해."

"네?"

가메이가 의아해하는 표정을 지었다. 도쓰가와는 칠판에 '나비, 고무풍선'이라 적었다.

"이번 사건에서는 불분명한 점들이 많은데 그중 하나가 바로 이거야. 죽은 두 사람은 뭘 위해 긴자의 보행자 천국에서 나비를 수백 마리 날리고 아파트 단지에서 고무풍선을 띄웠을까?"

"일종의 퍼포먼스 같은 거 아니었을까요?"

가메이는 생각에 잠긴 채 말했다.

"퍼포먼스?"

"나비 쪽은 잘 모르겠지만 고무풍선은 단순히 다음 주 일요일에 있을 거라는 분신자살을 예고하는 선전 같습니다."

"고무풍선 자체에는 별 의미가 없다는 말인가?"

"맞습니다. 자살 예고가 목적이고 고무풍선은 단지 수단으로만 쓰인 거죠."

"과연 그럴까?"

도쓰가와는 굳은 얼굴로 침묵했다. 사망한 남녀는 나비와 고무풍선 자체에 어떤 의미를 담아서 하늘로 날려 보낸 게 아닐까.

고무풍선에 묶여 있던 종이에는 '다음 주 일요일에 우리 동지가 항의를 위해 분신자살할 것이다'라고 적혀 있었다.

그렇다면 두 남녀가 나비와 고무풍선을 날린 것도 뭔가에 항의하는 목적 아닐까.

'하지만 대체 뭐에 대한 항의라는 말인가?'

12

다카시마다이라 아파트 단지 주변을 탐문하던 오스기와 하라다 형사는 현장 근처에 흰색 승합차가 세워져 있는 걸 봤다는 목격자를 찾아냈다.

그는 해당 아파트 단지에 사는 마흔두 살의 회사원이었다.

기노시타라는 이름의 그는 흰색 승합차에서 젊은 여자가 골판지 상자를 내려놓는 모습도 봤다고 했다. 여자를 본 시간은 풍선이 하늘에서 목격되기 30여 분 전이었다.

"그때 산책 중이었는데 어느 가게에서 배달이라도 온 건가 싶어 주의 깊게 보지는 않았습니다. 오래된 흰색 승합차였던 건 기억하는데 번호까지는 못 봤어요."

기노시타는 긴장한 얼굴로 두 형사에게 말했다.

"여자 말고는 아무도 없었습니까? 그 차 근처에."

오스기가 물었다.

"운전석에 남자가 앉아 있었습니다."

"어떤 남자였죠?"

"글쎄요. 젊은 남자였던 것 같은데 조금 전에 말씀드렸듯이 별로 주의 깊게 보지 않아서요."

"차는 국산 차였습니까?"

"네. 그리 큰 차는 아니었습니다. 캐롤러 정도 될까요. 전 차에 대해 잘 몰라서 정확한 차종은 모르겠습니다."

"여자 혼자 상자를 내려놓았다고요?"

"네."

"그 밖에 다른 기억나시는 건?"

"없습니다. 죄송합니다."

기노시타는 소심한 말단 회사원처럼 고개를 꾸벅 숙였다.

큰 수확까지는 아니어도 수확은 수확이었다. 적어도 죽은 남자와 여자에게 또 다른 젊은 남자 동료가 있고, 그는 흰색 승합차를 운전한다고 한다. 어쩌면 다음 주 일요일에 분신자살을 시도할 사람이 그일지도 몰랐다.

힘을 얻은 오스기와 하라다는 다음으로 풍선의 입수 경로를 살펴보기로 했다.

고무풍선은 여러 곳에서 판매되고 있었다. 가장 먼저 떠오르는 입수처는 동네 슈퍼다. 백 개가 넘는 풍선을 한 곳에서 사는 건 어렵겠지만 도쿄 시내 가게 여러 군데를 돌아다니면 구할 수도 있다.

고무풍선은 노점 등에서도 팔고 있다. 요새는 복고풍 열풍 때문에 전국 각지에 노점이 열린다. 대체로 요일이 정해져 있으므로 부지런히 돌아다니면 대량으로 못 구할 것도 없다.

그러나 수사하는 과정에서 동네 슈퍼와 노점은 무리인 것을 알게 됐다. 그런 곳에서 파는 고무풍선은 역시나 싸구려가 대부분이라 오스기와 하라다가 풍선에 수소를 넣어서 날려 보니 채 20미터도 오르지 못하고 터져 버렸다. 다카시마다이라 아파트 단지에서 날린 고무풍선은 전부 2백 미터 정도까지 떠올랐으니 훨씬 질이 좋은 물건이었다.

두 형사는 문제의 고무풍선을 손에 들고 풍선을 대량 취급하는 도매상들을 찾아다녔다.

처음 들른 네 곳에서는 수확이 없었지만 다섯 번째로 방문한 아사쿠사바시의 도매상에서 유력 정보를 얻었다.

그곳은 고무풍선 외에도 파티 장식, 폭죽 등을 취급하는 곳이었다. 다나카라는 이름의 48세 주인은 3월 말경에 흰색 승합차를 탄 젊은 남자가 고무풍선을 사러 왔다고 했다.

"스물대여섯 정도 돼 보이는 키 큰 남자였습니다. 상점가에서 홍보용으로 나눠 줄 거라고 하더군요."

다나카는 폭죽을 상자에 담으며 오스기 일행에게 당시 상황을 설명했다.

"남자 혼자 왔습니까?"

"네."

"고무풍선을 몇 개나 샀죠?"

"2백 개입니다. 골판지 상자 두 개에 담아서 가져갔습니다."

"그것과 똑같은 상자가 여기 있습니까?"

"아뇨. 상자는 손님이 직접 가져온 거라서요. 준비성이 좋은 손님이구나 싶었죠."

"영수증 사본 같은 건 없습니까?"

"손님이 필요 없다고 해서 안 끊었습니다."

"자세한 인상착의를 말씀해 주실 수 있습니까?"

"방금 말씀드렸다시피 키가 180센티미터는 돼 보이는 남자였습니다. 얼굴이 갸름하고 코가 높아서 잘생긴 청년이었다고 해야겠네요."

'긴자에서 죽은 청년과는 다르군.'

오스기는 주인의 말을 들으며 떠올렸다. 그때 죽은 남자는 키가 170센티미터 정도였다. 그렇다면 풍선을 산 남자는 다카시마다이라 아파트 단지에 흰색 승합차를 몰고 온 남자일지도 모른다.

"그가 타고 온 차를 기억하십니까?"

"캐롤러 밴이었습니다. 번호는 못 봤고요. 아, 차 문 쪽에 초록색으로 뭔가가 그려져 있었던 게 기억나네요. 네잎클로버였던 것 같아요."

13

긴자 주변을 탐문한 이모토와 이시카와 형사는 아무 수확 없이 이틀을 보내고 말았다.

셋째 날인 4월 18일 수요일에 두 사람은 새 돌파구를 찾기 위해 미나미보소로 향했다.

도쓰가와는 남자가 미나미보소 일대에서 나비를 채집했으리라 추측했지만 맞는다는 보장은 어디에도 없었다. 만약 가나가와현 남부나 이즈 주변에서 채집했다면 미나미보소행은 헛수고가 될 터였다.

그러나 가능성이 있는 만큼 가서 조사해 봐야 했다.

이모토와 이시카와는 먼저 지바현 경찰에 전화로 협조를 구한 후 우치보선 특급 열차를 타고 지바현 남부의 다테야마로 향했다.

아침 10시 25분에 다테야마역에 도착하니 지바현 경찰 소속 아오야마 형사가 지프를 타고 마중 나와 있었다.

젊고 키가 큰 아오야마 형사는 사투리가 약간 섞인 말투로 말했다.

"어떤 일이든 가서 도우라는 지시를 듣고 나왔습니다."

"고맙네."

이모토는 이시카와와 함께 뒷좌석에 나란히 앉았다.

"배추흰나비를 찾는다고 들었습니다만."

아오야마가 시동을 걸며 이모토에게 말했다.

"정확히 말하면 최근 들어 배추흰나비를 대량으로 채집한 사람을 찾고 있어. 현 내 경찰서나 파출소에 그런 사람이 있었는지 조사해 달라고 본부에 부탁해 뒀는데."

"그 이야기는 저도 들었습니다. 뭔가 밝혀지면 무선으로 알려 주겠다고 했습니다."

"우리도 일단 현장을 조사해 볼까. 배추흰나비가 많은 곳으로 우리를 안내해 주겠나?"

"알겠습니다."

아오야마는 미덥지 못한 손놀림으로 기어를 넣고 지프를 출발시켰다.

미나미보소는 도쿄에 비해 햇살이 밝았다. 바람도 없어 졸음이 쏟아질 만큼 날씨가 따뜻했다.

20여 분을 달리자 꽃밭이 한가득 펼쳐진 장소가 눈앞에 나타났다.

일대가 튤립밭이었다. 겨울에는 비닐하우스에서 재배하다가 지금은 날씨가 따뜻해져 비닐을 벗겨냈다고 했다.

아직 파종하지 않은 옆 밭에는 자운영이 융단처럼 피어 있었다.

그리고 그 꽃 위를 마구 날아다니는 수많은 배추흰나비 떼.

아오야마가 차를 세우자 이모토와 이시카와는 튤립을 따고 있는 농가 사람에게 말을 걸었다.

"배추흰나비를 채집하러 온 사람이요?"

햇볕에 그을린 중년 농부는 아내로 보이는 옆 중년 여자와 얼굴을 마주 봤다.

"그런 사람은 못 봤어요."

"나도 모르겠는걸."

밀짚모자를 쓴 여자가 고개를 가로저었다.

"혹시 이쪽 일대에서 배추흰나비 수백 마리를 채집해 간 사람이 없었습니까? 아니면 그런 소문을 들으신 적은?"

이모토는 날아다니는 나비를 보며 물었다.

"들어본 적 없네요."

남자는 퉁명스럽게 대답했다.

이모토는 손수건으로 땀을 닦으며 지프로 돌아가 "다음 장소로 가지"라고 아오야마에게 말했다.

평지가 많고 온난한 미나미보소에서는 곳곳에서 관상용 꽃을 재배했다. 쌀이나 채소보다 돈이 될 것이다.

그래서 그런지 배추흰나비도 곳곳에 있었다.

도쿄라는 이름의 철과 콘크리트 더미 속에서 살아가는 이모토와 이시카와에게는 실로 오랜만에 접하는 자연의 풍경이자 향기였다. 처음에는 왠지 마음이 해방되는 느낌이었지만 시간이 갈수록 조금씩 피곤해졌다. 꼭 핵심 목격자를 찾지 못해서는 아니다.

몸이 도시 생활에 적응해 버린 탓에 자연이 오히려 피로를 불러일으킨 것이다. 도심에서 조사하는 것보다 더 힘들었다.

저녁이 가까워져도 이모토 일행은 공허하게 지프만 타고 달렸다.

14

그 무렵 도쓰가와는 가메이와 함께 한조몬 근처에 있는 개신교 교회를 찾아갔다.

도쓰가와는 종교에 별로 관심이 많은 편이 아니었다. 기껏해야 자기 집안이 옛 무사 가문이라 선종을 믿었다는 걸 아는 정도였다.

"가메이. 자네 집안은 어떤가?"

"아들이 한때 주일 학교를 다녔는데 저희 집안 자체는 아마 진언종이었던 것 같습니다."

"신의 존재를 믿나?"

"글쎄요."

가메이는 눈에 띄게 당황했다.

"경부님은 어떻습니까?"

"가끔 믿고 싶을 때도 있지만."

"죽은 두 젊은이는 신을 믿었을까요?"

"팔찌에 새겨진 글귀를 믿었다면 신의 존재도 믿었겠지."

다행히 교회에는 젊은 일본인 목사가 있었다.

도쓰가와는 교회 앞마당에서 목사의 이야기를 들었다.

"지난주 일요일에 긴자의 보행자 천국에서 일어난 사건을 아십니까?"

도쓰가와가 먼저 운을 뗐다.

서른 전후로 보이는 동안의 목사가 안경 안쪽에 있는 작은 눈으로 도쓰가와를 바라봤다.

"네, 압니다."

"어떻게 생각하십니까?"

"어떻게라고 하시면?"

"지금으로서는 청산가리를 복용한 자살로 추정하고 있지만, 시신의 손목에 채워진 팔찌에 '우리는 세상의 소금이니라'라는 성경 구절이 새겨져 있었습니다. 사망자는 기독교 신자였을 가능성이 큽니다."

"성경 말씀이 팔찌에 새겨져 있다고 해서 그가 기독교인이라고 단정 지을 수는 없지요. 성경 말씀을 하나님의 말씀이라서가 아니라 단지 문학적이라는 이유로 암송하는 분도 많으니까요."

"그럼 죽은 남자가 기독교 신자라고 생각하시지 않는 겁니까?"

"분명히 말씀드리자면 그렇습니다."

"그다음 주 일요일에 다카시마다이라 아파트 단지에서 사망한 여자도?"

"네."

"그녀의 팔찌에도 '우리는 한 알의 밀알이니라'라는 글귀가 새겨져 있었습니다만, 그래도 아니라고 보십니까?"

"네."

"왜죠? 그들이 자살했기 때문일까요?"

"아무래도 가장 큰 이유는 바로 그것입니다."

"이건 순진한 질문일 수 있는데, 기독교에서는 자살을 왜 금하는 겁니까?"

"우리의 몸과 마음은 하나님께서 주신 것입니다. 따라서 하나님의 부름을 받기 전까지는 함부로 상처 입히거나 생명을 끊는 건 용납되지 않습니다."

"하지만 예수라는 인물은 스스로 붙잡혀서 십자가에 못 박혀 죽었잖습니까? 그것도 일종의 자살 행위 아닌가요?"

"물론 예수님은 위험을 무릅쓰고 예루살렘에 직접 가서 처형당하셨습니다. 그러나 예수님은 하나님의 계시에 따라 예루살렘으로 가신 것입니다. 또 당시에는 예수님이 하나님의 아들인 걸 의심하는 사람이 많았습니다. 마가복음에 따르면, 당시 율법학자들은 예수님이 자신을 구세주라고 일컫는 게 하나님을 모독하는 행위라고 비난했다고 합니다. 그래서 예수님은 자신이 구세주인 것을 증명하기 위해 십자가에 매달려 돌아가시고 얼마 후 다시 부활하신 것입니다. 그로써 사람들은 예수님이 그리스도, 즉 구세주이심을 알게 되었습니다."

"그리스도가 구세주라는 뜻인가요? 전 지금껏 예수가 성이고 그리스도가 이름인 줄 알았습니다만."

가메이가 머리를 긁적였다.

젊은 목사가 온화하게 미소 지었다.

"가끔 그런 분들도 계십니다."

"목사님."

도쓰가와는 목사의 얼굴을 똑바로 쳐다봤다.

"죽은 남녀가 예수처럼 하나님의 계시를 받았다고 볼 수도 있지 않겠습니까?"

"그런 건 불가능합니다."

목사는 즉각 단언했다.

"왜죠?"

"하나님의 음성을 들을 수 있는 사람은 오직 주 예수 한 분뿐이기 때문입니다."

"그럼 우리는 하나님의 음성을 들을 수 없는 겁니까?"

"예수님이 우리에게 그것을 전해 주십니다."

"어떻게?"

"성경으로. 그러니 성경을 읽으십시오. 그 안에 모든 게 나와 있습니다."

"성경은 아주 오래전에 쓰인 것 아닙니까?"

가메이가 옆에서 물었다.

"그때와 지금은 하나님의 생각도 달라졌다고 볼 수도 있지 않을까요?"

가메이의 질문이 목사에게는 너무 어리석게 느껴질지도 모른다. 그러나 목사는 부드럽게 미소만 지었다.

"조금 전 그 이야기 말입니다만."

도쓰가와가 화제를 돌렸다.

"착각일 수도 있지만 죽은 두 사람이 자신이 신의 계시를 받았다고 믿었을 경우에는 그럴 가능성도 있지 않을까요?"

"만약 하나님의 음성을 들었다고 느꼈다면 그것은 하나님의 음성이 아닌 악마의 속삭임입니다."

"그런데 저희처럼 평범한 사람들이 어떻게 신의 계시와 악마의 속삭임을 구분할 수 있을까요?"

"성경을 반복해서 읽으면 됩니다. 그럼 무엇이 옳고 무엇이 그른지를 자연히 알 수 있을 겁니다."

"……."

도쓰가와는 죽은 남녀의 얼굴에 떠올라 있던 기이한 미소를 떠올렸다. 자살이건 타살이건 그들은 어떻게 미소 지으며 죽음을 맞이했을까. 예수 그리스도조차 십자가 위에서는 슬픈 표정을 지었는데.

15

4월 21일 토요일이 되어도 이모토와 이시카와 형사는 여전히 나비를 쫓아 미나미보소에 있었다.

벌써 사흘간 두 사람은 지바 현경 소속의 아오야마가 운전하는 지프에 몸을 싣고 배추흰나비 서식지를 돌아다녔다. 물론 현경에서 들어온 정보도 없지는 않았다.

배추흰나비를 열심히 채집하는 사람을 봤다는 제보가 두 건 있었는데, 그중 한 건은 날짜가 긴자에서 사건이 일어난 4월 8일 일요일보다 이후였고 다른 한 건은 그곳에 급히 가서 조사했지만 나비를 채집한 이들이 결국 도쿄에서 온 중학생 무리로 밝혀졌다. 혹시나 싶어 학교에 문의했지만 소년들은 나비를 누구에게도 주지 않았다고 했다.

토요일은 아침부터 비가 내렸다. 그래서 그런지 두 형사의 마음은 더 무거웠다.

내일이면 도쿄 어딘가에서 누군가가 분신자살을 할 것이다. 하지만 이대로라면 막기 어렵다.

두 사람은 아침을 먹고 지프에 지붕을 씌운 후 아오야마 형사와 차에 올라탔다. 빗줄기가 거셌지만 기온은 높았다.

"이런 날씨에도 나비가 날아다니나?"

이시카와가 비 오는 하늘을 올려다보며 현지인인 아오야마에게 물었다.

"확인해 본 적은 없지만 아마 나무 그늘 같은 곳에서 비를 피하지 않을까요."

"그렇겠지. 나비 날개는 아무래도 약해 보이니."

옆에서 이모토가 고개를 끄덕였다.

"슬슬 출발할까요."

아오야마가 시동을 걸었을 때 차에 달린 무선 전화기가 울렸다.

수화기를 든 아오야마가 상대와 두어 마디 나누고 두 형사에게 말했다.

"홋쓰 인근 농가에서 제보가 들어왔다고 합니다. 4월 7일 토요일에 어떤 아이들이 와서 열심히 나비를 채집했다고 하네요."

"사건 바로 전날 아닌가? 수상한데."

이모토가 눈빛을 반짝였지만 이시카와는 고개를 끄덕이면서도 "아이들이라고?"라고 아오야마에게 물었다.

"네. 아이들이라고 합니다."

"그러면 별일 아닐 수도."

"어쨌든 가 보지."

이모토가 제안했다.

세 사람이 탄 지프는 비를 맞으며 홋쓰로 향했다.

홋쓰 해안은 수심이 얕아 도쿄만이 깨끗했던 시절에는 해수욕객으로 붐볐다.

지금도 해수욕장은 있고 그곳에서 관광객을 대상으로 한 그물망 낚시 프로그램 등이 운영되고 있다.

국도 16호선에서 안쪽으로 5, 6분 정도 더 달린 후 아오야마는 차를 세웠다.

"이 부근이라고 합니다."

"채소밭만 있고 꽃밭은 없군."

이모토가 지적하자 아오야마가 씩 웃었다.

"배추흰나비는 무와 유채꽃을 좋아합니다."

그러고 보니 눈앞에 펼쳐진 밭에는 무꽃이 하얗게 피어 있었다.

세 사람은 지프를 타고 인근 농가로 들어갔다.

처마 밑에서 소형 트랙터를 정비하는 청년에게 아오야마가 경찰수첩을 내밀었다.

"이달 초 토요일에 이 근처에서 아이들이 나비를 열심히 채집했다던데, 맞나?"

그러자 하얀 작업복을 입은 청년이 손을 쉬지 않고 말했다.

"네. 제 동생 세이지도 열심히 잠자리채를 휘두르고 다녔다고 합니다."

"자네 남동생은 나비를 좋아하나?"

"나비보다는 야구에 관심이 많죠."

"그럼 그날은 왜 나비를 채집했지?"

"당사자한테 직접 물어보시죠. 어이, 세이지!"

청년이 큰 소리로 부르자 뒤쪽에서 야구 모자를 쓴 열두세 살의 소년이 나타났다.

세 형사를 보고 놀라는 소년에게 이모토가 말을 건넸다.

"네가 4월 7일 토요일에 나비를 채집했다고?"

"네."

"그 나비는 지금 어딨니?"

"팔았어요."

소년이 대답했다.

16

"조금 더 자세히 설명해 줄래? 누구한테 팔았지?"

"흰색 차를 탄 아저씨요. 그날 학교에서 돌아와 친구들과 야구를 하고 있었는데 흰색 승합차를 탄 아저씨가 오더니 나비를 잡아 오면 돈을 주겠다고 하더라고요. 한 마리당 백 엔을 주겠다며 잠자리 채도 빌려주셔서 다 함께 열심히 나비를 잡았어요. 야스오는 50마리나 잡아서 5천 엔을 벌었죠."

"그 아저씨라는 사람이 혹시 이렇게 생겼니?"

이모토는 소년에게 긴자의 보행자 천국에서 죽은 남자의 사진을 보여 줬다. 죽은 사람 얼굴은 인상이 달라 보일 수 있기에 걱정했지만 소년은 바로 대답했다.

"네, 맞아요. 이분이에요."

이모토와 이시카와가 얼굴을 마주 봤다. 마침내 한 걸음 더 나아갔다.

"혹시 어디서 왔는지는 말 안 했어?"

"도쿄에서 왔다고 했어요."

"도쿄의 어딘지는 말 안 했고?"

"네. 도쿄라고만 했어요."

소년은 부루퉁하게 대답했다.

"채집한 나비들을 어떡할 거라고 했니?"

이번에는 이시카와가 물었다.

"도쿄의 아이들은 나비를 못 보니 직접 가져가 보여 줄 거라고 했어요."

"그 밖에 다른 말은 안 했고?"

"대만에 가면 예쁜 나비가 엄청 많대요."

'대만?'

시종일관 나비 이야기만 했다면 정말 단지 나비를 좋아하는 젊은이였을까.

"차 말인데, 혹시 번호 같은 건 못 봤어?"

"흐음. 맨 끝 두 자리는 18이었던 것 같아요."

"어떻게 기억하지?"

"전 자이언츠의 호리우치 선수 팬이에요. 호리우치 등번호가 18
이잖아요. 같은 번호라 외웠어요."

소년은 의기양양하게 코끝을 문질렀다.

"네가 호리우치 선수의 팬이라서 다행이다."

이시카와는 웃으며 소년을 칭찬했다.

하지만 흰색 캐롤러 밴에 차 번호 끝 두 자리가 18이라는 사실
만으로 쉽게 찾을 수 있을까.

소년이 기억하는 건 거기까지였다.

그날 함께 나비를 채집했다는 다른 아이들도 찾아가 물었지만
결과는 같았다.

아이들은 돈을 벌려고 나비를 잡는 데 몰두하느라 남자나 차 쪽
은 별로 신경 쓰지 못한 듯했다.

남자가 담배를 피우는 모습을 봤다고 한 아이는 한 명도 없었다.
시신의 주머니에도 담배가 없었으니 죽은 남자는 비흡연자로 봐
도 무방할 것이다.

이모토 일행은 지프를 타고 홋쓰 시내로 돌아가 수사본부에 전
화를 걸었다.

지금까지 파악한 내용을 도쓰가와에게 보고했는데, 통화를 마칠 때 이모토의 표정이 왠지 우울했다.

대만에 다녀온 적이 있는 것 같은 남자. 담배를 피우지 않고 나이는 25, 6세. 키 170센티미터. 몸무게 62킬로그램. 이런 청년은 일본 전국 어디에나 있다.

차도 마찬가지다. 마지막 두 자리 숫자만으로 차 주인을 찾는 건 하늘의 별 따기다. 적어도 오늘 중으로는 불가능해 보였다.

17

다카시마다이라 아파트 단지에서 발견된 여자 시신에 대한 조사도 벽에 가로막힌 상태였다.

고무풍선을 구입한 가게까지는 특정했지만 그다음을 알 수 없었다. 수소통 역시 제조사가 나왔지만 구입처가 불분명했다. 따라서 도쿄에서 멀리 떨어진 곳에서 구입했거나 훔친 것으로 단정할 수밖에 없었다.

시민들의 제보도 하루에 한 건꼴로 접수됐는데 전부 사실과 달랐다.

21일 토요일 우에노 근처 식당 주인에게서 문제의 여자가 가게에서 일한 여자와 닮았다는 제보가 들어와 오스기와 하라다 형사가 비를 맞으며 확인하러 갔다.

기자 회견을 마치고 형사실에 돌아온 도쓰가와는 가메이가 끓여 준 차를 마시며 비 내리는 하늘을 올려다봤다. 다행히 비는 곧 그칠 듯했다.

"기자 회견은 어땠습니까?"

가메이가 물었다.

"기자들의 질문은 오로지 하나에 쏠렸어. 우리가 과연 내일 일어날 거라는 분신자살을 막을 수 있겠는가. 꼭 내기라도 하는 것처럼 앞다퉈 즐겁게 묻더군."

"뭐라고 대답하셨습니까?"

"최선을 다하겠다는 말 말고 또 뭐라고 하겠나?"

도쓰가와가 말을 이었다.

"어디 사는 누가 죽을지 모르는 상황이야. 장소조차 불분명하지. 이런 걸 막으라고?"

"예고한 대로 실행할 거라고 보십니까?"

"하겠지. 그 부분만큼은 나와 기자들의 의견이 일치했어. 운송국 쪽은 어떻던가?"

"마지막 두 자리만으로 차량 소유자를 파악하는 건 역시 쉽지 않은 것 같습니다."

"그렇겠지."

"도쿄 내 도요타 대리점에도 협조를 요청했지만 아직까지 연락이 없습니다."

"항의라."

"네?"

"항의 말이야. 고무풍선에 붙은 종이에는 '항의를 위해'라고 적혀 있었어. 대체 뭘 항의한다는 걸까?"

그걸 밝히면 수사가 한층 수월해질 터였다.

가메이는 벽에 걸린 달력을 힐끗거렸다.

"내일 하겠다는 분신자살이 뭔가에 대한 항의라면, 이전 두 사람의 죽음 또한 항의라고 볼 수 있겠죠?"

"그렇겠지."

"그럼 왜 항의문 같은 걸 따로 남기지 않은 걸까요? 팔찌에 새겨진 성경 구절이 항의문을 대신할 수는 없을 것 같은데요."

"그래. 그건 아닐 거야. 그럼 남는 건 보행자 천국에서 나비 떼를 날리고 다카시마다이라 아파트 단지에서 고무풍선을 날린 행위 자체에 어떤 의미가 있을 가능성이겠지."

"그러니까, 그것들이 항의문 대신이라는 말씀이십니까?"

"그럴지도."

"하지만 나비와 고무풍선만으로는 무슨 뜻인지 전혀 모르겠는데요."

"혹시 성경 속에 비슷한 상황을 나타내는 구절 같은 게 있는가 싶어 어제는 졸음을 참아 가며 성경을 다시 읽어 봤네."

도쓰가와는 겸연쩍어하는 얼굴로 말했다. 성경을 읽을 사람으로 보이지 않는다는 건 그 자신이 가장 잘 알기 때문이다. 도쓰가와는 종교 서적은 물론 종교 자체에 문외한이었다.

"비슷한 내용이 있는 부분을 찾으셨습니까?"

"아쉽지만 이렇다 할 건 없더군. 뭐 굳이 꼽자면 요한 계시록에 나오는 구절 정도랄까."

"요한 계시록은 비유가 많아 이해하기 어렵다고 들었습니다. 저도 아들이 주일 학교에 다닐 때 살짝 훑어본 적이 있는데 그때도 요한 계시록이 가장 이해가 안 됐어요. 예수 그리스도의 예언이 적혀 있다고 하는데."

"그 안에서 예수의 제자들이 십자가에 못 박혀 죽은 예수의 부활을 목격하는 부분이 반복적으로 묘사되는데, 하늘에서 음성이 들렸다는 내용이 있잖나. 그러니까 다소 무리하게 해석하면 두 남녀가 지금 이 현대 사회를 종말의 시대로 생각해 나비를 날리고 고무풍선을 하늘에 띄우며 우리에게 하늘의 음성을 들으라 한 게 아닐까 하는 생각도 들더군."

"과연. 그렇군요."

"하지만 그건 아닐 거야."

도쓰가와는 자기 말을 스스로 부정했다.

"왜 아닙니까?"

"그럼 고무풍선에 '하나님의 목소리를 들어라' 같은 말을 적었을 테니. 굳이 당사자가 죽을 필요도 없지. 자살이라는 가정하에."

"그래도 전 나비와 고무풍선이 어떤 의사 표현 같습니다만……"

"그래, 그건 당연해. 단순한 장난이라면 사망자도 안 나왔을 테니까."

"다시 원점으로 돌아가 어쨌든 어떤 대상에게 무슨 의사표시를 했는지가 관건이겠군요."

"한 가지 확실한 것도 있네."

"뭐죠?"

"만약 그 두 일이 살인이라면 범인이, 자살이라면 항의 대상이 그게 어떤 의사표시인지 알 거라는 점이지."

도쓰가와는 그렇게 단언했다.

18

저녁이 되자 비가 그쳤지만 수사본부는 여전히 무거운 공기가 지배했다.

우에노의 식당을 확인하러 간 오스기와 하라다 형사는 허탈하게 돌아왔다. 역시 다른 사람이었다고 했다.

도쿄 운송국과 도요타 대리점에서 문제의 차량 소유자를 알아냈다는 전화도 걸려 오지 않았다.

그날 석간신문 중 하나에 어느 저명한 신부의 호소문이 실렸다. 자살은 죄악이며 만약 내일 자살을 예고한 자가 기독교 신자라면 신을 모독하는 행위를 즉시 중단하라는 내용이었다.

젊은 층에 인기 있는 작가의 호소문을 실은 신문도 있었다.

현대 사회에 불만이 있는 건 이해하지만 분신자살을 해 봐야 아무 해결책이 되지 않는다. 자살할 바에야 사회운동에 뛰어들거나 과감하게 외국에 나가 보는 게 어떻겠냐는 지극히 정상적인 담론이었다.

도쓰가와는 그런 기사를 읽을수록 경찰의 무력함을 지적당하는 것 같아 괴로웠다.

TV에서도 자살 예고인을 향한 호소가 이어졌다. 도쓰가와에게도 방송국 두 곳에서 출연 제의가 들어왔지만 거절했다. 호소는 언론과 전문가에게 맡기면 된다. 그럴 시간이 있다면 자신은 조금이라도 더 수사에 집중하고 싶었다.

미나미보소로 떠났던 이모토와 이시카와 형사도 돌아왔다.

도쓰가와는 내일에 대비해 부하들에게 눈을 붙이라고 지시하고 자신도 수사본부에 마련된 소파에 누웠다.

지난 두 사건으로 미뤄볼 때 내일 분신자살이 일어날 곳은 도쿄 안일 듯하지만 도쿄는 너무 넓다.

생각할수록 정신이 말똥말똥해져 새벽 2시가 지나서야 간신히 눈을 붙였다.

눈을 떠 보니 예고한 4월 22일 일요일 아침이 돼 있었다.

창문으로 봄볕이 쏟아져 들어왔다.

2

화염의 십자가

1

이날은 전국적으로 날씨가 좋아 전국의 관광지와 행사장에 수많은 인파가 몰릴 것으로 예상됐다.

그러나 경시청 내 한곳에 설치된 합동 수사본부에서는 도쓰가와 경부를 비롯한 형사들이 눈을 부릅뜬 채 벽에 붙은 커다란 도쿄 지도를 보고 있었다.

그들에게 도쿄는 너무 넓었다. 고작 몇 명이 도내를 돌아다닌다고 시간도 장소도 불분명한 분신자살을 막을 수 있다는 보장은 어디에도 없었다.

도내 경찰서 및 소방서에 이상 징후가 발견되는 즉시 보고해 달라고 요청했다. 현재로서는 그쪽에 기대는 방법 외에는 다른 방법이 없었다.

사실 3년 전 발생한 연쇄 폭파범 사건 때도 도쓰가와는 답답함과 무력감을 느낀 바 있었다.

당시 범인은 겁도 없이 다음 폭파일을 예고하며 경찰에 도전장을 내밀었다. 넓은 도쿄 어디에 폭탄이 설치될지는 범인의 충동으로 결정됐고, 도쓰가와를 비롯한 형사들은 말 그대로 범인에게 이리저리 휘둘렸다.

지금도 그때와 비슷한 상황이 펼쳐지고 있다. 그나마 다행인 것은 이번 경우 분신자살을 막지 못하더라도 폭파범 사건 때처럼 시민이 희생될 위험이 적다는 것뿐이었다.

벽에 걸린 전자시계는 이미 아침 8시를 가리키고 있었다.

"슬슬 인파가 몰릴 시간대군요."

가메이가 중얼거렸다.

"사람들이 많이 모이는 곳에서 분신자살을 할 거라고 보십니까?"

이모토는 의견을 묻듯 도쓰가와를 바라봤다.

"1, 2차 사건도 홍보 효과를 노려 긴자의 보행자 천국과 대형 아파트 단지를 무대로 삼은 감이 있잖나. 이번에도 비슷한 상황에서 분신할 가능성이 크겠지. 물론 인파 한가운데에서 갑자기 몸에 휘발유를 뿌리면 곧장 제지당할 테니 정말로 할 거라면 인파 근처에서 하지 않을까. 인파 바로 옆에 있는 사각지대 같은 곳에서."

"그런 곳은 도내에 너무나 많습니다. 유원지 안에 있는 화장실도 사각지대고요."

"자네 말이 맞네. 분신자살을 위해 택할 수 있는 장소가 너무 많

아. 우리 여섯 명으로는 도저히 커버할 수 없지."

"그건 그렇습니다만⋯⋯."

이모토는 영 마음이 심란해서 현장에 나가 있겠다고 하고 수사본부를 뛰쳐나갔다. 다른 세 형사도 거리를 돌아다니는 편이 낫겠다며 경찰차를 타고 도내 유원지, 놀이공원, 아파트 단지 등으로 떠났다.

그러나 네 형사들이 분신자살을 막을 가능성은 희박했다.

우선 상대가 어디 사는 누구인지 알지 못하기 때문이다. 유일한 단서는 마지막 숫자가 18인 번호판을 단 흰색 캐롤러 밴이지만 이번 분신자살에도 같은 차량이 쓰일지는 알 수 없었다.

수사본부에는 도쓰가와와 가메이 둘만 남았다. 도쓰가와도 가만히 보고를 기다리는 것보다 도쿄 시내를 돌아다니는 게 마음이 편했다. 가메이도 마찬가지겠지만 그렇다고 수사본부를 아예 비워둘 수는 없었다.

도쓰가와는 다시 손목시계를 확인했다.

아침 8시 21분.

자살자는 하루 중 몇 시경에 가장 많이 나올까. 밤이면 아직 시간이 있겠지만 아침이라면 이미 도쿄 어딘가에서 누군가가 휘발유를 뒤집어쓴 채 죽어 가고 있을지 모른다.

"분신자살을 하겠다는 남자 말입니다만."

가메이가 형사실 안을 돌아다니며 도쓰가와에게 말을 걸었다.

도쓰가와는 벌써 몇 개비째인지 모를 담배에 불을 붙였다.

"꼭 남자라고 단정할 수는 없지. 여자일지도 몰라."

"네. 여자일지도 모르죠. 장소는 역시 이번에도 보행자 천국이나 대형 아파트 단지 같은 곳일까요? 아니면 전혀 다른 곳일까요?"

"알 수 없지만 이번에는 그런 곳은 아닐 것 같아. 왜냐하면 지난 두 사건으로 경찰이 보행자 천국과 아파트 단지를 경계할 거라고 생각할 테니."

"그런 곳이 아니라면 어딜까요?"

"현 단계에서 추정할 수 있는 건 방해받지 않고 분신자살을 할 수 있는 동시에 언론이 좋아할 화려한 장소라는 것뿐."

"조금 전 이모토 형사가 말한 유원지 화장실 같은 곳일까요?"

"그런 데는 아닐 거야. 단순한 분신이 아닌 항의를 위한 분신이라 했으니."

"그럼 초고층 빌딩의 옥상 같은 곳일까요?"

"가능성은 충분하겠지. 그런 곳이야말로 항의성 자살의 무대로 삼기 안성맞춤일 테니. 그 밖에 국립 경기장 같은 곳도 좋을 테고 강에 떠 있는 보트 같은 곳도 홍보 효과가 있지 않을까."

"고속도로에서 차를 세운 채 그 안에서 시도할 가능성은 없을까요?"

가메이가 형사실 안을 돌아다니고 있을 때 도쓰가와 앞에 놓인 전화기가 요란한 소리를 울렸다.

도쓰가와는 잠시 가메이와 서로 얼굴을 마주 보다가 굵은 팔을 뻗어 수화기를 잡았다.

—요쓰야 경찰서입니다만.

수화기 너머에서 젊은 남자의 목소리가 들렸다.

—방금 젊은 남자가 분신자살을 했습니다. 그쪽에 보고하라고 해서…….

"장소가 어딘가!"

도쓰가와가 포효했다.

—진구입니다.

"진구 어디!"

—진구 야구장입니다. 그곳 그라운드에서…….

"진구 구장이라고?"

도쓰가와는 수화기를 귀에 갖다 댄 채로 시계를 봤다. 아침 8시 30분을 막 지나고 있었다.

2

진구 야구장에서는 현재 6개 대학의 야구 시즌이 진행 중이었다.

전날 토요일에 도쿄-와세다, 호세이-릿쿄의 첫 시합 일정이 있었지만 우천으로 연기돼 오늘 일요일 오후 1시에 첫 시합이 열릴 예정이었다.

구장 관리를 담당하는 안자이 과장은 아침 8시 전에 출근해 그라운드 상태를 확인하러 나갔다.

어제 비가 그친 후 오늘을 위해 정비 인력을 총동원해 그라운드를 정비했다. 그렇게 정비를 완벽하게 마쳤지만 직업 정신이 투철한 안자이는 당일이 오니 역시 또 신경 쓰였다.

안자이의 바람은 늘 최상의 조건의 그라운드에서 선수들이 활약하는 것이었고 그것은 프로와 아마추어를 가리지 않았다.

객석에는 사람들의 모습이 보이지 않았다.

홈베이스 옆에서 그라운드로 나간 안자이는 눈부신 봄볕에 눈을 가늘게 뜨고 투수 마운드 쪽을 바라봤다.

"앗!"

순간 입에서 비명이 터졌다.

투수 마운드에서 맹렬한 불길과 함께 검은 연기가 치솟고 있었기 때문이다.

처음에는 노숙인이 모닥불을 피운 줄 알았다. 전에도 한 번 노숙인들이 야외 잔디밭에 들어와 모닥불을 피운 적이 있었다.

그러나 오늘은 모닥불을 피우기에 날씨가 따뜻했고 무엇보다 불길이 지나치게 거셌다.

'꼭 휘발유라도 뿌린 것 같은데.'

그러다가 문득 신문과 TV를 떠들썩하게 장식한 분신자살 예고가 떠올라 안자이는 또다시 "앗!" 하고 소리쳤다.

가만히 불길을 응시했다. 새빨갛게 타오르는 불길 맞은편에 검은 그림자 같은 게 보였다. 그림자는 마치 인형처럼 움직이지 않았다.

무릎이 덜덜 떨려 안자이는 결국 그 자리에 주저앉고 말았다.

어찌해야 좋을지 알 수 없었다.

야구장 정비원들은 8시 반이 돼야 출근한다. 어제 세 시간 가까이 그라운드를 정비하고 지친 정비원들에게 일부러 정시에 출근하라고 지시했다.

혼자 마운드로 달려가도 불길 속에 있는 사람을 구할 수 있을 것 같지 않았다.

'그래, 소화기.'

안자이는 벌떡 일어나 야구과 사무실로 돌아갔다. 복도에 소화기가 있을 터였다.

복도를 걷다가 출근한 직원과 마주쳤다.

"110*에 신고해!"

안자이는 벽에 설치된 소화기를 떼며 젊은 직원에게 소리쳤다.

"네?"

무슨 뜻인지 이해 못하고 되묻는 그에게 다시 외쳤다.

"경찰을 부르라고! 그라운드에서 누가 분신했어!"

---

* 우리나라의 112.

그 말을 듣고 놀란 직원이 전화기 앞으로 쏜살같이 뛰어갔다.

안자이는 커다란 소화기를 품에 안고 다시 그라운드로 돌아가 투수 마운드로 뛰어갔다.

다가갈수록 맹렬한 열기가 몸을 휘감았다. 새빨간 불길 속에서 불타는 사람의 모습이 선명하게 보였다.

5, 6미터 정도까지 다가갔을 때 안자이는 멈춰 섰다. 너무 뜨거워서 더 이상 다가갈 수 없었다.

소화기를 땅에 내려놓고 불길에 호스를 겨눴지만 좀처럼 소화액이 나오지 않았다.

당황한 나머지 레버를 당기는 걸 잊은 것이다. 혀를 차고 레버를 당기니 하얀 소화액 거품이 뿜어져 나왔다.

소화액이 불길을 에워쌌다. 3초, 4초. 새빨갛게 타오르던 불길이 점점 작아지고 약해지더니 몇 분 후 검은 연기만 자욱하게 피어올랐다.

안자이는 소화기를 내던지고 서서히 투수 마운드로 다가갔다.

바람이 검은 연기를 날렸다.

그러자 눈앞에 까맣게 그을린 남자의 시신이 나타나 털썩 소리를 내며 옆으로 쓰러졌다.

3

12분 후 경찰관 두 명이 경찰차를 타고 출동했다.

야구장 밖에서 차에서 내린 경찰이 안으로 뛰어들었을 때 안자이는 지친 얼굴로 홈플레이트 뒤쪽에서 허리를 숙이고 있었다.

"분신자살을 했다는 곳이 여깁니까?"

경찰이 다급히 묻자 안자이가 고개를 끄덕였다.

"네. 근데 이미 죽었습니다. 새까맣게 타 버렸어요."

"확실합니까?"

"네. 저런 시체는 생전 처음 봅니다. 얼굴도 알아볼 수 없을 만큼 타 버렸어요."

또다시 메스꺼움이 몰려 와 안자이는 손으로 입을 감쌌다. 조금 전 까맣게 탄 시신을 봤을 때 무심코 그 자리에서 속에 든 것을 게워 내고 말았다.

경찰이 확인하려고 그라운드에 들어가려다가 문득 발걸음을 멈췄다.

깨끗이 정비된 그라운드에서 투수 마운드 쪽으로 난 뚜렷한 발자국을 발견했기 때문이다.

순간 현장 보존을 떠올린 경찰이 자신의 발자국을 확인하며 조심스럽게 투수 마운드까지 걸어갔다.

소화액이 눈처럼 쌓인 곳에 안자이가 말한 대로 새까맣게 탄 시신이 누워 있었다. 살점이 탄 역겨운 냄새가 코를 찌른다. 시신은 간신히 남자임을 알아볼 수 있을 정도로 불에 탄 상태였다.

경찰이 메가폰을 들고 운동장 밖에 있는 동료를 향해 외쳤다.

"남성 시신으로 확인!"

그로부터 15분 후 도쓰가와와 가메이가 야구장에 도착했다.

야구장 직원들이 하나둘 얼굴을 보이기 시작했고 연맹 관계자와 도쿄, 와세다대 선수들도 그라운드에 나타나 소란이 점점 커졌다.

누가 제보했는지 신문사 차량들도 회사기를 펄럭이며 모여들었다.

도쓰가와는 통제선을 쳐서 그라운드 출입을 금지하고 가메이와 함께 투수 마운드로 갔다.

휘발유 냄새와 고기 탄 냄새, 거기에 소화액 냄새가 뒤섞여 마운드 주변에 기이한 악취가 진동하고 있었다.

"끔찍하군."

도쓰가와는 그렇게 중얼거리며 시체를 내려다봤다.

말 그대로 까맣게 탄 시체였다. 불에 탄 시신은 대게 팔다리가 새우처럼 굽은 경우가 많은데 이 시신도 팔다리가 오그라든 채 누워 있었다.

첫 번째와 두 번째 사건 시신은 입가에 묘한 미소를 머금고 있어 도쓰가와를 당황케 했지만 이번 시신에는 미소가 없었다. 아니, 정확히 말하면 표정의 윤곽도 알아볼 수 없을 만큼 불타 버렸다.

입고 있던 옷도 재가 돼서 손을 대니 산산이 바스러졌다.

도쓰가와는 장갑 낀 손으로 시신의 왼쪽 손목을 확인했다.

역시 있었다.

까맣게 그을리기는 했지만 시신의 손목에 채워진 건 1, 2차 사건 남녀가 찬 것과 같은 모양의 팔찌였다.

도쓰가와는 조심스럽게 시신에서 팔찌를 떼어 손수건으로 여러 번 문질렀다. 그러자 안쪽에 새겨진 글자가 모습을 드러냈다.

우리는 땅을 받을 자들이니라.

글자는 그렇게 읽혔다.

가메이가 도쓰가와의 손 쪽을 들여다보며 물었다.

"또 성경 말씀입니까?"

"그래. 이건 마태복음의 그 유명한 산상수훈 구절 같군. 정확히는 '온유한 사람은 복이 있나니. 그들이 땅을 기업으로 받을 것이다'일 텐데, 아마 거기서 따왔을 거야."

"그런데 왜 세 사람 다 성경일까요?"

"세 사람 모두 성경을 좋아했겠지. 정확히 말하면 성경 속 구절을. 나도 싫어하지는 않아. 의외로 좋은 말들이 많거든. 그런데 그 말을 새긴 팔찌를 차고 청산가리를 먹거나 몸에 휘발유를 뿌린 후 불을 지르고 싶지는 않을 것 같은데."

"동감입니다."

"하지만 현실에서는 세 남녀가 이미 그렇게 죽었네. 자살이라면 그야말로 광기 어린 행동이지. 그런데 만약 타살이라면……."

도쓰가와는 험상궂은 눈빛으로 누군지 모를 남자의 불탄 시신을 내려다봤다.

과연 타살 가능성이 있는 걸까.

4

"살인일 가능성은 없다고 생각합니다."

가메이가 말했다.

"왜지?"

"최초 발견자인 야구장 과장과 요쓰야 경찰의 증언에 따르면 불길에 휩싸인 남자를 처음 봤을 때 투수 마운드 쪽으로 발자국이 한 종류만 남아 있었다고 합니다. 남자가 홈 플레이트 쪽에서 마운드를 향해 걸어간 발자국입니다."

가메이는 발자국 중 하나를 가리켰다.

깔끔하게 정비된 그라운드에는 현재 다섯 개의 발자국이 남아 있었다.

안자이 과장과 처음 출동한 경찰의 발자국은 홈플레이트와 투수석 사이를 오갔다.

도쓰가와와 가메이의 발자국은 아직 편도로만 남아 있었다.

그리고 분신한 남자의 발자국. 가메이의 지적대로 그의 발자국은 홈플레이트에서 투수 마운드까지 이어져 있었다.

그밖에 다른 발자국은 없었다.

"경부님."

홈플레이트 옆에서 안자이 과장이 큰 소리로 도쓰가와를 불렀다.

가메이를 혼자 남겨 두고 도쓰가와는 안자이 옆으로 갔다.

"뭐죠?"

"시간이 없습니다."

안자이는 당혹한 얼굴로 도쓰가와에게 말했다.

"조별 리그 1차전은 오후 1시부터 아닌가요?"

"그렇기는 하지만 두 학교 선수들에게 연습을 시켜야 합니다. 시신이 수습되면 곧장 그라운드를 정비해야……."

안자이는 더그아웃에서 시신과 형사를 번갈아 바라보는 와세다 대, 도쿄대 선수들에게 눈을 돌렸다.

"시간을 조금 미룰 수는 없겠습니까?"

도쓰가와가 묻자 안자이는 고개를 저었다.

"와세다, 도쿄전 이후에 호세이, 릿쿄 시합도 있어서요. 앞으로 30분 안에 투수석 시신을 옮겨 주셨으면 합니다. 어차피 자살이니 옮겨도 문제없지 않나요? 저로서는 선수들이 최상의 컨디션으로 경기를 치르는 게 무엇보다 중요합니다."

"앞으로 30분 남았습니까?"

도쓰가와는 고민에 빠졌다.

이번 일이 살인이라면 경기 시작 시각을 강제로 늦춰서라도 현장 검증을 이어 가야 할 것이다.

그러나 이번 분신 사건은 아무리 봐도 자살 가능성이 크다. 경기 시작을 늦추는 건 무리였다.

"알겠습니다."

도쓰가와가 결국 포기하고 말했다.

"30분 안에 시신을 옮겨 드리죠."

도쓰가와는 그동안 감식 반원들에게 현장 사진을 최대한 많이 찍어 달라고 지시했다.

"도쓰가와 경부님."

이번에는 신문 기자들이 도쓰가와를 찾았다.

"언제 들어갈 수 있게 해 줄 겁니까? 선 밖에서 찍으면 좋은 사진이 안 나와요."

"조금만 더 기다려 주겠습니까?"

도쓰가와는 손짓으로 그들을 제지한 후 다시 한번 안자이에게 시선을 향했다.

안자이 옆에 유니폼 차림의 그라운드 정비원들이 모여 있었다.

중년 남자 여섯 명이었다.

"이분들이 전부인가요?"

도쓰가와가 안자이에게 물었다.

"맞습니다. 이 구장의 그라운드 정비원은 총 여섯 분이죠. 바쁠 때는 임시로 대학생 두어 명을 아르바이트로 부르기도 하지만 그라운드 정비 작업은 이 여섯 분이 맡아서 하는 게 원칙입니다."

"일한 지는 얼마나 됐습니까?"

"오래된 분은 20년, 가장 최근 들어온 분도 2년은 됩니다."

"그라운드 정비 일이란 게 언뜻 쉬워 보여도 의외로 어렵지 않나요?"

"그건 전문가에게 직접 물어보시죠. 이중 가장 경력이 오래된 다케이 씨에게."

안자이는 쉰 정도 돼 보이는 키 작은 남자를 소개해 주었다.

20년 동안 정비 일만 해 왔다는 다케이는 햇볕에 검게 그을린 얼굴로 도쓰가와를 봤다.

"크게 어렵지는 않지만 스스로 납득할 수준이 되려면 역시 2, 3년은 걸릴 듯 싶네요."

"저도 한번 해 볼 수 있을까요?"

"아, 네. 이리 오시죠."

다케이는 통칭 '톤보'라 불리는 갈퀴와 비슷한 도구를 가져와 도쓰가와에게 건넸다.

도쓰가와는 톤보를 들고 그라운드 가운데로 가 땅을 다져 봤다.

그때 어떤 카메라맨이 관심을 보이며 도쓰가와를 향해 셔터를 눌렀다. 도쓰가와는 그만하라는 듯이 손을 흔들고 나서도 몇 번이나 톤보를 움직였다.

땅을 고르게 다듬는 건 역시 쉽지 않았다. 다케이의 말처럼 쉬운 듯하면서도 어려운 작업이었다.

"다케이 씨."

도쓰가와는 다케이를 불러 물었다.

"어제 그라운드 정비를 하셨다고 들었습니다만."

"비가 그친 후 세 시간 동안 다 함께 작업했습니다. 비 내린 땅도 언제든 쓸 수 있게 만드는 게 저희 일이니까요."

"지금 그라운드 상태가 그때 그대로입니까?"

"무슨 말씀인지 잘 모르겠는데요."

"누군가가 그라운드 일부를 다시 정비했는지 확인해 주셨으면 합니다."

"누가 그런 짓을 한다는 말입니까?"

"저도 모르겠으니 베테랑인 다케이 씨에게 묻는 겁니다."

"뭐, 알겠습니다."

다케이는 기지개를 켜듯 작은 몸을 쭉 펴고 그라운드를 둘러봤다.

"발자국이 많이 남아 있기는 하지만 그 밖의 곳들은 그대로네요."

"어제 정비하셨을 때와 똑같습니까?"

"저 혼자 한 게 아니라 단정 지을 수는 없지만 그대로인 것 같습니다. 적어도 아마추어가 손을 댄 것 같지는 않아요."

"확실하겠죠?"

"네. 확실합니다. 아르바이트생들이 정비한 곳은 금세 눈에 띄니까요. 그런데 아직도 작업을 시작하면 안 되는 겁니까?"

"조금만 더 기다려 주십시오."

도쓰가와는 현장을 촬영 중인 감식 반원들을 보며 말했다.

감식 반원 중 한 명이 미안해하는 얼굴로 도쓰가와를 향해 손을 들었다.

통제선 밖에서 안달 난 것처럼 기다리는 신문 기자들에게 도쓰가와가 오케이 사인을 보내자 기자들이 우르르 그라운드에 들어와 투수 마운드로 뛰어갔다.

5

시신은 부검을 위해 들것에 실려 야구장 밖에서 대기 중이던 차량을 타고 게이오대학 병원으로 옮겨졌다.

현장에는 휘발유가 들어 있었던 것으로 보이는 플라스틱 용기와 공업용 유리병, 그리고 도쓰가와가 시신의 손목에서 떼어낸 황동 팔찌가 남았다.

플라스틱 용기는 가정에서 흔히 쓰는 18리터짜리이고 병도 약국에서 쉽게 구할 수 있었다.

"이번에도 사망자 신원 파악에 어려움을 겪을 것 같네요."

고열로 변형된 플라스틱 용기를 주먹으로 툭툭 치며 가메이가 우울한 얼굴로 말했다.

"그렇겠지. 그렇게 새까맣게 타 버리면 지문도 사라지니. 이전과 마찬가지로 팔찌 역시 단서가 못 될 테고."

"왜 이렇게 젊은이들이 잇따라 죽는 걸까요?"

가메이는 지긋지긋하다는 듯이 시신이 실려 간 쪽 땅을 바라봤다.

다케이를 비롯한 정비원들이 정비를 마친 투수 마운드에서 와세다대 투수가 투구 연습을 하고 있었다. 그물망 안에서는 타격 연습도 이뤄졌다.

신문 기자와 카메라맨들은 어느새 자취를 감췄다.

지금 야구장 안을 지배하는 건 선수들의 활기찬 구호와 건조한 공 소리뿐이다. 조금 전만 해도 그라운드에 불탄 시체가 널브러져 있었던 게 꿈만 같았다.

가만히 있어도 땀이 배어나는 따스한 날씨였다.

"우리도 이만 철수하지."

도쓰가와는 가메이를 재촉하며 출구 쪽으로 발걸음을 옮겼다.

그때 발 옆에 타격 연습용 야구공이 굴러왔다.

가메이가 재빨리 공을 집어 던지고 도쓰가와에게 물었다.

"대체 뭐가 다른 걸까요?"

"다르다니?"

"야구를 하는 저 젊은이들과 죽은 세 젊은이들 말입니다. 나이는 엇비슷할 테죠. 그런데 왜 그 세 사람은 죽고 눈앞의 저 젊은이들은 야구에 열중할 수 있는 걸까요?"

"같은 젊은이들이야."

"하지만……."

"한쪽은 야구에서 삶의 가치를 찾았고 그 세 명은 죽는 것에서 삶의 가치를 찾았을 뿐이겠지."

"죽음에서 삶의 가치를 찾는다니, 저로서는 이해가 안 됩니다."

"동감이야. 이해할 수 없지. 그런데 그 세 사람은 꼭 기꺼이 죽은 것처럼 보이지 않았나? 물론 자살이라는 가정하에."

도쓰가와와 가메이는 야구장 밖으로 나갔다.

그곳에도 봄볕이 따스하게 내리쬐어 캐치볼을 하는 젊은이들과 배드민턴을 즐기는 여자들의 모습이 보였다. 시간은 어느새 정오를 훌쩍 넘겼다.

두 사람은 앞에서 대기 중이던 경찰차에 올라탔다.

"이번이 마지막이면 다행이겠지만."

도쓰가와가 중얼거리자 가메이는 놀란 얼굴로 말했다.

"경부님. 설마 네 번째 사망자가 또 나올 거라고 보십니까?"

"그들은 세 명으로 끝이라고 하지 않았어. 풍선에 붙은 종이에는 우리 동지가 다음 주 일요일에 항의를 위해 분신자살하겠다고만 적혀 있었지. 그대로 실행에 옮겼지만 만약 항의가 결실을 맺지 못한다면 다음 주 일요일에 또 다른 젊은이 한 명이 분신자살할 수도 있지 않겠나."

"겁주지 마십시오."

가메이는 웃으며 말했지만 얼굴에서 웃음기가 금세 사라졌다. 가메이 또한 도쓰가와가 언급한 가능성을 떠올렸기 때문이다.

분명 그들은 세 명으로 끝이라고는 하지 않았다.

6

그날이 일요일이어서 석간이 나오지 않은 것에 도쓰가와는 감사했다. 만약 석간이 나왔다면 예고된 분신자살을 막지 못한 경찰의 무력함이 도마에 올랐을 게 분명했기 때문이다.

물론 TV 뉴스들은 일제히 진구 야구장에서 일어난 분신자살 사건을 다뤘다. 그러나 TV는 원래 신문에 비해 감각적이다. 경찰에 대한 비판보다 사건을 선정적으로 전달하는 데 초점을 맞췄다.

베트남 전쟁 당시 분신자살한 승려 사진이나 남미 가이아나에서 일어난 집단 자살 사건의 사진을 보여 주며 이번 사건과 비교하는 방송도 있었다. 충격적이고 섬뜩한 양상이 비슷해서일까. 그러나 이번 사건이 무엇을 목적으로 한 것인지는 아직 밝혀지지 않왔기에 뉴스에서 원고를 읽는 아나운서도 정확한 유사점이나 차이는 짚어 내지 못했다.

짚지 못한다는 점에서는 경찰도 매한가지였다.

분신한 남자의 부검 결과가 나올 때까지 도쓰가와는 혼다 수사 1과장에게 불려 가 질문을 받았다.

"세 청년의 죽음이 현대 사회를 향한 항거라고 말하는 자들도 있다던데."

혼다가 말을 이었다.

"기독교에서는 현대 문명이 조금씩 쇠퇴해 가다가 이후 하나님의 나라가 도래할 거라고 하지 않나? 그렇게 생각하면 현대는 가장 부패한 시대라 극단적인 기독교 신자들이 항의 표시로 연이어 목숨을 끊는다고 해석해도 이상하지는 않겠지. 기독교에서는 자살을 죄라고 하는데, 가이아나에서 집단 자살한 자들도 기독교인이었고 순교도 일종의 자살이니."

"과장님도 기독교를 연구하셨습니까?"

도쓰가와가 묻자 혼다는 쓴웃음을 지었다.

"이번 사건 때문에 급히 책을 사서 좀 읽었네."

"저도 마찬가지입니다. 오랜만에 학창시절 밤새워 시험공부를 한 기억이 떠오르더군요."

도쓰가와도 미소 지었다.

"그런데 자네 생각은 어떤가? 그들은 대체 무엇에 항의하는 거라고 보나?"

"솔직히 잘 모르겠습니다. 하지만 시대에 대한 항의는 아니라고 봅니다."

"왜지?"

"기독교의 어떤 종파에서는 지금이 멸망의 시대이며 최후의 순간이 왔을 때 참된 기독교인이 아닌 자들은 구원받지 못할 거라고 하죠."

"그러고 보면 그쪽 사람들이 내게도 전도하러 온 적이 있어. 그런데 난 종교가 영 성미에 맞지 않아 거절했지. 그런데?"

"즉, 죽은 세 사람과 그들의 동료가 시대에 항거하는 것이라면 '무지한' 우리에게 먼저 경고해 우리를 구해 주려는 게 아닐까 하는 생각도 들어서요."

"아니면 그들은 이미 경고를 했는데 우리가 깨닫지 못했을 뿐일 수도."

"그 가능성도 검토해 봤습니다."

"그랬는데?"

"지난 1년의 신문 기사를 확인하며 도내 어딘가에 이상한 낙서 같은 게 나오지는 않았는지, 기이한 전단 등이 뿌려진 적이 없는지 조사했습니다. 그런데 이번 사건을 예견할 만한 단서는 없더군요."

"그럼 자네는 이번 일을 어떤 특정 사안에 대한 항의로 보는 건가?"

"네. 하지만 그게 뭔지 지금은 전혀 모르겠습니다. 얼른 찾지 못하면 다음 주 일요일에 네 번째 청년이 죽음을 택할 수도 있겠죠."

"다른 걱정거리도 있네."

혼다는 무거운 어조로 말했다.

"뭐죠?"

"언론이 이토록 떠드는 마당이니 모방하는 자가 나오지 않을까 하는 걱정이야. 애초에 일본은 젊은이들의 자살률이 높은 나라 아닌가. 이번 사건에 자극받아 음독이나 분신을 택하는 젊은이들이 나오지 않았으면 하는데."

혼다 수사 1과장의 우려는 불행히도 적중해 이틀 뒤인 24일 저녁 한 소년이 충동적으로 등유를 뒤집어쓰고 분신하는 일이 일어나고 말았다.

7

열여섯 살에 고등학교 1학년이던 그 소년은 평소 내성적이고 친구가 얼마 없었다.

소년은 일기에 자살을 암시하는 글을 여러 번 남기기도 했다. 그런 것을 보면 꼭 이번 사건이 일어나지 않았어도 자살을 택했을 수 있고 오히려 최근 비정상적인 청소년들의 자살률 증가 속도를 감안하면 그 가능성이 컸다.

그러나 그런 사실은 도쓰가와를 비롯한 형사들에게 아무 위안이 되지 못했다. 소년은 자신이 사는 아파트 옥상에서 등유를 온몸에 뿌린 후 분신했는데 이것은 명백히 4월 22일 발생한 진구 구장 사건을 모방한 것이었기 때문이다.

어머니가 처음 발견했을 때 소년의 몸은 불길에 휩싸여 있었다. 매사 조용하고 신중한 성격이었다는 어머니는 발견 즉시 두 팔을 펼쳐 불타는 아들의 몸 위에 자기 몸을 던졌다. 만약 그때 다른 주민들이 올라오지 않았다면 두 사람 다 불타 죽었을 것이다.

사람들이 급히 소화기를 가져왔고 젖은 이불을 덮어 준 덕에 간신히 불을 껐다. 하지만 소년은 사망했고 어머니도 전치 2개월의 큰 화상을 입어 인근 병원에 입원했다.

그리고 다음 날 모든 조간신문이 소년의 분신자살을 대대적이고도 화려하게 보도했다. 일련의 사건과 관련성이 없다고 밝혀진 만큼 경찰을 직접 비판하는 기사는 없었지만 유사한 사건이 발생했다는 사실 그 자체가 경찰에 대한 비판이었다.

"역시 모방하는 사람이 나타났군요."

가메이가 힘없는 눈빛으로 도쓰가와를 봤다. 가메이 형사에게는 초등학교 5학년 아들이 있어 더더욱 소년의 분신자살이 가슴 아프게 다가왔을 것이다.

도쓰가와는 텅 빈 수사본부 사무실을 둘러봤다.

이모토와 오스기 형사가 연일 탐문 수사로 뛰어다니고 있지만 아직 죽은 세 사람의 신원을 밝히지 못했다.

"아까 복도에 가니 기자가 소년의 분신자살에 대한 소감을 묻더군."

도쓰가와가 굳은 얼굴로 말했다.

"그래서 뭐라고 대답하셨습니까?"

"뭐라고 대답하겠나?"

"죄송합니다."

"자네가 사과할 건 없지. 그냥 유감스럽다고만 했네."

"모방하는 사람이 더 나올 거라고 보십니까?"

"다카시마다이라 아파트 단지 옥상에서는 지금껏 50명이 넘는 사람이 뛰어내려서 자살했다고 해. 옥상에 철망을 쳐도 그 철망을 뜯고 뛰어내린다더군. 자칫 잘못하면 그 전철이 되풀이될 수도. 그렇게 되기 전에 죽은 세 사람의 신원을 파악해 그들이 왜 죽었는지 이유를 알고 싶어. 만약 타살이라면 범인을 잡고 싶고."

"여전히 타살 가능성이 있다고 생각하십니까?"

가메이는 놀란 듯이 물었다.

"분신자살한 세 번째 청년의 부검 보고서를 자네도 읽었겠지?"

도쓰가와가 날카롭게 가메이를 봤다.

"사인은 화상이 아닌 청산 중독이었네. 청산가리를 먹고 죽은 거야."

"저도 처음 읽고 놀랐습니다. 하지만 이런 거 아닐까요? 그는 분신자살을 예고했습니다. 각오한 자살이죠. 그렇지만 분신자살은 엄청나게 고통스러운 법입니다. 금방 죽지 않으니까요. 불길 속에서 몸이 조금씩 타들어 가는 상황을 감내해야 하는 겁니다. 그는 자기가 포기하고 도망칠까 봐 두려웠을 겁니다. 그렇다고 예고까지 한 마당에 도중에 포기할 수는 없죠. 그러니 추태를 보이지 않기 위해 몸에 불을 붙인 후 곧장 청산가리를 먹은 게 아닌가 하는 생각이 들었습니다."

"그럴지도 모르지. 아니면 누군가가 청산가리로 그를 죽이고 진구 구장 투수 마운드까지 시신을 옮긴 후에 분신자살로 위장해 태웠을 수도."

"하지만……."

"자네가 무슨 생각을 하는지는 나도 아네. 발자국을 보면 그날 그라운드 안은 일종의 밀실 상태였지."

"맞습니다. 투수 마운드 쪽으로 걸어간 발자국은 있지만 돌아온 발자국이 없었죠."

"만약 범인에게 그라운드 정비 경험이 있다면 돌아올 때 생긴 발자국을 지울 수는 있었겠지. 아마추어에게는 불가능하겠지만."

"그래서 이모토 형사에게 그라운드 정비원들을 조사하라고 시키신 건가요?"

"그래."

"그것 외에도 또 이해가 안 되는 점이 있습니다."

"뭐지?"

"왜 이렇게 사망자들의 신원이 밝혀지지 않는 걸까요? 분신한 세 번째 남자는 얼굴이 타 버렸고 지문도 사라졌으니 어쩔 수 없겠지만, 앞선 남녀는 왜 가족이나 친구들이 나서지 않는지 의아할 따름입니다. 신문에 실린 얼굴은 죽은 얼굴이라 살아 있을 때와는 다소 차이가 있겠지만 그 밖의 신체적 특징이 나왔고 무엇보다 뉴스에서 그토록 대대적으로 다루고 있는데요."

"아마 생전에 매우 폐쇄적인 집단에 속해 있었겠지. 가족이나 친구들과도 단절된 집단."

"그런 집단이 있기는 합니까?"

"있지. 그러니 세 사람의 신원도 좀처럼 밝혀지지 않는 게 아니겠나."

도쓰가와는 서랍에서 황동 팔찌들을 꺼내 책상에 늘어놓았다.

죽은 자들의 손목에 채워져 있던 팔찌들이다.

팔찌 뒷면에는 네잎클로버와 성경 속 말씀이 새겨져 있었다.

도쓰가와는 의자에 몸을 깊숙이 파묻고 그들이 속한 집단이 어떤 집단일지를 머릿속에 그려 봤다.

젊은이들로 구성된 집단. 차림새는 궁색하지만 눈빛만은 반짝반짝 빛나는, 그런 젊은이들이 모인 집단이다.

눈빛이 반짝이는 건 신앙 때문일 수도, 광기 때문일 수도 있다.

그들은 가족과 친구들을 버리고 한곳에 모여들었다. 자신들의 신앙과 목적이 가족이나 친구보다 중요했을 것이다.

도쓰가와는 그런 집단의 지도자가 어떤 모습일지 상상해 봤다.

그들처럼 젊은 사람일까. 아니면 백발이 성성한 노인일까. 젊은 사람 같기도, 지식이 풍부한 노인 같기도 했다.

어쨌든 그는 교주다운 매력과 힘을 가진 게 틀림없다. 자신을 그리스도의 재림이라 믿고, 집단 구성원들에게도 그런 믿음을 주고 있는지 모른다.

'하지만 목적이 대체 뭘까.'

도쓰가와가 거기까지 떠올렸을 때 진구 구장에 나가 있던 이모토와 이시카와 형사가 돌아왔다.

8

두 사람 다 연일 이어진 탐문으로 돌아다니느라 얼굴이 까맣게 그을려 있었다.

그들과 교대하듯 다음으로 가메이가 탐문에 나섰다.

"지금 그 구장에서 일하는 여섯 명의 그라운드 정비원들에 대해 먼저 알아봤습니다."

이모토가 도쓰가와에게 보고했다.

"어떻던가?"

"여섯 명 모두 알리바이가 있었습니다. 불타 숨진 남자의 사망 추정 시각은 22일 오전 8시경인데, 그 시간에 여섯 명은 모두 진구 구장으로 향하는 전철 안에 있었거나 집에서 늦은 아침 식사를 하고 있었던 것으로 확인됐습니다."

"그렇군."

"경부님은 이번 사건을 타살로 보십니까?"

"반반일세. 그래서 자네들에게 알아보게 한 거고. 최근에 퇴사한 그라운드 정비원은 있었나?"

"최근 3년간 일을 그만둔 사람은 단 두 명뿐이었습니다."

"단둘?"

"그만큼 편안한 일터 같더군요. 그 밖에 학생 아르바이트도 다섯명 있었습니다. 이름과 주소를 전해 들었으니 이시카와 형사와 함께 조사해 보겠습니다."

"일단 지금은 좀 쉬고 나중에 그 일곱 명을 만나 보게. 운 좋으면 그중에 죽은 사람의 지인이 나올 수도."

도쓰가와가 말했을 때 전화벨이 울렸다. 이모토가 받으려 하자 도쓰가와가 괜찮다는 듯이 손으로 제지하고 수화기를 들었다.

―도쓰가와인가?

수화기 너머에서 남자 목소리가 들렸다.

"그렇네만, 자네는?"

—나야. 도자이 신문의 다나베.

"뭐야, 다나베였군."

도쓰가와는 고개를 끄덕였다. 대학 동창이자 지금은 도자이 일보 사회부에서 데스크를 맡는 친구였다.

—자네한테 꼭 보여 주고 싶은 게 있어.

다나베가 본론에 들어갔다.

"뭐지?"

—만나고 이야기하지. 어쨌든 자네가 지금 맡은 연쇄 자살 사건과 관련된 거야.

"그게 정말인가?"

—그래. 우리 회사 5층에 카페가 있는데 거기로 오지 않겠나?

"지금 당장 가겠네."

도쓰가와가 대답했다.

유라쿠초에 있는 도자이 신문사까지 택시로 이동했다.

다나베는 '루후란'이라는 카페에 먼저 와서 자리를 잡고 기다리고 있었다. 왠지 안색이 좋지 않다. 도쓰가와가 그렇게 운을 떼자 다나베는 술을 너무 많이 마셔 간이 상했다며 미소 지었다.

"자네에게 보여 주고 싶었던 게 바로 이거야."

그는 주머니에서 봉투 한 장을 꺼내 도쓰가와 앞에 내려놓았다.

어디에서나 볼 법한 하얀 봉투였다. 앞면에 '도자이 신문 사회부 관계자분들께'라고 적혀 있는데, 보낸 사람의 이름은 없었다.

"확인해 보겠네."

도쓰가와는 그렇게 말하고 안에 든 편지를 꺼냈다. 편지를 펼치자마자 표정이 굳었다.

묵시의 시대라는 증거로 다음 주 일요일에 우리 동지가 또다시 분신자살을 할 것이다.

"두 시간 전에 우리 사회부에 도착했네."

다나베가 말했다.

도쓰가와는 말없이 편지에 적힌 글을 두세 번 반복해서 읽었다. 고무풍선에 붙어 있던 자살 예고문과 글씨체가 매우 유사하다. 이건 경찰을 향한 도발일까.

"아까 뭐라고 했지?"

도쓰가와가 문득 떠오른 것처럼 묻자 다나베는 미소 지었다.

"이게 두 시간 전에 도착했다고 했네. 석간에 실으려고 하는데 그전에 자네에게 보여 주고 싶어서."

"고맙군. 다른 신문사에도 같은 편지가 도착했나?"

"물어보지는 않았지만 아마 모든 신문사에 전달되지 않았을까. 이 글을 쓴 자는 전에도 그랬듯 최대한 많은 이들에게 알리고 나서 자살할 작정일 듯하니."

"빌려 가도 되겠나?"

"그래. 이미 사진으로 찍어 놔서."

다나베가 편지지를 내밀었다.

"자네한테 묻고 싶은 게 하나 더 있는데."

"뭐지?"

"경찰은 이 네 번째 분신자살을 막을 자신이 있나? 따로 기사화하지는 않을 테니 솔직히 말해 줘."

"막고 싶고 막기 위해 최선을 다할 거야. 지금 말할 수 있는 건 그것뿐."

"모범생 같은 발언이군."

"그 밖에 다른 할 말이 없으니."

"도대체 젊은이들이 뭘 위해 연이어 죽는다고 보나?"

"뭔가에 대한 항의. 고무풍선에 붙은 종이에는 그렇게 적혀 있었네. 그런데 이번에는 묵시의 시대라는 증거를 보이기 위해서라는군."

9

도쓰가와는 수사본부에 돌아가 빌려 온 편지를 책상에 펼치고 서랍에서 성경을 꺼냈다.

구약과 신약이 엮인 두툼한 성경이었다.

이번 사건이 일어나기 전까지 도쓰가와는 자신과 가장 어울리지 않는 책이 성경이라고 생각했다. 그러나 지금은 이렇게 서랍에 넣어 두고 이따금 들여다보고 있다. 종교 관련 책을 싫어해 지금까지 읽은 건 『단이초』*뿐이었다.

묵시록은 정확히 말하자면 요한 계시록으로 성경의 마지막 장을 뜻한다.

그리고 묵시란 쉽게 말해 예언이라고 할 것이다.

도쓰가와는 성경을 여러 번 읽으며 성경 전체가 예언의 책이라 느꼈다. 구약은 그리스도의 탄생을 예언하고, 신약은 십자가에 못박힌 그리스도의 부활을 예언하고 있다. 끝에 있는 요한 계시록은 그것들의 종합이라 할 수 있다.

도쓰가와는 요한 계시록 속 한 페이지를 펼쳤다. 첫 장이 다음과 같은 구절로 시작됐다.

예수 그리스도의 계시라 이는 하나님이 그에게 주사 반드시 속히 일어날 일들을 그 종들에게 보이시려고 그의 천사를 그 종 요한에게 보내 알게 하신 것이라. 요한은 하나님의 말씀과 예수 그리스도의 증거, 곧 자신이 본 것을 다 증언하였느니라. 이 예언의 말씀을 읽는 자와 듣는 자와 그 가운데에 기록한 것을 지키는 자는 복이 있나니 때가 가까움

---

* 일본의 고승 신란의 법어를 담은 불교 서적.

이라.

그 뒤에도 이런저런 말들이 적혀 있다. 모두 최후의 심판을 대비하라는 경고의 뜻으로 해석해도 좋을 것이다. 예컨대 거짓 선지자가 나타날 것이니 조심하라는 구절이 있는데 대부분 비유 형태라 기독교에 무지한 도쓰가와는 잘 이해되지 않았다.

그리고 요한 계시록 마지막에는 거대 도시 바빌론이 예언대로 멸망한 후 하나님의 나라가 나타날 것이며 예언은 하나님의 말씀이니 믿으라고 기록돼 있다.

문제는 바로 이 요한 계시록을 어떻게 해석하느냐다.

번영의 도시 바빌론이 멸망한 것은 역사적 사실이니 모든 걸 하나의 역사로 읽는 것도 하나의 해석일 것이다.

두 번째 해석은 전 인류를 향한 경고로 받아들이는 것이다. 물질문명에 중독된 인류는 언젠가 최후의 심판의 날을 맞이할 것이니 그때를 대비하라는 경고다.

세 번째는 한 사람 한 사람의 영혼의 책으로 해석하는 것이다. 그렇다면 인류가 잔존하는 이상 책에 제시된 계시는 영원한 예언이 될 것이다.

어떤 해석이 옳은지 물론 도쓰가와는 알지 못했고 지금 그에게 관심도 없는 일이었다.

도쓰가와가 관심을 가진 건 도자이 신문에 '묵시의 시대라는 증거로 다음 주 일요일에 우리 동지가 또다시 분신자살을 할 것이다'라고 써서 보내온 '그들'이 이 묵시록을 어떻게 해석하느냐는 것이다.

도쓰가와는 성경을 덮고 다시 한번 편지에 눈을 돌렸다.

'묵시의 시대라는 증거를 보이겠다고?'

도쓰가와는 혀를 찼다.

'마구잡이로 분신자살 같은 걸 해서 대체 뭘 증명한다는 거냐?'

의문은 늘 같은 곳에서 시작됐다.

10

오후 3시가 가까워지자 탐문을 마치고 온 가메이가 역에서 사온 석간신문 다발을 도쓰가와에게 건넸다.

"또 분신자살 예고입니다. 이번에는 모든 신문사에 투서가 들어온 것 같습니다."

"실물 편지가 여기 있네. 도자이 신문에서 받아 왔어."

도쓰가와는 다나베가 준 편지를 가메이에게 보여 줬다.

"다른 신문사에도 투서가 있었나 보군."

"모든 신문에 실려 있었습니다. 필체는 고무풍선에 붙은 편지와 매우 흡사하네요."

"아마 같은 사람이 썼겠지."

"이건 우리 경찰에 대한 도발 아닌가요? 분신자살을 막을 수 있다면 막아 보라는⋯⋯."

가메이의 얼굴이 점점 벌겋게 달아올랐다. 도호쿠 출신에 소박하고 정의감이 강한 가메이는 이렇게 분신자살을 예고하는 행위를 참을 수 없을 것이다.

"그렇게 열 내지 말게."

도쓰가와는 웃으며 가메이를 달랬다.

"죽음을 가볍게 여기는 이런 행동은 참을 수 없습니다. 게다가 이번에는 묵시의 시대라는 증거 운운도 했잖습니까. 대체 의도가 뭘까요?"

"자네는 요한 계시록을 읽어 본 적 있나?"

"저번에도 말씀드렸듯이 아들이 주일 학교에 다닌 적이 있어서 한번 훑어본 적은 있습니다. 하지만 요한 계시록만큼은 저도 이해하기 어려웠네요. 다양한 해석이 가능할 것 같아서요."

"나도 방금 다시 읽어 봤는데 그 안에서 흥미로운 문구를 찾았네. 묵시와는 별 상관없는 것 같지만."

도쓰가와는 책상에 놓인 성경을 펼쳐 요한 계시록 2장 중간 부분을 가리켰다. 그곳에는 다음과 같은 구절이 있었다.

눈은 불꽃 같고 발은 빛나는 주석과 같은 하나님의 아들이 이르시되

"그 황동 팔찌를 지칭하는 게 아니겠나?"

도쓰가와가 지적했다.

"금이 비싸서 황동으로 만든 줄 알았는데 뜻밖에도 그들은 황동이 더 낫다고 생각한 것 같아."

"성경 속 구절이라고 하니 팔찌에 새겨진 네잎클로버도 떠오르는데 성경에 네잎클로버가 나옵니까? 전 기억이 안 나서요."

"나도 그런 건 읽은 기억이 없네. 물론 그리 자세히 읽은 것도 아니지만."

"일반적으로 성경과 풀꽃 하면 가장 먼저 떠오르는 건 들백합 아닐까요?"

"그래. 그 밖에 올리브와 포도 정도를 들 수 있겠군."

"그렇다면 그들은 팔찌에 왜 들백합이나 올리브잎, 포도 같은 걸 새기지 않았을까요? 그렇게 성경 속 구절에 집착하는 자식들이."

"자네 말이 맞네. 네잎클로버처럼 다소 세속적인 상징과 성경에 나오는 무거운 말씀을 나란히 새긴 것 자체가 뭔가 묘하지."

"다음 주 일요일이라면 29일이군요. 천황 탄신일입니다."

"앞으로 나흘밖에 안 남았어."

"이번에는 또 어디서 분신자살을 하려는 걸까요? 진구 구장 투수 마운드는 아닐 테고요."

"신문사에 예고문까지 보낸 걸 보면 어딘지 몰라도 화려한 곳을 택하겠지. 그것만은 확실해."

"이번만큼은 꼭 막고 싶습니다."

가메이는 굳은 표정으로 말했다.

도쓰가와도 말없이 고개를 끄덕였다.

하지만 지금과 같은 상황에서 과연 제4의 희생자를 막을 수 있을까.

11

해가 지자 이모토와 이시카와 형사가 지친 듯이 돌아왔다.

"진구 구장을 퇴사한 두 그라운드 정비원을 찾아가 물어봤지만 22일 분신자살과는 무관했습니다."

이모토가 먼저 보고했다.

"아르바이트생들 쪽은 어떻던가?"

도쓰가와가 묻자 이번에는 이시카와가 입을 열었다.

"다섯 명 모두 알리바이가 있었습니다."

"그렇군."

도쓰가와가 낙담하자 이시카와가 말을 이었다.

"그래서 지금은 사회인이지만 학창 시절에 아르바이트로 진구 구장 그라운드 키퍼를 했던 이들도 만나 봤습니다."

"오. 뭔가 수확이 있었나?"

"유력한 정보가 나온 건 아니지만 딱 한 명에게서 이상한 점이 있었습니다."

"무슨 말이지?"

"가와카미 히로후미라고 해서 13년 전 N대학을 졸업한 사람인데, 진구 구장 명부를 보니 대학 시절 3년간 아르바이트로 그라운드 키퍼를 했다고 적혀 있더군요."

"그래서?"

"그런데 그는 5년 전 병으로 죽었습니다."

"그럼 이번 사건과는 무관하지 않나?"

"네. 하지만 혹시나 해서 가족을 찾아가 물어보니 가족들은 그가 대학 시절 그런 아르바이트를 한 적이 없다고 하더군요."

"흐음."

"애초에 가와카미 히로후미는 몸이 약해서 그라운드 키퍼 같은 일을 못 했을 거라고 합니다."

"그런데 진구 구장 측에는 그의 이름이 남아 있다고?"

"그렇습니다. 아마 가와카미 히로후미의 친구나 지인이 그의 이름을 빌려서 아르바이트를 했던 것 같습니다."

"왜 그런 짓을 했을까?"

"잘 모르겠지만 아마 자존심이 세고 허세기가 있는 학생이 아르바이트로 그라운드 키퍼 일을 하는 걸 주위에 알리고 싶지 않아 친구 이름을 대신 쓰지 않았을까 싶습니다."

"그 친구가 궁금하군."

"저도 그렇습니다만 십수 년 전 일이라 쉽지는 않을 것 같네요."

이시카와가 어깨를 움츠렸다.

"아무튼 지금은 좀 쉬었다 오게."

도쓰가와가 이시카와와 이모토에게 지시했다.

"오스기 형사에게서는 아직 보고가 없습니까?"

가메이가 끓여 준 차를 마시며 이시카와가 도쓰가와에게 물었다.

"아직 연락은 안 왔네."

그렇게 대답했을 때 마치 기다렸다는 듯이 전화벨이 울렸다.

도쓰가와가 팔을 뻗어 수화기를 집었다.

─오스기입니다.

흥분한 목소리가 귓전을 때렸다.

─드디어 찾았습니다.

"뭘 말인가?"

─차입니다. 그 흰색 캐롤러 밴을 찾았습니다.

"그게 정말인가!"

자연스럽게 도쓰가와의 목소리가 커졌다. 가메이를 비롯한 세 형사도 옆에 다가와 귀를 기울였다.

─틀림없습니다.

수화기 너머에서 오스기가 단언했다.

─번호판 마지막 두 자리가 18이고 차체 옆에는 네잎클로버가

그려져 있습니다.

"지금 어딘가?"

—우에노 히로코지 근처입니다. 하라다가 지금 옆에서 감시 중입니다.

"차 안에는 아무도 없나?"

—없습니다. 카페 앞에 주차된 걸 보면 안에 들어갔을지도 모릅니다.

"잘했네. 훌륭해!"

—운이 좋았습니다. 그들이 고무풍선을 샀다는 아사쿠사바시의 도매상에게 다시 한번 그때 일을 물으려고 택시를 타고 왔을 때 문제의 차량을 발견한 겁니다. 번호를 말씀드릴 테니 그쪽에서 차주를 확인해 주십시오.

"그래, 알겠네."

도쓰가와는 볼펜을 집어 들었다.

—번호는 시나가와 58-무X-18입니다.

오스기가 말한 번호를 다시 한번 확인하고 전화를 끊은 도쓰가와는 가메이에게 메모를 건넸다.

"도쿄 운송국에 문의해 보게. 다섯 시가 지났지만 누구 한 명은 있겠지."

"전화를 안 받으면 제가 직접 차를 타고 가 보겠습니다."

가메이 또한 어깨에 힘이 잔뜩 들어가 있었다.

12

오스기는 수화기를 내려놓고 안경을 누르며 하늘을 올려다봤다.

오늘은 아침부터 흐린 날씨가 이어지다 마침내 비가 한 방울씩 내리기 시작했다.

오스기는 하라다가 있는 곳으로 돌아갔다. 몇 미터 떨어진 곳에 문제의 흰색 승합차가 후미를 보인 채로 주차돼 있다.

"운전자는 아직 돌아오지 않았습니다."

젊은 하라다가 긴장한 목소리로 오스기에게 속삭였다. 하라다는 올해 스물다섯 살로 형사가 된 지 얼마 되지 않았다. 말하자면 이번이 첫 사건이라 긴장하는 것도 무리가 아니었다.

"다리가 떨리는군."

오스기는 웃으며 지적했다.

"오줌이라도 마렵나?"

"사실 그렇습니다. 긴장해서인지 갑자기 화장실에 가고 싶습니다."

"그럼 저 카페에 들어가서 커피라도 주문하고 화장실에 다녀와."

"그사이에 운전자가 차에 돌아오면 어떡합니까."

"내가 알아서 할게. 그보다 운전자가 저 카페 안에 있을지 모르니 넌지시 가게를 한번 살피고 오게. 절대 주의 깊게 관찰해서는 안 돼. 그리고 커피는 꼭 주문하도록. 화장실만 쓰지 말고."

"알겠습니다."

"표정 펴. 그렇게 긴장한 얼굴로 들어가면 한눈에 의심받을 거야."

"네."

하라다는 억지로 웃으며 가게 쪽으로 걸어갔다. 걸음걸이가 영 어색하다.

오스기는 쓴웃음을 짓고 담배를 입에 물었다.

하라다는 대략 5, 6분 만에 가게에서 나왔다.

"커피는 주문했겠지?"

오스기가 물었다.

"주문했습니다. 반 정도 남기긴 했지만."

"괜찮아. 그래서, 손님은 몇 명이나 있지?"

"젊은 부부 한 쌍, 그리고 남자가 넷 있습니다. 전부 따로따로 앉아 신문을 읽거나 담배를 피우고 있습니다."

"젊은 남자들인가?"

"두 사람은 20대지만 나머지 두 사람은 중년으로 보였습니다."

"그중에 운전자가 있으면 좋을 텐데."

오스기가 그렇게 말했을 때 가게 문이 열리고 한 청년이 나왔다.

금세 형사들의 얼굴에 긴장감이 감돌았다.

청년은 비 오는 하늘을 올려다보며 "쳇" 하고 혀를 차더니 길 건너편으로 뛰어가 버렸다.

하라다가 한숨을 휴 내쉬었다.

오스기는 두 번째 담배에 불을 붙였다. 하라다도 덩달아 담배를 꺼내 입에 물었지만 불은 붙이지 않고 다시 담뱃갑에 넣었다.

"진정해."

오스기가 나직이 그를 달랬다.

빗줄기가 조금 더 강해져 비를 맞은 차 지붕이 반짝반짝 빛나기 시작했다.

그때 갑자기 길 건너편에서 키 큰 청년 한 명이 뛰어와 운전석 문을 열고 차에 올라탔다.

카페에서 나오리라는 생각에 매몰돼 있던 오스기는 순간 허를 찔렸지만 이내 담배를 집어 던지고 차를 향해 돌진했다.

13

오스기가 차 앞에 돌아서자 운전석에 앉은 청년이 전조등을 켰다.

눈부신 광채에 얼굴을 찌푸리면서도 오스기는 두 손을 앞으로 내밀어 경찰수첩을 들이밀었다.

"경찰이다! 차에서 내려!"

오스기가 고함쳤고 하라다가 운전석 문을 열었다.

"내려!"

하라다도 소리쳤다.

그러나 청년은 말없이 가속 페달을 밟았다.

엔진이 으르렁거리는 소리가 들렸다.

오스기는 청년이 이대로 차를 출발시킬 것 같아 얼굴이 파랗게 질렸지만 청년은 갑자기 다시 시동을 끄고 차에서 내렸다.

180센티미터는 족히 넘을 듯한 키에 청바지, 스웨터 차림. 발에는 가죽 샌들을 신고 있었다.

"자네는 누구야?"

그러자 청년은 약간 겁먹은 얼굴로 오스기와 하라다를 번갈아 봤다.

"네 차냐?"

오스기는 안경을 누르며 청년에게 물었다.

청년은 비 오는 하늘을 힐끗 올려다보더니 젖은 머리를 손으로 쓸고 한숨을 쉬었다.

"네, 그런데 여기가 주차 금지 구역이었나요?"

"두 팔을 앞으로 내밀어."

"네?"

"두 팔 말이다."

오스기는 억지로 남자의 손목을 붙들어 스웨터 소매를 걷어 올렸다.

남자의 왼쪽 손목에는 지난 세 사망자와 같은 모양의 황동 팔찌가 채워져 있었다.

오스기가 "역시" 하고 중얼거렸다.

"경찰서까지 함께 가 주겠나?"

"무슨 일이죠?"

청년은 의외로 정중히 물었지만 도발하는 눈빛으로 오스기를 응시했다.

"그게, 그래. 자살방조 혐의라고 해야겠군."

"증거가 있습니까?"

"4월 8일에 젊은 남자 한 명이 긴자의 보행자 천국에서 자살했고 그다음 15일에는 다카시마다이라의 아파트 단지에서 젊은 여자가 똑같이 청산가리를 먹고 자살했어. 그때 아파트 단지에서 목격된 흰색 승합차가 긴자에서도 목격됐는데 그게 바로 이 차다. 그뿐만이 아니야. 죽은 청년들은 자네와 똑같은 황동 팔찌를 차고 있었어."

"체포 영장은 있나요?"

"아니. 필요하다면 지금 당장 받아 오지. 단 그 뒤로는 수갑을 채우고 자네를 끌고 갈 거야. 지금이라면 그냥 참고인으로 동행해 주면 되지만."

오스기는 위협적으로 윽박질렀다.

그러나 청년이 갑자기 키득키득 웃기 시작했다. 오스기는 발끈한 표정을 지었다.

"뭐가 우습지?"

"형사님이 너무 흥분하신 것 같아서요. 그렇게 위협하지 않아도 같이 가겠습니다. 하지만 뭐, 아무것도 말하지 않을 겁니다. 경찰에게 할 말은 없으니까요."

청년은 그야말로 침착하게 반응했다. 그 태도에 오스기는 짜증이 났다.

"차에 타."

오스기가 지시했다.

젊은이가 운전석에 올라탔고 하라다는 뒷좌석에 앉았다.

오스기는 조수석에 앉자마자 손을 뻗어 햇빛 가리개 뒤에서 자동차 검사증을 꺼냈다.

"이름이 고바야시 마사히코인가."

오스기가 확인하듯 청년을 봤지만 청년은 대답 없이 와이퍼 스위치를 켰다.

와이퍼가 소리 내며 움직이기 시작했다.

"어디로 가면 되죠?"

"경시청."

오스기가 지시하자 청년이 가속 페달을 밟았다.

세 사람이 탄 승합차가 빗속을 달리기 시작했다.

청년은 말없이 전방만 응시했다. 오스기는 청년이 무슨 생각일지를 짐작하며 그의 옆얼굴을 빤히 바라봤다.

뒷좌석에 앉아 있던 하라다 형사가 침묵을 참지 못한 듯이 얼굴을 내밀었다.

"자네들은 왜 이렇게 잇달아 스스로 목숨을 끊고 있지?"

하라다가 청년의 등을 향해 질문하듯 물었다.

청년은 백미러에 비친 하라다의 얼굴을 힐끗 봤지만 대답하지 않았다.

"어이!"

하라다가 청년의 어깨를 붙들고 소리쳤다.

"대답해!"

그러자 청년은 차를 도로 왼쪽에 붙여 세우더니 고개를 돌려 하라다를 봤다.

"그러면 반대로 묻겠습니다만, 여러분께서는 어떻게 자살하지 않고 살아갈 수 있는 겁니까?"

3

제4의 비극

1

도쓰가와는 경찰서에 연행된 청년을 즉시 만나러 갔다.

외모는 어디에나 있을 법한 평범한 청년처럼 보였다. 그를 데려온 두 형사도 청년이 다소 냉소적인 구석이 있지만 태도는 정중하다고 했다.

만약 이 청년이 연이어 목숨을 끊은 세 남녀의 동료라면 죽음을 담담하게 받아들일 어떤 이유가 있을 것이다. 그것만 밝히면 네 번째 죽음을 막을 수 있을지 모른다.

"자네에 대해서는 이미 조사했네."

도쓰가와가 운을 뗐다.

"그렇군요."

청년은 아무렇지 않다는 듯이 그저 미소 지었다.

"관할서 조사에 따르면 자네 이름은 고바야시 마사히코. 나이

25세. 오모리역 근처 빌라에 혼자 살지만 평소 집에 거의 들어가지 않는다. 흰색 캐롤러 밴은 1년 전 중고차 판매점에서 40만 엔에 사서 월 1만 2천 엔을 지불하며 빌라 옆 주차장에 세워 두고 있다. 그리고 그 차로 운송 회사에서 임시직으로 일하고 있다. 이 안에 틀린 게 있나?"

"어차피 의미 없습니다."

"뭐가 말이지?"

"형사님이 언급하신 것들 말입니다. 고바야시 마사히코라는 이름도 그냥 다른 사람과 구분하기 위한 표식이죠."

고바야시 마사히코가 차분하게 말했다. 입가에 여전히 미소가 떠올라 있다. 도쓰가와는 첫 번째, 두 번째 사망자의 얼굴에서 본 미소를 떠올렸다. 이 미소의 의미는 대체 뭘까.

"자네 말은 이런 뜻인가? 고바야시 마사히코라는 이름보다 황동 팔찌에 새겨진 글귀가 더 큰 의미를 담고 있다?"

도쓰가와는 청년이 차고 있던 팔찌 뒷면으로 시선을 향했다.

그곳에는 지난 세 팔찌처럼 네잎클로버 그림과 함께 다음과 같은 글귀가 새겨져 있었다.

우리는 빛의 자녀이니라.

"이건 요한복음에 나오는 말이겠지. '빛이 있는 동안에 그 빛을 믿어라. 그러면 빛의 자녀가 될 것이다'에서 따온 거 아닌가?"

"형사님도 성경을 읽으십니까?"

고바야시는 의외라는 듯이 물었다.

이번에는 도쓰가와가 미소 지을 차례였다. 아니, 미소보다 쓴웃음에 가까웠다.

"이번 사건 때문에 부랴부랴 훑어봤다고 해야겠군. 훌륭한 말들이 많아서 감탄하고 있어. 자네들이 성경 속 말씀을 팔찌에 새긴 심정이 왠지 이해된다고 할까."

"감탄만 하는 건 읽지 않은 것이나 마찬가지입니다."

"자네들은 성경의 가르침을 몸소 실천한다는 뜻인가?"

"그건 경찰분들과 상관없는 일이죠. 저희만의 문제예요."

고바야시의 얼굴에서 미소가 사라졌다. 갑자기 갑옷을 두르고 온몸을 사수하는 느낌이 들었다.

"그래. 분명 자네들만의 문제일 수 있겠지. 자살을 처벌하는 법은 따로 없으니 자네 친구가 자살한다고 해서 자네를 처벌할 수도 없을 테고."

"그럼 절 왜 체포한 겁니까?"

"체포한 게 아니라 참고인 신분으로 불렀을 뿐이야. 자네가 여기온 이유는 두 가지. 첫째는 자네들 동료 중에 이미 셋이나 사망했고 다음으로 네 번째 분신자살이 예고됐다는 점. 언론에서도 실컷다뤄서 이토록 사회 이슈가 된 마당에 경찰 입장에서 그냥 넘어갈 수 있겠나? 둘째는 일련의 사건이 자살이 아닌 살인일 가능성도 있어서."

"경찰은 역시 그렇게밖에 못 보는 겁니까?"

고바야시는 어깨를 으쓱하고 툭 내뱉더니 입을 다물었다.

아무래도 도쓰가와가 입에 담은 '살인'이라는 단어에 자극받은 듯하다. 일련의 죽음은 이 젊은이들에게 숭고한 행위였고 지금 그런 행위를 모독당했다고 느낀 걸까.

그 뒤로 도쓰가와가 무슨 말을 건네도 고바야시는 대답하지 않았다. 침묵은 답답함을 안겼다. 허세성 침묵이나 일시적 반항이라면 쉽게 무너뜨릴 수 있다. 그러나 고바야시의 침묵 속에는 도쓰가와와 경찰들을 향한 경멸이 담겨 있었다. 설령 그게 오해에서 비롯된 것이라 해도 경멸의 벽을 허물기란 쉽지 않다.

"어쨌든 팔찌는 자네 것이니 다시 돌려주지."

도쓰가와는 결국 체념한 것처럼 말했다.

2

고바야시 마사히코를 자살방조 혐의로 구금할 시간은 48시간이 한계였다.

또 자살방조라고 해도 명확한 증거가 있는 건 아니다. 첫 번째,

두 번째 사건에서 고바야시가 나비와 고무풍선을 실은 골판지 상자를 차로 현장까지 운반해 준 게 사실이라고 해도 그런 행위가 직접 자살방조가 될지는 의문이었다.

"어쨌든 고바야시 마사히코라는 청년에 대해서는 철저히 조사해 보게."

도쓰가와가 다섯 명의 형사에게 지시했다.

"특히 그의 인간관계. 그가 아는 사람 중에 네잎클로버와 성경 속 구절을 새긴 팔찌를 찬 다른 동료가 있을 수 있으니."

"혹시 다음 주 일요일에 분신자살할 사람이 고바야시 아닐까요?"

가메이가 걱정스럽게 물었다.

"그럴 가능성도 있겠지. 하지만 자살할지도 모른다는 추측만으로 다음 주 일요일까지 잡아 둘 수는 없어."

"전 잘 이해가 안 됩니다."

고바야시를 데려온 이타바시 경찰서의 오스기 형사가 입을 열었다.

"뭐가 말이지?"

도쓰가와가 묻자 오스기는 안경 안쪽에서 눈을 몇 번 깜빡이고 말했다.

"어떻게 그렇게 침착할 수 있는지 말입니다. 여기 데려오는 과정에서도 의아했는데, 자기 동료가 셋이나 연달아 죽은 마당에 사람이 어떻게 그렇게 침착할 수 있을까요? 다음번 분신자살을 할 사람이 그라면 더더욱 이해가 안 되고요."

"그와 동료들 사이에 죽음이라는 게 미화돼 있을지도. 또는 죽어야 한다는 굳센 의무감 같은 게 있을 수도 있지 않겠나."

"그래서 세 명이 죽고 네 번째가 또 죽으려 한다는 겁니까?"

"혼자보다는 동료가 있는 편이 죽음을 선택하기도 쉬운 법."

"가이아나에서 일어난 집단 자살 사건처럼 말입니까?"

"아니. 굳이 미국 사례까지 들 필요도 없지. 전쟁 당시 일본을 생각해 보게. 당시 사이판과 티니언에서 일본군 병사들이 집단 자결했고, 심지어 민간인들까지 미군의 항복 권고를 거부하며 바다에 뛰어들어 목숨을 끊는 일이 잇따랐어. 가미카제 특공대 또한 어떻게 보면 일종의 집단 자살이라 할 수 있겠지. 당시 미국 측 종군 기자가 이런 말을 했다고 해. '우리는 살기 위해 싸우는데 일본은 죽기 위해서 싸운다'."

"하지만 경부님. 지금은 전쟁 같은 비정상적인 상황이 아니잖습니까."

"그 말도 맞지만 고바야시나 동료들에게는 지금 이 현대 사회가 비정상적으로 보일지도 모르지. 다음 주 일요일 자살 예고에 '묵시의 시대'라고도 적혀 있었으니까."

"그들은 죽음이 두렵지 않을까요?"

"글쎄. 그렇지는 않을걸. 충동적인 자살이면 모를까, 예고한 죽음이 두렵지 않을 리 없지. 다만 그들에게는 죽음의 공포를 초월한 뭔가가 있다고 보는 수밖에."

"신앙심 말인가요?"

"그럴 수도 있고, 어쩌면 사명감 같은 것일 수도 있지. 또는 죽음의 공포보다 더 큰 다른 공포가 있을지도. 만약 그렇다면 그게 뭔지 궁금하군. 전시 중 일본인들에게 그것은 살아서 포로가 되느니 죽어야 한다는 규율이었어. 그 규율을 어기는 건 당시 일본인들에게 죽음보다 더 무서운 일이었지. 고바야시 마사히코와 동료들 사이에도 마찬가지로 강력한 어떤 규범이 있고 그 규범이 그들을 지배하고 있는지도 몰라."

3

이모토와 이시카와 형사는 고바야시가 세 들어 사는 오모리의 빌라를 찾아갔다.

'청풍장'이라는 이름의 2층짜리 목조 빌라. 주변에는 소규모 공장과 술집들이 여기저기 모여 있었다.

고바야시는 2층 구석에 있는 다다미 여섯 장짜리 원룸에 살았다.

이모토와 이시카와는 우선 관리인을 만났다. 점퍼 차림의 왜소한 60대 관리인은 이모토가 꺼낸 경찰수첩을 보며 놀란 표정을 지었다.

"또 고바야시 씨 일입니까? 무슨 짓이라도 저지른 거예요?"

"아뇨. 무슨 일을 저지를지도 몰라서 미리 조사하는 겁니다."

이모토가 대답했다.

"그는 어떤 사람입니까?"

"조용하고 얌전한 청년이죠."

"반대로 말하면 말수가 적고 이웃들과 평소에 잘 어울리지 않는 청년이라는 말이 되겠군요."

"그렇습니다. 그런데 그건 비단 고바야시 씨뿐만 아니라 다른 집 청년들도 마찬가지입니다. 근처 신사에서 축제가 열려도 여기 사는 청년들은 아무도 집에서 나오지 않으니까요."

이모토는 속으로 관리인의 말이 일리가 있다고 생각하며 물었다.

"친구 같은 사람들이 집을 찾아온 적은 없습니까?"

"글쎄요. 전 본 적이 없네요. 늘 혼자 있는 느낌이었습니다. 집 밖에서는 어떤 모습인지 모르겠지만요. 그리고 고바야시 씨는 대체로 집에 잘 없었어요."

"지금부터 그의 집을 확인하려는데 같이 가 주시겠습니까? 영장은 가지고 왔습니다."

이모토는 이시카와가 가져온 가택 수색 영장을 관리인에게 보여 줬다.

관리인은 뱁새눈을 깜빡이며 여분 열쇠 뭉치를 들고 2층으로 형사들을 안내했다.

이미 밤 10시가 다 됐는데 복도에는 아이들이 뛰어다니고 어떤 집 창문에서는 카레라이스 냄새가 풍겼다.

이모토와 이시카와는 관리인이 열어 준 집 안에 들어서서는 둘 다 '이런' 하는 표정을 지었다.

독신 귀족이라는 말이 있듯 요즘 시대에 가장 풍요를 즐기고 우아하게 사는 건 젊은 독신 회사원들이라고 한다.

고바야시도 자가용이 있는 데다가 운송 회사에서 일한다고 하니 집 안에 고급 TV나 오디오 같은 기기가 있을 줄 알았는데 실제로 본 다다미방 안에는 가재도구랄 것이 하나도 없다고 해도 과언이 아니었다.

TV, 오디오, 심지어 냉장고도 없고 책상과 낡은 옷장만 덜렁 있었다.

"정말 휑한 집이군."

이모토는 집 한가운데에 서서 어이가 없는 것처럼 주변을 둘러봤다.

집 안에는 작은 부엌이 있고 수도와 가스가 연결돼 있다. 그러나 세숫대야와 수건은 보여도 조리 기구는 보이지 않았다. 아무래도 식사는 밖에서 해결하는 듯했다.

이모토가 옷장을 열었다. 놀랍게도 그 안에는 낡은 코트만 한 벌 걸려 있었다.

책상을 살피던 이시카와가 갑자기 크게 외쳤다.

"어이. 이것 좀 봐."

그는 서랍 두 개를 꺼내 다다미 위에 내렸다. 서랍 안에는 아무 것도 들어 있지 않았다. 연필 한 자루도 없었다.

"대체 어떻게 된 거지?"

이시카와는 당황한 얼굴로 이모토를 봤다.

"어쩌면 너무 구두쇠라 평소에 뭔가를 잘 사지 않는 녀석일지도."

"아무리 구두쇠라고 해도 볼펜 한 자루쯤은 있지 않나. 볼펜과 종이가 없으면 편지 한 장도 못 쓰는데."

"편지 쓰는 걸 싫어하는 녀석이겠지."

이모토는 웃으며 다음으로 붙박이장을 열어 봤다.

안에는 이불이 한 세트 들어 있었다. 까는 이불을 오래 썼는지 구깃구깃하다. 색 바랜 속옷들이 담긴 상자도 나왔다.

"일단 여기서 살기는 사는 것 같군."

"돈은?"

이시카와가 물었다.

"자가용이 있고 운송 회사에서 일하니 한 달에 최소 2, 30만 엔은 벌겠지. 그 돈을 어디다 보관하지?"

"스물다섯 독신 남자가 돈 쓰는 곳이라 해 봐야 여자나 도박, 술 정도일 텐데."

"그중에서 그에게 해당되는 건 없을 것 같아. 녀석은 겉보기에 바람둥이 같지 않고 집 안에 빈 술병 하나 없는 걸 보면 술꾼 같지도 않지. 그렇다고 도박에 빠져 자기 인생을 망가뜨릴 녀석 같지도 않고."

"통장이나 인감 하나 없는 걸 보면 따로 저축을 하는 것 같지도 않은데."

"자선단체에 기부라도 하나?"

이시카와는 농담처럼 웃으며 말했지만 이모토는 의외로 그 말을 진지하게 받아들였다.

"녀석이 신자라고 하니 자네 말대로 자선단체나 교회 쪽에 기부하는 것일 수도."

"우리가 찾은 모든 교회는 신자 중에 그런 팔찌를 차고 일요일에 자살할 사람은 없다고 하지 않았나."

"그래, 맞아. 도쓰가와 경부님도 성경 구절을 믿는 비밀 결사 단체 같은 게 아니겠냐고 하시더군. 벌어들인 돈을 자기 조직에 헌납하고 있을 수도."

"그런데 집 안에 광고 전단 한 장도 보이지 않는 건 왜일까."

이시카와는 빈 서랍을 손가락으로 두드렸다.

이모토는 입구 쪽에 선 관리인에게 눈을 돌렸다.

"다시 한번 확인하겠습니다만, 또래 젊은이들이 이 집을 찾아오거나 머물렀던 적이 없습니까?"

"제가 아는 한 없습니다. 항상 조용히 지내는 청년이니까요. 친구는 없는 것 같던데."

'아니. 동료가 있는 것만은 확실해. 성경 구절을 새긴 팔찌로 엮인 동료가.'

이모토는 속으로 그렇게 되뇌었다.

"책도 한 권 없는데 아무것도 읽지 않는 건가?"

"그게 말이죠."

"네?"

"처음 여기 왔을 때는 책이 아주 많았습니다. 그런데 어느 날 책을 모조리 다 버리더군요. 무슨 말인지 잘 모르겠지만 읽을 의미가 없어졌다고 하면서……."

"읽을 의미가 없어졌다……."

옆에서 이시카와가 "그래도 이상해" 하고 고개를 갸웃거렸다.

"뭐가 말이지?"

"성경 말이야. 고바야시 마사히코와 그의 동료들은 모두 성경 속 말을 철썩같이 믿는 것처럼 보이지 않나. 그런데 이 집 안에는 성경이 한 권도 없어. 심지어 그의 차 안에도 성경은 없었네. 난 잘 모르겠지만, 기독교 신자에게 성경은 무엇보다 중요한 물건 아닌가? 그런데 그런 성경이 한 권도 없다는 건 무슨 뜻일까? 정말 신자가 맞나?"

4

다음 날 오스기와 하라다는 고바야시 마사히코가 일하는 운송
업체를 찾았다.

오모리역 근처의 제법 큰 창고를 둔 건물에 '야기사와 운송'이라
는 간판이 걸려 있었다.

창고 앞에는 소형 트럭 두 대가 서서 바쁘게 짐을 실어 내리고
있었다.

오스기는 선글라스를 끼고 장부를 한 손에 든 채 이것저것 지시
하는 서른대여섯 정도 남자에게 말을 건넸다.

"여기서 고바야시 마사히코라는 청년이 일한다고 들었습니다만."

오스기가 안경 너머로 상대를 보며 묻자 남자는 "네. 그런데 오
늘은 쉬는 날입니다"라고 대답했다.

그는 점포 책임자인 야기사와 마사오라고 자기 신분을 밝히고
사장 직함이 적힌 명함도 꺼냈다. 가죽점퍼 차림에 선글라스를 낀
야기사와는 사장이라기보다 현장 감독 같은 느낌이었다.

"어떤 청년입니까?"

"성격 말인가요?"

"네."

"평소 말수가 적고 조용한 청년입니다. 운송 기사로서는 보기 드
물게 대학도 나온 것 같고 일도 제대로 하니 저희에게는 아주 좋은

직원이죠."

"여기서 일한 지 얼마나 됐습니까?"

"1년 정도 된 것 같네요."

"그동안 문제를 일으킨 적은 없습니까? 차 사고를 냈다거나, 술에 취해서 말썽을 부렸다거나."

"술은 안 마시는 것 같던데요. 과속으로 적발된 적은 한 번 있지만 그것 말고 다른 사고를 낸 적은 없습니다."

"월급은 얼마나 받습니까?"

"그는 자가용이 있으니까요. 기름값을 저희가 내는 조건으로 한 달에 30만 엔씩 주고 있습니다. 평범한 수준이고 그도 별다른 불만은 없는 것 같습니다."

"혹시 그의 지인이나 친구가 이곳까지 찾아오거나 한 적은 없습니까?"

"글쎄요. 잘 모르겠네요. 전 직원들의 사생활에 되도록 간섭을 안 하는 주의라서요. 그게 젊은 직원들을 회사에 오래 묶어 두는 비결 중 하나죠."

야기사와는 자랑스럽게 코를 벌름거렸다.

"고바야시 씨의 차 옆면에 네잎클로버가 그려져 있는 걸 아십니까?"

"네, 압니다."

"무슨 그림인지 물은 적이 있나요?"

"한 번 물은 적이 있습니다."

야기사와가 선글라스를 벗고 눈을 깜빡였다. 선글라스를 벗으니 눈과 눈 간격이 넓어서 왠지 얼빠져 보이는 인상이었다.

오스기는 잠자코 상대를 봤다.

"고바야시는 뭐라고 했습니까?"

"뭔가 어려운 말을 하더군요. 지구에 뭔가를 되살릴 거라고 했는데……."

"혹시 '녹음綠陰'일까요?"

"아, 맞아요. 그랬던 것 같습니다. 그런데 전 그런 것보다는 돈이 필요해서요. 이 불경기 좀 어떻게 안 될까요?"

"저한테 말씀하셔도."

오스기는 쓴웃음을 짓고 다시 물었다.

"네잎클로버에 대해서는 그런 말만 했습니까?"

"네. 뭐 저도 별 관심이 없고 차에 그런 그림이 있어도 업무에 지장을 주는 건 아니니 그 이상 묻지 않았습니다. 혹시 무슨 사고라도 쳤나요?"

"아뇨. 그런 건 아닙니다."

"그렇겠죠. 그렇게 얌전한 청년이 경찰이 나설 만한 일을 저지를 것 같지는 않으니까요."

"그 밖에 고바야시 마사히코 씨를 보며 느낀 점 같은 건?"

"착한 청년이에요. 저한테 다섯 살짜리 딸이 있는데 전에 인형을 사다 준 적도 있습니다. 딸이 아팠을 때."

5

오스기가 야기사와의 이야기를 듣는 동안 하라다 형사는 다른 직원을 만났다.

그러나 이렇다 할 수확은 없었다.

고바야시는 평소 다른 직원들과 거의 교류가 없었다. 함께 술을 마시거나 마작 테이블에 둘러앉은 적도 한 번도 없다고 했다.

'뭔가 대하기 어려운 사람 같았다'라는 의견이 나오기는 했지만 그렇다고 고바야시를 나쁘게 말하는 사람도 없었다.

오스기와 하라다가 수사본부로 돌아가자 잠시 후 고바야시 마사히코의 출신 대학을 조사하러 간 가메이 형사도 돌아왔다.

"고바야시는 법학을 전공했는데 3년 만에 중퇴했다고 합니다."

가메이가 도쓰가와에게 보고했다.

"그를 가르친 시라네라는 조교수를 만나고 왔습니다만, 교수가 아는 고바야시는 공부 벌레였다고 하네요. 1, 2학년 때는 성적이 상위권이었는데 3학년 때 갑자기 학교를 그만두고 운송 업체에서 일하겠다고 해서 깜짝 놀랐다고 합니다."

"정확한 중퇴 이유는 모르나?"

"네. 이것저것 물어봤지만 결국 알아내지 못했습니다. 그냥 갑자기 학교에 발길을 끊었다고 합니다."

"학창 시절 공부 벌레라는 것 말고 또 다른 건?"

"말수가 적고 친구도 별로 없어서 눈에 잘 띄지 않는 학생이었다고 합니다."

"어디에서나 비슷한 대답이군."

"시라네 교수의 강의가 끝나고 함께 찍은 사진이 있다고 해서 빌려 왔습니다."

가메이는 주머니에 넣어 온 사진을 책상에 펼쳤다.

열네다섯 명 정도 되는 학생과 교수의 모습이 찍혀 있었다. 고바야시 마사히코의 얼굴이 보이지만 1, 2차 사건에서 사망한 남녀의 얼굴은 없었다.

"종교에 대해서도 물어봤나?"

도쓰가와가 묻자 가메이가 다시 입을 뗐다.

"네. 시라네 조교수는 그가 기독교에 관심 있는 줄 몰랐다고 하더군요. 법률의 기능 같은 분야에 유독 흥미를 보이는 학생이었지만 종교에는 별 관심이 없어 보였다고 합니다."

"그렇군."

도쓰가와는 고개를 끄덕였다. 그러나 고바야시는 어딘가에서 기독교를 접했을 게 분명하다. 그 접촉 방식이 문제다.

결국 고바야시가 소속된 것으로 추정되는 그룹에 대해서는 무엇 하나 밝히지 못했다.

당사자인 고바야시 또한 여전히 침묵을 지키며 입을 열지 않고 있다.

"시라네 조교수를 불러서 직접 물어보면 어떨까요?"

가메이가 제안했지만 도쓰가와는 동의하지 않았다.

"아마 그 교수가 가르치던 시절의 고바야시와는 다른 사람이 됐을 가능성이 커."

도쓰가와는 그렇게 결론 내렸다.

고바야시가 대학교 3학년 때 갑자기 학교를 그만둔 이유를 알지 못하면 그를 불러도 소용없을 거라 판단했다.

"고바야시를 풀어 주세."

도쓰가와는 결국 마음을 굳혔다.

구금 시간인 48시간까지 아직 스무 시간 이상 남았지만 더 붙잡아도 그가 입을 열 것 같지 않았다.

그렇다면 차라리 그를 풀어 주고 몰래 뒤를 밟는 게 낫겠다고 판단했다.

미행은 가메이와 도쓰가와가 직접 맡기로 했다. 운이 좋으면 고바야시가 동료들이 있는 곳까지 자신들을 데려가 줄지도 모른다고 기대했다.

6

고바야시는 오후 5시에 석방됐다.

그는 무표정한 얼굴로 수사본부를 나가 경시청 안뜰에 세워 둔 자기 차에 올라탔다.

고바야시의 차가 출발하자 대기 중이던 비노출 경찰차가 뒤를 따랐다. 가메이가 운전을 맡았고 도쓰가와는 조수석에 탔다.

시간이 시간이어서인지 도내 도로는 정체가 시작되고 있었다.

고바야시의 차는 하마마쓰초 부근에서 체증에 휘말려 오이초에 도착했을 때는 이미 해 질 녘이었다.

가메이는 전조등을 켰다.

"이대로 오모리 빌라로 돌아갈 생각일까요?"

가메이가 물었을 때 고바야시의 차가 도로변에 있는 식당 앞에 멈춰 섰다. 고바야시는 차에서 내려 식당에 들어갔다.

"집에 돌아가기 전에 배를 채우려는 것 같군."

도쓰가와는 미소 지었다.

그곳은 기사 식당인지 식당 주변에 택시와 트럭이 즐비해 있었다.

도쓰가와와 가메이는 식당에 들어가지 못하고 근처 빵집에서 빵과 우유를 사 와 차에서 먹기로 했다.

시간이 흘러도 고바야시는 좀처럼 밖에 나오지 않았다.

그 와중에 식당 옆 공터에서 무슨 일이 일어났는지 고성이 들리고 사람들이 뭔가를 에워싸고 있었다.

"아무래도 싸움이 난 것 같은데요."

가메이가 말했다.

미행 중이 아니라면 가서 말리겠지만 지금은 그럴 수 없다.

순찰하는 다른 경찰이 와서 제지하면 좋겠다고 생각하고 있을 때 식당에서 고바야시가 나왔다.

고바야시는 차로 돌아가려다 인파를 보고 순간 망설이는 표정을 짓더니 인파 쪽으로 걸어갔다.

"뭐야, 저 녀석. 싸움 구경이라도 하려는 걸까요?"

가메이가 의아하게 느낀 건 멀대처럼 마른 고바야시가 싸움과는 거리가 먼 청년처럼 보였기 때문이다. 또 그의 신상을 조사한 결과 평소 남의 일에 잘 관여하는 성격 같지도 않았다.

고바야시는 까치발을 들고 서서 인파 안쪽을 들여다봤다.

"우리도 가 보지."

도쓰가와가 벌컥 차 문을 열었다.

"네?"

가메이가 당황해서 고개를 갸웃거렸다.

"고바야시가 어떤 얼굴로 싸움을 지켜볼지 궁금해."

차에서 내린 도쓰가와와 가메이는 반대편에서 인파 쪽으로 접근했다.

싸움이 왜 일어났는지는 몰라도 얼핏 건달처럼 보이는 가죽점퍼 차림의 두 남자가 회사원 느낌의 왜소한 중년 남자를 밀치고 있었다.

중년 남자는 이미 두세 대 얻어맞았는지 안경이 날아갔고 코피를 흘리고 있었다. 나이는 쉰 정도 됐을까. 둘 중 한 젊은이가 그의 멱살을 잡아서 질질 끌고 갔다.

"도와주십쇼. 제발 도와주십쇼."

회사원 남자가 애원했다.

딱하다기보다는 뭔가 볼썽사나워서 주변에서 지켜보는 사람들 사이에서 실소가 터졌다.

두 청년은 중년 남자를 괴롭히며 쾌감을 느끼는 듯했다.

"어이, 아저씨. 정신 차려."

그들은 남자를 세워 두고 발길질을 해서 쓰러뜨리거나 권투 자세를 취하며 남자의 배와 얼굴을 때렸다. 그때마다 남자는 한심하게 비명을 질렀다.

"가서 말립시다."

가메이가 말했다. 도쓰가와는 덩달아 한 발짝 나가려다가 "잠깐" 하고 가메이를 제지했다.

"왜 그러시죠?"

"고바야시를 봐."

도쓰가와가 작게 소곤거렸다.

두 사람 반대편에 서 있는 고바야시의 모습이 뭔가 이상했다. 창백한 얼굴로 건달들과 중년 회사원의 모습을 가만히 지켜보고 있다. 몸이 조금씩 떨리는 것 같기도 했다.

그는 뭔가 갈등하는 것처럼 발밑에 시선을 떨구거나 두 주먹을 쥐었다 폈다 하더니 갑자기 헤엄치듯 비틀비틀 앞으로 나아가 버럭 소리쳤다.

"멈춰라!"

7

용맹한 느낌 같은 건 티끌만큼도 없었다. 조금 전 목소리도 거의 비명에 가까웠다.

도쓰가와는 가메이와 함께 말없이 고바야시를 봤다.

두 젊은 건달이 중년 회사원에서 고바야시 쪽으로 시선을 돌렸다.

그들은 고바야시의 온몸을 위아래로 훑어보더니 얼굴을 맞대고 웃음을 터뜨렸다. 상대가 별로 강해 보이지 않으니 새 괴롭힘 상대로 안성맞춤이라 느낀 듯했다.

"뭐야, 넌?"

둘 중 한 명이 분노 섞어 윽박질렀고 다른 한 명은 반대로 웃으며 말했다.

"어이, 저것 좀 봐. 다리를 덜덜 떨고 있잖아."

농담이 아니라 정말 고바야시의 무릎이 조금씩 떨리고 있었다. 안색도 여전히 창백하다. 승부는 처음부터 정해진 느낌이었다.

중년 회사원이 그 틈을 타서 몰래 도망쳤다. 그러나 두 건달은 새롭게 등장한 상대에게 정신이 팔려 회사원 쪽은 쳐다보지도 않았다. 더 좋은 사냥감이 나타났다고 판단한 듯했다.

"폼 잡기는."

"뭐야? 금세 꿀 먹은 벙어리가 됐네?"

두 사람이 고바야시에게 말을 건넸고 그중 한 명이 갑자기 고바야시의 관자놀이 부근을 주먹으로 퍽 쳤다. 비틀거리는 고바야시를 다른 한 명이 발로 걸어찼다.

그 후부터는 그야말로 엉망진창이었다. 고바야시는 무자비하게 구타와 발길질을 당했고 얼굴이 순식간에 피투성이가 됐다. 아랫배에 발길질을 당하자 바닥에 쓰러지더니 새우처럼 몸을 웅크린 채 꼼짝하지 못했다.

"경부님!"

가메이의 외침에 도쓰가와는 그제야 정신을 차렸다.

"그만하게!"

도쓰가와가 그들 사이에 끼어들었다.

두 남자는 결국 체포됐고 고바야시는 구급차에 실려 인근 병원으로 이송됐다.

치아 두 개가 부러져 전치 2주의 타박상 진단이 나왔다.

그날 밤늦게 도쓰가와는 혼다 수사 1과장의 부름을 받았다.

"자네가 올린 보고서를 읽었네."

혼다는 당황한 얼굴로 도쓰가와를 봤다.

"죄송합니다."

도쓰가와가 고개를 숙였다.

"뭐야, 자네답지 않군. 베테랑인 가메이 형사도 같이 있었는데 왜 더 일찍 싸움을 제지하지 않았지?"

"가메이 형사는 잘못이 없습니다. 오히려 그가 주의해 준 덕분에 서둘러 제지할 수 있었죠. 만약 그가 나서지 않았다면 고바야시는 더 크게 다쳤을지 모릅니다."

"고바야시 마사히코가 얻어맞는 모습을 왜 가만히 지켜보고 있었나?"

"저도 잘 모르겠습니다."

"모르면 안 되지. 사실 그 자리에는 주오 신문 기자도 있었다고 해. 자네들이 바로 싸움을 제지하지 않은 합당한 이유가 없다면 경찰의 무능을 질타당할 수 있어. 뭔가 다른 이유가 있지 않았나? 자네가 아무 이유도 없이 멍하니 그 상황을 지켜보고만 있었을 것 같지 않은데……."

"굳이 말씀드리자면, 고바야시의 모습이 뭔가 기이해서 거기에 정신이 팔렸던 것 같습니다."

"기이하다니?"

"그때 고바야시가 앞으로 나선 건 결코 정의감 때문이 아니었습니다."

8

"정의감 때문이 아니다?"

"네."

"하지만 젊을 때는 대부분 정의감이 있지 않나? 아무리 개인주의 성향이 강한 세대라 해도 젊은이 나름의 정의감은 있을 거 아닌가. 고바야시 마사히코가 못 당해 낼 걸 알면서도 중년의 회사원을 도우려고 뛰어든 건 아무리 생각해도 정의감 때문이었던 것 같은데."

"대부분의 경우에는 그게 들어맞겠지만 그는 조금 달랐습니다. 제 눈으로 똑똑히 봤으니 틀림없습니다."

도쓰가와는 약간 흥분해서 말했다.

"미안하지만 무슨 말인지 잘 모르겠어."

"고바야시가 앞으로 나섰을 때 저는 그의 눈에 주목했습니다. 그의 눈은 슬픔을 머금고 있었습니다."

"자기 힘이 약해서 슬펐던 거 아닐까? 보고서에도 고바야시의 다리가 떨렸다고 적혀 있더군. 그런 허약한 자신이 한심했겠지. 그래서 눈빛이 슬퍼 보였을 테고."

"그렇다면 고바야시는 왜 위험한 걸 알면서도 나선 걸까요? 그때 대략 2, 30명 정도 되는 사람들이 중년 회사원이 건달들에게 당하는 모습을 구경하고 있었습니다. 그중에는 20대 젊은이도 몇 명 있었고, 대부분 고바야시보다 힘이 세 보였죠. 하지만 그들은 중년의 회사원을 도와주려 나서지 않았습니다."

"사람이라면 누구나 다치는 걸 두려워하잖나. 난 특별히 요즘 사람들이 매정하다고는 생각 안 하네. 예나 지금이나 어쩌면 그게 당연할 테니."

"그건 저도 동감합니다."

도쓰가와는 고개를 끄덕였다.

"고바야시 역시 무서웠을 겁니다. 시종일관 겁에 질린 표정이었으니까요. 그럼에도 불구하고 그는 두 깡패를 향해 그만하라고 외치며 앞으로 나아갔습니다."

"자네는 그게 정의감에서 비롯된 게 아니라는 건가?"

"네."

"여전히 잘 모르겠어."

혼다 수사 1과장은 웃으며 고개를 절레절레 흔들었다.

"사실 저도 잘 모르겠습니다."

도쓰가와는 솔직히 말했다.

"그래. 자네 말대로 정의감에서 비롯된 행동이 아니라고 치지.

거기에 어떤 의미가 있다는 건가?"

"고바야시는 거의 무방비 상태로 두 건달에게 폭행당했습니다. 순식간이었죠. 그래서 저희가 제지하는 게 늦어졌다고 변명하려는 건 아닙니다. 그 후 구급차를 불러 쓰러진 고바야시가 들것에 실려 갈 때였습니다. 그때 놀랍게도 그는 만족스러운 얼굴로 미소 짓고 있더군요. 그 얼굴을 처음 봤을 때는 저도 그가 일방적으로 당하기는 했지만 자신의 정의감을 충족시켰으니 만족스러워서 미소 지은 거라 생각했습니다."

"그게 아니라는 건가?"

"여러 번 말씀드리지만 그가 싸움을 말리고자 나선 건 아무리 봐도 정의감에서 비롯된 거라 생각되지 않습니다. 보통 정의감이라면 깡패에게 당할지도 모른다는 공포 앞에서 위축되겠죠. 그때 다른 구경꾼들이 아무도 도와주려 나서지 않은 것도 그들에게 정의감이 없어서라기보다 공포 쪽이 더 컸기 때문일 겁니다. 그러나 고바야시는 덜덜 떨면서도 앞으로 나갔습니다. 평범한 정의감이라면 공포를 이길 수 없습니다."

"그런가."

"들것에 실린 고바야시의 만족스러운 미소를 보며 전 1, 2차 사건 때 사망한 젊은이들을 떠올렸습니다. 그 두 남녀의 얼굴에 떠오른 미소가 제게는 풀리지 않는 수수께끼였는데, 오늘 고바야시가 보인 미소도 사실 그것과 비슷하지 않을까 하는 생각이 들더군요.

완전히 똑같다고 단정할 수는 없어도 공통점을 느낀 것만은 사실입니다."

"흥미롭군. 하지만 그때 고바야시를 움직인 감정이 뭔지 모르면 사건의 수수께끼를 풀 힌트가 될 수 없지 않은가?"

"맞습니다."

"정말 모르겠나?"

혼다가 다시 묻자 도쓰가와는 눈을 가늘게 떴다.

"어쩌면……."

"어쩌면, 뭔가?"

"강력한 의무감 때문일지도 모르겠네요."

9

"의무감이라."

혼다는 도쓰가와의 말을 되뇌었지만 잠시 후 더더욱 이해하지 못하겠다는 반응을 보였다.

"의무감이라면 보통 대상이 있지 않나? 뭐에 대한 의무감이었을까?"

"그걸 알 수 있다면 참 좋겠습니다만."

"그럼 일단 자네와 가메이가 고바야시를 즉시 돕지 않은 건 그의 태도가 연쇄 자살 사건의 수수께끼를 풀 열쇠가 될 수 있다고 느꼈기 때문이라 해 두지. 그럼 기자도 이해하지 않겠나."

혼다는 결심한 것처럼 웃으며 말했다.

"감사합니다."

"됐어. 어쩌면 고바야시가 전치 2주로 입원하게 된 게 오히려 뜻밖의 좋은 결과를 가져올지도 모르겠군. 그의 입원 소식이 내일 자 조간신문에 실릴 테니 문제의 동료들이 병문안을 올 가능성도 있지 않겠나?"

"저도 그걸 기대하고 있습니다."

"오늘이 며칠이었지?"

혼다는 확인하듯 벽에 걸린 달력에 눈을 돌렸다.

도쓰가와는 보지 않아도 알 수 있었다.

"일요일까지 앞으로 사흘 남았습니다. 정확히 말하면 딱 이틀입니다."

"고바야시가 열쇠를 제공해서 네 번째 희생자를 만들지 않고 끝냈으면 좋겠군. 자네는 다시 고바야시를 만나러 가겠지?"

"물론 만나러 갑니다."

도쓰가와는 단언했다.

다음 날, 도쓰가와는 조간신문과 꽃다발을 들고 고바야시가 입원한 오모리 병원을 찾았다.

2인실이지만 다른 침대는 비어 있었다.

깨어 있던 고바야시가 병실에 들어온 도쓰가와를 감정 없는 눈
빛으로 쳐다봤다.

도쓰가와는 베개 옆 우유병에 꽃다발을 꽂으며 물었다.

"몸 상태는 좀 어떻지?"

"의사는 곧 퇴원할 수 있다더군요."

"그래? 다행이군. 신문에 자네 기사가 실렸어."

도쓰가와는 고바야시에게 신문을 건넸다.

"자네더러 용기 있는 젊은이라더군. 자기 자신만 생각하는 요즘
젊은이들과 다르게 보기 드문 젊은이라고."

"그런가요."

"사실 자네에게 사과할 게 있네."

"알고 있습니다."

"뭘?"

"형사님은 그날 저를 미행했죠?"

"그래. 미행했지. 그래서 자네가 회사원을 구하러 나서는 모습과
얻어맞는 것도 봤네. 조금 더 빨리 막을 수 있었을 텐데 경찰로서
직무에 충실하지 못했어. 만약 자네가 그 일로 날 고소한다면 기꺼
이 받아들일 각오가 돼 있네."

"형사님을 고소할 생각은 없습니다."

"그건 고맙지만, 왜지? 보통 이럴 때는 앞장서서 경찰을 비판하
기 마련인데."

"특별한 이유는 없습니다. 굳이 말하면 귀찮아서랄까요. 그런 일을 하는 게."

"귀찮다?"

도쓰가와는 쓴웃음을 지었다.

고바야시는 자기 기사가 실린 신문을 훑어보다가 얼마 안 돼 쑥스러운 것처럼 탁자 위에 신문을 던졌다.

"신문에는 자네 행동이 용감하다고 적혀 있던데 말이야."

도쓰가와는 고바야시의 얼굴을 들여다보며 말을 걸었다.

고바야시는 손을 뻗어 담배를 입에 물었다.

"용기 같은 건 없습니다. 전 겁쟁이입니다."

"그래. 분명 그때 자네는 떨고 있었지."

"……."

고바야시는 말없이 담뱃불을 붙였다. 담배를 집은 손끝이 희미하게 떨리는 걸 도쓰가와는 놓치지 않았다. 어제 일이 떠올랐을까.

"그런데도 자네는 그 회사원을 돕기 위해 깡패들 앞에 나섰어. 왜지?"

"……."

"아니. 자네는 그때 그 회사원을 도와주려고 뛰어든 게 아니야. 그 남자는 사실 신경도 안 썼겠지. 그건 자네 자신의 문제였으니까. 만약 이 자리에서 아무것도 하지 않고 가만히 있으면 내가 고통받는다. 그런 상황을 피하기 위해서 자네는 그곳에 뛰어든 거야.

그래서 자네는 깡패들에게 얻어맞고 발길질을 당해 쓰러지면서도 안도하며 미소까지 지었어. 자네는 그때 꼭 무언가로부터 해방된 사람 같더군."

"경부님은 심리학도 공부하십니까?"

고바야시의 말투에는 조롱하는 뉘앙스가 있었다.

도쓰가와는 화 대신 미소 지어 보였다. 오늘은 4월 27일 금요일이다. 예고된 29일 일요일까지 앞으로 이틀. 이 청년이 유일한 단서라면 도발에 넘어가서 일을 그르칠 수 없다.

"대학 시절 심리학을 전공했으면 좋았을 거라고 생각하기는 해. 자네나 자네 동료들의 심리를 밝힐 수도 있을 테니."

"못 밝히셨을 것 같은데요."

고바야시는 차갑게 말하고 천장을 향해 연기를 내뿜었다.

"자네들의 숭고한 정신을 내가 이해할 리 없다는 건가?"

"경찰이 굳이 이해할 이유도 없습니다."

"그건 불가능해. 우리는 예고된 자살을 막아야 하니까."

"왜죠? 딱히 남을 해하려는 것도 아닙니다. 스스로 목숨을 끊는 거예요. 누군가에게 폐를 끼치는 게 아니고 범죄도 아닌데 왜 경찰이 자꾸 끼어드는 건가요?"

고바야시는 화가 난 것처럼 담배를 재떨이에 문질렀다.

그때 병실에 들어온 간호사가 곧 의사가 올 거라고 해서 도쓰가와는 병실을 나갔다.

'저 청년을 떠받치는 감정은 대체 뭘까.'

10

시간은 무자비하게 흘렀다.

도쓰가와를 비롯한 수사팀은 고바야시의 증언이 아닌 다른 단서를 찾기 위해 필사적으로 뛰었지만 결국 헛수고로 끝났다.

고바야시 또한 단단한 침묵의 껍데기 속에 자기를 가둬 버렸다. 예고된 4월 29일이 다가올수록 그의 입은 더 굳게 닫혔다.

경찰에게 쓸데없는 언질을 줘서 29일을 망치고 싶지 않다고 다짐하는 듯한 태도였다.

고바야시의 지인과 가족관계도 조사했지만 이렇다 할 단서가 나오지 않았다. 그의 고향은 니가타현인데 부모는 이미 사망한 상태였다.

토요일이 되자 신문들이 다시 한번 자살 예고문을 실으며 '경찰은 과연 네 번째 자살을 막을 수 있을까'라고 질문했다.

도쓰가와는 신문을 고바야시에게도 보여 줬다. 그의 반응을 살피고 싶었다.

고바야시는 침대에 누워서 기사를 읽었는데 첫 반응은 입가에 미소를 띠는 것이었다.

"그 신문만이 아니야."

도쓰가와가 입을 열었다.

"다른 신문들과 방송국도 내일 일요일에 과연 예고대로 분신자살이 이뤄질지 내기라도 하는 것처럼 기사를 내고 있지. 게다가 최근 일주일간 자살자는 도쿄에서만 열다섯 명에 달했어. 아무리 자살이 많은 시대라고는 하지만 자네들의 예고가 영향을 미치고 있는 게 확실해. 자살자 중에는 10대 청소년도 많은데 그런 점에서 책임감을 느끼지 않나?"

"제 대답은 이미 전에 말씀드렸을 텐데요."

고바야시는 단호히 말했다.

"그래. 자네는 어떻게 당신들이야말로 자살하지 않고 살아갈 수 있느냐고 되물었지. 자네들에게 현대 사회는 그토록 썩어 문드러지고 살기 힘든 곳인가?"

"썩었다고 하면 어떡하실 겁니까?"

고바야시는 또다시 도발적인 눈빛으로 물었다.

도쓰가와가 대답 못 하고 침묵하자 고바야시는 연민하듯 말했다.

"결국 여러분은 아무것도 안 하겠죠. 그런 사람들은 자살을 비난할 자격이 없고, 막을 힘 같은 게 있을 리도 만무합니다."

대화는 그것으로 끊겼다.

결국 고바야시의 입에서 무엇 하나 듣지 못한 채 4월 29일 일요일이 왔다.

황금연휴 첫날인 만큼 흐린 날씨에도 도쿄를 빠져나가는 차량들이 나들목에 몰려들었다.

그러나 수사본부 형사들은 연휴를 즐길 수 없었다.

무슨 일이 있더라도 네 번째 분신자살을 막아야 했다. 그러나 도쿄의 어디에서 몇 시에 누가 분신자살을 하려는지 도무지 알 수 없었다.

직감에 의존해 가능성이 있을 장소에 잠복하는 것 말고 다른 방법이 없었다.

지난 일요일에 진구 구장에서 분신이 일어났으니 이번에는 고라쿠엔 구장이 아닐까 싶어 오스기와 하라다 형사는 이른 아침에 고라쿠엔으로 향했다.

이모토와 이시카와 형사는 경찰차를 타고 도쿄 시내를 순찰하겠다고 했고 가메이는 초고층 빌딩들을 둘러보기 위해 수사본부를 나갔다.

도쓰가와는 다시 한번 병원에 있는 고바야시 마사히코를 찾아갔다.

"드디어 일요일이군."

도쓰가와는 시계를 보며 고바야시에게 말했다.

고바야시 역시 일요일이 와서 긴장했는지 얼굴이 창백했다.

"곧 자네 동료가 휘발유를 뒤집어쓰고 죽어도 자네는 아무렇지 않나?"

도쓰가와가 감정에 호소할 생각으로 말하자 고바야시는 잠자코 천장을 바라보다 입을 열었다.

"저도 언젠가는 그들을 뒤따를 생각입니다."

"자네도 죽을 작정이야?"

"여러분은 저희를 멈출 수 없고 멈출 권리도 없습니다."

격앙된 말투였다.

흥분했는지 어느새 얼굴이 벌겋게 달아올라 있다. 도쓰가와는 그의 얼굴을 지그시 바라봤다. 무엇이 이 청년을 이토록 흥분하게 하고 죽음으로 모는 걸까. 고바야시의 입으로 직접 듣고 싶지만 도쓰가와가 물어도 그는 조개처럼 입을 다물었다.

어색한 공기가 흐르는 가운데 낮 1시가 가까워졌을 무렵 병실 문이 덜컥 열리더니 꽃다발을 든 중년 남자가 들어왔다.

순간 고바야시는 희색이 깃든 얼굴로 침대에서 벌떡 일어나 "아버지!"라고 외쳤다.

11

도쓰가와는 고바야시가 '아버지'라고 부른 남자를 돌아봤다. 호칭으로 미뤄 마른 체격에 키가 큰 목사님 같은 사람을 상상했지만 마른 체격과 키가 크다는 점만 맞았다.

연갈색 선글라스를 꼈고 광대뼈가 도드라진 얼굴에서는 목사나 신부에게서 풍기는 온화함보다 전투에 임하는 병사 같은 엄격함이 묻어났다.

나이는 서른대여섯 살 정도로 보였다.

하늘색 양복 재킷을 입었지만 넥타이를 매지 않았다. 흰 셔츠의 옷깃 부근에 때가 탔다.

남자는 병실에 있는 도쓰가와를 없는 사람 취급하고 침대로 다가갔다.

"괜찮나?"

남자는 상반신을 일으켜 자신을 맞이한 고바야시 마사히코에게 말을 걸더니 "눈을 좀 더 붙이거라" 하고 어깨를 감싸고는 다시 침대에 눕혀 담요를 살짝 덮어 줬다.

"죄송합니다."

눈을 감은 고바야시가 가라앉은 목소리로 말했다. 감긴 그의 눈에서 눈물이 흘러나오는 모습을 도쓰가와는 진기한 광경을 보는 심정으로 관찰했다.

"부끄러워할 것 없다. 넌 인간으로서 당연한 일을 했을 뿐이니. 무저항의 자세를 견지한 것은 더더욱 훌륭하지. 지금 이 세상에 가장 부족한 것이 바로 그런 자세다."

"감사합니다."

"모두 널 걱정하고 있다."

"아버지."

고바야시는 눈을 뜨고 남자를 봤다.

"응?"

남자는 온화하게 미소 지으며 어린아이를 달래듯 가볍게 고개를 끄덕였다.

"우리의 왕국은 정말 완성될 수 있을까요?"

"내가 지금까지 거짓말을 한 적이 있었나?"

"아뇨, 없습니다."

"게다가 젊은이들이 굳센 신념으로 지금도 자기희생을 이어 가고 있지. 이런데도 우리의 왕국이 완성되지 않을 리 있겠느냐?"

"맞습니다. 조금이라도 걱정 끼쳐드린 점, 사죄드립니다."

"아는 것만으로 충분하다."

남자가 다시 온화하게 웃었고 고바야시는 안심한 것처럼 눈을 감았다.

"실례합니다."

도쓰가와는 남자에게 말을 걸었다.

남자는 그제야 처음으로 도쓰가와의 존재를 알아차린 듯이 시선을 돌렸다. 입가의 미소를 지우고 그는 굳은 얼굴로 "당신은?" 하고 물었다.

"경시청 수사 1과에서 근무하는 도쓰가와라고 합니다."

도쓰가와는 경찰수첩을 남자에게 보여 줬다.

남자는 이맛살을 찌푸리더니 "당신도 병문안을 온 겁니까?"라고 물었다.

도쓰가와는 대답을 망설였다. 뭐라고 대답해야 할지 모른다기보다 남자가 정말 궁금해서 묻는 것인지 아니면 시치미를 떼는 것인지 알 수 없었기 때문이다.

"고바야시 군에게 몇 가지 확인할 게 있어서요."

"무슨 말인지 모르겠군요. 고바야시는 사람을 도우려다 다쳤습니다. 잘못이라곤 없는데 왜 경찰에게 질문을 받아야 하죠?"

"지금 건달들과 다툰 일을 말하는 게 아닙니다. 최근 일요일마다 일어나고 있는 자살 사건에 대해 뭔가 아는 게 있는지 물어보러 왔습니다."

"경찰이 자살까지 개입할 줄이야."

남자는 비꼬는 듯이 말했다.

"자살은 당사자의 자유의지 아닙니까? 심지어 자살을 가장 인간적인 행위라 칭하는 사람도 있죠. 인간이 아닌 다른 동물들은 자살하지 않으니까요. 경찰은 그런 인간의 자유의지까지 단속하려 드는 겁니까?"

"그런 말씀은 드리지 않았습니다."

도쓰가와는 어깨를 으쓱하고 침대에 누운 고바야시를 봤다.

"다만 이번 사건은 이 사회에 큰 충격을 주고 있습니다. 언론은 일제히 사건을 다루며 이번 일요일에 예고된 분신자살을 막을 수 있을지 궁금해하고 있죠. 상황이 이렇게 되면 우리 경찰이 나서지 않을 수 없습니다."

"그건 경찰의 체면 때문일까요? 아니면 언론의 비판이 두렵습니까?"

"뭐 그런 것도 일정 부분 영향을 미칠지 모르겠네요."

도쓰가와는 딱히 부정하지 않았다. 화를 내지 않는 건 아마 40대라는 나이 덕일 것이다. 파릇파릇한 시절의 도쓰가와는 걸핏하면 화를 냈다.

"일정 부분?"

"네. 그런데 더 큰 이유는 따로 있습니다. 첫째, 경찰의 임무는 사회 불안을 잠재우는 것이기 때문입니다. 둘째, 이번 연쇄 자살 사건에는 타살 가능성도 있습니다."

"타살이라니!"

그렇게 소리친 사람은 눈앞의 남자가 아닌 침대에 누운 고바야시였다. 그는 벌떡 일어나 날카롭게 도쓰가와를 노려봤다.

"지금 그들의 자기희생이라는 숭고한 행위를 모독하는 겁니까?"

"진정해라. 편견으로 가득 찬 세상이다. 일일이 화내 봤자 소용없다."

남자는 고바야시를 달래며 다시 그를 침대에 눕혔다.

남자가 돌아보고 입을 열었다.

"일단 밖으로 나가시죠. 다친 사람을 힘들게 하고 싶지 않으니까요."

12

두 사람은 아래층에 있는 대기실로 내려갔다.

일요일이라서인지 다른 환자의 모습은 보이지 않았다. 창구에도
하얀 커튼이 내려와 있다.

도쓰가와는 소파에 앉았지만 남자는 그대로 서 있었다. 어쩔 수
없이 도쓰가와는 그를 올려다봤다.

"먼저 성함부터 알려 주시겠습니까?"

"왜죠?"

"어떻게 불러야 할지 몰라서요. 고바야시 군은 '아버지'라 불렀
지만 신앙심이 없는 제가 그렇게 부를 수는 없으니."

"노미야마라고 불러 주시면 됩니다."

"노미야마 씨인가요. 무슨 일을 하십니까?"

"그런 질문에는 대답하지 않아도 되겠죠?"

노미야마가 어렴풋이 미소 지었다.

"왕국이니 뭐니 하셨는데, 그게 무슨 뜻입니까?"

"그 질문에도 대답할 의무는 없는 것 같네요. 만약 뭔가 수상쩍
다면 주저 없이 지금 이 자리에서 절 체포하셔도 됩니다."

"체포할 생각은 없습니다. 다만 한 가지만은 꼭 대답해 주셨으면 합니다. 오늘 어딘가에서 누군가가 분신자살을 할 거라고 예고했습니다. 노미야마 씨는 그가 누군지 알고 계시겠죠. 누가 어디서 분신자살을 하는지 알려 주십시오."

"알려 드릴 수 없습니다."

노미야마는 단호하게 말했다.

"노미야마 씨는 젊은이들이 죽는 게 괜찮습니까?"

그러자 노미야마는 "괜찮다고 할 수는 없겠죠"라고 했다.

"하지만 그들은 자신의 신념 때문에 죽는 겁니다. 그들의 죽음은 결코 헛되지 않습니다. 또한……."

"또한?"

"조만간 저도 그들을 뒤따를 생각입니다."

"뭐라고요?"

도쓰가와는 진지하게 노미야마를 쳐다봤다.

노미야마는 웃으며 말을 이었다.

"그렇게 놀랄 일도 아닙니다. 예수 그리스도는 스스로 십자가에 못 박힘으로써 믿음이 무엇인지 제자들에게 몸소 보여 줬죠. 그러니 제자들도 죽음을 두려워하지 않았던 겁니다. 신앙이란 바로 그런 겁니다."

"왜 스스로 목숨을 끊어야 한다는 겁니까? 젊은이들이 그렇게 잇달아 죽어야 여러분이 말하는 왕국이라는 게 완성될 수 있는 겁니까?"

"형사님은 스스로 신앙심이 없는 사람이라고 하셨습니다."

"그렇습니다."

"그런 분은 우리의 믿음, 소망, 그리고 희망의 왕국에 대해 들어도 이해하지 못할 겁니다. 그러니 말하고 싶지 않습니다."

"노미야마 씨도 성경 구절을 새긴 팔찌를 차고 계신가요?"

"물론입니다. 이건 우리가 동료, 즉 같은 믿음으로 이어진 동지라는 걸 보여 주는 징표니까요."

"볼 수 있을까요?"

도쓰가와가 부탁하자 노미야마는 의외로 선뜻 왼쪽 손목에 찬 황동 팔찌를 벗어 뒷면을 보여 줬다.

지금까지 봐 온 팔찌와 똑같았다.

네잎클로버가 새겨져 있고 옆에는 성경 속 구절이 있었다.

노미야마의 팔찌에 새겨진 구절은 다음과 같았다.

$I \cdot N \cdot R \cdot I$

도쓰가와는 이 네 개의 알파벳이 뭘 의미하는지 바로 알 수 없었다.

"이건 성경 어디에 나오는 말씀인가요?"

도쓰가와가 노미야마에게 물었다.

"요한복음 19장."

노미야마는 선 채로 대답했다.

"의미도 알려 주실 수 있습니까?"

"라틴어 'Iesus Nazarenus, Rex Iudaeorum'의 머리글자입니다. 의미는 '나사렛 예수, 유대인의 왕'이라는 뜻이죠. 예수님이 매달리셨던 그 십자가에 쓰인 말입니다. 그래서 지금도 가톨릭에서는 십자가의 머리 부분에 이 네 글자를 쓰는 관습이 있습니다."

"왜 모두가 같은 구절을 새기지 않은 겁니까?"

"성서 속에서 저마다 좋아하는 구절을 새기기로 했기 때문입니다."

"노미야마 씨는 이 구절을 좋아합니까?"

"네. 좋아하죠."

노미야마가 미소 지었다.

도쓰가와는 팔찌를 돌려주며 노미야마가 혹시 자신을 현대의 예수 그리스도라 믿는 게 아닐까 의심했다.

지금까지 세 명의 젊은 남녀가 죽었다.

그들이 차고 있던 팔찌 속 구절은 다음과 같았다.

우리는 세상의 소금이니라.
우리는 한 알의 밀알이니라.
우리는 땅을 받을 자들이니라.

그리고 고바야시 마사히코가 찬 팔찌의 문구는 다음과 같았다.

우리는 빛의 자녀이니라.

모두 성경에서 따온 말이지만 이 네 구절과 노미야마의 팔찌에 새겨진 구절은 전혀 다르다고 도쓰가와는 생각했다.

앞의 네 구절은 굳이 따지면 제자들이 주 예수 그리스도의 말씀을 받들어 팔찌에 새긴 것이라 할 수 있다.

그러나 노미야마의 팔찌 속 구절은 다르다. 이는 그 자신이 바로 예수 그리스도라고 주장하는 거나 마찬가지 아닌가.

노미야마와 다른 젊은이들의 관계는 예수 그리스도와 제자들의 관계일까.

노미야마는 하나님의 아들이고, 다른 네 명은 그를 섬기는 제자들일까.

제자는 총 몇 명이나 될까.

'이 남자의 어떤 면이 젊은이들을 끌어당기는 걸까.'

도쓰가와는 눈앞에 선 노미야마의 얼굴을 새삼 올려다봤다.

마른 체격과 키가 큰 외모만으로는 수수께끼를 풀 수 없을 것 같았다.

선글라스를 낀 건 표정을 숨기기 위해서일까.

"아무래도 전 노미야마 씨라는 분을 잘 모르겠습니다."

도쓰가와는 입을 열었다.

"그냥 평범한 인간입니다."

노미야마가 대답하고 웃었다. 도쓰가와는 그의 말 속에 감춰진 자신감을 느꼈다.

"성경에서 가장 좋아하는 구절이 '나사렛 예수, 유대인의 왕'이라는 요한복음 속 구절이라는 말입니까?"

"제가 좋아한다기보다 그들이 내게 선물해 준 말이라고 해야겠군요."

"그렇습니까. 젊은이들에게 노미야마 씨가 예수 그리스도 같은 존재라는 말일까요?"

"글쎄요. 그건 제게 묻는 것보다 그들에게 직접 묻는 게 더 좋을 것 같습니다."

"그럼 노미야마 씨 본인이 정말로 가장 좋아하는 구절은 뭡니까?"

"조금 깁니다만."

"괜찮습니다."

"마태복음 10장에 나오는 말씀입니다."

노미야마는 허공을 보며 낮은 목소리로 구절을 읊조렸다.

"내가 이 세상에 화평을 주러 온 것이라 생각하지 말라. 나는 화평이 아니요, 검을 주러 왔노라. 내가 온 것은 사람이 그 아버지와, 딸이 어머니와, 며느리가 시어머니와 불화하게 하려 함이니 사람의 원수가 자기 집안의 식구이리라. 아버지나 어머니를 나보다 더 사랑하는 자는 내게 합당하지 아니하고 아들이나 딸을 나보다 더 사랑하는 자도 내게 합당하지 아니하며 또 자기 십자가를 지고 나를 따르지 않는 자도 내게 합당하지 아니하니라. 자기 목숨을 얻는 자는 잃을 것이요, 나를 위하여 자기 목숨을 잃는 자는 얻으리라."

"보통 성경에서 가장 좋아하는 말씀을 꼽으라면 산상수훈 같은 걸 꼽지 않습니까? 지금 말씀하신 건 지금껏 별로 들어본 적이 없는데요."

도쓰가와가 지적하자 노미야마는 비꼬는 것처럼 웃었다.

"그렇겠죠. 산상수훈은 기독교의 달콤한 면을 보여 주니까요. 하지만 기독교, 아니 그걸 넘어 모든 종교의 본질은 원래 가혹합니다. 양면성을 가지고 있다고 해도 과언이 아니죠. 저는 그 가혹한 면들을 나타내는 말을 더 좋아해요. 절대적인 신앙이라는 건 모든 것을 버렸다는 것과 마찬가지니까요. 신란의 『단이초』에도 비슷한 내용이 있습니다. 거기 나오는 '악인은 더욱 구원받는다'라는 말 역시 달콤한 말이죠. 하지만 동시에 그는 제자들에게 '만약 내가 사람을 죽여라, 그러면 구원받는다고 하면 주저 말고 사람을 죽여라'라고도 했습니다. 주저한다면 스승을 진정으로 믿지 않는 것이라고 하면서요. 즉, 절대복종을 요구한 겁니다. 그것이 바로 종교의 본질입니다."

"노미야마 씨도 고바야시 마사히코를 비롯한 젊은이들에게 절대복종을 요구합니까?"

도쓰가와가 물었을 때 갑자기 간호사가 달려왔다.

"도쓰가와 경부님. 전화입니다."

도쓰가와는 결국 노미야마의 대답을 듣지 못하고 당직실에 가서 전화를 받았다.

가메이 형사였다.

—네 번째 사망자가 나왔습니다. 여성이 분신자살했습니다.

13

신주쿠 서쪽 출구에는 도쿄 부도심 계획 때문에 초고층 빌딩이 즐비해 있다.

멀리서 보면 사람이 살거나 일하는 건물이라기보다 어떤 기념비처럼 보였다. 웅장한 동시에 공허한 느낌을 주는 기념비다.

바로 아래에는 작은 광장이 있는데 각종 조립식 주택이 전시돼 있다. 아니, 전시회는 3월로 끝났고 지금은 입구 쪽에 있는 조립식 사무실에서 두세 명의 직원이 공간을 관리하고 있었다.

전시회에는 총 아홉 곳의 조립식 주택 제조업체가 참가했는데 그중에는 지난해 말부터 영업을 시작한 닛포 프리패브도 있었다.

닛포 프리패브는 닛포 자동차, 닛포 화학 등과 같은 닛포 콘티넨털의 계열사로 출범했다.

정확히 말하면 닛포 자동차의 자회사로, 닛포 자동차가 조립식 주택 시장에 진출하자 화가 난 소상공인 목수 조합이 닛포 자동차 불매운동을 벌인다는 소식이 주간지에 실리기도 했다.

닛포 프리패브가 출품한 제품은 '우주 시대의 젊은 부부를 위해'라는 제목이 달린 알루미늄 합금제 38평방미터짜리 집이었다.

알루미늄 합금으로 만든 네모 상자라 하면 될 것이다. 내부는 무채색으로 백은색 건물이 햇빛을 받아 반짝반짝 빛나는 모습이 우주 시대의 주거지라는 느낌을 어느 정도 주기는 했다.

가구들은 전부 닛포 계열사 제품을 썼다. 조명 기구부터 냉장고와 TV는 닛포 전기, 커튼과 카펫은 닛포 화학 섬유 제품이었다.

건물 옆에 있는 주차장에는 닛포 자동차의 베스트 셀링카인 임펄스 79년식 차량이 주차돼 있었다.

언제든지 몸만 와서 거주할 수 있다는 것이 홍보 문구인데 전시회 기간에 가장 인기가 많았던 것도 바로 이 주택이었다.

설계를 맡은 유명 건축가 시라카와 간자키는 '기능성과 아름다움의 조화'라고 표현했지만 그냥 알루미늄 상자가 아니냐는 비판도 있었다.

4월 29일. 이 '스페이스 79'라는 이름의 조립식 주택에서 불이

났다.

처음 화재를 발견한 사람은 관리 사무소 직원으로 시간은 12시가 조금 지났을 때였다.

직원은 일찍 점심을 먹고 운동 삼아 행사장을 걷다가 '스페이스 79'의 창문 안쪽이 붉게 물든 것을 발견했다.

알루미늄 창문에는 커튼이 내려와 있었는데 그 커튼 사이로 불길이 보였다.

급히 119에 신고했고 소방차 두 대가 달려왔다.

소방대원들이 입구 문을 열려고 했지만 문이 잠겨 있었고 창문 역시 잠겨 있었다.

어쩔 수 없이 창문 유리를 깨뜨렸다. 그 순간 안에서 뜨거운 공기가 훅 뿜어져 나왔다.

소방대원들은 창문으로 호스를 집어넣어 안에 물을 뿌렸다.

다른 소방차 한 대도 다가와 반대편 창문을 깨고 물을 뿌리기 시작했다.

그러나 휘발유라도 타고 있는지 불은 좀처럼 꺼지지 않았고 유독 가스도 발생했다.

소화 작업을 시작한 지 20여 분이 지나서야 간신히 진화가 됐다. 소방대원들은 화재 원인을 조사하려고 방독면을 쓰고 창문을 통해 연기가 자욱한 주택 안으로 뛰어들었다.

그러나 안에 들어선 베테랑 소방대원 두 명은 깜짝 놀라 그 자리에 얼어붙었다.

넓은 거실 한가운데에 불탄 시신이 있고 여전히 탁탁하고 뭔가가 타는 소리가 들렸기 때문이다.

'분신자살!'

두 소방관은 동시에 떠올렸다.

14

도쓰가와는 현장에 도착하자마자 먼저 온 가메이 형사와 함께 물이 흥건한 주택 안으로 들어갔다.

악취가 코를 찔렀다.

화학 섬유가 타며 발생한 유독 가스 냄새, 휘발유 냄새, 그리고 살점이 타는 냄새.

도쓰가와는 두통을 참으며 바닥에 쓰러져 있는 시신을 확인했다. 지난 일요일에 진구 구장에서 불타 죽은 시신보다 상태가 더 끔찍했다. 그럴 만하다. 알루미늄 합금으로 만들어진 이곳에서 휘발유를 뒤집어쓰고 불을 붙이는 건 마치 가스레인지 안에서 타는 것과 마찬가지이기 때문이다.

간신이 시신이 여자인 것을 알아봤다.

"역시 그 팔찌를 차고 있습니다."

가메이는 목장갑 낀 손으로 시신의 손목에서 검게 그을린 황동 팔찌를 벗겼다.

도쓰가와는 팔찌를 받아 들어 뒷면을 확인했다.

네잎클로버와 성경 속 구절이 이 팔찌에도 새겨져 있었다.

우리는 길 잃은 한 마리이니라.

그 유명한 아흔아홉 마리의 양 이야기에서 따온 게 틀림없었다. 마태복음 18장에 나오는 구절이다. 백 마리의 양 중에 한 마리가 길을 잃으면 다른 아흔아홉 마리는 그 자리에 남아 한 마리를 찾는다. 그리고 그 한 마리를 찾았을 때의 기쁨은 '진실로 너희에게 이르노니 잃지 아니한 아흔아홉 마리보다 이 한 마리를 더 기뻐하리라'라고 기록돼 있었다.

"이건 뭐지?"

도쓰가와가 팔찌를 뚫어지게 보면서 중얼거렸다.

"왜 그러시죠?"

가메이가 물었다.

도쓰가와는 팔찌를 가메이에게 건넸다.

"팔찌에 새겨진 말 위에 긁힌 것 같은 흠집이 있지 않나?"

"그렇군요. 흠집이 꽤 많은데요."

"잠깐만."

도쓰가와는 주머니에서 백 엔 동전을 꺼내 가메이에게 건넸다.

"동전 옆면으로 긁어 보겠나?"

"네. 비슷한 흠집이 생기네요."

"그럼 역시 동전 같은 걸로 긁었나 보군."

"그런데 왜 이런 짓을 한 걸까요? 팔찌에 새긴 글자를 지우려고 한 걸까요?"

"지우느니 차라리 팔찌를 버리는 게 낫지 않나? 어차피 싸구려 팔찌니 버려도 아깝지 않을 텐데."

도쓰가와도 영문을 알 수 없었지만 우연히 생긴 흠집이 아닌 것만은 분명했다. 흠집이 한두 개가 아니었기 때문이다. 지금껏 본 팔찌들은 이런 흠집이 없었다.

부검을 위해 시신이 옮겨진 후 도쓰가와는 다시 한번 내부를 둘러봤다.

10평 남짓한 거실에 침실이 딸린 형태다. 원룸이라고 해도 어울릴 것이다.

사람이 드나들 곳은 총 네 군데였다.

현관과 뒷문, 그리고 두 개의 창문이다.

소방차가 출동했을 때는 문과 창문이 모두 잠겨 있었다고 했다.

도쓰가와는 관리 사무소 직원을 불렀다.

"현관 열쇠는 평소에 사무실에서 보관합니까?"

"네. 여벌 열쇠를 포함해서 두 개를 보관하고 있습니다. 지금도 있고요."

"열쇠가 있는데 왜 소방차가 왔을 때 현관문을 열지 않았습니까?"

"열쇠로 열려고 했습니다. 그런데 안에 체인이 걸려 있더군요. 그래서 어쩔 수 없이 유리창을 깨고 물을 뿌린 겁니다."

"분신자살한 여자가 집 안에서 체인을 걸었다는 말씀인가요?"

"그렇겠죠."

"지금 여기 있는 조립식 건물들은 전시회용이 아니죠?"

"네. 전시회는 지난달에 끝났습니다."

"그럼 평소에는 문을 잠그고 건물을 관리합니까?"

"그렇습니다. 전시회 때 쓴 가구들이 그대로 남아 있어서요. 특히 이 '스페이스 79'는 언제든 거주할 수 있게 침대부터 냉장고까지 다 있어서 관리에 신경을 기울입니다. 부엌과 창문은 안에서 잠그고 현관에는 자물쇠를 걸어 두고 있습니다."

"하지만 죽은 여자는 집 안에 들어와 휘발유를 뒤집어쓰고 체인 로크까지 걸고 불을 질렀다는 말씀인가요?"

"그런 것 같네요."

"어떻게 들어갔는지는 알 수 없을까요?"

"글쎄요."

"현관을 깜빡하고 잠그지 않았을 가능성은?"

"없을 텐데……."

직원은 별로 자신감 없이 말했다. 실제로 누군가가 주택 안에 들어와 분신자살했기 때문이다.

"여기 있는 조립식 주택 안에는 전기가 공급됩니까?"

"네. 사흘에 한 번은 청소기로 실내를 청소합니다."

"수도도?"

"네."

"여기 있는 조립식 주택들은 나중에 어떻게 됩니까?"

"다음 전시장으로 옮겨지거나 신문에 광고를 내서 경매에 부치기도 합니다. 경매의 경우 보통 정가의 80퍼센트 이하로 팔리니 토지만 있으면 전시회가 끝난 후 조립식 주택을 구입하는 것도 하나의 방법입니다."

"이 '스페이스 79'는 경매에 나왔습니까?"

"아뇨. 이건 최신식이라 6월 15일부터 쓰다누마에서 새로 열리는 조립식 주택 전시회에 출품할 예정이었습니다."

"불에 타 죽은 여자에 대해 뭔가 짚이는 점이라도?"

"있을 리 없죠. 대체 왜 이 안에서 분신을 했는지 모르겠네요."

직원은 핏기가 가신 얼굴로 손사래를 쳤다.

15

직원의 말대로 현관문은 안쪽에서 체인이 걸려 있었다.

"여자가 내부를 밀실로 만들어 놓고 불을 지른 것 같네요."

가메이는 불탄 실내를 둘러보며 도쓰가와에게 말했다.

불길이 거센 것을 증명하듯 거실에 있는 TV와 옷장이 완전히 타 버렸다. 손을 갖다 대자 불타 버린 겉면이 가루가 되어 부스스 떨어졌다.

도쓰가와는 얼굴을 찡그렸다.

"그들은 왜 이 조립식 주택을 자살 장소로 썼을까?"

"그들이라고 하시면?"

"내가 병원에서 만난 노미야라는 남자와 동료들 말이야. 죽은 여자가 그 일당이었던 게 확실해."

"이 조립식 주택이 현대 사회를 가장 잘 상징한다고 생각한 것 아닐까요?"

"외형만 보면 우주 시대의 상징물 같기는 하지. 정말 그게 유일한 이유일까?"

도쓰가와는 도무지 이해되지 않았다.

묵시의 시대라는 증거로 정체 모를 여인이 분신자살을 예고하고 죽었다.

이 조립식 건물 안에서 타 죽는 게 어떻게 묵시의 시대의 증거가 된다는 말일까.

그때 갑자기 바깥이 소란스러워졌다.

셔터 소리가 연신 들렸다. 기자들이 들이닥친 듯했다.

"가메이. 일단 가세."

도쓰가와가 말했다.

두 사람은 현관문을 지나 밖에 나가 차를 타고 오모리 병원으로 향했다.

고바야시는 그대로 병실 침대에 누워 있었지만 노미야마의 모습은 보이지 않았다. 침대 옆에 있는 트랜지스터라디오에서 잔잔한 음악이 흘러나오고 있다. 처음 이곳을 찾았을 때는 없었으니 아마 노미야마가 가져왔을 것이다.

"자네 동료가 신주쿠에서 불타 죽었네. 전시된 조립식 주택 안에서 말이야."

도쓰가와가 그렇게 알리자 고바야시는 안색 하나 바뀌지 않고 말했다.

"압니다. 방금 라디오에서 들어서요."

"가슴 아프지 않나? 어떤 사람인지는 몰라도 자네 지인인 것만은 확실하겠지? 지인들이 하나둘씩 죽어 가는데도 자네는 참으로 태연하군."

도쓰가와는 비난 섞어 말했다.

"그에 대한 대답은 전에 했을 텐데요."

"다시 한번 묻고 싶군. 난 검게 그을린 여자의 시신을 두 눈으로 확인하고 왔어. 이번에도 자네들의 왕국을 건설할 목적인지는 모르겠지만 어차피 죽으면 아무 소용 없지 않나? 그렇게 생각하지 않아?"

"형사님은 아무것도 모르십니다."

고바야시가 눈을 감았다.

"그럴지도 모르지만 자네처럼 앞날이 창창한 젊은이들이 잇달아 죽어 나가는 걸 가만히 보고 있을 수만은 없네. 자네가 아버지라고 부른 노미야마라는 사람이 어디 사는지 알려 주겠나?"

"뭘 하시려고?"

"다시 한번 그를 만나려고 해. 자네들이 기꺼이 스스로 목숨을 끊게 할 힘이 그에게 있다면 그걸 멈출 힘도 있을 테니."

"쓸데없는 행동은 하시지 않는 게 좋습니다."

고바야시가 나직하게 말했다.

"유족들의 슬픔을 생각해 본 적 있나? 그들에게는 부모가 있을 테고 형제나 자매도 있겠지. 그들이 얼마나 슬퍼할지 상상해 본 적 없어?"

45세인 가메이가 어린아이 달래듯 말하자 고바야시는 가메이를 올려다보며 불현듯 킥킥 웃음을 터뜨렸다.

가메이가 발끈했다.

"사람이 진심으로 걱정하는 게 우습나?"

"그만하게. 가메이."

도쓰가와가 가메이를 제지했다.

"이들의 지도자라는 사람이 말하기를 종교란 부모 자식, 부부,

또는 형제, 자매 같은 관계를 끊는 것에서부터 시작된다더군. 육친이나 친구들을 버리지 않으면 진정한 신앙이 아니라고 했어."

"말도 안 됩니다!"

"그만큼 신앙이라는 게 엄격하다는 뜻일 테고, 노미야마라는 지도자 또한 젊은이들에게 그 정도를 요구하는 것 같아."

"저는 절대로 못 따라잡겠네요."

가메이가 감정을 토하듯 말했다.

도쓰가와도 따라잡을 수 없을 것 같다는 점에서는 가메이의 의견에 동의했다.

다만 고바야시가 노미야마를 '아버지'라고 불렀을 때의 애처로운 눈빛을 도쓰가와는 기억하고 있었다.

지금 그들을 지배하는 것은 광기일지 모르지만, 누군가를 그토록 믿을 수 있다는 건 어쩌면 행복일 수 있다. 특히 믿음이라는 게 희박해진 현대 사회에서는.

문득 그런 생각이 들어 도쓰가와는 황급히 고개를 흔들었다.

4

추적

1

"대체 몇 명이 죽어야 끝낼 작정이지?"

혼다 수사 1과장이 도쓰가와를 향해 짜증 섞어 중얼거렸다.

"적어도 앞으로 두 명은 더 죽을 것 같습니다."

도쓰가와는 굳은 얼굴로 말했다.

"아직도 자살을 바라는 자가 있나?"

"노미야마라는 이름의 지도자급 인물인데 자신도 죽은 사람들을 뒤따라가겠다고 했습니다. 그 말에 거짓이 없다면 그도 조만간 자살을 택할 겁니다. 그리고 고바야시 마사히코도."

"왜들 그렇게 죽고 싶어 안달이 난 거지? 정말 이해가 안 돼."

"자신들의 왕국을 만들기 위해서라고 합니다."

"개죽음으로 왕국 같은 게 만들어진다고?"

혼다는 절레절레 고개를 흔들었다.

"그 왕국은 시체로 가득 차 있겠군."

"노미야마에 대해 조사하셨습니까?"

"병실에 남아 있던 지문을 전과자 카드 속 지문과 대조해 봤네. 하지만 일치하는 게 없더군."

"전과는 없나 보군요."

"별로 실망하는 기색이 없군."

"어느 정도 예상하고 있었습니다. 노미야마라는 이름도 본명 같았고요. 그는 저와 대화하는 내내 자신감이 넘쳤습니다. 경찰이 아무리 들이닥쳐도 괜찮다는 식이었어요. 그러니 전과가 없을 거라 예상했죠."

도쓰가와는 병원에서 만난 노미야마의 얼굴을 떠올렸다. 침착해 보이면서도 자신만만한 느낌이 강했다.

그 자신감은 어디서 오는 걸까. 믿음일까. 아니면 전혀 다른 것에서 오는 걸까.

그때 전화기가 울렸다.

수화기를 든 혼다가 도쓰가와에게 잠깐 기다려 달라고 하고 상대 이야기를 들었다.

"그게 정말입니까?"

날카롭게 묻는 걸 보니 중요한 전화인 듯했다.

잠시 후 문이 열리더니 젊은 형사가 도쓰가와에게 신문을 건넸다. 혼다가 수화기를 내려놨다.

"신문을 보시겠습니까?"

도쓰가와가 묻자 혼다는 손을 흔들었다.

"아니, 보고 싶지 않아. 어차피 네 번째 자살을 막지 못한 경찰의 무능을 비판하는 기사로 가득하겠지. 그보다 방금 대학병원 의사에게서 전화가 걸려 왔네."

"불타 죽은 여자의 부검 결과가 나왔습니까?"

"그래. 문제는 사망 원인인데……."

"청산 중독사인가요?"

"그래. 타 죽기 전에 이미 중독사했다는군. 불을 붙이기 전에 청산가리를 먹었는지, 붙이고 나서 먹었는지까지는 알 수 없지만 아무튼 분신 전에 중독사했다고 해."

"진구 구장에서 죽은 청년과 같군요."

"그리고 또 하나, 어쩌면 이쪽이 더 흥미로울 수 있는데 그 여자는 비교적 최근, 그러니까 적어도 6개월 사이에 낙태 수술을 받았다는군. 수술을 담당한 의사는 실력이 형편없었다고 하고."

"낙태 말입니까?"

"뭔가 짚이는 게 있나?"

"아뇨. 없습니다. 그런데 노미야마를 다시 만나면 그도 그 사실을 알고 있었는지 물어보고 싶네요. 고바야시 마사히코의 반응도 궁금합니다."

"병원에는 지금 누가 가 있지?"

"가메이 형사가 있습니다. 잠깐 전화 좀 빌리겠습니다."

도쓰가와는 혼다 과장의 책상에 있는 전화기로 오모리 병원에 전화를 걸어 가메이 형사를 바꿔 달라고 했다.

2

전화를 받은 가메이는 도쓰가와의 이야기를 듣고 "지금 그 이야기를 고바야시에게 전달하고 오겠습니다" 하고 전화를 끊었다.

그로부터 30여 분 후 가메이에게 다시 전화가 걸려 왔다.

—고바야시는 얼굴이 시뻘게져서 화를 냈습니다.

가메이가 보고했다.

"연기 아닌가?"

—아뇨. 정말로 화난 얼굴이었습니다. 터무니없다고 연신 중얼거리더군요.

"그럼 고바야시는 몰랐나 보군. 동료 중 한 명이 임신하고 낙태한 사실을."

—그런 것 같습니다. 어지간히 충격적인 이야기였는지 제 멱살을 붙잡지 않을까 싶을 정도더군요.

"믿음으로 엮인 신성한 장소에 저속한 화제가 들이닥쳤으니 그럴 만도."

―'카자미 씨가 그런 짓을 했을 리 없잖아!'라고 소리치기도 했습니다.

"카자미라."

―아마 바람 풍에 볼 견 자를 쓰겠죠.

"성 말고 이름은 못 들었나?"

―물어보니 다시 조개처럼 입을 다물어 버리더군요. 좀처럼 다시 열리지 않을 것 같습니다.

"노미야마라는 사람에 대해서는 별말 없나?"

―전혀요. 이제 어떡하실 겁니까?

"이모토와 이시카와 형사를 그쪽에 보낼 테니 자네는 신주쿠로 가 주게. 나도 곧 가겠네."

―그 조립식 주택 말인가요?

"그래. 다시 한번 그곳을 확인하고 싶어."

도쓰가와는 그렇게 말하고 전화를 끊었다.

혼다가 수화기를 내려놓는 도쓰가와에게 물었다.

"그 주택에 무슨 의미라도 있나?"

"지금부터 조사해 보려고 합니다. 그 전시장에는 여자가 분신한 '스페이스 79' 외에도 조립식 주택이 몇 채 더 지어져 있었습니다. 콘크리트 광장이라 기초 공사를 못 했을 테니 지어졌다기보다 그냥 놓여 있다고 해야겠네요. 조립식 주택 중에는 콘크리트로 만든 것도 있고 나무 구조물도 있었죠. 하지만 알루미늄 합금으로 만든 조립식 주택은 '스페이스 79'가 유일합니다. 아마 세계적으로 유명한 건축가의 작품이고 최신식 조립식 주택이니 분신의 무대로 삼은 것 같습니다."

"그렇다면?"

"조사해 봐야 별 의미가 없겠죠."

도쓰가와는 담담하게 말했다.

"하지만 자네가 조사하러 간다는 건 다른 이유도 떠올랐기 때문 아닌가? 그게 뭐지?"

"'스페이스 79'는 닛포 프리패브라는 최근에 설립된 조립식 주택 회사가 만든 겁니다. 그러니 여자, 아니 그들이 분신 장소로 택한 게 아닐까 하는 생각이 문득 들어서요."

"노미야마와 고바야시 일당이 닛포 프리패브에 원한이 있다는 말인가?"

"네."

"닛포 프리패브가 그리 큰 회사도 아니지 않나?"

"네. 직원이 3백 명도 되지 않는다고 들었습니다."

"또 나비와 고무풍선을 하늘에 날리고 진구 구장에서 타 죽는 게 조립식 주택 회사랑 별 관련 있어 보이지 않는데……."

"말씀하신 대로입니다. 다만 닛포 프리패브는 닛포 자동차의 자회사입니다. 모회사인 닛포 자동차는 닛포 콘티넨털의 계열사 중 하나로 계열사에는 닛포 상사, 닛포 화학 등의 대기업이 즐비해 있죠."

"그럼 자네는……."

혼다는 일단 말을 끊고 잠시 후 입을 열었다.

"지금 그들이 닛포 콘티넨털에 죽음이라는 형태로 항의하고 있다는 말인가?"

"가능성 중 하나로 떠올렸을 뿐입니다."

"그런데 말이야. 그럼 그들은 왜 분명하게 선언하지 않는 거지? 닛포 콘티넨털에 항의하기 위해 자살을 하는 거라고. 그들이 지금껏 한 일이라고는 긴자에 나비 떼를 날려 보내거나 대형 아파트 단지에 고무풍선을 띄우고 묵시의 시대의 증거를 보이겠다는 둥 이해할 수 없는 투서를 언론에 보낸 것뿐 아닌가."

혼다의 말이 맞았다. 네 번째 희생자가 '스페이스 79' 안에서 분신한 것은 단지 전시장 안에서 가장 눈에 띄는 조립식 건물이었기 때문일지도 모른다.

하지만 그렇다고 해도 도쓰가와는 그것대로 확인하고 싶었다.

3

40분 후 도쓰가와는 니시신주쿠의 조립식 주택 전시장에서 가메이를 만났다.

문제의 '스페이스 79' 주변에 통제선이 쳐져 있고 제복 경찰관 두 명이 경비를 서고 있었다.

도쓰가와와 가메이는 그들과 인사를 나눈 후 현관문을 열고 안에 들어갔다.

주택 내부는 시신이 발견됐을 당시 그대로였다.

알루미늄 창문은 소방대원들이 진화 작업을 할 때 깨졌다. 바닥 여기저기에 물웅덩이가 있고 휘발유 냄새도 여전히 남아 있었다.

당시 불길이 얼마나 거셌는지를 증명하듯 커튼이 불타 떨어졌고 알루미늄 합금 벽도 휘어 있었다.

알루미늄 섀시에는 자물쇠가 있었다. 스프링식으로 중간까지 돌리면 나머지는 자연스럽게 걸리는 구조라 '손가락 하나로 쉽게 잠글 수 있다'라는 것이 홍보 문구였다.

"휘발유가 탔을 때 이 안은 얼마나 뜨거웠을까?"

도쓰가와가 자문하듯 중얼거렸을 때 경찰 한 명이 문을 열고 얼굴을 들이밀며 "잠깐 드릴 말씀이"라고 했다.

도쓰가와가 밖에 나가자 경찰이 나직이 말했다.

"방금 닛포 프리패브의 영업 부장이 찾아와서 '스페이스 79' 건물을 빨리 회수해 가고 싶다고 했습니다. 불탄 조립식 주택을 전시장에 그대로 두면 회사 이미지가 나빠질 거라고 하면서요."

"지금 어디 있나?"

"사무실에 들어갔습니다."

"내가 만나서 이야기를 들어봐야겠어."

도쓰가와는 가메이 형사를 남겨 두고 전시장 입구에 있는 사무실로 향했다.

"닛포 프리패브의 영업 부장님 계십니까?"

도쓰가와가 묻자 사무 직원과 이야기를 나누던 50대 남성이 "접니다" 하고 밖에 나왔다.

반백 머리의 온화해 보이는 남자로 그가 건넨 명함에는 '아키노 신스케'라고 적혀 있었다.

도쓰가와가 경시청 수사 1과 소속이라고 하자 그는 안도한 것처럼 말했다.

"저 조립식 주택을 하루빨리 철거할 수 있을까요?"

"조금만 더 기다려 주십시오."

도쓰가와가 대답했다.

"죽은 여자는 어떻게 봐도 자살 아닙니까. 살인 사건과 달리 현장을 보존할 필요가 없지 않나요?"

아키노가 '스페이스 79' 쪽으로 시선을 향했다.

"아직 자살로 결론 난 건 아닙니다."

"하지만 신문에 분신자살이라고……."

"신문에 어떻게 나왔든 저희는 아직 타살 가능성이 있다고 생각합니다. 그러니 당분간 건물을 그대로 둬 주셨으면 합니다."

"언제까지 말입니까? 지금은 전시가 끝났다고 해도 외부에서 불

탄 건물이 훤히 보입니다. 저희 회사로서는 이미지 실추예요. 사장
님도 하루빨리 철거하라고 지시하셨습니다."

"다음 주 일요일까지만 기다려 주십시오."

"그 뒤에는 철거해도 될까요?"

"네. 괜찮을 것 같습니다."

도쓰가와가 고개를 끄덕였다.

"그런데 혹시 노미야마라는 사람을 아십니까?"

"저희 직원인가요?"

"아뇨. 어쩌면 닛포 프리패브에 원한이 있는 사람일 수 있는데."

"전혀 모르겠네요."

"'스페이스 79' 안에서 분신한 게 귀사를 향한 항의 같은 거라고
보시지는 않습니까?"

"저희는 설립된 지 고작 1년밖에 안 됐습니다. 게다가 '스페이스
79'는 저희가 개발한 1호 조립식 주택이죠. 이용자들이 불만을 제
기할 단계가 아닙니다."

"닛포 프리패브는 닛포 자동차의 자회사 아닌가요?"

"네, 맞습니다."

"그럼 닛포 자동차에 원한이 있는 사람일지도 모릅니다. 그건 어
떻습니까?"

"전 모르겠네요."

"아키노 씨는 닛포 자동차 출신이 아닌가요?"

"저희 사장님은 닛포 자동차 출신인데, 전 N프리패브라는 회사에서 옮겨 왔습니다."

"스카우트?"

"네."

그럼 모르는 것도 어쩔 수 없었다.

"사장님은 닛포 자동차 출신이라 하셨죠?"

"네. 관리 부장으로 근무하셨습니다. 저희 사장님께 무슨 일이라도?"

"아뇨. 아무것도 아닙니다."

도쓰가와는 안심시키려는 듯 미소 지으며 가메이를 불렀다.

"닛포 프리패브 본사에 가서 사장을 만나야겠어."

"이번 분신자살과 닛포 프리패브가 관련 있는 겁니까?"

"지금부터 그걸 조사해야지."

도쓰가와는 서둘러 전시장을 빠져나가 지나가던 택시를 불러 세웠다. 가메이도 그를 따라 옆 좌석에 올라탔다.

닛포 프리패브 본사는 교바시에 있는 닛포 자동차 건물 일부를 빌려 쓰고 있었다.

택시가 출발하자 가메이는 가쁜 숨을 고르며 말했다.

"저 '스페이스 79'라는 조립식 주택 말입니다만, 아무리 봐도 카자미라는 여자는 밀실 안에서 분신한 것 같습니다."

"그래서?"

도쓰가와는 냉정하게 가메이의 다음 말을 재촉했다. 그가 무슨 말을 하려는지 이미 짐작이 됐다.

"즉."

가메이가 입을 열었다.

"그 일은 어떻게 생각해도 자살입니다. 지금까지 네 남녀의 죽음이 모두 자살이라면 결국 저희로서는 어쩔 도리가 없지 않을까요? 설령 닛포 프리패브에 연쇄 자살의 원인이 있다고 해도 그걸 지적하는 건 언론의 몫이지 경찰이 할 일은 아닌 것 같습니다."

"그렇다고 해서 이 일을 그냥 넘길 수도 없지 않은가."

도쓰가와는 가메이를 향해 미소 지었다.

4

닛포 자동차 본사는 8층 건물로 1층에 있는 넓은 공간을 신차 전시실로 쓰고 있었다.

최근 닛포 자동차가 공개한 소형 스포츠카 '페가수스 79'도 다양한 색상의 차량이 위용을 뽐내며 진열돼 있었다.

닛포 프리패브 본사는 그야말로 자회사 같은 느낌으로 건물 5층의 절반만을 쓰고 있었다. '스페이스 79'의 판매 실적에 따라 새 건물로 옮길 듯 보였다.

도쓰가와와 가메이는 엘리베이터를 타고 5층으로 올라가 센다 도쿠이치로 사장을 만났다.

사장실에는 '스페이스 79'의 모형과 패널 사진이 걸려 있었다.

마른 체격의 센다는 도쓰가와와 가메이에게 의자를 권하며 말했다.

"바쁜 관계로 최대한 빠르게 부탁합니다."

"귀사에서 제작한 조립식 주택에서 젊은 여성이 분신한 사건은 물론 알고 계시겠죠?"

도쓰가와는 센다의 얼굴을 똑바로 쳐다봤다. 세련되고 중후한 느낌의 남자였다.

그런 그의 얼굴이 일그러졌다.

"네, 압니다. 저희 회사로서는 이미지 실추가 심각하죠. 영업 부장에게 하루빨리 불탄 건물을 치우라고 지시해 뒀습니다."

"그 이야기는 저도 들었지만 다음 주 일요일까지 철거를 보류해 달라고 부탁했습니다."

"왜죠? 이번 사건에서 저희는 완전한 피해자입니다. 또 자살 사건이니 현장을 보존할 필요도 없지 않나요? 애초에 자살 사건에 경찰이 왜 개입하는 겁니까?"

"그럴 필요가 있기 때문입니다."

도쓰가와는 그렇게만 대답했다.

타살 가능성도 있다고 하면 꼬치꼬치 캐물어 올 게 뻔했다.

"죽은 여자는 전시장에 있는 여러 개의 조립식 건물 중 닛포 프리패브의 '스페이스 79'를 분신 장소로 택했습니다. 게다가 항의를 위해 죽는다는 말을 남겼죠. 그래서 여쭙고 싶습니다만."

"무슨 말씀을 하시려는지 압니다."

센다가 도쓰가와의 말을 중간에 가로막았다.

"누군가 우리 회사에 원한을 품은 사람이 있냐고 물으시겠지만, 전혀 모르겠네요."

"닛포 프리패브가 아닌 모회사 닛포 자동차에 원한이 있을지도 모릅니다."

"닛포 자동차요?"

센다가 눈살을 찌푸렸다.

"뜬금없이 그게 무슨 말씀이죠?"

"항의에는 원래 다양한 형태가 있습니다. 닛포 자동차에 항의하기 위해 자회사가 만든 조립식 모델룸에서 분신자살을 하는 것도 하나의 방법이겠죠. 사장님은 1년 전까지 닛포 자동차에서 근무하셨다고 하니 뭔가 알고 계시지 않습니까?"

"회사에서 누가 원한을 품을 만한 사건 같은 게 있었는지 말입니까?"

"네."

"닛포 자동차로 한정하면 그런 건 전혀 없었습니다. 요즘 지적되는 배기가스 문제는 자동차 업계 전체의 문제지 저희만 비판받는 것도 아니고, 심지어 정부의 배기가스 규제를 통과한 자동차를 만든 건 저희가 최초입니다."

"귀사에서 만든 차량이 사고를 내 다수의 인명 피해가 발생한 적은?"

"매년 얼마나 많은 차 사고가 발생하는지 아십니까?"

"네. 저도 명색이 경찰이라 알고 있습니다. 매년 9천 명 정도 되는 사람이 교통사고로 사망하죠."

"원인은 대부분 난폭 운전 때문입니다. 과속, 음주 운전, 무리한 추월 등. 아이들의 경우 사각지대에서 갑자기 튀어나오는 바람에 치이는 경우가 압도적으로 많고요. 차 자체에 결함이 있어서 사고가 난 적은 없습니다. 적어도 닛포 자동차 차량 중에는 없어요. 그건 단언할 수 있습니다."

"74년산 퓨마 GT 5천 대를 회수해 전기 계통 시스템을 교체한 적이 있죠?"

"네. 그건 맞습니다. 하지만 그 일 때문에 사고가 난 적은 없죠. 적어도 그 문제만큼은 얼마든 조사하셔도 됩니다."

센다는 자신감 넘치는 목소리로 말했다. 도쓰가와가 입을 다물자 센다는 일본 차, 그중에서 특히 닛포 자동차 차량의 우수성을 시끄럽게 설명하기 시작했다. 1년 전까지 닛포 자동차에 있었던 탓도 있겠지만 닛포 콘티넨털 계열사들의 일체화 기조를 보여 주는 것 같기도 했다.

그러고 보니 닛포 중공업과 닛포 전기의 사장도 성이 센다였던 것을 도쓰가와는 문득 떠올렸다. 그럼 센다 도쿠이치로 또한 닛포 콘티넨털을 지배한다고 알려진 센다 일가의 일원일까.

센다의 자랑이 끝나자 도쓰가와가 입을 열었다.

"카자미라는 젊은 여자를 아시나요?"

"우리 조립식 주택에서 분신자살한 여자 말입니까?"

"네."

"아뇨. 모르겠습니다."

"그럼 노미야마라는 남자는?"

"모릅니다. 그런 남자도."

"그렇군요."

도쓰가와는 고개를 끄덕이고 옆에 있는 가메이에게 말했다.

"자, 이만 가 볼까."

5

닛포 자동차 빌딩을 빠져나갔을 때 가메이는 못 참겠다는 것처럼 입을 열었다.

"경부님. 여쭤볼 게 있습니다."

"뭐지?"

도쓰가와는 즐거운 듯이 미소 지었다.

"힘들게 여기까지 왔는데 왜 이리 쉽게 철수하시는 건가요? 평소 경부님답지 않습니다. 저 센다 사장은 연쇄 자살 사건에 대해 뭔가 알고 있을지 모릅니다."

"그래. 나도 알아."

"네?"

어안이 벙벙해진 가메이에게 도쓰가와가 말했다.

"그 사장은 노미야마를 알고 있어. 적어도 노미야마라는 이름은 들어 본 적이 있을 거야."

"하지만 모른다고 부인했고 그때 경부님도 고개를 끄덕이셨잖습니까."

"부인하는 모습이 영 부자연스럽더군."

도쓰가와가 말했다.

"가메이, 잘 듣게. 센다 사장은 자기 회사가 만든 조립식 주택에서 젊은 여자가 분신자살하는 바람에 회사 이미지가 실추된 상황에 화가 나 있어. 당연히 누가 뭘 위해 그런 짓을 했는지 엄청나게 궁금하겠지. 안 그런가?"

"맞습니다."

"내가 카자미라는 이름을 언급하자 센다 사장은 불타 죽은 여자를 말하는 거냐고 되물었지. 그건 당연한 반응이야. 그런데 다음으로 내가 노미야마라는 이름을 언급하자 아무것도 묻지 않고 딱 잘라 모른다고 하더군. 원래라면 그가 이번 사건과 무슨 관련이라도 있는지 묻는 게 자연스러운데. 그래서 난 그가 노미야마를 모르는 게 아니라 오히려 너무 잘 알아서 되묻지 않는구나 생각했어."

"그렇군요. 듣고 보니 분명 경부님 말씀대로입니다. 하지만 센다 사장이 거짓말을 한다는 걸 알면서 왜 이렇게 쉽게 물러나셨습니까?"

"당신이 노미야마를 알고 있을 거라고 말해도 그가 순순히 그렇다고 할 것 같지 않으니까. 게다가 자네도 말했다시피 타살 증거는 아직 어디에도 없네. 참고인으로 사장을 데려갈 수 없는 노릇이지. 그러니 일단은 물러나기로 한 거야."

"그럼 이제 어떻게 할까요?"

가메이가 눈빛을 반짝였다.

"일단 수사본부로 돌아가 닛포 자동차를 철저히 조사해야겠어. 회사에 누군가가 항의할 만한 사건이라도 있었는지."

도쓰가와는 확신을 품고 말했다.

두 사람이 수사본부로 돌아가자 오모리 병원에서 고바야시 마사히코를 감시하고 있어야 할 이모토와 이시카와 형사가 돌아와 있었다.

"죄송합니다."

두 사람은 일제히 고개를 숙였다.

"무슨 일이지?"

"고바야시가 도망쳤습니다."

이모토가 보고했다.

"간호사가 잠들었다고 해서 안심하고 있었는데 그사이 창문을 통해 탈출한 게 아니겠습니까. 찢은 침대 시트로 밧줄을 만들어 그걸 타고 아래로 내려간 것 같습니다. 정말 죄송합니다. 서둘러 그의 집을 찾아갔지만 돌아오지 않은 상태였습니다."

"그렇군. 창문으로 도망친 건가."

도쓰가와는 두 형사에게 화내지 않고 오히려 감탄한 것처럼 중얼거렸다.

"그도 필사적이었겠지."

"저희가 방심했습니다."

"괜찮네. 어차피 고바야시에게 죄가 있는 것도 아니니. 퇴원하고 싶다고 하면 우리도 막을 방법이 없었어."

"그래도 목적지를 밝히지 못하면……."

"목적지는 알고 있네. 아마 노미야마를 찾아갔겠지."

"그를 왜 찾아갈까요? 그는 고바야시에게 푹 쉬라고 하지 않았나요?"

"이번에 분신한 카자미라는 여자는 얼마 전 낙태 수술을 받은 상태였어. 가메이 형사가 말하길 그 이야기를 전해 들은 고바야시는 엄청난 충격을 받은 것 같았다더군. 고바야시는 아마 그 일에 대해 묻기 위해 노미야마를 찾아갔겠지. 이번 일을 계기로 그들 사이에 갈등이 생기면 그들 집단의 정체가 드러날 수도 있어. 그렇게 생각하면 고바야시가 도망친 게 의외로 우리에게는 좋은 일일지도 모르지."

도쓰가와는 오스기와 하라다 형사를 옆으로 불렀다.

"자네들은 지금부터 닛포 자동차를 조사하게. 그 회사는 노미야마 일당이 죽음을 무릅쓰고 항의할 어떤 사건을 일으켰거나 약점 같은 게 있을 가능성이 커. 그걸 알아봐 줬으면 해."

구체적으로 어떤 약점이고 어떤 사건인지는 도쓰가와도 알지 못했다.

닛포 프리패브의 센다 사장은 닛포 자동차로 한정하면 비난받을 만한 문제를 일으킨 적이 없다고 주장했다. 그러나 도쓰가와는 반드시 뭔가가 있을 거라고 믿었다. 그러지 않다면 센다가 노미야마에 대해 알 리도 없다.

그날부터 수사본부는 닛포 자동차의 관련 정보를 수집하는 데 전력을 다했다.

6

닛포 자동차는 닛포 콘티넨털 계열사 중 비교적 최근에 생긴 회사였다.

초기에는 자동차 업계의 양대 산맥인 N사와 T사에 밀려 좀처럼 판매 실적이 늘지 않아 적자 경영이 계속됐다. 닛포 콘티넨털의 발목을 잡는 회사라고 불린 시절도 있었다.

그러나 1970년경부터 내놓은 신차들이 연이어 히트했고 수출도 순조롭게 늘어나면서 지금은 닛포 콘티넨털의 간판 회사로 자리 잡았다.

도쓰가와의 책상 위에 닛포 자동차 관련 자료들이 산더미처럼 쌓여 갔다.

1972년 미토시 교외에 있는 검사장에서 신차 테스트 중 사고가 발생해 운전자가 사망했다. 그 사고에 관한 닛포 자동차 내부 보고서 사본도 입수했다.

국내뿐 아니라 해외에서의 움직임도 체크했다. 브라질에 설립한 합작 회사의 평판과 수출처에서의 평가 등을 점검했다.

닛포 자동차는 승용차 공장을 이바라키현, 트럭과 버스 공장을 지바현에 두고 있었다. 국유지를 헐값에 매입해 광활한 공장 부지를 지었는데 당시 정치인이 개입했다는 소문이 돌아 국회에서 문제시된 적이 있다. 그때 예산 위원회 회의록도 입수했다.

그러나 그 안에서 도쓰가와가 기대한 정보는 찾을 수 없었다.

사망한 테스트 운전자의 유족들에게는 충분한 보상이 이뤄져 별다른 문제가 생기지 않았다.

그리고 3년 전 상파울루에 설립한 브라질 합작 법인 '브라질 닛포'는 지금도 순조롭게 발전해 나가고 있다.

자동차 수출상의 문제는 업계 전반의 문제이고 비단 닛포 자동차만의 문제는 아니다. 특히 요새 미국에서 일본 차 수입 규제를 외치고 있는데 닛포 자동차는 N사와 T사에 비해 대수가 적은 만큼 수출처에서의 갈등도 별로 없었다.

공장 부지를 취득할 때 정치인이 개입한 건 사실이지만, 다른 자동차 회사들도 국유지를 헐값에 매입한 적이 있으며 그때마다 정치인들이 개입했다. 따라서 문제시된 것은 닛포 자동차뿐만 아니라 다른 자동차 회사들도 마찬가지였다.

닛포 자동차에서 만든 차량이 정부의 배기가스 규제를 최초로 통과했다는 센다의 말 또한 사실로 확인됐다.

방대한 자료를 훑어보느라 도쓰가와를 비롯한 형사들의 눈이 벌겋게 충혈됐고, 뭔가가 나올 때마다 일일이 전화로 확인하는 작업이 이어지다 보니 귀도 아팠다. 틈날 때마다 이곳저곳을 돌아다니기도 했다.

그러나 수확은 아무것도 없었다.

닛포 자동차가 노미야마 일당의 표적이 될 이유를 찾을 수 없었던 것이다.

'이럴 리 없는데…….'

도쓰가와는 고개를 갸웃거리며 생각에 잠겼다.

센다 도쿠이치로가 노미야마를 아는 건 확실하다. 또 그 계기는 그다지 유쾌하지 않은 일 때문일 것이다. 그런데도 닛포 자동차에서는 왜 문제점이 나오지 않는 걸까.

"잠깐 모여 보게."

도쓰가와가 다섯 형사에게 말했다.

다섯 명이 모두 모인 것을 확인하고 다시 입을 열었다.

"아무래도 닛포 프리패브가 닛포 자동차의 자회사라는 선입견에 지금까지 휘둘렸던 것 같아."

"그게 무슨 말인가요?"

오스기가 물었다. 안경을 쓴 그의 얼굴도 지쳐 보였다.

"여자가 죽은 '스페이스 79'란 건물이 어떤 곳인지 다시 한번 생각해 봤어. 그 조립식 주택은 닛포 자동차에서 개발한 알루미늄 합금으로 만들어졌지. 주차장에는 닛포 자동차의 차량도 있었고. 그뿐만이 아니야. 집 안에 있는 냉장고, TV, 오디오 등은 닛포 전기의 제품이고, 커튼, 카펫을 비롯한 그 밖의 모든 것들도 닛포 계열사들에서 만든 거더군. 심지어 '스페이스 79'를 구입하는 사람은 닛포 은행에서 대출도 받을 수 있다고 해. 즉, 이렇게 말할 수 있겠지. '스페이스 79'는 작은 조립식 주택이지만, 말하자면 닛포 콘티넨털의 총력이 결집돼 만들어진 닛포의 얼굴 같은 상징물이다."

"그렇다면 그들이 자살 장소로 '스페이스 79'를 택한 건 닛포 프리패브나 닛포 자동차가 아닌 닛포 콘티넨털 그룹 전체에 대한 항의라는 말씀인가요?"

"그래. 센다 도쿠이치로가 노미야마에 대해 아는 것도 닛포 자동차의 관리 부장이나 닛포 프리패브의 사장으로서가 아닌 센다 일가의 일원으로서일지 모르지. 다들 피곤하겠지만 그쪽 방향으로 다시 한번 조사해 주겠나?"

도쓰가와는 말을 마친 후 충혈된 눈으로 달력을 확인했다.

오늘은 목요일. 5월 3일 헌법 기념일이다. 휴일이지만 사건을 좇는 도쓰가와에게는 실감이 없었다.

이제 사흘 후면 일요일이다.

'노미야마 일당은 다섯 번째 희생자도 내려는 걸까.'

7

닛포 콘티넨털 산하에는 수많은 계열사가 있다. 가장 최근 설립된 닛포 프리패브를 포함하면 무려 70개 사가 넘었다.

수사본부 형사들은 각자 분담해 계열사들을 샅샅이 조사했다.

"과거에 가장 큰 문제를 일으킨 곳은 닛포 화학 같습니다."

가메이가 메모를 보며 도쓰가와에게 보고했다.

"특히 주몬지강 하구에 있는 닛포 화학 주몬지 공장에서 배출된 수은 화합물 때문에 미나마타병이 발생했습니다. 미나마타병은 구마모토현 미나마타만 연안에서 발생한 게 가장 유명하지만, 니가타현 아가노강 하류 지역에서도 발생해 제2의 미나마타병이라 불렸고, 주몬지강 하류 지역 일은 제3의 유기 수은 중독 사건이라는 이름으로 불리고 있습니다."

"듣고 보니 기억나는군. 미나마타만에서 일어난 사례가 가장 크게 보도되기는 했지만 주몬지강 유역에서도 유기 수은 중독 사건이 있었다는 뉴스를 본 기억이 있어. 그게 닛포 화학이었군."

"맞습니다."

"그래서, 지금은 어떻게 됐나?"

"환자 발생은 미나마타만 때와 마찬가지로 1960년 전후에 집중돼 있습니다. 다만 이 공장은 생산 규모가 작아서 환자 수가 2백 명을 넘지 않는 선에서 멈췄습니다. 그래도 처음 문제가 발생했을 때는 도쿄역 야에스 출구에 있는 닛포 화학 본사에 환자와 가족, 지원 단체들이 들이닥쳐 한바탕 소동이 벌어졌다고 합니다. 당시 협상을 맡은 회사 임원 중 한 명은 과로로 심장마비를 일으켜 사망하기도 했습니다."

"1960년 무렵이라면 지금으로부터 거의 20년 전이로군. 사건은 결국 어떻게 매듭지어졌나? 설마 해결되지 않고 지금도 계류 중인가?"

"아뇨. 7년 전 모든 환자, 가족들과 합의가 이뤄져 보상금이 지급됐습니다. 닛포 화학의 주몬지 공장은 현재 폐쇄된 상태입니다."

"그럼 지금으로서는 문제가 없다는 뜻이군."

"유기 수은 중독을 직접 해결한 건 아니지만 그래도 일단 해결됐다고 봐야 할 것 같습니다."

"그 주몬지강 일대 말인데, 그곳이 혹시 유명한 나비 서식지 같은 곳은 아닌가?"

도쓰가와가 묻자 가메이가 대답했다.

"저도 경부님과 같은 의문이 들어 주몬지강 하구에 직접 가 봤습니다."

"그랬더니?"

"하구는 현재 어항이 됐고 주변에 물이 괸 논이 많아 나비 서식지가 될 수 없었습니다. 나비가 한 마리도 없는 건 아니지만 긴자의 보행자 천국에서 떼로 날려 항의할 정도가 아닌 것만은 명백해 보였습니다."

"7년 전 이미 해결됐다……."

도쓰가와는 고개를 저었다. 아무래도 닛포 화학 때문에 그들이 항의 자살을 이어 가는 건 아닌 듯했다.

"다음으로 닛포 전기입니다."

오스기 형사가 안경을 꾹 누르며 입을 열었다.

8

"닛포 전기는 내셔널사나 히타치사와 마찬가지로 여러 전자 제품을 생산하고 있습니다. 라디오, TV, 오디오, 비디오, 냉장고, 청소기를 만듭니다."

"소비자의 항의를 받을 문제를 일으킨 적이 있나?"

"9년 전 닛포 전기가 만든 냉장고의 자동 성에 제거 장치가 제대로 작동하지 않아 냉장고 안이 물바다가 되는 사고가 빈발해 소비자 협회에서 문제가 제기된 적이 있습니다."

"해결됐겠지?"

"소비자들의 요구로 제품을 회수하고 신문에 사과문을 게재했습니다."

오스기는 당시 신문 사본을 도쓰가와에게 보여 줬다. 그의 말대로 닛포에서 만든 냉장고 '북해'의 자동 성에 제거 장치 고장에 관한 사과문이었다.

"그 밖에 다른 건?"

"2년 전 세타가야의 어느 가정집에서 켜진 채 방치된 전기다리미에서 화재가 발생해 이층집이 불탄 적이 있습니다. 야마니시라는 사람의 집인데 그는 화재 원인이 닛포 전기가 생산한 다리미의 제품 불량 때문이라며 소송을 제기했습니다."

"판결이 나왔나?"

"6개월이 지나 나왔습니다. 원인은 원고의 조작 실수로 인한 것이니 피고 닛포 전기는 무죄라는 판결입니다."

"그것으로 원고 쪽에서 납득했나? 만약 납득 못한 피해자의 가족 중에 고바야시나 노미야마가 있을 수도 있지 않을까?"

"네. 그럴 수도 있겠죠. 그래서 하라다 형사와 야마니시라는 사람을 직접 만나러 갔습니다. 남편이 중학교 교사, 아내도 초등학교에서 근무하는 중년 부부더군요. 둘 사이에는 중학교 1학년 딸이 한 명 있고요. 무죄 판결이 나온 것에 불만이 많았고 지금도 화재 원인이 다리미 고장이라 믿고 있었습니다."

"지금도 닛포 전기를 원망한다는 뜻인가?"

"저희도 집요하게 그쪽을 캐물었지만 아무래도 아닌 것 같습니다."

"판결에는 여전히 불만이 있다고 하지 않았나?"

"그렇게 말은 하지만 사실 속마음은 다른 것 같더군요. 지금도 같은 곳에 집을 새로 지어 살고 있는데, 집 안에 있는 모든 전자 제품이 닛포 전기의 제품이었습니다. 어이가 없더군요."

"닛포 전기가 제품을 무상으로 제공했을까?"

"닛포 전기 쪽에 확인하니 재판은 승소했지만 그 뒤로도 시끄럽게 굴 것을 예상해 입막음 삼아 자사의 대표 제품들을 제공했다고 합니다. 그런 상황이니 아무래도 부부의 말에는 신빙성이 떨어지기 마련이지요."

"그 일 역시 젊은이들이 죽음으로 항의하기에는 문제가 너무 사소하고 심지어 과거 일이야."

도쓰가와는 한숨을 푹 쉬었다. 이미 해결된 과거 문제로 젊은이들이 죽음을 무릅쓰고 항의한다고 해 봐야 상대편은 꿈쩍하지 않을 것이다. 돈 같은 걸 줄 리도 없다.

"자네들이 조사한 닛포 석유는 어땠나?"

도쓰가와는 마지막 희망을 품고 쓰키지 경찰서의 이모토와 이시카와 형사를 봤다.

이모토가 입을 열었다.

"닛포 석유 공장은 오카야마현 세토내해 연안에 있었습니다. 정유 공장은 아무래도 유독 가스가 나오니 그쪽으로 주민들의 불만이 제기되지만 이건 다른 석유 회사들도 마찬가지일 겁니다. 그리고 공장 시설은 날이 갈수록 개선되고 있고 지역 주민들과도 꾸준히 협의 중입니다."

"사고를 일으킨 적은 없나?"

"5년 전 석유 탱크 중 하나가 갑자기 고장 나는 바람에 세토내해에 중유가 유출된 적이 있습니다. 유출된 중유는 약 1만 5천 킬로리터로 반대편에 있는 시코쿠 해안까지 도달했습니다."

"아, 그 사고는 나도 신문에서 읽었네. 연안 어민들의 피해가 크지 않았나?"

도쓰가와는 당시 TV 뉴스 화면을 떠올렸다. 푸른 바다 위에 시커먼 기름띠가 펼쳐진 광경이 섬뜩했다.

"피해 총액이 약 2백억 엔에 육박했다고 합니다."

"닛포 석유가 돈을 지불했나?"

"네. 전액을 지불했습니다. 확인도 마쳤습니다."

"그럼 그것 역시 이미 끝난 사건이라는 말인가."

9

모든 일이 과거, 그것도 이미 해결된 사건이라면 이번 연쇄 자살 사건의 원인일 가능성은 작다.

그렇다면 네 번째 사망자인 젊은 여자가 닛포 프리패브의 '스페이스 79'에서 불타 죽은 건 단지 우연이었을까.

그러나 형사로서의 도쓰가와의 직감은 '아니오'라고 말했다.

"이렇게 보니 공해 사건들도 이미 다 흘러간 과거 같네요."

가메이는 메모를 다시 훑어봤다.

도쓰가와가 입을 다물자 가메이가 말을 이어 갔다.

"물론 미나마타병 환자와 가족들의 고통은 여전할 것이고 수은 화합물을 흘려보낸 기업에 대한 원한도 사라지지 않았겠지만, 예전의 그 격렬한 공해 반대 외침은 더는 들리지 않습니다. 언론도 기사를 쓰지 않고 지원 단체들 또한 자취를 감췄고요."

"그렇기는 하네만 무슨 말을 하고 싶은 건가?"

"고바야시 마사히코와 노미야마 일당, 그리고 죽은 네 남녀를 거기에 겹쳐 봤습니다. 10년 전이라면 그들은 공해 반대 운동에 앞장섰을 테고 문제를 일으킨 회사에 항의문 같은 것도 보냈겠죠. 그렇게 생각하면 그들은 '뒤늦게 나타난 정의의 사도들' 아닐까요?"

"뒤늦게 나타난 정의의 사도들이라……. 흥미로운 가설이군."

도쓰가와는 미소 지었지만 순식간에 얼굴에서 다시 웃음기가 사라졌다.

고바야시 마사히코가 싸움을 말리러 갔다가 깡패들에게 봉변당한 일이 머리를 스쳤기 때문이다.

그때 그는 그야말로 한심하고 우스꽝스러운 모습을 보였다.

'정의의 사도치고는 너무 비참해 보였어.'

"왜 그러시죠?"

가메이가 도쓰가와의 얼굴을 들여다봤다.

"자네가 한 말을 곱씹어 봤네. 어쩌면 '뒤늦게 나타난 정의의 사도들'이라는 그 말이 이번 사건을 상징적으로 나타낼지도 모르겠군."

"네?"

가메이가 눈을 번뜩였다.

"자, 여기 공해 문제에 관심이 있는 젊은이들이 있다고 가정해 보세. 그건 이마 젊은이들만의 정의감보다는, 젊은이라면 마땅히

공해 문제에 관심을 가져야 한다는 의무감에서 비롯됐을 가능성이 크겠지. 하지만 공해나 기업들의 악행을 고발하는 목소리는 이미 과거 일이 돼 버리지 않았나. 가장 큰 문제는 방향이 이미 한쪽으로 기울어졌다는 사실이야. 그렇다면 어떡해야 상황을 뒤집을 수 있을지 그들은 고민했네. 그들이 진정 정의감에 불타오르고 공해 문제에 관심이 있다면, 지금이야말로 소리 높여 문제를 다시 지적하는 게 아닌 정석적인 방법으로 착실히 문제를 해결하는 길을 택하겠지. 언론에서 더 다루지 않는다고 해서 공해 문제가 아예 사라진 건 아니니까. 지금도 자동차들은 여전히 유독 가스를 뿜으며 거리를 달리고 있지 않나."

"하지만 그들은 그렇게 하지 않았죠."

"그래."

"왜일까요?"

"그러니 정의보다는 의무감 때문이라고 보는 걸세. 자네도 고바야시 마사히코가 깡패들에게 얻어맞는 모습을 함께 봤으니 알겠지. 그때 고바야시는 딱한 회사원을 도와야 한다는 의무감에 사로잡혀 있었어. 강박관념이라고 바꿔 말해도 좋겠지. 세상에는 그런 사람도 있는 법. 바꿔 말해 그는 그만큼 예민하고 소심한 사람이라고도 할 수 있어. 깡패에게 쥐어 터져도 상관없다, 어쨌든 도와주러 나서기만 하면 이 강박관념과 비슷한 의무감에서 벗어날 수 있다. 그렇게 생각한 그는 무턱대고 뛰어나갔네. 그 뒤 깡패들에게 얻어맞고, 조롱당하고, 남들 눈에 비참한 꼴을 보였지만 정작 그 자신은 안도감을 느꼈지. 그래서 웃고 있었던 거야. 그때 그냥 앞에 나서지 않고 경찰에 신고하고 끝낼 수도 있었어. 어차피 주변에도 아무것도 하지 않고 회사원이 맞는 모습을 가만히 구경하는 사람들이 대부분이었으니까. 하지만 고바야시는 스스로 뭔가 하지 않으면 성이 차지 않는 성격이었네. 그날의 일은 그의 소심한 면모를 보여 주는 상징 같은 사건이었어."

"공해 문제에서도 그런 면모가 나타난다는 말인가요?"

"누군가가 얻어맞는 모습을 보며 경찰에 신고하는 사람은 아마 공해 문제 같은 것도 정석적인 방법으로 대응하겠지. 하지만 고바야시 일당은 달라."

"그들은 항의를 위해 스스로 목숨을 내던지는 타입인가요."

"그래. 다만 그렇다면 그 대상이 정말 닛포 콘티넨털인지, 닛포가 왜 표적이 됐는지, 그리고 그들의 지도자인 노미야마는 어떤 역할을 하는지가 궁금해. 그는 고바야시와는 다른 종류의 인간이니."

"어떻게 알아봐야 할까요?"

다섯 형사의 눈이 일제히 도쓰가와에게 쏠렸다.

"노미야마는 그들 일당 안에서 거의 절대적인 존재 같더군. 항의할 대상 또한 노미야마가 정해 줬겠지. 그러니 닛포가 목표라면 노미야마와 닛포 사이에 어떤 사건이 있었다는 말이 돼. 그걸 조사해 줬으면 하네."

"그건 대단히 민감한 문제였다고 봐도 되겠죠?"

가메이가 물었다.

"그래. 그러니 유기 수은 중독 사건으로 알려진 닛포 화학의 주몬지 공장이 신경 쓰여. 당시 2백여 명의 피해자가 나왔는데 그중한 명이 노미야마와 관련 있을지도 모르지. 그 밖에 닛포 콘티넨털과 관련해 사망자나 부상자가 나온 사건이 있었나? 닛포 석유 유출 사고 때도 바다가 오염됐지만 사망자는 나오지 않았지?"

"네, 없었습니다."

"좋아. 그럼 닛포 화학 한 곳으로 좁혀도 되겠군. 자네들은 2백여 명의 피해자들을 전부 만나 보고 그중 노미야마의 관계자가 있지 않은지 알아보게. 아무래도 평범한 인물은 아닌 것 같으니 조사가 쉽지 않을 수 있겠지만 적어도 노미야마라는 이름은 본명 같아. 자네들도 일단 그렇게 가정하고 조사해 주게."

수사본부 형사들은 당시 피해를 본 2백여 명의 명단 확보부터 시작했다.

명단은 닛포 화학 본사에서 입수했다. 보상금을 지급한 사람의 명단이 남아 있었다.

그러나 그중 노미야마라는 성을 가진 인물은 없었다.

다섯 형사는 이바라키현 주몬지강에 가서 명단에 적힌 사람들을 직접 만나고 만약 그중 세상을 뜬 희생자가 있다면 유족을 만나 이야기를 들어보기로 했다.

날짜는 어느덧 5월 5일을 맞이했다.

어린이날로 휴일이지만 다음 6일이 일요일이었다.

5월 6일에도 그들은 자신들의 동료 중 한 명을 다섯 번째 희생자로 앞세워 태워 죽일 작정일까.

신문에는 아직 예고문이 실리지 않았다.

도쓰가와는 도자이 신문 사회부에 다니는 친구 다나베에게 전화를 걸었다.

―예고문 같은 건 안 왔네.

다나베는 담담하게 말했다.

"다른 신문사나 방송국은 어떤가?"

―내일이 일요일이라 물어보기는 했지만 어디에도 지난번과 같은 분신자살 예고문은 오지 않았다고 해.

"만약에 오면 실을 생각인가?"

―물론 실어야지. 지금으로서는 흥미를 끌 다른 뉴스가 없으니.

다나베의 단호한 목소리가 도쓰가와를 불안하게 했다.

언론은 이번 일요일에 다섯 번째 희생자가 나오는 상황을 기다리고 있다. 노미야마 일당도 그런 분위기를 민감하게 느끼고 있을 것이다.

그렇다면 그들은 내일 또다시 일을 저지를 가능성이 크다.

'하지만 전날인 지금까지 도착한 예고문은 없다……'

그날 밤 늦은 시간, 기다리던 부하 형사들에게서 연락이 왔다.

—드디어 찾았습니다.

가메이가 수화기 너머에서 말했다.

10

—이모토 형사가 찾았습니다. 바꿔 드리겠습니다.

가메이가 이모토에게 수화기를 넘겼다.

—유기 수은 중독 사건의 환자 수는 총 207명인데 그중 19명이 사망했습니다. 그리고 사망자 중에는 다카하시 후미코라는 53세 여성이 있습니다.

"다카하시 후미코."

도쓰가와는 왼손으로 수화기를 들고 수첩에 이름을 적었다.

—그녀는 1965년 사망했는데 메틸수은 중독으로 인한 사망이 인정돼 닛포 화학으로부터 약 5천만 엔의 보상금을 지급받았습니다.

이모토는 들뜬 목소리로 보고했다.

"그래서, 그녀와 노미야마의 관계는?"

—이 5천만 엔은 당시 유일한 상속인이었던 외아들 다카하시 미쓰구에게 넘어갔습니다. 그는 서른다섯 살이고 현재 도쿄에 사는 것으로 알려졌습니다. 사진을 입수했으니 챙겨 가겠습니다. 10년

전 사진입니다.

"그 아들이 노미야마라는 증거가 있나?"

―다카하시 후미코는 사망 5년 전에 남편과 사별했습니다. 그후 결혼 전 성으로 돌아갔는데 사망한 남편의 성이 바로 노미야마입니다.

"과연, 그렇군."

―노미야마 쇼지라는 이름의 그는 후미코보다 열두 살 많고 독립 지역 신문을 발행했다고 합니다. 외아들인 미쓰구는 평소 아버지를 존경했다고 하니 지금도 노미야마 성을 쓰고 있을 가능성이 큽니다.

"그가 유기 수은 중독 환자일 가능성은 없나?"

―그럴 가능성은 없어 보입니다.

"왜지? 메틸수은 중독으로 사망한 어머니와 함께 살지 않았나?"

―맞습니다. 메틸수은 중독은 공장 폐수가 바다로 흘러가 물고기의 체내에 축적되고 그것을 사람이 먹으면 걸리는 병입니다. 그런데 미쓰구는 어릴 때부터 편식이 심해 생선을 아주 싫어했다고 합니다. 외아들이라 부모님도 애지중지 그를 키우며 생선이 아닌 고기를 주로 먹였다고 하네요. 대학에 들어가서는 도쿄에서 하숙을 시작했으니 미쓰구가 메틸수은 중독에 걸렸을 리 없다고 그를 아는 이들이 입을 모아 말했습니다.

"알겠네. 자네는 가메이와 지금 당장 돌아오게."

—다른 세 명은 어떡할까요?

"계속 다카하시 후미코와 아들 미쓰구에 대해 조사하라고 해. 특히 미쓰구의 평판. 어머니가 메틸수은 중독으로 사망했을 때 그는 어떤 반응을 보였는지, 기독교와는 관련이 있는지 등을 알아보라고 해."

—아버지인 노미야마 쇼지는 기독교 신자였던 것 같습니다. 교단에 소속된 건 아닌데 신앙에 대해 쓴 책을 자비로 출판했다는 이야기를 들었습니다. 자세한 건 모르겠습니다만.

이모토는 그렇게 보고했다.

11

가메이와 이모토는 새벽 3시가 다 돼서야 차를 타고 수사본부에 돌아왔다.

두 사람은 다카하시 미쓰구의 사진을 도쓰가와에게 보여 줬다.

스물일곱, 여덟 살 정도로 보이는 젊은 남자였다. 양복 차림으로 어딘지 모를 빌딩 앞에 서 있다.

"어떻습니까?"

이모토가 걱정스러운 표정으로 물었다.

"경부님이 만난 노미야마와 같은 사람인가요?"

"십중팔구 같은 사람이 맞아. 역시 공해 문제와 관련돼 있었군. 거기에 공장 폐수로 인한 메틸수은 중독으로 어머니까지 잃었어. 만약 그가 닛포 콘티넨털의 악행을 젊은이들 앞에 서서 설명했다면 설득력이 있었겠지."

"하지만 이 노미야마 미쓰구는 닛포 화학으로부터 이미 5천만 엔의 보상금을 지급받았습니다."

옆에서 가메이가 지적했다.

"회사 쪽에서는 그걸로 문제가 일단락됐다고 믿고 2백여 명의 환자와 가족들도 해결됐다고 생각하는 것 같더군요. 물론 환자들에게 완전한 해결이란 병의 완치겠지만."

"그런데도 현실에서 노미야마는 젊은이들을 동원해 닛포 화학을 비롯한 닛포 콘티넨털에 항의하고 있지. 뒤에서 협박하고 있을 가능성도 있겠어."

"왜 그런 짓을 하는 걸까요?"

"노미야마와 고바야시는 자신들만의 왕국을 만들겠다고 했네."

"왕국을 만들려면 돈이 필요하다는 뜻일까요?"

"그들이 어떤 왕국을 그리는지는 몰라도 그저 상상의 산물이 아니라면 당연히 돈이 필요하겠지."

도쓰가와는 잠기운이 가신 얼굴로 손목시계를 확인했다.

곧 아침이 밝을 시간이다. 과연 오늘 다섯 번째 자살 사건이 일어날까.

"신사록*을 가져오게."

도쓰가와가 가메이에게 지시했다.

"신사록요? 뭘 하시려는 겁니까? 노미야마 미쓰구의 이름이 신사록에 실려 있을 것 같지는 않은데."

"닛포 화학 사장의 주소를 찾아야겠어. 오늘은 일요일이라 회사가 쉬겠지만 정말로 닛포 계열사들이 노미야마 일당에게 협박당하는지 얼른 확인해야 해. 우선 닛포 화학 사장을 만나 보고 가능하면 닛포 콘티넨털 회장도 만나고 싶군."

도쓰가와는 가메이가 가져온 신사록을 펼치며 말했다.

닛포 콘티넨털을 센다 일가가 지배한다는 것을 증명하듯 닛포 화학 사장의 이름도 센다 모토시였다.

나이 59세. 다섯 살 연하 아내와 18세 딸, 10세 아들이 있다. 취미는 골프, 핸디캡은 8이라 적혀 있다. 주소는 덴엔조후였다.

아침이 되자 도쓰가와는 센다 모토시의 집에 전화를 걸었다.

전화를 받은 젊은 가사 도우미는 회장님이 아직 주무신다고 했다. 아침 6시에 전화를 걸었으니 그럴 수도 있겠다고 생각하며 말을 이었다.

"전 경시청 수사 1과 소속 도쓰가와라고 합니다. 중요한 용건이 있어서 급히 만나고 싶다고 전해 주십시오."

---

* 사회적 지위가 있는 사람의 신상에 관한 여러 가지를 적은 문서.

중요한 용건보다는 수사 1과 소속이라는 말이 더 효과적이었는지 센다 모토시는 금세 전화를 걸어 지금 바로 오라고 했다.

도쓰가와는 이모토를 수사본부에 두고 가메이와 함께 차를 타고 덴엔조후로 향했다.

연휴라 그런지 놀라울 정도로 도로에 차가 없었다. 연휴가 끝나는 내일이면 다시 혼잡해질 것이다.

30분 만에 덴엔조후에 있는 센다 모토시의 저택에 도착했다.

높게 둘러쳐진 콘크리트 담장은 말끔해 보이지만 문을 지나 안에 들어가니 오래된 일본식 안채가 보였다.

도쓰가와와 가메이는 다실 같은 방에서 전통복 차림의 센다 모토시를 만났다.

몸집이 작고 순해 보이는 인물이었다.

"평소에는 5시에 일어나는데 어젯밤 늦게까지 회의가 있어서."

센다가 미소 지으며 말했다.

"그런데 경찰이 무슨 일이지? 딸이 교통법규 위반이라도 했나? 얼마 전에 면허를 따고 차를 타고 다녀서 걱정하던 참인데."

"아뇨. 오늘 찾아온 건 노미야마라는 사람 때문입니다."

"노미야마?"

"아실 거라고 봅니다만."

"아니, 모르겠는데. 그 사람이 무슨 짓이라도 저질렀나?"

"닛포 화학의 주몬지 공장에서 유기 수은 중독 사건이 있었죠?"

"아, 그건 맞네. 굳이 숨길 필요도 없지. 그때 우리 회사에서 방출한 폐수 때문에 환자가 발생한 게 맞으니까. 회사 입장에서 성심성의껏 피해 구제를 위해 노력했네. 난 그 진두지휘를 맡았어. 환자들의 치료비는 지금도 여전히 나가고 있고 보상금도 회사가 감당할 한도까지 지불한 것으로 아네. 이미 7년 전에 해결된 일이야. 게다가 주몬지 공장은 폐쇄까지 된 마당이라 문제없을 텐데."

"알고 있습니다. 당시 사망자 중에 다카하시 후미코라는 53세 여성이 있었습니다."

"보상금을 다 받지 않았나?"

"네. 5천만 엔을 외아들이 수령했다고 들었습니다."

"그럼 문제없지 않나?"

"외아들은 지금 부친의 성을 쓰고 있습니다. 노미야라는 성이죠. 오늘 제가 찾아온 건 그가 젊은 친구들을 동원해 닛포 화학을 비롯한 닛포 콘티넨털에 항의와 협박 중이라는 소문을 들어서요. 진위 여부를 확인하러 왔습니다."

"항의와 협박……?"

센다 모토시는 중얼거리더니 갑자기 소리 내어 크게 웃음을 터뜨렸다.

"말도 안되는 소리. 우리 회사는 저기 적힌 것처럼 누구에게나 폐 끼치지 않고 평화로운 사회를 추구하는 게 모토일세. 항의나 협박을 받을 일이 없어."

센다가 가리킨 도코노마*에는 '서로 존중하고 협력하자'라고 적힌 족자가 걸려 있었다. 아래에는 전 총리의 서명도 보인다.

"하지만 메틸수은 중독 환자가 발생했을 때 엄청난 비난이 쏟아진 건 사실 아닙니까?"

12

"그 일에 대해서는 부정하지 않겠다고 했잖나. 문제가 생긴 공장은 이미 문을 닫았고 보상도 7년 전에 끝났어."

"환자와 가족들이 이곳에 들이닥친 적도 있지 않았나요? 밖에 있는 콘크리트 담장도 그때 만든 것 아닙니까?"

도쓰가와가 묻자 센다는 당황한 표정을 지었다.

"그건 경찰 쪽에서 수월한 경호를 위해 만들어 달라고 한 거네. 이제는 없어도 딱히 상관없지."

"노미야마라는 사람을 정말 모르십니까?"

"몰라."

센다는 툭 내뱉고 말을 이었다.

"그리고 만약 그런 사람이 정말 우리 회사를 협박한다면 자네들

---

* 방 한쪽에 꽃이나 족자 등을 장식할 수 있게 만들어 둔 공간.

이 체포하면 되잖나?"

"그럴 수 없습니다."

"왜지?"

"그들은 그저 한 사람씩 목숨을 끊고 있을 뿐이기 때문이죠. 지난 한 달간 일요일마다 젊은이들이 한 명씩 자살하고 있습니다. 항의한다는 명목을 내걸고요. 언론에서도 연일 보도하고 있으니 센다 씨도 아시지 않습니까?"

"그래, 아네. 생명을 너무 함부로 다루는 것 같아 화가 나더군."

"그들을 이끄는 사람이 바로 노미야마입니다. 전 그가 젊은이들을 한 명씩 자살하게 하는 것으로 대중의 관심을 끌어 우리 사회에 모종의 압력을 가하고 있다고 생각합니다. 쇠파이프를 들고 기업에 들이닥치면 체포할 수 있겠지만, 그의 아래에 있는 젊은이들이 잇따라 자살한다는 것만으로는 그를 감옥에 집어넣을 수 없죠. 실제로 쇠파이프를 휘두르는 것보다 그는 훨씬 더 언론의 관심을 끄는 데 성공하고 있고요."

"그 대상이 우리 회사라는 건가?"

"그렇습니다. 처음 죽은 청년은 긴자의 보행자 천국에서 나비 떼를 날렸습니다. 다음으로 사망한 여자는 대형 아파트 단지에서 고무풍선을 날린 후에 청산가리를 먹고 죽었고요. 세 번째, 네 번째 청년은 휘발유를 뒤집어쓰고 불에 타 죽었습니다. 나비와 고무풍선을 보면 일반인들은 그게 무슨 뜻인지 알 수 없겠지만, 그들이 항의하고자 한 대상들은 뜻을 알지 않을까요. 즉, 센다 씨나 닛포 콘티넨털의 수뇌부는 젊은이들이 왜 그런 행동을 하는지 알고 계실 겁니다."

"이보게. 우리 회사는 나비와 아무 상관이 없어. 고무풍선 따위도 만들지 않고. 닛포 전기나 닛포 자동차도 마찬가지지. 분신한 이들이 휘발유를 뒤집어썼다고 하는데 신문에서 그때 쓴 휘발유가 닛포 석유에서 생산한 거라는 이야기도 없었고."

"어디서 생산한 휘발유인지는 저희도 아직 모릅니다."

"그럼 그 연쇄 자살이 우리 회사와 관련 있다는 증거가 없잖나. 아닌가?"

"네. 증거는 없습니다. 다만 그들이 항의하고자 하는 대상이 닛포 콘티넨털이라면 아는 것들을 솔직하게 말씀해 주셨으면 합니다. 이미 네 명의 젊은이가 죽었고 다섯 번째 희생자가 나올 수 있는 상황입니다. 저희로서는 최대한 그것을 막고 싶습니다. 그리고 그들의 목적이 뭔지만 알면 막을 수 있습니다."

"자네들이 그 기이한 자살 운동을 막고 싶은 심정은 잘 알지만 우리와는 아무 상관이 없어. 지금까지 우리는 어느 누구나 단체로부터 항의나 협박을 받은 적이 없으니까. 닛포 화학뿐 아니라 닛포의 모든 계열사는 사회를 위해서 일하는 게 모토인데 감사하다는 말을 들으면 모를까 비난받을 일은 없을 거라고 확신하네."

"어젯밤 늦게까지 회의를 했다고 하는데, 무슨 회의였습니까?"

도쓰가와가 묻자 센다의 얼굴이 벌겋게 달아올랐다.

"그런 것까지 말해야 하나?"

"혹시 연쇄 자살 사건이 의제에 오르지 않았습니까?"

"의제는 에너지 절약 문제였네. 그런 게 의제에 오를 리 없잖나."

센다가 화난 것처럼 말했지만 도쓰가와는 기죽지 않았다.

"휴식 시간 같은 때도 자살 사건이 화제에 오른 적이 없습니까?"

"없네. 선약이 있으니 슬슬 이만하지."

"알겠습니다. 실례 많았습니다."

도쓰가와는 고개를 숙이고 가메이를 재촉하며 일어섰다.

센다는 어지간히 화가 났는지 배웅을 나오지도 않았다.

도쓰가와와 가메이는 그대로 센다 저택을 뒤로했다.

차에 타자 가메이가 조바심이 난 것처럼 말했다.

"저 사람은 거짓말을 하는 게 분명합니다. 연쇄 자살은 이제 소규모 주간지까지 다루고 있죠. 회의 의제에 오르지는 않았을 수 있지만 회의 시간 동안에 그 문제가 한 번도 거론되지 않았을 리는 없어요. 특히 네 번째로 죽은 젊은 여자는 닛포 프리패브가 만든 '스페이스 79' 안에서 분신했잖습니까."

"휴식 시간은 아니야."

"네?"

"단지 휴식 시간에 화제에 올랐을 뿐이라면 저렇게 신경질적으로 부인하지 않겠지."

"그럼……."

"정식 안건으로 올라왔을 거야. 그러니 대놓고 부정하는 모습을 보인 거고."

"어떤 논의가 있었을까요?"

"나도 그게 궁금해. 만약 노미야마가 돈을 요구했다면 그걸 거절할지 말지 논의했을 텐데 어떤 답이 나왔는지 알고 싶군."

그러나 이 역시 어디까지나 도쓰가와의 추론에 불과했다.

'적어도 나비와 고무풍선이 뭘 상징하는지만 알아내면 한 걸음 나아갈 수 있을 텐데…….'

5

사도들

1

오후에 내리기 시작한 비는 해가 진 뒤에도 멎지 않았다.

연휴를 앞둔 사람들에게 아쉬운 비였다. 이날 예정된 프로야구 야간 경기도 전부 취소됐다.

저녁 8시가 조금 넘었을 때였다.

게이오선 지토세카라스야마역 근처 고슈 가도에 있는 술집 '사치코'에 스물대여섯 살 정도 되는 젊은 남자가 들어왔다.

우산 없이 흠뻑 젖은 채 머리카락에서 빗방울이 뚝뚝 떨어지는 그는 창백한 얼굴로 주머니 속 손수건으로 젖은 머리를 닦으며 "미즈와리*"라고 떨리는 목소리로 말했다.

'사치코'는 주인인 하야카와 사치코와 바텐더 둘이 꾸려 가는 작

---

* 물을 탄 위스키.

은 가게였다.

사치코는 그에게 수건을 건네며 "이걸로 닦으세요"라고 했다. 처음 온 손님이었다.

가게에는 또 한 명의 중년 남자가 있었다. 그는 근처 이발소 주인인데 8시에 가게 문을 닫으면 가끔 이곳에 술을 마시러 왔다. 쾌활한 성격으로 술을 두어 잔 마시면 잘 부르지도 않는 노래를 흥얼거리곤 했다.

오늘 밤도 이발소 주인은 자신이 좋아하는 야시로 아키의 엔카*를 불렀다.

젊은이는 말없이 입에 술잔을 가져갔다. 그러면서 이따금 조용히 뭔가를 중얼거렸다.

시종일관 미간을 찌푸리고 있어서 술맛을 즐기는지 알 수 없었다.

"천천히 드세요."

보다 못한 사치코가 말했다. 이렇게 술만 들이켜면 금세 취해서 주사를 부릴 것 같았다.

옆에서 이발소 주인이 노래를 불렀다.

몸에 독이 된답니다

---

* 일본의 대중가요 장르 중 하나로 서양에서 전래한 폭스트롯과 일본 민요가 합쳐져 만들어진 장르.

그렇게 계속 마시면

그러자 노랫말이 거슬렸는지 청년이 이상하리만치 이발소 주인을 빤히 쳐다봤다.

이발소 주인은 의기양양하게 "몸에 독이라고" 하고 다시 한번 강조했다.

'괜한 시비가 붙지 않아야 할 텐데…….'

사치코가 걱정하고 있을 때 젊은이는 대뜸 일어나 사치코에게 "얼마죠?"라고 물었다.

사치코는 가슴을 쓸어내렸다.

"천삼백 엔이에요."

청년은 점퍼 주머니에서 천 엔 한 장과 백 엔 동전 세 개를 꺼내 카운터에 내려놓았다.

취기가 올랐는지 걸음걸이가 조금 비틀거렸다.

"괜찮아요?"

사치코는 내심 걱정됐다.

"네."

"저기 있는 우산을 가져가세요. 상태가 별로 좋지 않아서 그냥 드릴게요. 나중에 돌려주러 오지 않아도 돼요."

사치코는 친절히 말했지만 청년은 말을 못 들었는지 대답 없이 가게 문을 열고 나가 버렸다.

"여자한테 차이기라도 했나."

바텐더인 다나카가 말했다.

"그런 것 같네."

사치코는 고개를 끄덕이면서도 왠지 계속 신경 쓰여 작은 창문으로 바깥을 봤다.

가게 앞에는 고슈 가도가 펼쳐져 있다. 빗속에서 물보라를 일으키며 차들이 지나쳐 갔다.

청년은 가게 앞에 우두커니 서서 차도를 바라보고 있었다.

점퍼 옷깃을 세우고 있어도 빗발이 가차 없이 청년의 몸을 적셨다.

"저런 데서 뭐 하는 걸까?"

"택시라도 기다리겠지."

바텐더 다나카가 사치코 옆에 서서 창밖을 보며 중얼거렸다.

"우산을 가져다주는 게……."

사치코가 그렇게 다나카에게 말했을 때였다.

비를 맞으며 서 있던 청년이 느닷없이 차도로 뛰어들었다.

그 앞에는 전조등을 켠 대형 트럭이 시속 60킬로미터에 가까운 속도로 질주하고 있었다. 마치 거대한 트럭을 향해 다이빙이라도 하는 모습이었다.

사치코가 날카롭게 비명을 질렀다.

급브레이크 소리가 들린 후 작은 창문 안에서 빗물에 미끄러진 대형 트럭이 빙그르르 돌았고 점퍼 차림인 청년의 몸이 허공으로 튀는 모습이 보였다.

2

도쓰가와는 창밖에 흐르는 빗줄기를 바라보고 있었다.

벌써 밤 10시가 지났다.

다행히 이번 일요일은 분신자살 소식을 듣지 않고 끝날 것 같다.

'왕국 건설이 눈앞에 다가왔으니 자살을 중단한 걸까?'

아니면 단지 비가 와서 일정을 연기한 걸까.

도쓰가와는 가메이를 비롯한 형사들을 돌아봤다.

"내일 다시 한번 닛포 계열사들을 조사해 주게. 나비나 고무풍선과 관련된 어떤 사건이 분명 있었을 거야. 그런 게 없었다면 첫 번째와 두 번째 자살은 아무 의미도 없는 게 돼 버리지 않나? 그들이 의미도 없이 그런 짓을 저질렀을 리 없어."

"하지만 어디를 더 조사해야 할까요?"

가메이가 물었다.

"닛포 계열사들은 일단 다 조사했습니다만……."

"그렇기는 하지. 노미야마의 모친 사망과 관련된 닛포 화학을 중점적으로 다시 조사해 볼까."

"경부님."

옆에서 이모토가 끼어들었다.

"닛포 화학의 주몬지 공장에서 발생한 유기 수은 중독 사건은 이미 거의 해결됐습니다. 노미야마의 어머니에게는 5천만 엔의 보상금이 지급돼 노미야마가 직접 수령했고요."

"나도 아네."

"또 주몬지 공장은 현재 가동 중단 중이며 재가동 계획도 없다고 합니다."

"그것 역시 들었어. 닛포 화학은 전국에 공장이 세 개 있지. 그중하나가 주몬지 공장이고. 주몬지 공장이 문을 닫았다면 당연히 정리해고와 경영 축소가 이뤄졌을 거야. 그런데 그런 이야기는 못 들었고 닛포 화학은 예전과 다름없는 위용을 자랑하고 있지. 뭔가 이상하지 않나? 그러니 그쪽을 좀 더 조사해 보고 싶어."

도쓰가와가 말을 마쳤을 때 전화벨이 울렸다.

"아, 내가 받겠네."

도쓰가와가 직접 수화기를 들었다.

—지토세카라스야마의 미타 응급 병원입니다만……

수화기 너머에서 남자 목소리가 들렸다.

"응급 병원?"

도쓰가와의 목소리가 커진 건 분신자살이라는 단어가 머리를 스쳤기 때문이다. 형사들의 시선이 일제히 도쓰가와에게 쏠렸다.

—연쇄 자살 사건의 수사본부죠?

"맞습니다. 전 경부 도쓰가와라고 합니다. 무슨 일이라도 있습니까?"

—한 시간 전에 트럭에 치인 젊은 남자가 구급차에 실려 왔습니다. 중상이라 급히 수술했는데 왼팔에 황동으로 만든 팔찌가 채워져 있더군요. 신문에 나온 바로 그 팔찌입니다.

"예? 혹시 사망했습니까?"

수화기를 든 손에 자연스레 힘이 들어갔다. 분신 대신 이번에는 교통사고일까.

—수술이 성공적이라 목숨은 건질 것 같습니다. 다만 아직 의식이 회복되지 않아 가족들과 연락을 못 했습니다.

"일단 그쪽으로 가겠습니다."

도쓰가와는 전화를 끊고 "가메이" 하고 가메이 형사를 불렀다.

"고바야시 마사히코의 동료가 세타가야의 응급 병원으로 후송됐다고 해."

3

빗속에서 응급실의 붉은 간판이 번져 보였다.

아담한 분양 주택이 어깨를 맞대고 빽빽이 들어서 있는 구역에서 콘크리트 3층짜리 미타 외과 병원은 주변을 압도하는 규모를 자랑했다.

차에서 내린 도쓰가와와 가메이는 닫힌 정문 대신 옆에 있는 직원용 출입구로 안에 들어갔다.

마흔 정도로 보이는 남자가 두 사람을 맞더니 "조금 전 전화드린 사무국장 후지누마라고 합니다"라고 자신을 소개했다.

일요일에다 심야에 가까운 시간이라 병원 안은 섬뜩할 정도로 조용했다. 간간이 복도를 걷는 간호사의 습기 찬 슬리퍼 소리만 들렸다.

"환자 상태는 어떻습니까?"

도쓰가와가 먼저 물었다.

"조금 전에도 말씀드렸다시피 수술이 성공적으로 끝나 목숨은 건질 것 같습니다. 다만 아직 의식이 없는 상태입니다."

"언제쯤이면 말을 할 수 있을까요?"

"앞으로 몇 시간은 어려울 겁니다. 수술을 집도하신 원장님께서 그렇게 말씀하셨습니다."

"팔찌를 차고 있었다고."

"네. 이겁니다."

후지누마는 주머니에서 황동으로 만든 팔찌를 꺼냈다.

"똑같군요."

옆에서 가메이가 속삭였다.

도쓰가와는 말없이 팔찌 뒷면을 확인했다. 역시나 네잎클로버 그림과 성경 구절이 새겨져 있었다.

우리는 여호와를 경외하는 자이니라.

"다른 소지품도 보고 싶습니다만."
"가져오겠습니다."
후지누마가 안쪽으로 사라지자 도쓰가와와 가메이는 차가운 리놀륨 바닥 대기실에 남겨졌다.

창가 쪽 벤치에 앉아 있자니 빗소리가 들렸다. 5월 초치고는 너무 쌀쌀한 날씨였다.

"이제는 분신자살이 아닌 차에 뛰어들어 죽기로 한 걸까요?"
가메이가 어깨를 움츠렸다.

듣기에 따라서는 부적절하게 들릴 수 있는 말이지만 묘하게 그 말이 진실 같았다. 그만큼 이번 사건들이 비정상적이라는 뜻일 것이다.

"만약 부딪힌 차량이 닛포 자동차의 차량이라면 자네가 언급한 가능성도 없진 않겠지."
도쓰가와가 그렇게 말했을 때 후지누마가 커다란 보따리를 들고 돌아왔다.

그는 보따리를 테이블 위에 펼쳤다.

청바지, 점퍼, 신발, 속옷 등과 함께 손목시계와 지갑이 있었다. 속옷은 피로 얼룩졌고 시계는 유리가 깨져 바늘이 날아갔다. 지갑에는 천 엔 지폐가 여섯 장, 점퍼 주머니에는 동전이 삼백 엔 들어 있다. 이번에도 신분증 같은 건 없고 가죽 신발 밑창에 묻은 진흙이 눈에 띄었다.

"차량에 대해서는 들으셨습니까?"

도쓰가와가 물었다.

"정기편 대형 트럭이라고 하는데 현재 경찰이 수색 중이라더군요."

"목격자가 있었나요?"

"술집 마담과 바텐더가 목격했습니다. 신고도 이 두 사람이 했습니다."

도쓰가와는 그들을 만나 보기로 했다.

미타 외과 병원에 가메이를 남겨 두고 혼자 비를 맞으며 술집 '사치코'로 발걸음을 옮겼다.

마담인 사치코가 가게 문을 닫으려는 찰나에 다행히 가게 안에 들어갈 수 있었다.

사치코와 바텐더 다나카는 차에 치인 청년이 요즘 언론을 떠들썩하게 장식하는 연쇄 자살 사건의 관계자로 보인다는 말을 듣고 호기심을 드러냈다.

"이곳에서 보고 있었어요."

사치코는 문 옆에 있는 작은 창문을 가리켰다.

도쓰가와는 그곳에 얼굴을 갖다 대고 창밖을 봤다.

비가 내리는 인도와 차도가 보였다. 근처에 있는 가로등 때문에 가게 앞이 밝았다.

벌써 자정이 다 된 시간인데 가끔 대형 트럭이 굉음을 울리며 차도를 지나갔다.

"여기서 나간 뒤로 한참을 인도에서 우두커니 서 있더라고요."

옆에서 사치코가 설명했다.

"이 빗속에서 말입니까?"

"네. 그래서 우산을 빌려줘야 하나 싶었는데 갑자기 달려오는 트럭에 몸을 던졌어요. 너무 끔찍해 눈을 감아 버렸죠."

그때가 떠올랐는지 사치코는 창백한 얼굴로 볼에 손을 얹었다.

"다나카 씨도 보셨습니까?"

도쓰가와는 바텐더 다나카에게 물었다.

다나카는 카운터 위에 있는 재떨이를 치우며 말했다.

"네. 봤습니다. 자살이 확실합니다. 제 발로 트럭 앞에 뛰어들었으니까요."

"각오한 자살이었다는 말씀인가요?"

"그런데 그렇게까지 각오한 것 같지는 않았어요."

옆에서 사치코가 말했다.

"가게에서 술을 마시고 나가니 충동적으로 죽고 싶어진 게 아닐까요. 비를 맞으며 서 있는 동안에 그런 생각이 든 게 아닐까 싶은데."

"여기 처음 들어왔을 때는 어떤 모습이었습니까?"

"비에 흠뻑 젖어 있었고 얼굴이 창백했어요. 그리고 술을 마시는 모습이 뭔가 고민이 있는 사람 같았죠."

"저는 애인에게 차여서 그런 줄 알았는데……."

바텐더 다나카가 말했다.

"뭔가 이야기한 건 없습니까?"

"네. 조용히 술만 마셨어요."

사치코가 대답했다.

"그런데 꼭 술을 못 마시는데도 억지로 마시는 것 같더라고요. 왜 갑자기 죽고 싶어졌을까요?"

"저 역시 궁금합니다. 혹시 그때 술을 마시던 다른 손님도 있었습니까?"

"이 앞 이발소 사장님이 술을 마시고 계셨어요. 평소에도 자주 오시는 분이에요."

"그 사람과 대화하지는 않았습니까?"

"대화 같은 건 없었어요. 다만 그 남자가 계속 뭔가 중얼거려서 이발소 주인이 들었을지도 모르겠네요."

사치코가 말했다.

도쓰가와는 손목시계를 봤다. 시간상 이발소 주인을 만나는 건 내일이 돼야 할 것이다.

"그를 친 차량을 확실히 보셨습니까?"

도쓰가와가 바텐더 다나카에게 물었다.

"보긴 봤지만 아무래도 차에 치인 손님 쪽에 신경이 쏠려서요. 가게를 뛰쳐나갔을 때는 이미 차가 사라지고 없더군요."

"대형 트럭이었다고 하셨죠?"

"네. 정기편 트럭이었습니다. 이 앞 고슈 가도를 자주 지나다니는 차량이에요."

"혹시 닛포 자동차가 만든 트럭 아니었습니까?"

"닛포 자동차요?"

다나카는 "흐음" 하고 잠시 고민하고 입을 열었다.

"글쎄요. 어디서 만든 차일까요. 승용차는 잘 알지만 트럭에 대해서는 잘……."

"처음 온 손님이었습니까?"

"네. 전에 온 적이 없었을 거예요."

사치코가 대답했다.

"어디서 왔는지는 모르시고?"

도쓰가와가 물었다.

4

"글쎄요."

사치코는 고개를 갸웃거렸다.

"택시를 타고 왔습니까?"

"아뇨. 그럼 그렇게 비에 젖었을 리 없죠."

바텐더 다나카가 대답했다.

"그럼 게이오선 열차를 타고 왔을까요?"

"그것도 아닐 겁니다. 지토세카라스야마역에서 내려 술을 마시려면 역 근처에도 얼마든지 술집이 있으니까요. 그리고 역에서 여기까지 걸어온다고 해도 그렇게 비에 젖지는 않을 겁니다."

"그렇게 흠뻑 젖어 있었습니까?"

"머리에서 물이 뚝뚝 떨어지고 점퍼가 완전히 젖었더군요. 빗발이 그렇게 거세지 않았으니 역에서 걸어왔다면 그렇게 젖을 수는 없어요."

"아무래도 다나카 씨에게는 명탐정 기질이 있어 보입니다."

도쓰가와가 빙긋 미소 지었다.

다나카는 쑥스러운 듯이 머리를 긁적였다.

"역에서 여기까지 이어지는 길은 포장도로입니까?"

"네. 그건 왜?"

"신발이 진흙투성이더군요."

"그래요? 그러고 보니 가게 바닥에 흙이 묻어 있었던 것 같긴 해요."

"이 일대에서 걸으면 신발에 진흙이 묻을 곳이 있습니까?"

"그럼 역과 반대편 아닐까요?"

사치코가 말했다.

"그쪽에는 아직 논밭이 조금 남아 있고 공사 중인 땅도 많아서 진흙이 있을 거예요. 제가 지금 아파트에 살아서 마당이 있는 집을 찾아 그쪽에 집을 보러 간 적이 있는데 그 일대 땅값이 너무 비싸서 엄두가 안 나더라고요."

사치코는 한숨을 푹 쉬었다.

도쓰가와는 문을 열고 밖을 봤다. 고슈 가도 건너편에 공사 중인 땅이 펼쳐져 있었다.

차에 뛰어들어 죽으려고 한 청년은 비를 맞으며 저쪽 일대에서 걸어왔을까. 아니면 더 멀리서 왔을까.

"두 분께 부탁이 있습니다."

도쓰가와는 고개를 돌려 마담과 바텐더를 봤다.

"뭐죠?"

"당분간 이번 일을 비밀로 해 주셨으면 합니다. 누가 물어도 모른다고 하세요."

"왜요?"

"또 다른 희생자가 나오는 걸 막기 위해섭니다. 신문 기자가 찾아올 수도 있지만, 어쩌면 노미야마라는 서른대여섯 정도 되는 남자가 이야기를 들으러 찾아올지 모릅니다. 그 사람에게 절대 이야기하지 마세요. 그리고 노미야마가 오면 바로 저한테 연락해 주시고요."

도쓰가와는 두 사람에게 수사본부 전화번호를 알려 줬다.

"하지만 그 일은 소방서나 이발소 사장님도 알고 있는데요."

바텐더 다나카가 지적했다.

"그쪽에도 제가 부탁할 생각입니다."

도쓰가와는 말했다.

5

도쓰가와는 미타 외과 병원으로 돌아갔다.

"환자는 아직 의식을 회복 못 했나?"

가메이에게 묻자 그는 고개를 흔들었다.

"아침까지는 안 될 것 같습니다."

"그럼 오늘은 여기서 밤을 새워야겠군."

"술집은 어땠습니까?"

"노미야마 일당이 분신이 아닌 차 사고로 방식을 바꾼 게 아니냐는 자네 추측은 가능성이 낮아 보여. 자살이라는 점에서는 똑같지만 이유가 전혀 달라 보이니까. 지금까지 죽은 젊은이들은 지도자인 노미야마를 믿고 그들만의 왕국이라는 걸 만들기 위해 죽었지만, 이번 젊은이는 지도자나 자기 동료들에게 절망해서 자살을 기도한 듯해."

"그가 열두 사도 중에 유다가 될 가능성이 있다는 건가요?"

"그러기를 기대하고 일단 그가 의식을 회복할 때까지 기다려 보세. 운 좋으면 모든 걸 털어놓을지도."

"정말 그가 유다라면 노미야마 일당이 그를 다시 데려가려고 하지 않을까요?"

"아마 지금쯤 여기저기 찾아다니고 있겠지. 그래서 이 병원에 실려 온 걸 앞으로 적어도 이삼일은 비밀로 해 달라고 했네. 소방서와 운송국 쪽에도 부탁해 놨어."

"역시 네 번째로 분신한 젊은 여자가 낙태한 사실이 그들 사이에서 문제가 된 걸까요?"

"순수한 인간일수록 사소한 일에도 큰 충격을 받지. 노미야마가이 상황을 앞으로 어떻게 헤쳐 나갈지 궁금하군. 만약 수습에 실패하면 그 즉시 지도력을 잃어 그들 일당도 뿔뿔이 흩어지게 될거야."

도쓰가와와 가메이는 대기실에서 눈을 붙이겠다고 하고 후지누마에게 담요가 있으면 갖다 달라고 했다.

두 사람은 빗소리를 들으며 딱딱한 벤치 위에서 잠을 청했다.

동틀 무렵이 되자 비가 그치고 초여름의 태양이 고개를 내밀었다.

환자는 의식을 회복했지만 아직 질문에 대답할 수 있는 상태는 아니라고 그를 담당한 의사가 말했다. 도쓰가와는 일단 병실에 들어가겠다고 했다.

"새로운 피해자가 나오지 않게 막아야 합니다."

도쓰가와는 의사에게 간청했다.

청년은 스물대여섯 살 정도 돼 보였다. 창백한 걸 넘어 하얗게 질린 얼굴로 침대에 누워 있다. 얼핏 보면 마치 숨을 쉬지 않는 듯하다. 눈도 그대로 감겨 있었다.

"가슴 부위를 심하게 다쳤는데 기적적으로 머리는 무사했습니다. 아마 도로변에 있는 나무에 떨어진 덕분이겠죠. 천만다행이라 할 수 있겠네요."

의사가 설명했다.

"그럼 질문에 답할 수도 있겠군요."

"네. 사고력에는 문제가 없는 것 같습니다. 다만 몸이 아직 회복되지 않았으니까요. 심지어 이 청년은 자살을 기도했습니다. 충격에서 아직 헤어나오지 못했을 테니 많은 질문은 곤란합니다."

"알겠습니다."

도쓰가와는 고개를 끄덕이고 환자의 얼굴을 가만히 들여다봤다.

"자네에게 묻고 싶은 게 있는데."

도쓰가와가 천천히 입을 열었다.

그러나 남자는 대답하지 않고 눈도 뜨지 않았다.

"혹시 노미야마라는 사람을 아나?"

질문에 반응이 있었다. 청년이 눈을 뜨고 도쓰가와를 올려다봤다. 하지만 그뿐이었다.

"그는 지금 어덨지?"

"......."

"자네들은 지금 무슨 꿍꿍이를 세우고 있나?"

"......."

"자네들은 닛포 콘티넨털을 협박 중인가?"

"......."

"자네들의 왕국이라는 게 대체 뭐야?"

"......."

청년은 다시 눈을 감고 입을 다물어 버렸다.

"도대체 누가 여자를 임신시키고 그것도 모자라 낙태까지 시켰지?"

도쓰가와의 그 질문에도 청년은 대답하지 않았지만 유독 격렬한 반응을 보였다. 입술이 조금씩 꿈틀거리고 닫힌 눈꺼풀 사이에서 눈물이 흘렀다.

"그 일 때문에 절망에 빠져 어젯밤에 죽으려고 했나?"

"......."

환자의 안색이 더 창백해졌다.

"그만하십시오. 환자를 흥분시키면 위험합니다."

옆에서 의사가 말렸다.

"환자의 상태가 나아지면 즉시 저희에게 연락 주십시오."

도쓰가와는 그렇게 부탁하고 병실을 나섰다.

대기실에 있던 가메이가 "어땠습니까?"라고 물었다.

"뭘 물어도 대답하지 않더군. 하지만 반응은 있었어. 그들 사이에서 분명히 낙태가 문제가 됐고 그 일 때문에 저 청년은 자신들의 계획과 동료, 지도자에게 의문을 품었을 거야."

"그럼 왜 경찰서에 와서 모든 걸 털어놓지 않았을까요?"

"글쎄. 그건 직접 물어봐야겠지."

도쓰가와는 조금씩 밝아 오는 창밖으로 눈을 돌렸다.

"자네는 그의 신발에 묻어 있던 진흙을 조사해 주게. 그걸 알아내면 어디서 왔는지 알 수 있겠지. 병원에는 다른 사람을 불러야겠군."

도쓰가와는 가메이에게 지시하고 자신은 지토세카라스야마역 근처의 이발소 주인을 만나러 가겠다고 했다.

6

이발소는 월요일 휴무였지만 도쓰가와는 낚시를 나갈 준비 중인 이발소 주인 기무라를 만날 수 있었다.

"아, 그 남자요. 기억하다마다요."

기무라는 툇마루에서 낚시 도구를 챙기며 도쓰가와를 향해 고개를 끄덕였다.

"술을 연거푸 들이켰다고 하더군요."

"네. 그렇게 마시면 금세 취한다고 한마디 하려고 했는데 갑자기 가게를 뛰쳐나갔습니다. 그러더니 그런 짓을……. 얼마나 놀랐는데요."

기무라는 차에 뛰어드는 시늉을 해 보였다.

"기무라 씨 옆자리에서 술을 마셨다죠?"

"네."

"가게 주인 말로는 술을 마시며 뭔가 중얼거렸다고 하던데, 뭐라고 했는지 혹시 기억하십니까?"

"흐음……."

기무라는 낚싯대를 들고 생각에 잠겼다.

"기억나는 대로 알려 주십시오. 뭐든 상관없습니다."

"뭐라고 하기는 했어요. 신중이라고 했나……."

"신중?"

신중해야 한다고 되뇐 걸까.

"신중이 확실한가요?"

도쓰가와가 묻자 기무라가 잠시 후 뭔가 떠올린 것처럼 고개를 끄덕였다.

"아, 아닙니다. 그래요. 신중이 아니라 심중*이었던 것 같습니다.

---

* 心中, 사랑하는 남녀가 결혼하지 못해 동반 자살하는 것을 뜻하는 말.

젊은데도 어려운 단어를 다 안다고 생각했던 기억이 나요."

"심중? 확실합니까?"

도쓰가와는 고개를 갸웃거리며 다시 물었다.

"네. 틀림없습니다. 심중을 할 거라고 했어요. 그래서 전 그가 누군가와 함께 죽으려는가 싶었는데 나중에 그렇게 혼자 차에 뛰어들더군요."

"또 다른 말은 안 했습니까?"

"뭐라고 한 것 같은데 들리지 않았어요. 목숨은 건졌습니까?"

"네. 다만 다른 사건과 연관된 것으로 추정되니 이번 일은 당분간 비밀로 해 주셨으면 합니다. 신문 기자들에게도."

"설마 살인이라도 저지른 건가요?"

기무라는 눈을 휘둥그레 떴다.

"지금으로서는 아무것도 말씀드릴 수 없습니다."

도쓰가와는 그렇게 대답하고 일단 수사본부로 돌아갔다.

오스기와 하라다 형사는 가메이의 요청으로 미타 외과 병원에 나갔고 혼자 남아 있던 이모토 형사가 도쓰가와에게 다가와 입을 열었다.

"닛포 화학 쪽에서 단서가 나왔습니다."

"혹시 주몬지 공장 폐쇄가 거짓말이었나?"

도쓰가와가 눈을 반짝였다.

"아뇨. 공장이 가동을 중단한 건 사실입니다. 하지만 대만에 다른 공장을 만들어서 가동 중이라고 합니다."

"대만?"

"일본에 공장을 더 짓기에는 비판이 거세니 대만에 진출한 것 같습니다. 이름은 '타이중 화학'이라고 하는데 닛포 화학 자본이 들어갔고 주몬지 공장 설비들이 쓰이고 있습니다. 주몬지 공장 직원도 대략 4, 50명 정도가 이 '타이중 화학'에서 일하고 있는 것 같습니다."

"타이중 화학이라면 타이중시에 있나?"

"타이중시에서 남쪽으로 5, 60킬로미터 떨어진 곳에 있다고 합니다."

"그곳에서 생산 중인 제품도 닛포 화학 주몬지 공장에서 생산하던 제품들과 똑같나?"

"그렇습니다. 비료와 PVC 등의 합성수지, 그리고 화학 석고를 생산한다고 합니다. 주몬지 공장을 그대로 대만으로 옮긴 형태입니다."

"혹시 그쪽에서 뭔가 문제가 있었다는 보도는 없나?"

"닛포 화학 본사에서는 아무 문제 없다고 합니다. 주몬지 공장에서 쓰라린 교훈을 얻었기에 앞으로도 없을 거라고 하더군요. 닛포 화학 본사에 간 이시카와 형사가 전화로 알려 준 이야기입니다."

"하지만 분명 뭔가 있을 거야."

도쓰가와는 단언했다. 그러지 않는다면 노미야마 일당이 표적으로 삼지도 않았을 것이기 때문이다.

도쓰가와는 잠시 생각에 잠겼다.

"좋아. 이모토, 자네가 대만에 다녀오게."

그렇게 대뜸 이모토에게 지시했다.

"대만에 말입니까?"

"그래. 타이중시에 가서 '타이중 화학'을 살펴보고 오게."

"그곳에 뭔가 있다고 보시는 겁니까?"

"아마도. 그러니 자네가 가서 확인하고 오는 거야. 오후에 출발하는 비행편이 있을 테니 그걸 타고 다녀오도록."

도쓰가와는 이모토의 어깨를 툭툭 두드리고 미타 외과 병원에 전화를 걸었다.

오스기 형사가 전화를 받았다.

―환자는 지금 취침 중입니다.

오스기가 보고했다.

―의사는 경부님이 이것저것 묻는 바람에 더 피곤해졌을 거라고 하더군요.

"앞으로 얼마나 더 잘까?"

―의사는 네다섯 시간 정도는 더 재우고 싶다고 합니다.

"그럼 눈을 뜨면 자네가 대신 물어보게."

―지금 너희 일당들이 뭘 계획 중인지 물으면 될까요?

"어쨌든 그들에 대한 정보가 필요해. 그리고 누가 심중을 하는 건지도 물어봐 줘."

—심중 말입니까?

"그래. 동반 자살."

—이번 일과 관련이 있나요?

"아직 불분명해. 그러니 일단 말해 보고 반응을 살피게."

도쓰가와는 그렇게 지시했다.

저녁이 되자 가메이 형사가 남자의 신발에 묻어 있던 진흙의 분석 결과를 들고 수사본부로 돌아왔다.

"비슷한 토질의 땅이 꽤 넓게 분포돼 있더군요."

가메이는 확대한 도쿄 지도를 탁자에 펼쳤다.

지도에는 사뭇 넓은 범위에 걸쳐 붉은 사선이 그려져 있었다.

"이 사선이 같은 토질의 땅이라는 뜻인가?"

"그렇습니다. 게이오선 지토세카라스야마역에서 북쪽으로 한정해 봐도 기타카라스야마 일대, 스기나미구, 미타카시 등이 범위에 들어옵니다."

"하지만 그날 남자는 이 근처 어딘가에서 술집으로 걸어왔어. 비를 맞으면서."

도쓰가와가 말했을 때 전화벨이 울렸다.

—여보세요. '사치코' 바인데요.

수화기 너머에서 술집 주인 사치코의 목소리가 들렸다.

—조금 전에 노미야마라는 사람이 나타났어요.

7

도쓰가와는 가메이와 함께 고슈 가도에 있는 바 '사치코'로 급행했다.

마담 사치코와 바텐더 다나카가 들뜬 얼굴로 두 사람을 맞이했다.

"최대한 붙잡아 두려고 했는데……."

사치코가 안타까워하며 말했다.

도쓰가와는 빙긋 미소 지었다.

"괜찮습니다. 협조해 주셔서 감사합니다. 노미야마는 그 청년 일로 왔습니까?"

"네, 맞아요. 사진을 들고 와서 이런 남자를 찾고 있는데 혹시 가게에 오지 않았냐고 묻더라고요."

사치코는 새된 목소리로 말했다.

"그의 사진이었습니까?"

"네. 그래서 사진을 받아 두려고 했는데 한 장밖에 없다며 다시 가져가 버렸어요. 아, 그리고 이름을 말했어요."

"그 청년의 이름 말입니까?"

"아베 히로시라고 하더군요. 어떻게 쓰냐고 물었더니 이렇게 써 줬어요."

사치코는 가게 이름이 적힌 메뉴판을 꺼내 뒷면을 보였다. 그곳에는 '아베 히로시阿部浩'라는 글자가 또렷이 적혀 있었다.

"글씨를 꽤 쓰네요."

옆에서 가메이가 힐끔거리며 말했다.

"왠지 글씨에서 의지가 느껴지는군."

도쓰가와는 사치코에게 고개를 돌렸다.

"노미야마는 왜 아베 히로시를 찾는지도 설명했습니까?"

"오랜 친구인데 연인이 죽자 충격으로 자취를 감췄다. 이대로 뒀다가는 스스로 목숨을 끊을 것 같아 걱정하고 있다고 했어요."

"자살을 걱정하는 건 맞군."

"그래서 저도 하마터면 그가 자살을 기도했다고 말할 뻔했지 뭐예요."

사치코는 멋쩍은 듯이 웃으며 말했다.

"그리고 혹시라도 청년을 발견하면 연락할 테니 전화번호를 알려 달라고 했어요."

"노미야마가 번호를 알려 줬습니까?"

"아뇨. 다음에 다시 들르겠다고 하더라고요. 그런데 별로 나쁜 사람처럼 보이지는 않던데, 문제 있는 사람인가요?"

"그는 자신을 구세주라 믿는 사람입니다. 처음 만났을 때 어땠습니까? 처음부터 태도가 침착했나요? 아니면 뭔가 당황한 것 같았습니까?"

"그게, 말투는 차분했지만 속은 당황한 것 같았어요. 볼펜으로 아베 히로시 이름을 쓸 때도 볼펜 뚜껑을 닫지 않고 다시 주머니에 넣으려고 했어요."

옆에서 바텐더 다나카가 "조금 초조해 보였습니다"라고 덧붙였다.

"이야기하며 담배를 피웠는데 두 개비 다 끝까지 피우지 않고 중간에 끄더군요. 저기 재떨이에 꽁초가 있습니다."

다나카가 카운터에 있는 유리 재떨이를 가리켰다. 그곳에는 두 동강이 난 담배가 버려져 있었다.

서비스업을 해서 그런지 세세한 부분까지 잘 관찰했다며 도쓰가와는 내심 감탄했다.

"혼자 왔습니까?"

"네. 가게에 들어온 사람은 한 명이었어요."

"가게에 들어온 사람? 혹시 밖에 누가 더 있었다는 말인가요?"

"사실 제가 뒤를 좀 밟아 봤거든요."

다나카가 코를 벌름거리며 말했다.

"가게를 나가 역 쪽으로 걸어가더군요. 그랬는데 메밀국수 가게에서 웬 젊은 남자가 나와서 그에게 귓속말을 했습니다. 그다음에는 역 앞 찻집에서 젊은 여자가 기다리고 있었는데 그 여자도 그에게 뭔가 소곤거렸습니다. 모두 그 아베 히로시라는 남자를 찾고 있었던 게 아닐까요?"

"죄송하지만 그 메밀국수 가게와 찻집으로 저를 안내해 주시겠습니까?"

가메이가 바텐더와 함께 가게를 나갔다. 술집에 혼자 남은 도쓰가와에게 사치코가 입을 열었다.

"맥주라도 한 잔 드릴까요?"

"아, 그럼 전 주스로. 근무 중이라서요."

도쓰가와는 부탁하고 말을 이었다.

"실례지만 사치코 씨는 혹시 살면서 자살 같은 걸 떠올려 본 적이 있습니까?"

"있죠. 두어 번 정도?"

사치코는 오렌지 주스에 얼음을 넣어 도쓰가와 앞에 내려놓았다.

"이유는 남자 때문일까요?"

"남자에게 배신당해 그런 적이 한 번 있고 그다음은 저 자신이 싫어서였어요. 패기가 부족해 결국 두 번 다 실패하고 말았지만요."

"사람이 무언가를 위해 죽을 수도 있다고 생각하십니까?"

"무언가요? 예를 들자면?"

"사치코 씨는 신앙이 있습니까?"

"아뇨."

"그럼 '가족을 위해'는 어떨까요? 만약 사치코 씨가 죽는 대신 가족들이 행복해진다면 사치코 씨는 자살을 택하시겠습니까?"

"글쎄요."

사치코는 바로는 대답하지 않고 위스키를 만들어 한 모금 마신 후 입을 열었다.

"전 평소에도 남의 말에 잘 휘둘리는 성격이라 고향에 계신 부모님이나 형제들이 간절히 원하면 왠지 쿨하게 죽을 수도 있을 것 같네요."

농담인지 진심인지 알 수 없지만 도쓰가와는 만약 눈앞의 여자가 지금 행복하다면 농담으로도 이런 말은 하지 않을 거라고 생각했다.

'불행한 사람일수록 쉽게 자기 자신을 희생하는 걸까.'

그로부터 5, 6분이 지나 가메이가 바텐더와 함께 돌아왔다.

"노미야마는 동료 남녀 둘과 함께 일대 가게를 다 돌아다녔던 것 같습니다. 모든 곳에서 아베 히로시의 사진을 보여 주며 이 자가 들르지 않았냐고 물었다더군요."

"역시나. 초조해하고 있군."

도쓰가와가 맞장구를 쳤다.

"입원 중인 아베 히로시가 입을 열면 곤란해질 만한 일이 있겠지."

"그 청년이 얼른 모든 걸 털어놨으면 좋겠습니다."

8

오후 2시에 하네다공항을 출발하는 중화 항공 타이베이행 비행기에 몸을 실은 이모토 형사는 세 시간 반의 비행 끝에 여름 냄새가 물씬 풍기는 타이베이 공항에 도착했다.

타이베이 공항에는 변함없이 일본인 관광객이 넘쳐났다. 이모토가 탄 비행기에도 승객 대부분이 일본인이었다. 괌이나 하와이 같은 곳과 달리 중년 남성이 압도적으로 많은 것도 특징 중 하나일 것이다.

공항에서 입국 수속을 하려고 줄을 섰는데 사방에서 일본어가 들려 순간 일본 국내 공항으로 착각할 정도였다.

대만을 여러 번 찾은 일본인들은 침착하게 처음 온 친구에게 어디서 어떤 식으로 여자를 돈으로 살 수 있는지 설명했다. 처음 온 일본인들은 불안과 설렘이 뒤섞인 표정이었다.

이모토도 조금 불안했다. 대만은 처음이고 현지 경찰의 협조를 기대할 수도 없기 때문이다. 타이중 화학에 뭔가 있을지 모른다는 건 어디까지나 도쓰가와와 이모토의 상상이다. 상상만으로는 현지 경찰의 협조를 요청할 수 없었다.

따라서 이모토의 입국 목적 또한 관광이 되고 말았다.

일본인 관광객들은 대부분 공항에서 환락가로 유명한 신베이터우 온천으로 향했다.

이모토는 시계를 확인했다. 이미 저녁 6시가 넘었다. 타이중으로 가려면 비행기나 철도를 이용해야 하는데 하루 한 편 운행하는 비행기는 이미 끊겼고 기차를 타고 타이중에 도착하면 한밤중이 되고 만다.

이모토는 '여객 복무 중심'이라는 글자가 적힌 공항 1층 로비의 서비스 센터에서 호텔을 알아보기로 했다. 다행히 일본어를 할 줄 아는 직원이 있어서 시내 호텔을 알선해 주었다.

호텔 프런트에도 일본어에 능통한 직원이 있었는데 그는 일본인 입맛에 맞는 중국 요리 이름을 알려 줬다.

호텔 내 식당에서 식사를 마친 이모토는 방에서 도쿄의 도쓰가와에 국제 전화를 걸었다.

"타이중 화학에는 내일 가 보려고 합니다."

─공장의 현지 평판은 어떤가?

"여기서는 잘 모르겠습니다. 그리고 예절을 중시하는 사람들이라 그런지 겉으로는 일본 기업의 진출을 환영한다는 말만 하더군요."

─타이중 화학이 연쇄 자살 사건과 무관하다면 사건은 더욱더 미궁에 빠질 텐데.

"노미야마 일당의 움직임은 어떻습니까?"

─차에 치인 동료를 필사적으로 찾는 것 같더군. 그가 자신들의 비밀을 누설하면 큰일 난다고 생각하는 모양이야.

"과연 그의 입에서 비밀을 전해 들을 수 있을까요?"

─그러고 싶은데 청년이 아직 말을 할 수 없는 상태라고 해. 그러니 그쪽에서 뭔가가 나오면 정말 고맙겠군.

"최선을 다하겠습니다."

─부탁하네. 그리고 전화 요금은 이쪽에서 낼 거라고 해.

"교환원에게 이미 말했습니다. 저도 주머니 사정이 좋지 않아서요."

9

다음 날 아침 눈을 뜨니 비가 내리고 있었다. 아직 장마철은 아니라 지나가는 비일 것이고 기온도 일본의 초여름 수준이라 조금 젖어도 상관없다고 생각한 이모토는 호텔에서 조식을 먹고 곧장 타이베이역으로 향했다.

타이베이에서는 남쪽에 있는 가오슝까지 4백 킬로미터에 달하는 종단 철도가 있다. 타이중은 거의 그 한가운데에 있었다.

손짓과 필담으로 타이중까지 가는 티켓을 산 후 '관광호'라는 이름의 특급열차를 탔다. 특급열차에는 별칭이 있는데 주광호, 광화호 등이다. 일본으로 치면 신칸센과 비슷하지 않을까.

열차 안은 물론 시원하게 냉방이 되고 있었다.

4열 리클라이닝 시트 중 한 곳에 앉았다. 기차가 타이베이 시내를 벗어나자 얼마 후 열일곱, 여덟 살쯤 돼 보이는 소년이 차 안을 돌아다니며 물수건을 나눠 줬다. 그다음으로는 승객들에게 차를 따라 줬는데 이게 그야말로 예술이었다. 승객들이 뚜껑 달린 컵에 원하는 차를 넣고 기다리고 있으면 소년이 다가와서 뜨거운 물을 부어 주는데, 커다란 주전자를 한 손에 들고 다른 손으로 컵을 든 소년의 손이 번뜩인 순간 컵 안에 뜨거운 물이 채워지고 뚜껑이 닫혔다. 불과 영 점 몇 초의 속도였다.

차내 신문에 실린 사진을 보며 한자를 더듬더듬 읽는 사이 기차가 타이중역에 도착했다. 비는 이미 그쳐 있었다.

타이베이에 비하면 훨씬 아담한 마을이었다. 이곳에는 '일월담'이라는 아름다운 호수가 있어 관광 명소로 통하지만 이모토와는 상관없는 일이었다.

개찰구를 나선 이모토는 택시를 타고 기사에게 '타이중 화학'이라고 써서 건넸다.

중년의 기사가 고개를 끄덕였고 잠시 후 차가 출발했다.

타이베이와 마찬가지로 도로가 잘 정비된 건 산업용과 군용을 겸해서일까.

택시는 포장도로를 시속 80킬로미터에 가까운 속도로 빠르게 달렸다.

타이중 시내를 벗어나자마자 주변에 논밭과 숲이 펼쳐졌지만 택시는 좀처럼 멈추지 않았다.

'타이중 화학에 제대로 가는 게 맞나?'

이모토는 조금 불안해졌지만 중국어로 뭐라고 물어야 할지 몰라 그냥 입을 다물었다.

숲을 깎아서 만든 도로에 진입하자 주변에서 가옥이 사라졌다.

잠시 후 눈앞에 작은 호수가 보이고 그 옆으로 거대한 공장 지대가 있었다. 트럭 한두 대가 제품들을 싣고 택시 옆을 지나쳐 갔다.

부지 안에는 직원들을 위한 숙소도 보였다.

택시에서 내리자 정면에 '타이중 화학'이라는 글자가 눈에 들어왔다.

공장이 활기가 넘치는 건 끊임없이 부지를 드나드는 트럭 수로도 알 수 있었다.

경비원 중 한 명이 일본어를 알아들어서 이모토는 공장장의 사무실로 안내받았다.

쾌적한 사무실에는 두 나라의 국기가 나란히 걸려 있고 요시자와라는 일본인 공장장이 웃는 얼굴로 이모토를 맞이했다.

이모토가 공장을 찾은 이유를 설명한 뒤에도 그의 미소는 사라지지 않았다.

"이렇게 먼 곳까지 찾아오느라 고생하셨지만 죄송하게도 저희 공장에는 아무 문제가 없습니다. 직원들은 일본인과 대만인 반반이지만 완전 능률제라 차별 같은 것도 없고 정작 타이중 화학의 사장님은 대만인입니다."

요시자와는 대만 정부에서 받은 감사장들을 이모토에게 보여줬다.

"닛포 화학 주몬지 공장에서 공해 문제가 발생한 적이 있죠?"

이모토가 물었다.

요시자와는 이모토가 무슨 말을 할지 안다는 것처럼 고개를 끄덕였다.

"네. 하지만 이곳에서는 그때의 교훈을 잘 살려 지금껏 인명 사고 같은 건 발생하지 않았습니다. 공장 안팎과 주변을 모두 포함해서요. 앞으로 이 일대는 거대한 공장 단지가 되어 대만의 발전에 크게 기여할 겁니다."

요시자와는 자신만만하게 말했다.

그는 파일에 넣어 보관한 현지 신문도 보여 줬다. 하나같이 공장을 추켜세우는 내용의 기사가 실려 있었다.

또 공장 일대에는 민가가 없어서 주몬지 공장 같은 사고는 절대 일어나지 않을 거라고 했다.

"아, 그리고."

요시자와가 빙긋 웃었다.

"공장 폐수 문제에도 만전을 기하고 있어서 호수에는 백 퍼센트 여과된 물만 내보내고 있습니다. 나중에 보트를 타고 호수에 나가 보시면 잘 아실 겁니다. 낚시를 좋아하는 분이라면 군침이 나올 만한 커다란 물고기들이 헤엄치는 모습이 훤히 보이거든요. 저를 포함해 이곳 직원들도 휴일에 낚시를 즐겨서 잡아 온 물고기를 저녁 반찬으로 만들어 먹기도 하는데 보다시피 몸 상태에는 전혀 문제가 없습니다."

"하지만 공장 굴뚝에서는 유해한 아황산가스 등이 뿜어져 나오고 있지 않습니까?"

"아예 없다고 할 수는 없겠지만 그것도 기준치 이하로 지키고 있습니다. 애초에 그런 걸 못 지키면 이런 합작 회사가 당국의 허가를 받을 수도 없어요."

요시자와는 단호하게 말했다.

이모토는 결국 반박 한 번 제대로 못 하고 공장을 나섰다.

실제로 물가에 가 보니 맑은 물속에서 헤엄치는 물고기들이 보였다. 공기도 탁하거나 오염된 것 같지 않다.

'타이중 화학에는 정말 아무 문제도 없는 걸까.'

이모토는 고개를 갸웃거리며 공장 옆에 있는 푸른 숲으로 들어갔다. 조용한 곳에서 잠시 쉬며 다음으로 뭘 할지 고민하고 싶었다.

일대에는 대나무 숲도 많았다.

나무가 바람을 맞아 경쾌한 소리를 내며 흔들렸다.

'아열대 지방인 대만에도 낙엽이 있나?'

문득 그런 의문이 머리를 스친 건 대나무 숲 곳곳에서 갈색의 낙엽 뭉치들이 보였기 때문이다.

'대나무 잎도 떨어지면 갈색으로 변하나?'

이모토는 허리를 숙여 낙엽을 집어 들려다가 순식간에 안색이 변했다.

낙엽으로 보인 것들이 실제로는 갈색 날개를 가진 나비들의 사체였기 때문이다.

10

　―대만은 일본 규슈와 면적이 비슷하지만 일본에는 27종밖에 없는 나비가 대만에는 350종이나 있을 만큼 나비들의 보고입니다.

　국제전화로 이모토가 흥분한 목소리로 보고했다.

　도쓰가와는 대만 지도를 보면서 이모토의 이야기를 들었다.

　"나비가 타이중 화학과 무슨 관련이 있지?"

　―타이중 화학 공장이 지어진 곳은 대만에서도 희귀한 나비들이 서식하는 지역입니다. 공장장의 말처럼 공장 폐수는 완전 정화 처리를 거쳐 호수로 흘러가고 굴뚝에서 나오는 유해 가스도 기준치 이하로 인체에 영향을 미치지 않습니다. 하지만 대기 오염에 민감한 나비들이 대량으로 죽어 가고 있죠. 대나무 숲에 많이 서식하는 황토빛큰무늬나비와 호랑나비과에 속하는 넓적꼬리제비나비라는 나비가 그렇습니다. 전 황토색 날개를 가진 황토빛큰무늬나비들의 사체 무더기를 봤습니다.

　"그 일로 타이중 화학을 비판하는 목소리는 없나?"

　―타이중 동쪽에 푸리라는 작은 마을이 있습니다. 이곳에서는 대만 각지에서 채집한 나비를 장식용으로 가공해 연간 수억 엔의 외화를 벌어들인다고 하더군요. 채집하는 나비가 한 해에 천만 마리 정도라고 합니다. 그러니 당연히 나비 채집을 전문으로 하는 업체들에서 타이중 화학에 비난이 쏟아졌습니다.

"결과는?"

―타이중 화학이 아닌 닛포 화학에서 돈의 힘을 빌려 그들의 입을 틀어막은 것 같습니다.

"대만 정부는 어떤가? 나비가 외화벌이 수단이라면 당연히 보호 정책을 펼쳐야 하지 않나?"

―맞습니다. 그런데 현재 대만 정부가 중점을 두는 부문이 중공업 육성입니다. 경공업에서 중공업으로의 전환이죠. 그러기 위해서는 일부 지역에서 나비 보호 정책을 포기해서라도 타이중 화학의 힘이 필요하게 된 것 같습니다. 결국 나비들이 대량 폐사한 사실이 비밀에 부쳐진 겁니다.

"비밀에 부쳐졌다는 건 반대로 말해 그만큼 타이중 화학, 즉 닛포 화학에는 아픈 부분이라는 뜻이겠군."

―그렇습니다. 특히 요즘은 사람들이 자연 보호를 외치고 일본에서 돌고래를 죽여도 전 세계의 비난이 집중되는 시대니까요.

"자네는 그만 돌아와도 좋네. 수고했어."

도쓰가와는 전화를 끊고 웃으며 가메이를 봤다.

"이로써 최초 사망자가 긴자의 보행자 천국에서 나비를 날린 이유가 밝혀졌어."

"닛포 화학과 닛포 콘티넨털에 대한 시위가 맞았군요. 우리는 대만에 진출한 닛포 화학의 합작 회사가 무슨 짓을 하는지 안다는 걸 나타내기 위해……."

"일반인 눈에는 그저 기괴하고 흥미로운 사건이었던 나비 떼의 출현이 닛포 화학과 닛포 콘티넨털 측에는 다르게 보였을 거야. 아마 전화나 편지로 항의하는 것보다 훨씬 효과가 크지 않았을까?"

"그런데 타이중 화학 공장 주변에서 나비가 떼죽음을 당한다는 건 철저히 비밀로 하고 있을 텐데 노미야마 일당은 어떻게 그걸 알았을까요?"

"두 가지 가능성을 생각해 볼 수 있겠군. 그들 중 한 명이 우연히 대만을 여행하다가 이모토처럼 타이중 화학 근처에서 떼죽음당한 나비를 봤을 가능성. 또 하나는 그들 중 과거에 타이중 화학에서 일했던 사람이 있을 가능성. 어느 쪽이든 그들이 나비 떼를 날려 보낸 이유는 밝혀졌어."

"이제 고무풍선만 남았군요. 고무풍선은 닛포 콘티넨털과 무슨 관련이 있는 걸까요?"

"자네들이 다시 한번 그걸 조사해 주겠나? 보행자 천국의 나비 떼처럼 노미야마 일당은 고무풍선을 협박에 이용했을 거야. 그럼 풍선과 관련돼 닛포 계열사 쪽에 부정적인 인상을 안길 만한 무슨 일이 있었다는 뜻 아닐까? 그쪽 방향으로 조사해 보게."

"풍선을 날린 곳이 대형 아파트 단지라는 점에도 의미가 있다고 보십니까?"

"그럴 수도 있겠지만 단순히 대중의 관심을 끌기 좋은 무대라 선택한 걸 수도 있겠지. 나비 떼를 날릴 때도 긴자의 보행자 천국이 관심을 끌 무대로 안성맞춤이라 선택됐을 테니까."

가메이와 이시카와 형사가 수사본부를 빠져나간 후 미타 외과 병원에 가 있는 오스기 형사에게 전화가 걸려 왔다.

—아베 히로시가 조금 전 눈을 떴습니다.

오스기가 보고했다.

—질문에 대답할 수 있는 상태라고 합니다.

11

도쓰가와는 급히 세타가야에 있는 미타 외과 병원에 갔다.

5시가 지나 외래 환자의 모습은 보이지 않았다.

병원 입구에서 오스기와 하라다 형사가 도쓰가와를 기다리고 있었다.

"어떻게 됐나?"

도쓰가와가 묻자 오스기가 안경을 꾹 누르며 대답했다.

"머리를 다치지 않은 덕에 의식은 또렷한 것 같습니다. 의사 말로는 기억도 잃지 않았을 거라고 합니다만……."

"합니다만?"

"제가 아무리 말을 걸어도 대답이 없더군요. 꼭 말을 못 하게 된 사람처럼요."

"내가 직접 만나 보지."

도쓰가와가 나섰다.

병실 앞에는 후지누마 사무국장과 병원장이 와 있었다.

"환자를 지나치게 흥분시키지 않았으면 좋겠습니다."

의사가 주의해서 도쓰가와는 고개를 끄덕이고 병실에 들어갔다.

한 개 있는 침대 위에 아베 히로시가 누워 있었다.

눈을 감은 그를 힐끗했을 때 도쓰가와는 가슴이 덜컥했다. 흰옷과 수염이 덥수룩한 초췌한 얼굴, 커튼 너머에서 비치는 석양 때문에 문득 그의 모습이 마치 영화나 그림에 나오는 그리스도의 제자처럼 보였기 때문이었다.

말없이 그를 바라보고 있을 때 아베 히로시가 눈을 떴다.

"자네가 아베 히로시인가?"

도쓰가와는 확인하듯 물었다. 대답은 없지만 침묵이 긍정으로 느껴졌다.

"자네들의 지도자인 노미야마가 필사적으로 자네를 찾고 있네. 아마 도망친 자네가 비밀을 누설하지 않을까 전전긍긍하고 있겠지."

"......"

말은 없지만 아베의 표정에 변화가 있었다. 역시 이 청년은 노미야마 일당에게서 도망쳐 '사치코'라는 술집에 들어가 술을 마신 후 트럭에 뛰어들어 스스로 목숨을 끊으려고 한 것이다.

"자네는 왜 그들에게서 도망쳤지?"

"……."

"말하기 힘들다면 내가 직접 말해 주지. 자네들은 노미야마를 아버지라고 부르며 똘똘 뭉쳐 있었어. 자네의 동료들이 하나둘 죽은 걸 보면 자신들의 왕국을 만들기 위해 스스로 목숨을 던지는 것도 마다하지 않지. 그런데 네 번째, 그러니까 '스페이스 79'라는 조립식 주택 안에서 분신한 젊은 여자의 시신을 부검한 결과, 그녀는 최근에 낙태 수술을 받은 것으로 밝혀졌네. 여린 성격인 자네는 그 사실을 듣고 큰 충격을 받았을 거야. 자신들이 아무리 남녀라고 할지언정 믿음으로 맺어졌지 성性으로 맺어진 게 아니라는 확신이 있었는데, 그게 무참히 깨졌으니까. 혹시 자네는 그녀를 범한 사람이 누군지도 알지 않나? 말하고 싶지 않다면 안 해도 되지만, 어쨌든 절망에 빠진 자네는 동료들에게서 도망쳐 트럭에 뛰어들어 스스로 목숨을 끊으려고 했네. 내 말이 틀렸나?"

"……."

"대답하지 않아도 자네 표정이 맞다고 하고 있군."

"전 모릅니다."

아베가 힘없이 입을 열었다.

"뭘 모른다는 거지?"

"모릅니다. 전……."

"그게 통할 것 같나? 이미 자네 동료가 넷이나 죽었어. 그들은 원해서 죽음을 택한 게 아니야. 노미야마를 비롯한 자네들이 그들을 죽게 만든 거지. 이제 와서 모르쇠로 일관해도 될 것 같아?"

원장과 사무국장은 환자를 흥분시키지 말라고 했지만 이렇게 된 이상 약속을 지킬 수 없겠다고 도쓰가와는 마음을 굳혔다. 이 청년에게서 비밀을 알아내지 못하면 또 다른 피해자가 나올 수 있다.

도쓰가와가 강렬하게 쏘아보자 아베는 잠시 후 고개를 홱 돌렸다.

"저한테 뭘 원하는 겁니까?"

"뭐든 좋으니 이야기해 보게. 노미야마 일당은 지금 어디에 모여 있지? 우선 그게 궁금해."

"알려 주면 가서 체포하실 건가요?"

"아니. 체포하지 않아. 단지 몇 명이나 되는지 궁금하고 그들을 직접 만나서 대화해 보고 싶어."

"경찰은 못 믿습니다."

"노미야마에게 그렇게 배웠나?"

"제 생각이에요."

"그래. 그렇게 생각할 수 있겠지. 그건 그렇고, 심중이라는 게 정확히 무슨 뜻이지?"

도쓰가와가 일부러 무심하게 내뱉자 아베의 표정이 달라졌다.

"심중……?"

"그래. 보통은 사랑에 빠진 남녀가 동반 자살하는 행위를 뜻하지. 자네는 트럭에 뛰어들어서 죽으려 했지만 수술로 간신히 목숨을 건졌네. 그전에는 술집에서 술을 마셨다는데 그곳에서 자네가 술에 취해 '심중'이라고 중얼거린 걸 다른 손님이 들었어. 그게 무슨 뜻인가? 자네가 자살을 시도한 것처럼 자네들 중에 누군가가 이번에는 동반 자살할 거라는 건가? 노미야마와 어떤 젊은 남녀가 자네를 찾는다는데, 혹시 그 남녀가 동반 자살하는 거야?"

도쓰가와는 침대에 누운 아베의 얼굴을 보며 물었다.

아베의 눈빛이 더욱 어두워졌다.

"모릅니다. 전 아무것도 몰라요. 나가 주십시오."

"만약 자네 동료들이 동반 자살을 계획하고 있다면 그걸 막을 수 있는 사람은 자네뿐이야. 자네가 모든 걸 털어놓아야 다음 희생을 막을 수 있는 거야. 자네는 노미야마와 동료들에게 절망해 자살을 기도하지 않았나? 그런데 왜 아직도 노미야마와 동료들을 감싸려고 들지?"

"형사님은 알 바 아닙니다. 이건 제 문제예요!"

아베는 감정 실어 버럭 소리치고 콜록콜록 기침을 했다. 얼굴이 벌겋게 달아올랐다.

병원장이 들어와서 도쓰가와를 제지했다.

"왜 또 환자를 흥분시키는 겁니까? 위험합니다."

12

"이대로 가다가는 또 다른 희생자가 나올지도 모릅니다."

도쓰가와는 침울한 얼굴로 병원장에게 말했다.

"그런 사태를 막기 위해서는 이 청년의 협조가 반드시 필요합니다."

"그렇다고 환자를 계속 자극하면 환자가 위험해질 수 있습니다. 지금 이 환자에게는 무엇보다 안정이 중요해요."

"그럼 하나만 더 묻겠습니다."

도쓰가와는 물러서지 않았다.

병원장은 아베의 안색을 살피고 손목을 붙잡아 그의 맥박을 쟀다.

"하나만입니다. 그리고 환자가 질문에 대답하든 안 하든 이만 물러가 주십시오. 약속하시겠습니까?"

"알겠습니다."

도쓰가와가 동의했다.

아베는 눈을 감고 있었다. 그러나 뺨이 연신 꿈틀거리는 걸 보면 내면의 갈등을 견디는 것 같다.

"난 아까 자네 동료들과 노미야마가 필사적으로 자네를 찾고 있다고 했네."

도쓰가와가 다시 입을 열었다.

"하지만 그게 자네를 걱정해서가 아니라는 건 누구보다 자네가

278

잘 알겠지. 노미야마는 자네가 유다처럼 자신을 배신할까 봐 두려워하고 있어. 그러니 자네를 찾는 즉시 어떤 형태로든 처분을 내리겠지. 자네는 '스페이스 79'에서 분신한 여자가 낙태했다는 사실을 알고 노미야마와 동료들에게 절망했네. 그런데 왜 아직도 그들을 비호하나?"

"간략하게 부탁드립니다."

옆에서 병원장이 말했다.

"가장 먼저 희생된 청년이 긴자의 보행자 천국에서 나비 떼를 풀어놓은 이유는 밝혀졌어."

도쓰가와가 말을 이었다.

"그건 대만에 진출한 닛포 화학이 타이중에서 나비를 몰살시킨 일에 대한 항의 아닌가? 그렇지? 그럼 대형 아파트 단지에서 죽은 여자가 고무풍선을 하늘에 날린 이유는 뭐지? 그건 뭐에 대한 항의였나?"

"닛포 자동차……."

"닛포 자동차?"

"아니, 아까도 말씀드렸듯이 이건 저희 문제지 경찰들과 상관없는 일입니다."

"그게 무슨 소리인가? 자네들이 지금 벌이는 짓은 더 이상 자네들만의 문제가 아니야!"

도쓰가와가 무심코 크게 소리치자 병원장이 당황했다.

"이제 그만하십시오. 더는 무리입니다."

도쓰가와는 병원장에게 감사하다며 고개를 숙이고 오스기와 하라다 형사를 미타 외과 병원에 남겨 두고 수사본부로 돌아갔다.

한 시간 뒤에 탐문 중인 가메이에게 전화가 걸려 왔다.

─아쉽지만 고무풍선의 수수께끼를 아직 풀지 못했습니다. 범위가 너무 넓어서요.

"아무래도 문제는 닛포 자동차 쪽에 있는 것 같아."

도쓰가와가 말했다.

─닛포 자동차라면 고무풍선과 별 관련 없어 보입니다만…….

"아베 히로시가 닛포 자동차를 언급했네."

─그럼 다시 한번 닛포 자동차를 조사해 보겠습니다.

전화를 끊자마자 또다시 도쓰가와 앞에 있는 전화기가 울렸다.

이번에는 도자이 신문 사회부의 다나베였다.

그는 언제나처럼 "나야. 다나베" 하고 말을 이었다.

─이상한 소문을 들었는데, 왠지 자네가 지금 조사 중인 사건과 관련 있을 것 같아서 말이야.

"무슨 소문이지?"

─정확한 액수는 모르겠지만 닛포 콘티넨털이 최근에 어느 특정 개인에게 거금을 보냈다는 소문이 돌고 있어. 상대가 정치인은 아니라더군.

"닛포 윗선에서는 뭐라고 했나?"

─그런 사실이 없다고 부인했지만 난 소문이 사실이라고 믿고
있네.

'노미야마 일당에게 돈을 보냈을까?'

도쓰가와는 허공을 보면서 추측했다.

6

협박

1

노미야마 일당이 닛포 콘티넨털을 협박해 닛포 측에서 돈을 뜯어낸 걸까.

이를 확인하려면 닛포 경영진을 찾아가 직접 물어야겠지만 아마 입을 걸어 잠글 것이다. 다나베의 말에 따르면 몹시 은밀하게 돈이 지급된 것으로 보이기 때문이다.

'만약 고무풍선의 수수께끼가 풀린다면…….'

도쓰가와는 내심 기대했다.

긴자 보행자 천국의 나비 떼 수수께끼는 풀렸다. 만약 대형 아파트 단지의 고무풍선 수수께끼까지 푼다면 그것을 근거로 닛포 경영진의 입을 열 수 있을지 모른다.

밤늦게 탐문을 마친 가메이와 이시카와 형사가 지친 얼굴로 돌아왔지만 그들은 결국 고무풍선에 대한 단서를 찾지 못했다고 했다.

"의외로 쉽게 풀릴 줄 알았지만 유력한 정보는 얻지 못했습니다."

가메이가 힘없이 말했다.

"닛포 자동차의 신차 발표회 때 풍선을 날려 분위기를 띄웠고 차를 시승하러 온 가족에게 풍선을 준 적도 있다고 하지만 지금껏 별다른 사고는 일어나지 않았습니다."

옆에서 이시카와가 보고했다.

"아무튼 신차 발표회와 시승회 때만 고무풍선을 썼다고 합니다."

가메이가 한숨을 내쉬었다.

"정말 아무 사고도 없었나?"

도쓰가와가 물었다.

"안타깝다고 말씀드리면 조금 그렇지만, 사고 같은 건 없었습니다. 그리고 애초에 풍선으로 사고가 나 봐야 별게 있겠습니까."

"하지만 두 번째로 목숨을 끊은 여자는 실제로 고무풍선을 날렸어. 즉, 나비 떼와 마찬가지로 그들의 협박의 빌미가 될 사건 사고가 있었던 게 분명해."

다음 날, 가메이와 이시카와는 또다시 피로에 지친 발걸음으로 탐문에 나섰다.

그들의 뒷모습을 보며 도쓰가와는 안타까운 기분이 들었지만 그렇다고 두 사람을 쉬게 할 수는 없었다.

미타 외과 병원에 입원 중인 아베 히로시는 '심중'이라는 단어를 중얼거렸다고 한다. 만약 그것이 남녀의 죽음을 예고한 말이라면 반드시 막아야 한다.

저녁이 되자 대만으로 떠났던 이모토 형사가 돌아왔다.

"고생했네. 덕분에 한 걸음 나아갈 수 있었어."

도쓰가와가 이모토를 다독였다.

"다른 인원들은 어디 갔습니까?"

"고무풍선의 수수께끼를 풀기 위해 뛰어다니고 있네. 오늘 중으로 밝혀지면 참 좋을 텐데 말이야. 앞으로 나흘 뒤면 또 일요일이라."

도쓰가와는 벽에 붙은 달력을 힐끗했다.

"이번 주 일요일에도 뭔가 일어날 거라고 보십니까?"

"미타 외과 병원에 입원한 아베 히로시라는 청년이 '심중'이라는 말을 중얼거렸다고 해. 최악의 경우 이번 주 일요일에는 남녀 동반 자살 사건이 일어날지도 몰라."

"그런데 지난주 일요일에는 자살 사건이 없었죠."

"그렇지."

도쓰가와는 고개를 끄덕였지만 표정은 밝지 않았다. 형사들이 알지 못하는 사이 관련 사건이 일어났을 수 있고 만약 일어나지 않았다고 해도 잠시 멈췄을 뿐일 수도 있기 때문이다.

"어쨌든 좀 쉬게."

도쓰가와가 이모토에게 말했다.

이모토는 의자들을 늘어놓고 그 위에 누워 담요를 덮었다. 얼마 안 돼 코 고는 소리가 들렸다. 코골이가 심한 걸 보니 어지간히 피로가 쌓인 듯했다.

도쓰가와는 담뱃불을 붙이고 시계를 봤다. 이제 곧 저녁 7시다. 가메이와 이시카와는 아침에 탐문을 나간 후 아직 돌아오지 않았다.

'부하들이 눈 붙일 장소를 만들어 둬야겠어.'

그렇게 생각한 도쓰가와가 의자를 옮기고 담요를 꺼내고 있을 때 가메이와 이시카와가 수사본부에 들이닥쳤다.

"찾았습니다!"

가메이는 들어오자마자 크게 외쳤다.

"고무풍선을 찾았습니다!"

2

"일단 진정하고 설명하게."

흥분한 두 사람에게 도쓰가와가 커피를 타 줬다.

가메이는 블랙커피를 한 모금 마시고 입을 열었다.

"정확히 말씀드리면 진짜 고무풍선을 발견한 건 아닙니다."

"그럼 뭐지?"

"재작년 5월 하순 이타바시구에 닛포 자동차 영업소가 문을 열어 신차 전시회를 화려하게 했다고 합니다."

"이타바시라면 그 아파트 단지가 있는 곳 아닌가?"

"네. 그 근처입니다. 그리고 전시회 당시에 애드벌룬을 두 개 띄웠다고 합니다."

"고무풍선이 아닌 애드벌룬?"

"그런데 5월 29일 이른 아침에 그 애드벌룬 중 하나가 줄이 끊어져 하늘에 떠올랐습니다. 그 후 풍속 5, 6미터의 남풍을 타고 순식간에 사이타마 방면으로 향했죠. 직원 세 명이 서둘러 차를 몰고 벌룬을 쫓아갔습니다. 아라카와강을 지나면 사이타마현에 닛포 자동차의 넓은 공장 예정지가 있는데 직원들은 그곳에 벌룬이 떨어지면 괜찮을 거라고 판단했다고 합니다."

"그러고 보니 다카시마다이라 아파트 단지에서 날아오른 고무풍선 중 몇 개도 아라카와강을 지나 닛포 자동차 공장 예정지에 떨어졌다고 신문에 실리지 않았나?"

"아라카와강에 떨어져도 괜찮을 거라고 생각한 것 같습니다. 어쨌든 닛포 자동차 입장에서는 새 영업소 문을 열어 신차 발표회를 하는 시기이기도 해서 이럴 때 인명사고라도 나면 회사 이미지에 큰 타격이 생길 거라고 우려한 게 틀림없습니다."

"그래서 그 애드벌룬은 결국 어디로 떨어졌지? 민가 밀집지에 떨어졌나? 그럼 뉴스가 나왔을 테고 나도 기억할 텐데……."

"떨어진 곳은 도쿄 쪽 아라카와 강변입니다. 시간은 새벽 5시 30분경이었고요. 평소라면 사람이 거의 없을 시간인데, 그날은 일요일이라 다카시마다이라 단지에 사는 초등학교 5학년 남자아이가 물고기를 잡으러 와 있었다고 합니다."

"그래서?"

"애드벌룬은 그 아이 옆에 떨어졌습니다. 단지 그뿐이라면 사고로 이어지지는 않았겠지만, 초등학교 5학년이라면 호기심이 가장 왕성할 시기죠. 아이는 땅에 떨어진 애드벌룬 위에 올라타 폴짝폴짝 뛰어놀았고, 그럴 때 갑자기 애드벌룬이 폭발했습니다. 아이는 결국 온몸에 큰 화상을 입었습니다."

"그래서, 결국 사망했나?"

"아뇨. 그럴 때 앞서 말씀드린 직원 세 명이 차를 타고 달려왔습니다. 당연히 경찰에 신고하고 구급차를 불러야 할 텐데 그러지 않았다고 합니다. 당시 강변에 인적이 드문 것을 보고 두 사람이 중상을 입은 아이를 차에 태워 인근 병원으로 옮겼고, 다른 한 사람은 닛포 자동차 관리 부장의 집에 전화를 걸었습니다."

"닛포 자동차 직원이었나?"

"두 사람은 애드벌룬 회사의 직원이고 다른 한 명은 닛포 자동차 직원이었습니다. 관리 부장에게 전화한 사람도 닛포 자동차 직원이고요."

"당시 관리 부장이라면 지금의 닛포 프리패브 사장인 센다 도쿠이치로 아닌가?"

"맞습니다. 센다 도쿠이치로입니다."

"그렇군."

도쓰가와는 사장실에서 만난 60세 남자의 얼굴을 떠올렸다. 그야말로 똑똑하고 품위 있어 보이는 인상이었지만 당연히 회사를 일 순위로 생각할 사람 같기도 했다.

　"소식을 접한 센다 부장은 무슨 수를 써서라도 사고가 알려지는 걸 막고 싶었던 것 같습니다. 폭발한 애드벌룬 잔해를 즉시 대형 트럭으로 수거했고 애드벌룬 회사에도 입막음을 했다고 합니다."

　"그게 재작년 5월이라고?"

　"5월 29일입니다."

　"다음 날 신문에 사고 기사가 실렸나? 아무리 닛포 자동차가 단속했다고 해도 언론 보도까지는 막기 어려웠을 것 같은데."

　"이시카와와 도서관에 가서 훑어봤지만 그런 기사는 없었습니다. 단신을 낸 신문은 있었지만 거기에도 애드벌룬이 갑자기 날아올라 아라카와 강변에서 발견됐다는 내용만 있고 아이에 관한 내용은 없었습니다."

　"그 아이는 어떻게 됐나?"

　"2주 후 병원에서 사망했습니다. 아이 이름은 사카이 도시하루입니다."

　"이상하군. 그럼 부모가 당연히 닛포 자동차와 애드벌룬 회사를 고소했을 텐데, 그런데도 신문에 나오지 않았다고?"

　"안 나왔습니다. 화상 원인이 애드벌룬 폭발이 아닌 아이가 모닥불을 피우다가 실수로 휘발유를 뿌려서라고 돼 있더군요. 그렇게 보도됐습니다."

"말도 안 돼. 부모들이 그런 걸 그냥 넘어갔다는 말인가?"

"왠지 전 납득이 됐습니다. 왜인지 아십니까?"

3

"닛포 자동차가 거액의 위로금을 쥐여 줘서 부모들도 돈에 눈이 멀었나? 다른 가능성은 없을 텐데……."

도쓰가와는 가메이의 얼굴을 보며 말했다.

"닛포 자동차와 애드벌룬 회사에서 은밀하게 거액의 위로금을 지불한 건 사실입니다. 하지만 모닥불로 인한 화상이라는 결론에 부모가 동의한 것이 꼭 돈 때문만은 아니었던 것 같습니다."

"그럼 뭐지?"

"당시 아이의 부모는 40세의 사카이 겐이치로와 35세의 아키코 씨. 그런데 사실 남편인 사카이 겐이치로가 닛포 자동차 본사에서 과장으로 근무했다더군요."

"닛포 자동차 직원이라고?"

"심지어 고등학교를 졸업하자마자 닛포 자동차에 입사해 20년 넘게 외길을 걸어온 성실한 직원이라고 합니다."

"과연……. 그렇군."

"사카이 겐이치로는 회사 없이는 자신과 가족도 없다고 생각하는 사람이었던 것 같습니다. 아마 센다 관리 부장이 사카이 겐이치로를 불러서 설득하지 않았을까요. 그렇게 사건은 유야무야됐고 닛포 자동차는 피해를 보지 않고 끝났습니다. 사카이 겐이치로는 이듬해 후쿠시마에서 문을 연 닛포 자동차 영업소의 소장으로 영전했고, 가족들도 다카시마다이라 단지를 떠나 후쿠시마로 이사했다고 합니다."

"월급쟁이 노릇도 쉽지 않군."

도쓰가와는 미소 지으려다가 다시 웃음을 집어삼켰다. 생각해 보면 도쓰가와 역시 거대 경찰 조직의 일원이고, 조직을 벗어난 자기 모습을 상상할 수 없었기 때문이다.

"닛포 자동차의 센다 관리 부장이 닛포 프리패브의 사장이 된 것도 그때의 대처를 인정받은 덕분 아닐까요? 사고가 났을 때는 닛포 자동차가 새로 발매한 신차에 사운을 걸고 있던 시기라 작은 악소문 하나도 두려웠을 겁니다."

"그럼 노미야마 일당은 신문에도 실리지 않은 그날 사고의 진상을 알게 돼 같은 일요일에 다카시마다이라 단지에서 고무풍선을 날렸다는 말인가?"

"실제로는 애드벌룬을 날리고 싶었는지도 모르겠습니다. 그럼 닛포에 더 큰 압력을 가할 수 있었을 테니까요."

"어떻게 2년 전 사고의 진상을 알게 됐지?"

도쓰가와는 자문하듯 중얼거렸다.

"대만에서의 나비 몰살도 알고 있었던 걸 보면 어쩌면 그들 안에 닛포의 직원이 있을 수도 있겠군. 그런데 자네들은 어떻게 알아냈나?"

"전부 우연이었습니다."

이시카와가 멋쩍게 미소 지었다.

"탐문 중에 갑자기 서른두셋쯤 돼 보이는 남자가 다가와 저희에게 알려 주더군요. 그는 2년 전 사고 당시 애드벌룬 회사의 직원으로, 다친 소년을 병원에 데려간 두 사람 가운데 한 명이었다고 합니다."

"왜 털어놓은 건가?"

"그게, 그가 최근 근태 불량으로 회사에서 잘렸는데 그 일로 앙심을 품고 저희에게 털어놓은 것 같습니다."

"노미야마 일당 쪽에도 귀뜸했을까?"

"저도 그럴 것 같아서 물어봤는데 노미야마라는 사람은 모른다고 하더군요. 2년 전 사고의 진상을 알려 준 건 저희가 처음이라고 합니다. 거짓말은 아닌 것 같습니다."

"돈을 요구하지는 않았나?"

도쓰가와가 묻자 가메이가 대답했다.

"고향인 후쿠오카로 돌아갈 거라고 해서 이시카와와 각출해 도쿄에서 후쿠오카까지의 차비를 쥐여 줬습니다."

"나중에 청구하게."

도쓰가와가 말했을 때 소리를 들었는지 이모토 형사가 의자를 들썩이며 일어났다.

도쓰가와는 이모토에게도 커피를 타 주고 세 형사의 얼굴을 둘러봤다.

"자, 자네들 덕분에 나비와 고무풍선의 수수께끼가 풀렸네. 노미야마 일당은 닛포 화학, 닛포 자동차의 과거 비밀을 알아내 그걸 빌미로 닛포 콘티넨털을 협박한 것으로 보여. 우리는 모든 걸 안다는 뜻에서 긴자에서 나비 떼를 날려 보내고 아파트 단지에서 고무풍선을 띄웠겠지."

"목적은 돈일까요?"

이모토가 눈을 비비며 물었다.

"그들의 왕국을 세우기 위한 돈이겠지. 하지만 언론사나 공공기관에 닛포 콘티넨털을 정식 고발하면 모든 사실이 공개돼 돈을 못 받게 되잖나. 그러니 그런 암호 같은 방식으로 상대를 협박한 거야. 일반인들 눈에는 그저 평범한 나비 떼나 고무풍선으로 보일지 몰라도 닛포 경영진은 그것들이 뭘 의미하는지 바로 알 테니까."

"이제 어떻게 할까요?"

가메이는 날카롭게 도쓰가와를 봤다.

"내일 닛포의 경영진을 만나러 가야겠어. 나 혼자 가는 게 좋을 것 같군. 여러 명이 우르르 몰려가면 오히려 경계해서 들을 이야기도 못 들을 테니."

"노미야마 일당이 닛포 콘티넨털을 협박해 닛포 측에서 돈을 지불한 사실이 밝혀지면 그들을 공갈 혐의로 체포할 수 있겠군요."

"도자이 신문에 있는 지인이 말하길 이미 닛포가 비밀리에 누군가에게 거액을 보냈다는 소문이 돈다고 해. 억 단위라더군."

"노미야마 일당에게 갔을까요?"

"내일 확인해 봐야지."

"그런데 과연 닛포 경영진이 순순히 인정할까요? 대기업은 이미지 실추에 신경을 곤두세우기 마련이라 비협조적이지 않겠습니까?"

이시카와가 걱정스러운 듯이 물었다.

"아마 그렇겠지."

도쓰가와는 순순히 인정했다.

"하지만 이쪽도 물러설 수는 없어. 이미 많은 사람이 죽었고 앞으로도 죽을 수 있으니까. 무슨 수를 써서라도 사실을 실토하게 할 거세."

4

5월 10일, 도쓰가와는 미리 전화로 약속하고 닛포 화학 본사를 찾았다.

최근 날씨가 변덕스러워서 어제는 날씨가 좋았는데 오늘은 아침부터 비바람이 거세게 불었다.

도쓰가와는 곧장 사장실로 안내받았다. 그곳에는 전에도 만난 사장 센다 모토시가 또 한 명의 남자와 함께 도쓰가와를 기다리고 있었다.

"날 기억하겠지?"

센다가 도쓰가와에게 물었다.

도쓰가와가 고개를 끄덕이자 센다는 "이쪽은 닛포 자동차의 사사키 사장일세" 하고 옆에 있는 남자를 소개했다. 나이가 예순쯤 돼 보이는 혈색 좋은 남자였다.

"닛포 자동차와도 관련된 일이라고 해서 불렀어."

"감사합니다."

"뭐라도 마시겠나? 비서를 부르지."

"아뇨. 괜찮습니다."

"그럼 이야기를 들어볼까. 아주 중요한 이야기라던데."

센다가 운을 떼자 옆에서 사사키가 파이프 담배를 꺼내 입에 물었다. 은은한 담배 냄새가 방 안에 퍼졌다.

"실은 어떤 소문을 들었습니다."

도쓰가와는 담담하게 말을 꺼냈다.

"닛포 콘티넨털이 특정 개인에게 거액을 지급했다는 소문입니다."

"그렇군. 뭐 문제라도 있나?"

센다가 차분하게 되물었다.

"사실입니까?"

"액수도 상대도 알려 주지 않은 마당에 내가 뭐라고 대답하겠나."

센다가 미소 지었다.

"금액은 억 단위고 상대는 노미야마라는 사람입니다. 또는 노미야마가 소속한 그룹일지도 모릅니다."

"전에도 자네한테 말했던 것 같은데 난 노미야마라는 사람을 만난 적이 없어."

"사사키 사장님도?"

"저도 그런 사람은 모르겠습니다."

사사키는 파이프를 입에 문 채 말했다.

"4월 8일 일요일, 한 청년이 긴자의 보행자 천국에서 나비 떼를 날린 후 스스로 목숨을 끊었고, 그다음 일요일에는 다카시마다이라의 아파트 단지에서 젊은 여자가 고무풍선을 띄운 직후 같은 방법으로 자살했습니다. 이후에도 진구 야구장, 닛포 프리패브의 '스페이스 79'에서 분신자살이 이어졌죠. 언론에서 대대적으로 보도했으니 두 분 다 알고 계실 거라 봅니다만."

"그래, 알지. 이상한 사건이 계속 일어나더군."

"전 그 일련의 사건이 여러분 닛포 경영진에 대한 협박이라고 생각합니다."

"말도 안 되는 소리. 나비와 고무풍선을 날려 보낸 게 무슨 협박이란 말인가?"

"전 모든 걸 알고 있습니다."

도쓰가와는 두 사람을 번갈아 보며 대만에서의 조사 결과와 2년 전에 일어난 애드벌룬 폭발 사고를 설명했다. 설명 도중 센다와 사사키는 당황한 표정을 지으며 이따금 서로 얼굴을 마주 봤다.

"어떻습니까? 기왕 이렇게 된 김에 모든 걸 털어놔 주시지 않겠습니까?"

도쓰가와가 두 사람의 결단을 촉구했다.

"모른다고 하면 어떡할 생각이죠?"

사사키가 파이프 담배를 탁자에 내려놓고 도쓰가와를 지그시 봤다.

"내일 일련의 자살 사건과 관련해 기자 회견을 열기로 했습니다. 그때 지금까지 밝혀진 모든 걸 설명하게 될 겁니다. 신문사 입장에서는 흥미 있는 소재일 테니 아마 다음 날 신문 사회면을 가득 장식하겠죠."

도쓰가와의 말이 뒤로 이어질수록 두 사람의 얼굴이 붉게 달아올랐다.

센다가 노기 띤 목소리로 물었다.

"자네들 경찰은 시민을 보호하는 게 임무 아닌가? 우리를 협박하려는 거야?"

"센다 사장님."

"뭐지?"

"이번 사건 때문에 이미 네 명이 죽었고 한 명이 죽을 뻔했습니다. 앞으로도 사망자가 더 나올 수 있고요. 경찰의 임무는 사장님 말씀대로 시민을 보호하고 시민의 생명을 지키는 것입니다. 전 그걸 위해서라면 뭐든 할 생각입니다. 만약에 두 분이 협조하지 않는다면……."

"잠깐."

센다가 당황하며 말을 끊었다.

"솔직히 털어놓으시겠습니까?"

"둘이 상의할 테니 한 시간만 시간을 주게."

5

도쓰가와는 닛포 화학 본사 근처에 있는 커피숍에서 시간을 때우고 다시 사장실로 돌아갔다.

한 시간 동안 센다와 사사키가 어떤 대화를 주고받았는지는 알 도리가 없다. 그러나 탁자 위 재떨이에는 꽁초와 담뱃재가 작은 산을 이루고 있었다.

"마음을 굳히셨습니까?"

도쓰가와가 묻자 센다는 심각한 얼굴로 말했다.

"그전에 먼저 확인하고 싶은데, 지금부터 내가 하는 말을 비밀로 해 주겠다고 약속하나?"

"물론 비밀은 지킵니다. 경찰이 할 일은 어디까지나 사건 해결이니까요."

"그렇군."

센다는 그제야 안도하는 표정을 지었다.

"사실 3월 말에 노미야마라는 남자가 어떤 젊은 여자와 함께 내가 사는 곳에 찾아왔네. 아마 일요일이었던 것 같군."

"회사가 아닌 자택에 말입니까?"

"그래. 회사에 가면 내가 만나 주지 않을 거라 생각했겠지. 그는 단정한 차림새에 말투도 정중했어. 머리도 똑똑해 보여서 무심코 집 안에 들이고 말았지. 난 젊은 사람들과 이야기하는 걸 좋아해서."

"무슨 일로 왔다고 했습니까?"

"그는 자신이 작은 종교 단체의 지도자라고 하더군. 함께 데려온 젊은 여자는 신도 중 한 명이라 했고."

"어떤 여자였죠?"

"나이는 스물두세 살쯤 돼 보였고 화장은 하지 않았지만 상당한 미인이었어."

"혹시 다카시마다이라 아파트 단지에서 죽은 여자 아닌가요?"

"아냐. 그 여자보다는 더 화려한 느낌의 여자였어. 그런데 노미야마에게 완전히 심취한 것 같더군."

"그날 노미야마가 무슨 말을 했는지 정확히 알려 주시겠습니까?"

"자신들은 기독교를 본래의 올바른 형식으로 계승하고 있다더군. 난 종교에 별로 관심이 없어서 그의 말을 잘 이해하지 못했지. 노미야마는 이것저것 설명한 후 자신들이 앞으로 하나님의 왕국을 만들려고 하는데 그러기 위해서는 비용이 든다, 그러니 기부를 해 줄 수 없겠느냐고 하더군. 뭐 1만 엔 정도면 줘 볼까도 싶었지만, 어이없게도 닛포 콘티넨털의 명의로 5억 엔을 기부해 달라고 하지 뭔가."

"5억 엔 말인가요?"

"너무 터무니없는 액수에 웃음이 절로 나오더군. 그만 돌아가라고 했더니 노미야마는 의외로 선뜻 고개를 끄덕였어. 그러더니 4월 8일 일요일에 무슨 일이 일어날 것이니 주목하라고 하더군. 그때는 무슨 말인지 몰랐지만, 4월 8일이 되자 긴자의 보행자 천국에서 그 사건이 일어났네."

"노미야마 일당이 저지른 짓이란 걸 곧장 깨달으셨습니까?"

"아니, 이상한 일이다 싶기는 했지만 곧바로 노미야마와 연결되지는 않았어. 그런데 저녁이 되자 노미야마에게서 전화가 걸려 왔지. 그는 이런 말을 하더군. 신도 중 한 명이 대만의 푸리 지역에서 떼죽음을 당한 아름다운 나비들의 영혼을 달래기 위해, 그리고 그런 행위를 한 자들에게 항의하기 위해 스스로 목숨을 끊었다고. 난 소스라치게 놀랐네. 타이중 화학이 한 짓을 그들이 알고 있다는 사실에."

"사사키 사장님도 노미야마를 만났습니까?"

도쓰가와는 사사키 쪽으로 눈길을 돌렸다.

"네, 만났습니다."

사사키는 마지못한 듯이 고개를 끄덕였다.

"긴자의 보행자 천국 사건이 일어난 다음 날인 월요일에 바로 만났죠. 전 건강을 위해 매일 아침 식사 전 집 주변을 산책하는 습관이 있는데, 노미야마는 그 길 중간에 잠복해 있다가 나타나 말을 걸어 왔습니다."

"그때도 젊은 여자와 함께였습니까?"

"네. 함께였습니다. 센다 사장님이 말씀하셨듯 상당한 미인이었습니다."

"노미야마는 뭐라고 했습니까?"

"센다 사장님께서 들은 것과 같은 내용입니다. 자신은 어느 종교 단체에서 온 사람인데, 하나님의 왕국을 세우고자 하니 닛포 콘티넨털 명의로 기부해 줄 수 없겠냐고 묻더군요. 5억 엔이라는 액수를 듣고 저도 어이가 없어서 돌려보냈습니다. 돌아갈 때 노미야마는 다음 일요일인 4월 15일에 무슨 일이 일어날지 주목해 달라고 했고요."

"그리고 그날 고무풍선을?"

"네."

"그때는 노미야마 일당이 저지른 일이라는 걸 곧장 깨달으셨습니까?"

"그전에 센다 사장님의 이야기를 들었으니 금방 알 수 있었습니다."

"2년 전 사고도 떠올리셨나요?"

도쓰가와가 묻자 사사키의 얼굴이 일그러졌다.

"기억나지 않는다고 하면 거짓말이겠죠. 그런데 이미 2년 전 일이고 입막음을 했으니 절대 새어나가지 않았을 거라는 기대가 있었습니다."

"그리고 그날 노미야마에게 전화가 왔군요?"

"네. 저녁에 전화가 왔습니다. 노미야마는 이러더군요. 이번 일은 우리 신도 중 한 명이 2년 전 애드벌룬 폭발 사고로 죽은 소년의 영혼을 달래기 위해, 그리고 그날의 사고를 어둠에 묻어 버린 자들에게 항의하기 위해 스스로 목숨을 끊었다고요. 전 그 말을 듣고 등골이 오싹해졌습니다. 2년 전 사고를 알고 있다는 점도 그렇지만, 무엇보다 항의하려고 스스로 목숨을 끊는 사람이 있다는 사실에 놀랐어요."

사사키는 창백해진 얼굴로 말했다.

6

"명백한 협박입니다. 경찰에 신고할 생각은 안 하셨습니까?"

도쓰가와가 물었다. 만약 신고했다면 제3, 제4의 분신자살 사건을 막았을 수도 있다.

"했지만 할 수 없었네."

센다가 씁쓸한 얼굴로 말했다.

"대만에서 타이중 화학이 나비 떼를 죽인 일과 2년 전 소년의 죽음이 알려질까 봐 두려워서입니까?"

"그런 이유도 아예 없다고는 할 수 없겠지. 그런데 도쓰가와 경부."

센다는 목소리에 힘을 실어 말을 이었다.

"내가 그 일을 경찰에 털어놓았다면 자네들이 뭘 할 수 있었겠나? 그래. 노미야마가 우리에게 한 짓은 분명 협박이 맞겠지. 하지만 그렇다고 그들을 체포할 수 있나? 노미야마는 하나님의 왕국을 만들려고 하니 5억 엔을 기부해 달라고 했어. 터무니없는 액수지만 그것만으로는 협박이 성립되지는 않지. 일요일 사건도 마찬가지야. 만약 누군가를 죽였다면 살인죄를 물을 수 있겠지만, 그 젊은이들은 스스로 목숨을 끊었을 뿐이잖나. 종교적으로는 자살이 죄일지 몰라도 형법상으로는 죄가 되지 않는다고 아네. 나비와 고무풍선을 날린 게 닛포 화학과 닛포 자동차를 도발하려는 목적인 건 알겠어. 하지만 현실에서 벌어진 일만 놓고 보면 그저 기이한 현상에 불과하지. 그 후 노미야마는 우리에게 전화했지만 5억 엔을 달라고는 일언반구도 없었어. 단지 죽은 나비와 아이의 영혼을 달래기 위해, 그리고 그들을 죽게 만든 자들에게 항의하기 위해 신도 중 한 명이 자살했다는 말만 했지. 항의하겠다며 죽창을 들고 회사에 들이닥쳤다면 경찰에 신고해 쫓아낼 수 있겠지만, 스스로 목숨을 끊는 것을 두고 우리가 경찰에 뭘 어떻게 해 달라고 한단 말인가?"

"……."

이번에는 도쓰가와의 안색이 달라질 차례였다. 분명 그들이 하는 행동은 협박이 맞지만 지금으로서는 그들을 체포할 수 없다.

"그래서."

도쓰가와는 마음을 가다듬고 두 사람을 봤다.

"노미야마에게 5억 원을 건네신 겁니까?"

"우리는 여러 번 회의를 열어 어떡할지 논의했습니다."

사사키가 옆에서 입을 열었다.

"그동안에도 일요일마다 노미야마의 신자라는 젊은이들이 하나 둘 목숨을 끊었죠. 진구 구장에서 분신자살을 하고 그다음에는 '스페이스 79' 안에서 분신자살. 솔직히 말해서 저희는 두려워졌습니다. 그들은 그야말로 광기에 눈이 먼 집단입니다. 다음에는 어디서 또다시 무슨 짓을 벌일지 알 수 없죠. 만약 저희 공장에 들어와 휘발유를 뒤집어쓰고 죽으면 그야말로 엄청난 재앙이 펼쳐질 겁니다. 그런데 경찰에 신고해 그들을 단속해 달라고 할 수도 없는 노릇이에요. 과격 단체의 행동이라면 경찰이 단속할 수 있겠지만 노미야마 일당은 그저 스스로 목숨을 끊고 있을 뿐이니까요."

"과거 문제가 드러나 닛포 그룹 이미지가 실추되는 상황도 두려우셨겠죠?"

도쓰가와가 말을 이었다.

"일요일마다 젊은이들이 한 명씩 죽어 가고 있습니다. 심지어 그들은 긴자의 보행자 천국이나 대형 아파트 단지, 진구 야구장 그라운드 같은 사람들의 눈에 잘 띄는 곳에서 나비 떼를 날리고 고무풍선을 띄우고 분신자살을 했죠. 이러면 언론이 떠들썩해질 거라고 노미야마는 다 계산했을 겁니다. 그리고 정확히 그의 계산대로 언론들이 달려들었죠. 지금은 신문과 방송국은 물론 주간지까지 일련의 사건들을 다루고 있습니다. 그런 상황에서 사실 이 모든 게 닛포 콘티넨털에 항의할 목적이었다고 발표하면 회사의 이미지 실추를 피할 수 없습니다. 그게 두렵지 않으셨습니까?"

"두렵지 않았다고 하면 거짓말이겠지."

센다가 감정을 토해내듯 말했다.

"저희는 정말로 신중하게 검토했습니다."

옆에서 사사키가 거들었다.

"앞으로 생길지 모를 그룹의 이미지 실추와 그들의 광기 때문에 벌어질 재난의 규모, 그리고 5억 엔이라는 돈을 저울에 올려 두고 말이죠."

"그렇게 해서 노미야마에게 5억 엔을 주기로 결론 난 겁니까?"

"닛포 계열사 중에는 정유 공장도 있습니다. 그들 중 한 명이 그런 곳에 들어가 분신자살이라도 하면 공장이 폭발해 수십억의 피해를 낳게 되겠죠. 그런 상황도 전부 계산했습니다."

"여러분께서 협박 때문에 어쩔 수 없이 5억 엔을 뜯긴 거라고 증언해 주시면 그들을 체포할 수 있습니다."

"안타깝지만 5억 엔은 그들이 세운다는 왕국에 기부했네."

"증언할 마음이 없으신가요?"

"아까도 말했듯이 그들이 실질적인 협박을 하지 않았는데 뭘 증언하겠나."

센다가 어깨를 움츠렸다.

"정말 안 될까요?"

"불가능해."

"그럼 노미야마가 지금 어디 있는지만이라도 알려 주십시오. 5억 엔을 기부했으니 그와 동료들이 어디 있는지 정도는 알고 계시지 않습니까?"

"그를 만나서 뭘 할 생각이지?"

"그건 두 분과는 상관없는 일입니다."

도쓰가와는 화난 목소리로 말했다.

7

센다와 사사키가 언급한 곳은 기타카라스야마의 어떤 지명이었다.

기타카라스야마 7번지에 노미야마 일당의 집결지가 있다고 했다.

지도를 보니 아베 히로시가 모습을 드러낸 술집 '사치코' 근처였다. 아베는 그곳에서 도망쳐 '사치코'에 왔을까.

"가 보신 적이 있습니까?"

도쓰가와가 두 사람에게 물었다.

"나는 한 번 가 본 적 있네."

그렇게 말한 사람은 센다였다.

"어땠는지 소감을 말씀해 주시겠습니까?"

"두 번 다시 그런 이상한 곳에는 발을 들이고 싶지 않아."

센다가 감정 섞어 말했다.

도쓰가와는 그곳에서 무슨 일이 벌어지고 있는지 직접 가서 확인해 보기로 했다.

흑마술 의식이라도 하고 있을까. 아니면 젊은이들이 스스로 목숨을 끊게 노미야마가 최면이라도 걸고 있는 걸까.

도쓰가와는 그런 상상을 하며 게이오선 지토세카라스야마역에서 내렸다. 비가 그쳤지만 바람이 여전히 거세다. 술집 '사치코'는 아직 문을 열지 않았다. 도쓰가와는 옷깃을 여미며 술집 앞을 지났다.

중앙 자동차 도로가 끝나는 지점에 센다와 사사키가 알려 준 곳이 있었다.

근처에는 분양 주택이 많고 대학 운동장 같은 곳도 보였다.

그곳 한 켠의 황무지 위에 닛포 프리패브의 '스페이스 79' 네 채가 'ㅁ' 모양으로 나란히 세워져 있었다. 바로 노미야마 일당의 성이다.

네 채의 '스페이스 79'는 전부 복도로 연결돼 있었다.

땅과 조립식 주택 모두 협박에 굴복한 닛포 콘티넨털에서 노미야마 일당에게 제공한 걸까.

'스페이스 79'에는 각각 '주거지', '집회장', '식당', 그리고 '아버지의 방'이라는 간판이 붙어 있었다.

도쓰가와는 먼저 도로에서 가까운 '집회장'에 다가갔다. 문에는 그들의 팔찌에 새겨진 것과 같은 네잎클로버가 그려져 있었다.

문을 두드리자 안에서 발소리가 들리더니 잠시 후 순백의 옷을 입은 젊은 남자가 문을 열고 얼굴을 내밀었다.

나이는 스물두세 살 정도 됐을까. 맑은 눈빛의 청년이었다.

"누구시죠?"

청년이 고개를 갸웃거리며 물었다.

도쓰가와는 이름 대신 그에게 "노미야마 씨를 만나고 싶습니다"라고 했다.

"아버지를 아는 분인가요?"

"네. 전에 만나서 이런저런 이야기를 나눈 적이 있습니다."

도쓰가와가 그렇게 말하자 청년의 얼굴에 미소가 번졌다.

"그럼 안내해 드리겠습니다."

청년은 밖에 나와 도쓰가와를 '아버지의 방'으로 안내했다.

"여러분은 이곳에서 뭘 하는 겁니까?"

도쓰가와는 청년을 따라 걸으면서 물었다.

"하나님의 왕국을 만들기 위해 매일매일 노력하고 있지요."

청년이 대답했다.

"그런 이유로 여러분의 동료들이 차례차례 목숨을 끊고 있는 겁니까?"

"숭고한 목적을 달성하기 위해 자신을 희생하는 건 훌륭한 일이에요."

청년이 도쓰가와를 보며 단호히 말했다.

"그럼 당신도 그들과 마찬가지로 기꺼이 자신을 희생할 수 있다는 말입니까?"

"네. 그러고 싶습니다."

"실제로는 죽는 게 두렵지 않아요?"

"아버지는 이곳에 계십니다."

청년은 도쓰가와의 마지막 질문을 무시하고 '아버지의 방' 문을 가리켰다.

8

문을 두드리자 안에서 "들어오너라" 하는 남자 목소리가 들렸다.

"문은 언제나 열려 있다."

노미야마의 목소리였다.

도쓰가와가 문을 열자 조금 전 청년처럼 새하얀 로브를 입은 노미야마가 벽에 몸을 기댄 채 책을 읽고 있었다. 바닥 전체에 카펫이 깔려 있다.

노미야마는 책장에서 눈을 떼지 않고 말했다.

"말하라."

"……."

"내 방에 들어온 건 어떤 고민이 있어서겠지. 사양하지 않아도 된다."

"고민보다 묻고 싶은 게 있는데."

도쓰가와가 입을 열자 노미야마는 그제야 처음 고개를 들어 놀란 얼굴로 도쓰가와를 바라봤다.

"당신인가."

"그래. 나야."

"무슨 일이지? 이곳은 당신이 올 곳이 아니야."

"신성한 장소라는 뜻인가?"

도쓰가와는 냉소적인 눈빛으로 노미야마를 봤다.

"그렇지."

노미야마가 대답했다.

"아무튼 날 체포하러 왔으면 얼른 체포하도록. 그런데 날 체포할 이유 같은 게 있을 리 없지. 그럼 여기서는 내 지시에 따라야 해."

"자네 지시?"

"그래. 이곳에서 나는 절대자다. 우선 날 아버지라 불러라."

"아버지라."

도쓰가와가 쓴웃음을 짓자 노미야마는 도쓰가와를 날카롭게 쏘아봤다.

"내 제자들은 모두 날 아버지라고 부르고 있다. 나에게 절대적인 신뢰를 보내고 있지. 그런 분위기 속에서 당신이 지금처럼 냉소적인 태도를 보이면 어떤 일이 벌어질지 장담할 수 없어."

"지금 날 협박하는 건가?"

"사실을 말했을 뿐."

"사실? 자네들은 닛포 콘티넨털을 협박해 5억 엔이라는 거금을 손에 넣었어. 자신들의 왕국을 짓는다는 명목으로 말이야. 이게 바로 사실 아닌가?"

도쓰가와는 지지 않고 반격에 나섰다.

"그 5억 원은 어디까지나 기부받은 거지. 우리는 이래 봬도 종교 단체니까. 다른 종교 단체처럼 기부금은 트집 잡을 수 없다는 걸 당신도 알지 않나?"

노미야마는 책을 내려놓고 서서히 몸을 일으켰다.

"도망치나?"

도쓰가와가 묻자 노미야마는 고개를 돌려 미소 지었다.

"현재 시각 3시. 제자들과 이야기를 나눌 시간이지. 당신도 오고 싶으면 와도 돼. 그런데 내가 한 말을 지키지 않으면 어떤 일이 벌어질지 몰라."

"그러지요, 아버지."

도쓰가와가 대답했다. 사건을 해결할 수만 있다면 노미야마를 아버지라 부르는 것쯤은 대수롭지도 않았다.

노미야마가 먼저 방을 나갔다. 연결 복도를 지나 집회장에 들어서자 안에서는 일곱 명의 젊은 남녀가 바닥에 앉아 아버지인 노미야마를 기다리고 있었다.

남자 넷에 여자 셋. 대부분 스물두세 살 정도 돼 보이는 젊은이로 개중에는 고등학생쯤으로 보이는 소녀도 있었다.

이곳의 유니폼인지 몰라도 모두가 하얀색 로브를 입고 있다.

그들 중에는 고바야시 마사히코의 얼굴도 보였다.

노미야마를 따라 도쓰가와가 집회장에 들어서자 일곱 명의 남녀 사이에 묘한 기운이 감돌기 시작했다. 마치 신성한 장소에 불경한 존재가 침입했다고 비난하는 듯한 분위기였다.

일곱 명의 싸늘한 시선을 온몸에 받고 도쓰가와는 순간 움츠러들었다.

도쓰가와를 아는 고바야시가 노미야마에게 말했다.

"아버지. 저 사람은 경찰입니다. 신성한 이곳에 어울리지 않는 사람입니다."

"나도 안다. 널 보러 갔을 때 이미 한번 만났으니."

노미야마가 담담하게 말했다.

"그럼 왜 추방하시지 않는 겁니까?"

"그는 이곳 규칙에 따르기로 약속했다. 우리의 규율을 따르는 한 그 역시 우리의 동료지. 우리가 만들고자 하는 왕국은 그에게도 열려 있는 것이다. 그렇지 않느냐?"

"그건 그렇습니다만, 저 남자는 아버지와 우리 동지들에 대해 저에게 집요하게 물었습니다. 우리의 비밀을 캐내 우리를 범죄자로 만들려는 권력의 하수인입니다."

"이곳에서 그런 짓을 한다면 강력한 벌을 받게 될 것이다."

"날 죽이려고?"

도쓰가와는 조용히 노미야마에게 물었다.

노미야마는 도쓰가와의 질문에 대답하지 않고 일곱 명 중 한 여자를 보며 어렴풋이 미소 지었다.

"자, 그에게 우리 옷을 빌려주어라. 다른 옷을 입은 사람이 있으면 눈에 거슬리니."

"이쪽으로 오세요."

여자가 도쓰가와에게 말을 걸고 집회장을 나가 식당으로 이어지는 연결 통로로 향했다.

도쓰가와는 그녀와 나란히 서서 걸으며 물었다.

"자네 이름은?"

몸집이 작고 마른 여자였다. 그러고 보니 이곳에는 활기찬 느낌을 주는 젊은이가 한 명도 없다. 승합차를 운전한 고바야시 마사히코도 여리고 나긋나긋한 인상이 강했다.

"이토 미도리입니다."

여자가 대답했다.

"그런데 이곳에서 이름 같은 건 아무 의미가 없습니다."

"모두가 신의 자식이라는 뜻인가?"

"우리 모두 아버지의 자식입니다."

"그의 지시라면 기꺼이 죽을 수도 있나?"

"무의미한 삶보다는 의미 있는 죽음을 맞이하는 게 더 행복하죠."

"그가 그렇게 가르치나?"

"그가 아니라 아버지입니다."

"아, 그렇군."

"아버지라 불러 주세요."

"그러지."

도쓰가와가 고개를 끄덕였다.

식당이라는 이름의 다다미방에는 한쪽 구석에 낮은 접이식 테이블이 겹겹이 쌓여 있었다.

반대편 구석에는 옷장이 있는데 이토 미도리는 그 안에서 순백의 로브를 꺼내 도쓰가와 앞에 내려놓았다.

"겉옷 위에 두르는 건가?"

도쓰가와는 로브를 손에 들고 이토 미도리를 봤다.

"상관없습니다. 원하시는 대로."

미도리가 대답했다.

도쓰가와는 겉옷 위에 가운을 걸치는 것처럼 로브를 둘렀다.

"4월 29일 일요일 신주쿠의 주택 전시장에 있는 '스페이스 79'에서 한 여자가 분신했어. 아마 자네들의 동료겠지. 이름은 카자미. 그녀는 죽기 전에 낙태를 했다더군. 자네들 중 누군가의 아이를 임신한 후 낙태한 거야. 자네도 알고 있나?"

순간 이토 미도리의 안색이 변했다.

도쓰가와는 속으로 '역시' 하고 생각했다.

병원에 있는 고바야시 마사히코에게 일부러 낙태 사실을 알렸고 그 후 고바야시는 병원을 탈출했다. 그가 동료들에게 돌아가 그 일을 문제 삼을 거라고 예상했는데 아무래도 예상이 적중한 것 같았다.

이토 미도리는 고개를 숙인 채 입술을 꾹 깨물었다.

도쓰가와는 한 발짝 더 나아가 보기로 했다.

"고바야시 마사히코가 자네들에게 소식을 알리는 바람에 자네들 사이에서도 그 일이 입방아에 올랐겠지. 그리고 아베 히로시는 그 일로 절망해 자네들 그룹을 빠져나가 술을 마시고 자살을 기도했어. 자네들이 말하는 하나님의 왕국을 짓기 위해서가 아니라 스스로 크나큰 절망에 빠져 죽으려고 한 거야. 그는 대형 트럭 앞에 뛰어들었네. 그 트럭이 만약 닛포 자동차 차량이었다면 그것 역시 항의를 위한 자살이라 할 수 있었을 텐데, 안타깝게도 다른 회사 차량이었다더군."

"……."

"자네들은 진정 하나님의 왕국을 만들 수 있다고 믿나? 자네들은 그저 노미야마에게 이용당하고 있을 뿐 아닐까?"

"지금 뭐 하는 건가!"

순간 호된 질책이 날아들었다.

어느새 노미야마가 식당에 들어와 도쓰가와를 노려보고 있었다.

9

이토 미도리는 겁에 질린 얼굴로 황급히 식당을 빠져나갔다.

도쓰가와가 노미야마를 돌아봤다.

"뭘 그렇게 두려워하지?"

도쓰가와는 일부러 조롱하듯 물었다.

"내가 무섭나? 뭐가 그렇게 두려워?"

그러자 노미야마는 말없이 싱긋 미소 지었다.

"정답은 제자들이 들고 일어나는 상황이겠지. 실제로 아베 히로시라는 청년이 자네에게 절망해 이곳에서 도망쳤으니."

"그 아이는 제정신이 아니었어. 처음부터 확고한 의지를 품고 온 게 아니라 낙오해도 어쩔 수 없지."

"그럼 왜 그렇게 필사적으로 그를 찾아다녔지? 다른 제자들과 함께 게이오선 지토세카라스야마역 일대를 열심히 돌아다녔다던데."

"그걸 부정하지는 않겠어. 아무튼 그 아이는 낙오자인 동시에 배신자 유다야. 하지만 성경에도 나와 있듯 길 잃은 어린 양을 찾아서 잘못을 바로잡아 주는 것도 내 역할이니."

"닛포 콘티넨털을 협박해 뜯어낸 5억 엔은 지금 어디 있지? 하나님의 왕국을 만든다고 하던데 구체적으로 뭘 어떡할 생각인가?"

"당신에게 대답해 줄 의무는 없지만 하나는 알려 주지. 하나님의 왕국이라고 해서 내가 허황된 꿈을 꾼다고 생각하면 큰 오산이야. 난 홋카이도의 황무지를 사서 실제로 그곳에 구체적인 형태의 하나님의 왕국을 짓고 있어. 그곳은 하나님 앞에서 모든 인간이 평등한 곳이지. 당신도 경찰을 그만두고 그곳에 오면 좋겠군."

"그곳에서 자네가 왕처럼 군림하는 건가?"

"당신은 정말 구제 불능의 속물이로군."

노미야마가 한숨을 푹 내쉬었다.

"편협한 시각으로 모든 사안을 판단하는 가엾은 인간 같으니라고."

"자네와 자네 제자들은 다르다는 건가?"

"그들은 모두 자신을 희생해 하나님의 왕국을 만들고자 하고 있지. 보통 사람들은 할 수 없는 일이고 신을 믿고 자신을 믿으니 비로소 희생할 수 있는 법. 당신 같은 사람은 하늘이 뒤집혀도 불가능할걸."

"자네는 그들에게 최면 같은 걸 걸어서 자살하게 하나?"

도쓰가와가 묻자 노미야마는 킥킥 소리 내어 웃었다.

"난 최면술 따위 배워 본 적도 없어. 그저 그들과 함께 신을 이야기하고 사랑을 논하고 삶과 죽음에 대한 의견을 나눴지. 그들은 그 안에서 자신이 임무를 깨닫고 이 사회와 언론을 깜짝 놀라게 하는 쾌거를 이룩한 거야."

"그걸 내게도 보여 줬으면 하는군."

"뭘 말이지?"

"자네가 제자들과 신과 사랑, 삶과 죽음에 대해 이야기하는 모습을."

"오, 그거 좋지."

노미야마는 흔쾌히 승낙했다.

"우리는 매일 3시에 집회장에 모여 대화를 나누니까. 다만 아까도 말했듯 이곳에서는 이곳의 규칙을 따라야 해. 발언이 허락될 때까지는 잠자코 이야기를 듣도록. 그렇게 약속하면 참여하게 해 주지."

"그러지요, 아버지."

도쓰가와가 대답했다.

두 사람은 집회장으로 돌아갔다.

노미야마는 안에서 기다리던 일곱 남녀 앞에서 양반다리를 하고 앉았다.

도쓰가와는 그들에게서 떨어진 한쪽 구석에 자리 잡았다.

노미야마는 일곱 제자에게 "그는 신경 쓰지 말라"라고 했다.

"그는 우리의 규칙을 따르기로 약속했고, 그것을 어기면 처벌을 받으리라는 것도 알고 있다."

두어 명이 노미야마의 말을 확인하듯 도쓰가와 쪽을 돌아봤다.

도쓰가와는 어쩔 수 없이 고개를 가볍게 끄덕여 보였다.

노미야마가 다시 말문을 열었다.

"현대의 종교들은 대부분 현세에서의 이익을 약속하지. 하지만 난 너희에게 그런 약속을 하지 않는다. 또 삶의 가치가 무엇이니 같은 인생 상담을 할 생각도 없다. 내가 너희에게 강조하는 건 늘 두 가지. 하나는 인간으로서의 의무. 그저 태어나서 먹고살다가 언젠가 죽으면 동물과 다름없지 않나? 아니, 동물도 엄연히 종족 보존의 의무를 가지고 살아가지. 연어가 알을 낳기 위해 자기가 태어난 강으로 돌아간다는 건 너희도 알고 있을 것이다. 그곳에서 알을 낳은 후 지쳐서 죽어 버리지. 그들은 바로 죽음으로써 종족 보존의 의무를 달성하는 것이다. 이는 성경에 나오는 '한 알의 밀알이 죽으면 많은 열매를 맺는다'라는 말씀과도 일치하지. 인간은 그저 살아 있는 것만으로는 인간이라 할 수 없다. 뭔가를 몸소 실천함으로써 비로소 인간이 되는 거다. 다행히 너희는 뭔가를 해야 한다고 생각하는 존재들이다. 그런 의무감을 가지고 있다. 내가 너희에게 기대하는 것도 바로 그 때문. 이미 너희 동지 중 네 명이 자신을 희생했다. 그들도 너희처럼 의무감에 굶주려 있었다. 뭔가를 해야 한다고 끊임없이 느끼면서도 뭘 어떻게 해야 할지 몰라 초조해하고 있었다. 나는 그런 그들에게 목적을 부여해 줬다. 그래서 죽음을 맞은 그들의 얼굴에는 하나같이 만족스러운 미소가 떠올랐던 것이다. 또 하나, 내가 너희에게 말하고 싶은 건 바로 죽음의 가치."

'죽음의 가치?'

도쓰가와는 벽에 기대어 노미야마를 바라봤다.

'이곳에서는 삶의 가치가 아닌 죽음의 가치를 가르치는 건가?'

10

노미야마는 헛기침을 한 번 했다.

"현대 사회에서는 유난히도 삶의 가치가 부각되고 있다. 인간은 어떻게 살아야 하는가 같은 종류의 책들이 서점마다 쌓여 있지. 그렇다면 모든 일본인이 삶의 가치를 만끽하며 행복하게 살고 있느냐고 하면 상황은 정반대다. 사회는 점점 살기 힘들어지고 자연은 파괴되고 자살자들이 속출하고 있다. 우리가 하나님의 왕국을 만들어야 하는 이유도 바로 거기에 있다."

노미야마 혼자 말하고 일곱 명의 제자들은 그저 묵묵히 그의 이야기를 듣고 있다.

노미야마는 "요즘 신문에는 자살 기사가 나오지 않는 날이 없다" 하고 말을 이었다.

"삶의 가치를 중시하는 자들은 이렇게 말하곤 한다. 그들은 왜 스스로 목숨을 끊어야 했는가. 죽을 각오로 하면 뭐든 할 수 있었던 게 아니냐. 하지만 이 역시 말도 안 되는 궤변이다. 자살하는 이들은 삶보다 죽음이 훨씬 안락하므로 죽음을 선택하는 것이기 때문이다. 그런 이에게 죽을 각오로 뭔가를 해 보라는 말은 아무 의미가 없다. 그리고 이런 오류는 인간에게 삶이 자연스럽고 죽음은 부자연스럽다는 순진한 믿음 때문에 생긴다. 굳이 키르케고르의 말을 인용하지 않더라도 인간은 죽음을 보장받은 존재다. 태어날 때부터 이미 사형을 선고받은 존재인 것이다. 사형수 앞에서 삶의 가치를 논하는 것이 어리석은 일이라면 인간에게 삶의 가치를 설교하는 것 또한 어리석은 일이다."

'궤변이야.'

도쓰가와는 속으로 생각했지만 입 밖에 내지는 않았다.

일곱 제자 중 누구도 반론을 제기하는 사람이 없다. 지금까지 이미 여러 번 노미야마에게 비슷한 이야기를 들었을 것이다.

노미야마는 자기 말에 도취한 듯한 표정이었다.

"죽음을 약속받은 자에게 필요한 것은 어떻게 살 것인지가 아닌 어떻게 죽을 것인지다. 즉, 죽음의 가치인 것이다. 나도 너희와 마찬가지로 전쟁을 겪지는 않았다. 그러나 얼마 전에 한 사진집을 보고 감동을 받았다. 그곳에는 당시 젊은이들의 사진이 실려 있었다. 불과 열일곱, 여덟 살의 젊은이들이다. 그들에게는 앞으로 몇 해 지나면 전쟁터로 보내져 싸우다가 죽을 거라는 약속이 있었다. 그런데도 그들의 눈빛은 하나같이 반짝반짝 빛나고 있었다. 어떻게 그럴 수 있었을까. 그들이 현대 사회의 축복받은 젊은이들보다 훨씬 생동감 넘치는 눈빛을 가진 이유가 무엇일까. 정답은 단 하나다. 그들에게는 죽을 가치가 있었던 것이다. 나라를 위해, 민족을 위해 목숨을 헌납하는 죽음의 가치 말이다. 또 천황이라는 종교적 존재도 있었다. 그것이 환상이든 아니든 그들의 눈빛이 빛날 수 있었던 건, 그들에게 죽어 마땅한 가치가 있었기 때문이다."

노미야마의 목소리가 뒤로 갈수록 열기를 머금었다. 자신에게 도취하는 건 이런 부류의 지도자에게 필요한 자질일지도 모른다.

자신을 신이라고 믿지 못하는 인간이 어떻게 신이 될 수 있다는 말인가.

"가네코를 비롯한 너희 동지들이 죽음을 앞두고도 일말의 망설임 없이 얼굴에 미소까지 지을 수 있었던 것 또한 하나님의 왕국을 세우겠다는 크나큰 목적이 있었기 때문이다. 물론 너희에게도 똑같은 목적이 주어져 있다. 이보다 숭고한 죽음의 가치가 있겠는가?"

"없습니다. 아버지!"

그제야 제자 중 한 명이 목소리를 냈다.

노미야마는 그를 향해 힘차게 고개를 끄덕였다.

"하나님의 왕국을 만들기 위해 자살할 필요까지는 없지 않느냐고 말하는 사람이 있을 수도 있다. 그러나 그것은 잘못된 생각이다. 우리가 거리에서 네잎클로버가 그려진 플래카드를 들고 하나님의 왕국 건설에 동참해 달라고 외쳐 봐야 누가 동참하겠는가? 코웃음이나 치지 않으면 다행일 것이다. 닛포 콘티넨털에 기부를 요청하는 것도 마찬가지다. 타이중의 나비 떼와 애드벌룬 때문에 어린아이가 죽은 일을 언급해도 단지 그것에 그친다면 상대는 우리를 무시하거나 경우에 따라서는 우리를 협박죄로 경찰에 고소했을 수 있다. 그러나 죽음으로 완성된 시위에는 그것을 압도하는 거대한 무게가 있다. 언론은 일제히 그들의 죽음을 보도했고, 결국 그것이 강력한 압박이 되어 닛포 콘티넨털이 우리에게 기꺼이 거액을 기부하게 됐다. 그들이 스스로 목숨을 끊음으로써 이 사회를 움직인 것이다."

11

노미야마는 "하지만 하나님의 왕국을 만들기에는 아직 부족하다" 하고 말을 이어 갔다.

"그렇다고 서민들의 기부를 기대할 수는 없다. 닛포 콘티넨털 같은 대기업의 기부가 필요하다. 또 법에 저촉되지 않기 위해 그들이 자신을 희생한 것처럼 너희도 그들을 뒤따라 주기를 나는 기대하고 있다. 내가 기대해도 되겠느냐? 물론 하나님의 왕국을 세우기 위해서라면 나도 곧 너희를 뒤따를 생각이다. 잘 생각해 보아라. 내가 너희에게 기대를 걸어도 되겠느냐?"

노미야마는 자리에서 일어나 날카로운 눈빛으로 일곱 명의 제자들을 둘러봤다.

"자, 대답해 보아라. 예스, 아니면 노. 내가 너희에게 기대해도 되겠느냐? 말하여라. 예스인가, 노인가!"

"예스!"

일곱 명이 입을 모아 외쳤다.

"고맙다. 정말 고맙다!"

노미야마가 떨리는 목소리로 외쳤다. 그의 눈에는 어느새 눈물이 고여 있었다.

"닛포 콘티넨털의 기부로 우리는 고대했던 하나님의 왕국을 만들기 위한 첫 단계로 홋카이도의 벌판을 살 수 있게 됐다. 그 땅에는 사람들이 살 집을 지어야 한다. 그래서 나는 다음 목표로 주오 상사를 선택했다. 그곳의 기부를 받으려면 이번에도 너희의 자기희생이 필요하다. 동지들의 죽음이 헛되이 되지 않기 위해서라도 지금 여기서 멈춰서는 안 된다. 그들과 함께할 수 있겠나? 어떠한가? 예스 아니면 노로 대답하라."

"예스!"

일곱 남녀가 흥분한 목소리로 외쳤다.

"고맙다!"

노미야마가 또 한 번 감동에 찬 목소리를 냈다.

"다음 주 일요일 5월 13일, 우리는 주오 상사에 첫인사를 보내기로 했다. 죽음을 각오한 인사다. 우리의 행동은 분명 이 사회에 또다시 강력한 충격을 선사할 것이다. 그 충격은 죽음을 통해서만 만들어질 수 있다. 할 수 있겠느냐? 너희가 하지 못하겠다면 내가 직접 하마."

"하겠습니다!"

고바야시가 얼굴을 붉히며 크게 외쳤다.

다른 여섯 명이 일제히 박수를 쳤다. 박수 소리가 끝없이 이어진다. 마치 박수를 멈추면 자신에게 나쁜 일이 생길까 봐 두려워하는 듯한 분위기였다.

"잠깐!"

대뜸 도쓰가와가 목소리를 높였다.

그러자 노미야마는 "당신은 발언 자격이 없다"라고 했다.

"당신도 하나님의 왕국을 세우기 위해 자신을 희생할 각오가 돼 있다면 이야기가 달라지겠지만."

"일단 내 말을 들어보게."

도쓰가와는 일어서서 일곱 젊은이들의 얼굴을 둘러봤다.

도쓰가와는 노미야마가 아닌 그의 제자들에게 하고 싶은 말이 있었다.

"자네들이 속고 있다고는 하지 않겠네. 자네들도 어엿한 자기 의지가 있는 인간이라고 생각하니까. 다만 난 자네들의 행동에 몇 가지 의문이 있고 그 의문에 답을 듣고 싶어."

"아버지. 이런 자에게 발언권을 줘도 괜찮겠습니까?"

고바야시가 도쓰가와를 노려보며 물었다. 다른 젊은이들의 눈빛에도 비난이 서려 있다.

그러나 노미야마는 뜻밖에도 고바야시를 제지했다.

"우리의 신뢰는 이런 자의 말 한마디에 무너질 게 아니지. 그렇지 않느냐?"

노미야마가 젊은이들에게 물었다.

"맞습니다. 아버지."

제자들이 한목소리로 대답했다.

노미야마는 만족스러운 얼굴로 도쓰가와를 바라봤다.

"자, 궁금한 게 있으면 물어보아라."

"괜찮겠나?"

도쓰가와는 조금 당황한 표정으로 노미야마를 힐끗하고 다시 젊은이들을 바라봤다. 당연히 거절당할 거라고 각오했기 때문이다.

그런 도쓰가와를 노미야마는 조롱하는 듯이 바라봤다.

"뭘 그렇게 고민하지? 의문이 있다면 얼마든 물어보아라. 어차피 내가 젊은이들에게 마술이나 최면 따위를 걸어서 스스로 목숨을 끊게 하는 게 아니냐는 식의 하찮은 의문이겠지만."

노미야마가 말하자 제자들 중 가장 어려 보이는 소녀가 까르르 웃음을 터뜨렸다. 어두운 기운이라고는 전혀 없는 천진난만한 웃음소리가 오히려 섬뜩했다.

열일곱, 여덟 살쯤 돼 보이는 눈이 큰 소녀다. 이 소녀도 지난 자살 사건의 남녀들처럼 미소 지으며 자살할 수 있을까.

"아베 히로시 이야기를 하고 싶네."

도쓰가와는 그렇게 운을 뗐다.

12

"우리를 배신한 유다에게는 관심이 없어!"

고바야시가 외쳤다.

다른 여섯 명도 동시에 고개를 끄덕였다.

도쓰가와는 가만히 고바야시를 봤다.

일곱 명 중 가장 크게 소리치는 사람이 고바야시다. 그만큼 이 청년의 자신감이 흔들리고 있다는 방증 아닐까. 자신감이 없는 사람일수록 공격적으로 굴 때가 많다.

"네 번째로 '스페이스 79'에서 분신한 여자는 낙태를 한 상태였지. 그것도 최근에. 즉, 난 그 여자가 이 안에서 누군가의 아이를 임신했고 그 일이 알려질까 봐 낙태를 했다고 생각하네. 저기 있는 고바야시에게 그 사실을 알리자 고바야시는 안색이 바뀌어 입원 중인 병원을 탈출했더군. 아마 이곳에 와서 다른 사람들에게도 말하지 않았나? 아까부터 들으니 이곳은 그야말로 신성한 장소 같지만 실상은 음흉한 욕망이 꿈틀거리는 곳이었어. 그래서 섬세한 마음의 소유자였던 아베 히로시는 절망에 빠져서 이곳을 뛰쳐나가 자살을 기도했네. 그는 유다 같은 사람이 아닌, 오히려 자기 자신에게 가장 정직한 사람이었다는 말이야."

도쓰가와가 거기까지 말했을 때 고바야시가 말을 가로막듯이 외쳤다.

"그 일은 이미 다 해결됐습니다!"

"어떻게 해결됐지?"

"카자미 사에코는 여기 오기 전에 어떤 시시한 남자와 관계를 맺어 임신하고 낙태했습니다. 그런 삶에 대한 반성이 있었기에 기꺼이 네 번째 전투에서 자신을 내던진 겁니다!"

"이름이 사에코였나."

"그러니까 그 문제는 이미 해결됐습니다. 죽은 사람, 그것도 하나님의 왕국을 만들기 위해 스스로 목숨을 바친 사람을 모독해서는 안 됩니다. 더구나 당신 같은 외부인이!"

"자네가 저렇게 말하게 시켰나?"

도쓰가와는 노미야마를 보며 물었다.

노미야마가 미소 지었다.

"전적으로 고바야시 군의 생각이다. 그리고 우리 전체의 의견이지. 당신에게는 유감일지 몰라도."

"죽은 사람을 비난할 생각은 없네."

도쓰가와는 다시 젊은이들을 바라보며 입을 열었다.

"여자를 임신시킨 후 비밀이 알려질까 봐 겁에 질려 낙태하게 하고 지금은 모르는 척 입을 다물고 있는 비열한 남자를 문제 삼는 것일 뿐."

"이곳 사람이 아닌데도 왜 여기서 문제 삼는 겁니까?"

고바야시는 당장에라도 덤벼들 것처럼 물었다.

도쓰가와는 그를 무시하고 눈이 큰 소녀 쪽으로 고개를 향했다.

"자네의 의견이 궁금하군."

그러자 소녀의 눈이 더 커졌다.

"우리는 신성한 정신의 세계로 묶여 있어요. 하나님의 왕국이 세워지면 모든 게 허용되겠지만 지금은 성행위를 떠올리는 것도, 성

행위를 동반한 교제 같은 것도 허락되지 않습니다."

"왜일까? 왜 허락되지 않는 거지?"

"그런 걸 하면 단결력이 흐트러지고 우리를 배신한 유다처럼 도망칠 수 있을 뿐 아니라 지금 당신께서 이러는 것처럼 외부로부터 이유 없는 공격을 받을 수 있기 때문이에요."

소녀는 커다란 눈으로 도쓰가와를 똑바로 쳐다봤다.

자신의 생각에 한 치의 의심도 없는 눈빛이었다.

"자네도 하나님의 왕국을 만들기 위해 자신을 희생할 의향이 있나?"

도쓰가와가 소녀에게 물었다.

"네."

"두렵지 않아?"

"저는 2년 전에 이미 자살을 시도했다가 실패한 적이 있어요. 그때는 모든 게 싫어서 의미 없이 죽고 싶었죠. 그런데 이제는 하나님의 왕국을 만든다는 훌륭한 목적을 위해 죽을 수 있게 됐어요. 두려워할 이유가 뭐가 있을까요?"

"자네는 기껏해야 열일곱여덟 아닌가?"

"네."

"자네에게는 앞으로 수십 년의 창창한 미래가 있어. 그동안 좋아하는 남자를 만나고 아이를 낳을 수도 있겠지. 그런 밝은 미래를 몽땅 내다 버리겠다는 말인가?"

"하나님의 왕국이 만들어진다면야 몇 년이든 오래오래 살고 싶 겠죠. 그곳에서는 모든 게 자유롭고 평등하며 평화로울 테니까요. 하지만 지금은 아니에요. 우리 부모님은 지금도 서로 상처를 주고 받으며 살고 있어요. 서로를 미워하고 있죠. 그런 식으로 오래 사 는 게 무슨 의미가 있나요? 전 저 자신을 희생하더라도 그로 인해 하나님의 왕국이 만들어져 저 같은 어린 소녀들이 행복하게 살 수 있다면 그걸로 만족해요. 두렵기는커녕 절 희생할 수 있어서 오히 려 자랑스러워요."

소녀가 말을 마치자 젊은이들은 일제히 박수를 쳤다.

노미야마도 박수를 보내고 있었다.

"하지만……."

도쓰가와가 다시 반박하려고 입을 열자 아예 지워 없애려는 듯 이 더 거센 박수가 터져 나왔다. 도쓰가와가 입을 열려고 할 때마 다 젊은이들은 격렬하게 박수를 쳤다.

도쓰가와는 어쩔 수 없다는 듯이 어깨를 으쓱했다.

13

이들이 공격적인 태도를 보이는 건 아마도 자신들의 약점을 감 추기 위해서일 것이다.

도쓰가와는 그렇게 확신했다.

그것은 이곳을 탈출한 아베 히로시를 자신들을 배신한 '유다'로 단정 짓는 태도에서도 드러난다.

큰 눈의 소녀는 자신이 한 말을 그대로 믿고 있을 것이다. 적어도 소녀의 눈빛에는 어떤 의문과 망설임도 없었다.

그러나 다른 여섯 남녀의 눈빛이 하나같이 확신에 찬 것은 아니었다. 적어도 도쓰가와는 그렇게 생각했다. 누구에게나 죽음은 두려운 일이다. 그러지 않다면 인간이 아니다.

"슬슬 식사 시간이군."

노미야마는 승리 선언이라도 하는 것처럼 의기양양하게 도쓰가와를 돌아봤다.

"우리와 함께 식사하지 않겠나. 그럼 우리를 더 잘 이해하게 되고 우리 주변을 맴도는 게 얼마나 어리석은 일인지도 깨닫게 되겠지."

"좋아. 그러지."

도쓰가와는 선뜻 대답했다.

다다미가 깔린 식당 안에 테이블이 놓였다.

메뉴는 간소했다. 채소볶음과 우유, 빵으로 구성된 저녁 식사였다.

노미야마가 하나님께 감사하는 기도를 올리고 식사가 시작됐다.

"밥값은 어디서 나오지? 역시 닛포 콘티넨털의 기부금인가?"

도쓰가와가 바로 옆에 앉은 노미야마에게 물었다.

"일용할 양식을 위해 우리 모두 열심히 일하고 있지. 고바야시 군은 운전기사로 일하고 다른 제자들도 각자의 일을 하고 있다. 홋카이도에 우리 왕국이 생기면 그곳에서는 식량을 자급자족할 수 있게 될 거야."

"카자미 사에코가 낙태한 아이가 혹시 자네 아이 아닌가?"

도쓰가와는 일부러 무덤덤하게 물었다.

노미야마의 눈썹이 치켜 올라갔다. 그와 동시에 도쓰가와의 왼쪽 옆에 앉은 고바야시도 숨을 죽이는 게 느껴졌다.

"뭐라고?"

노미야마가 되물었다.

"자네는 이곳의 왕이자 독재자야. 언제든 제자들을 죽음으로 몰아넣을 수 있고 여자들도 자유자재로 조종할 수 있지. 아니, 이곳에서는 오직 당신만 그럴 수 있다고 생각하는 게 옳아. 그럼 카자미 사에코가 낙태한 아이도 당신 아이라고 볼 수밖에 없지 않겠나? 당신은 카자미 사에코가 임신 사실을 털어놓자 당황했을 거야. 그런 일이 알려지면 아버지라고 불리는 당신 지위가 흔들릴 테니까. 그러니 은밀하게 낙태를 시킨 게 아닌가?"

"당신은 정말 그런 바보 같은 생각밖에 못 하나?"

"내 말이 사실일걸. 그러니 아베 히로시도 절망했을 테고."

"카자미 사에코 건은 이미 해결됐다. 그 여자는 바깥세상에서 남자와 관계를 맺고 나서 낙태했지. 그리고 그걸 내 앞에서 참회했어."

"증거가 있나?"

"신 앞에서 참회하는 데 증거 같은 게 필요할까?"

"하지만······."

그렇게 말을 이어 가려는 찰나 도쓰가와는 갑자기 입술이 굳는 게 느껴졌다. 손발도 저릿거리며 조금씩 마비돼 갔다.

'우유에 약을 탔구나.'

속으로 생각했지만 다른 사람들은 아무렇지 않게 식사를 이어 가고 있다. 그렇다면 약은 우유가 아닌 컵 가장자리 같은 곳에 묻혔을 것이다.

잠시 후 도쓰가와의 상반신이 앞으로 풀썩 고꾸라졌다.

7

북녘 들판

1

도쓰가와 경부가 어디론가 사라져 버렸다.

아니, 이 말은 정확하지 않다. 어디 갔는지는 알고 있다. 그곳에서 다시 어디로 이동했는지가 문제다.

가메이는 이타바시 경찰서의 오스기 형사와 함께 노미야마 일당의 집결지를 찾았다.

"수색 영장을 받고 가는 게 낫지 않겠어?"

오스기가 안경을 누르며 가메이에게 물었다.

"그럴 시간이 없어."

가메이가 대답했다.

"만약 그들이 집 안을 보여 주지 않으면 총을 쏴서라도 조사할 거세."

그 결과 경찰 일을 그만두게 되더라도 상관없다고 가메이는 생각했다. 어차피 자신이 실종되면 도쓰가와도 똑같이 행동할 거라는 확신이 있었다.

마침 아침 기도 시간이라고 해서 가메이와 오스기는 식당에서 한참을 기다렸다.

"아무래도 경부님은 안 계신 것 같은데."

오스기가 식당 안을 둘러보며 중얼거렸다.

"아직은 모르지."

가메이가 말했을 때 순백 로브 차림의 노미야마가 미소 지으며 식당에 들어왔다.

"당신에게 묻고 싶은 게 있어."

가메이가 의기양양하게 입을 열자 노미야마는 가볍게 웃어넘기 듯 말했다.

"제 방으로 가시죠. 이곳에서는 이제 곧 제자들이 식사할 시간이라."

"우리가 궁금한 건……."

"무슨 일로 오셨으려나."

노미야마는 시치미를 떼며 재빨리 복도로 나갔고 가메이와 오스기는 어쩔 수 없이 그 뒤를 따랐다.

노미야마는 '아버지의 방'에 들어가 두 형사에게 담배를 권했다.

가메이는 필요 없다며 거절했다.

"어제 도쓰가와 경부님이 여기 온 걸 알아."

"네. 오셨습니다. 식당과 집회장, 주거지를 다 둘러보셨죠."

"지금은 어디 계시죠?"

오스기가 안경을 손으로 누르며 물었다.

"어디 계시긴요. 이미 돌아가셨죠."

노미야마가 웃는 얼굴로 대답했다.

가메이는 조바심이 애써 억눌렀다.

"돌아오시지 않았어. 경부님은 이곳에서 당신과 무슨 이야기를 나눴지?"

"여러 가지. 하나님, 인간의 죽음, 그리고 우리가 앞으로 만들고 자 하는 하나님의 왕국에 대한 이야기를 나눴습니다."

노미야마는 먼 곳을 바라보며 말했다.

"도쓰가와 경부님은 이렇게 말씀하셨습니다. '매일같이 살인 사건을 쫓다 보니 죽음에 둔감해졌다. 이곳에 와서 처음 죽음에 대해 진지하게 생각해 보게 됐다'라고요. 죽음에 대해 생각한다는 건 곧 신에 대해 생각한다는 말이죠. 말씀을 나누다 보니 그분도 우리 생각에 공감하시는 것 같았습니다. 그래서 돌아가실 때 이렇게 말씀 드렸죠. 우리와 함께 하나님의 왕국을 만들고 싶으시다면 언제든 다시 오시라고. 그래서 전 경부님이 다시 오시기를 기다리고 있습니다."

"하나님의 왕국이라는 곳은 자살을 장려하는 곳입니까?"

오스기가 비꼬듯 묻자 노미야마는 힘 있게 고개를 저었다.

"그건 잘못된 생각입니다. 하나님의 왕국이 만들어진다면 그곳에 있는 건 오로지 생의 기쁨이어야 합니다. 낙원이어야 합니다. 하나님이 통치하는 곳인 만큼 그곳에 있는 인간들은 모두 평등하고 갈등이 없습니다. 다만 하나님의 왕국을 만들기 위해 지금은 고귀한 생명들이 희생되고 있습니다. 제 제자들이 기꺼이 자신을 바치고 있습니다. 저는 진정으로 기쁩니다. 오래전에도 열두 사도가 자신을 희생했습니다. 그것과 같습니다."

노미야마는 또다시 먼 곳을 보며 말했다.

'이 남자는 진심으로 자기가 하는 말을 믿는 걸까?'

가메이는 속으로 의심했다.

"경부님은 어디 갔지?"

"아까도 말씀드렸듯이 돌아가셨습니다."

"다른 곳들도 확인해도 되나?"

"저희가 도쓰가와 경부님을 감금하고 있다고 보십니까?"

"어쨌든 확인해도 되겠나?"

"좋습니다. 여러분도 저희를 이해해 주셨으면 하니까요. 안내해 드리죠."

노미야마가 천천히 몸을 일으켰다.

식당에는 남녀 다섯 명이 모여 간단한 아침 식사를 하고 있었다.

"제자는 이 다섯 명뿐입니까?"

오스기가 물었다.

"십이 사도라면 두 명은 더 있을 텐데요."

"네, 맞습니다."

"나머지 두 명은 어디 있습니까?"

"일하러 갔습니다."

"닛포 콘티넨털에서 거액을 기부하지 않았습니까?"

"그건 사실이지만 기부금은 오로지 우리의 염원인 하나님의 왕국 건설을 위해서만 쓰입니다. 단돈 1엔도 헛되이 쓸 수 없습니다."

가메이와 오스기는 옷장을 살피고 욕실을 확인하고 집회장과 주거지도 꼼꼼히 조사했다.

그러나 어디에도 도쓰가와는 없었다.

"이제는 제 말을 믿어 주시겠습니까?"

노미야마가 미소 지으며 물었다.

그의 말을 믿지 못하는 두 형사는 조용히 입을 다물었다.

2

깨어나기는 했지만 도쓰가와의 의식은 여전히 흐릿했다.

눈을 똑바로 뜨려 해도 주변 풍경이 흔들리고 초점이 맞지 않았다. 속이 메스껍고 몸에 힘이 들어가지 않았다.

'대체 뭘 먹인 거지?'

그렇게 생각하는 도중에 지금 자신이 앉은 바닥이 조금씩 흔들리는 것을 느꼈다.

미약하기는 해도 시간이 갈수록 의식이 조금씩 명확해졌다.

어느 방 안에 갇혀 있을 줄 알았는데 주위를 둘러보니 대형 트럭의 짐칸이었다. 두 손목과 발목에 수갑이 채워져서 움직일 수 없었다.

엔진이 으르렁거리고 이따금 옆을 지나가는 자동차 소리도 들렸다.

그때 짐 너머에서 누군가가 나타나 도쓰가와 앞에 앉았다.

희미한 불빛 아래에서 그가 고바야시 마사히코인 것을 알 수 있었다.

"날 어디로 데려가는 건가?"

도쓰가와가 물었다. 약 기운 때문인지 자신의 목소리가 왠지 멀리서 들리는 것 같다. 메스꺼움도 여전했다.

"속이 안 좋으신가요?"

고바야시는 의외로 부드럽게 물었다.

"좋을 리 없잖나."

"몸을 기대고 있으면 괜찮아질 겁니다."

"뭘 먹였지?"

"죽는 약은 아닙니다."

"어디로 가는지 알려 주지 않았는데."

"도호쿠 종단 도로를 타고 북쪽으로 향하고 있습니다."

"그렇군. 홋카이도로 가나?"

"그렇습니다. 아버지께서 하나님의 왕국으로 예정된 땅을 형사님께 보여 주라고 말씀하셔서요."

"수갑을 채우고 데려가다니 준비성이 철저하군."

"어쩔 수 없습니다. 우리는 경찰이 하나님의 왕국 건설을 방해하는 걸 원치 않습니다."

"만약 너희가 정식 절차를 밟아 그런 곳을 만들려 한다면 경찰도 굳이 방해하지 않겠지. 하지만 자네들의 방식은 부자연스러워."

"뭐가 부자연스럽나요?"

고바야시의 목소리가 높아졌다. 이 청년은 왜 이렇게 신경질적일까.

"닛포 콘티넨털에서 5억 엔의 기부금을 뜯어낼 목적으로 네 명의 청년이 죽었어. 그리고 또 한 명이 지금 병원에 입원해 있고."

"우리를 배신한 유다 이야기는 하고 싶지 않습니다."

고바야시가 눈살을 찌푸렸다.

"다른 네 명은 하나님의 왕국을 만들기 위해 자신을 희생했습니다. 그리고 저도 기꺼이 자신을 희생할 각오가 돼 있습니다. 의미 있는 죽음을 택할 수 있는 것이 인간이라는 증거니까요."

"노미야마가 그러던가?"

"우리는 모두 한마음 한뜻입니다. 스스로 목숨을 끊는 게 법에 저촉되지도 않습니다."

"그야 물론 법에는 저촉되지 않겠지."

도쓰가와는 짐에 등을 기댄 채 힘겹게 말을 이었다.

"하지만 자네들은 죽음이라는 방식을 통해 기업을 협박하고 있어. 협박이라는 점은 분명해."

"그쪽에서도 우리 생각에 공감해 기부한 겁니다. 그게 왜 협박이 되는지 이해할 수 없네요."

"그것도 노미야마의 의견인가?"

"그런 식으로 말씀하지 않았으면 좋겠습니다."

"그렇군. 자네들을 보고 있으면 꼭 노미야마에게 조종당하는 꼭두각시 같아. 자네는 여자를 사랑해 본 적이 있나?"

"그런 걸 왜 물으시죠?"

"분신한 카자미 사에코가 낙태한 사실을 전했을 때 자네는 얼굴이 붉어졌고 얼마 후 병원에서 탈출했어. 사실 그녀를 좋아했던 게 아닌가?"

"우리 사이에서 사랑이나 연애 같은 건 부수적인 감정입니다. 그런 데 시간을 쓸 여유가 없죠. 한시라도 빨리 하나님의 왕국을 만들어야 하니까요. 주변을 살펴보십시오. 공해 때문에 자연이 무너지고 사람들의 마음이 황폐해졌습니다. 자연도, 인간도 병들었습니다. 심지어 그 병은 지금도 점점 진행 중입니다. 경찰에서 살인 사건을 추적하는 경부님이라면 요새 인간들의 마음이 얼마나 황폐해졌는지 누구보다 잘 알고 계실 겁니다. 매일같이 살인 사건이 벌어지고 있고 마약, 매춘 등이 일상화돼 가고 있지 않습니까? 어머니가 자식을 버리고 자취를 감추고, 정치인들은 태연하게 뇌물을 받습니다. 아니, 모든 일본인이 진정한 신앙을 잊고 오로지 쾌락만을 추구하고 있습니다. 예수 그리스도께서 나타나셨을 때 열두 사도가 자신을 희생해 하나님의 왕국을 추구했던 시기와 많이 닮았죠. 한시라도 빨리 하나님의 왕국을 만들어야 한다는 저희의 마음을 이해하실 수 있지 않나요?"

고바야시는 동의를 구하듯 도쓰가와를 가만히 바라봤다.

"내가 이해해 주기를 바라나?"

"이해해 주셨으면 좋겠습니다."

"이렇게 손발에 수갑을 채워 놓고 이해해 달라는 건 이상하지 않나?"

도쓰가와는 두 팔을 고바야시에게 내밀었다.

"경부님이 저희 행동에 동의하고 방해하지 않겠다고 약속하시면 이런 짓은 하지 않을 겁니다. 아버지께서도 마찬가지입니다. 아버지께서는 그 누구보다 하나님의 왕국 건설을 최우선으로 생각하고 계시니까요. 그러기 위해서는 어떤 희생을 치르더라도 방해될 것들은 제거해야 한다고 생각하십니다."

"그래서 거슬리는 날 죽이겠다는 건가? 홋카이도로 데려가서."

"그건 아닙니다. 단지 방해를 막기 위한 조치입니다. 그뿐입니다."

"그 말을 들으니 안심되긴 하다만 아직 자네 대답을 듣지 못했어."

"무슨 대답 말이죠?"

"카자미 사에코 말이야."

"그녀에 대해서는 이미 답했습니다."

"그녀는 언제 당신들 그룹에 들어왔나?"

"1년 전입니다. 무슨 문제라도?"

"그럼 임신하고 낙태한 시점 또한 당신들 그룹에 들어간 이후라는 말이 되겠군. 상대는 자네인가?"

"그녀는 가끔 외부에 나갔으니 오롯한 내부 사람이라 할 수 없습니다. 우리는 한시라도 빨리 하나님의 왕국을 만들어야 합니다."

"그렇군. 그러니 사랑이니 연애 같은 것도 논할 여유가 없겠군."

"네."

"다른 사람들도 마찬가지인가?"

"모두 한마음 한뜻입니다. 유다인 아베 히로시만 빼고요."

"공동생활에서는 서로가 서로를 감시하니 그 안에 있는 한 허튼 짓을 할 수 없겠지. 아베 히로시도 마찬가지였을 거야. 하지만 노미야마는 다르네. 그는 자네들 안에서 절대적인 권력이 있고 심지어 자신만의 공간까지 있어. 만약 카자미 사에코가 노미야마의 초대를 받았다면 거절할 수 없었겠지. 어쨌든 그는 자네들 안에서 절대자니까. 카자미 사에코는 노미야마의 아이를 잉태한 게 아닌가?"

도쓰가와가 묻자 고바야시의 눈에 강렬한 공포의 기운이 번뜩였다. 마치 자신이 범인이라고 지적받은 듯한 표정이었다.

"그럴 리 없어! 대체 무슨 소리를 하는 겁니까!"

고바야시가 도쓰가와를 노려봤다. 그러나 목소리의 크기가 그대로 당혹감의 정도를 나타낸다고 도쓰가와는 생각했다.

"자네도 어쩌면 노미야마가 범인일지도 모른다고 의심한 거 아닌가? 그래서 임신 소식을 듣자마자 얼굴색이 변해 병원을 뛰쳐나갔겠지. 노미야마를 직접 만나서 물어봤나? 자네들의 아버지에게 물어봤나?"

"그건 유다가 저지른 짓입니다."

"아베 히로시 말인가?"

"그 녀석은 몸이 허약한 탓에 아버지가 유독 아꼈습니다. 그런 지위를 이용해 카자미 사에코를 범하고도 모른 척하고 있었던 겁니다. 비겁한 자식입니다. 유다랑 똑같죠. 그러니 자신이 저지른 짓이 들통나자마자 도망친 겁니다. 유다가 도망친 것처럼요."

"나는 그렇게 생각하지 않네. 자네도 전에는 다른 말을 했잖나."

도쓰가와는 고바야시의 얼굴을 지그시 바라봤다.

"그럼 어떻게 생각하는 겁니까?"

"아베 히로시 역시 범인은 노미야마라고 믿고 있을 거야. 그러니 깊은 상처를 받고 절망에 휩싸여 그곳을 도망쳤겠지. 자네도 알지 않나?"

"……."

"알지는 못하더라도 혹시 그럴 가능성이 있지 않을까 의심하고 있지 않나?"

도쓰가와가 신문하듯 물었을 때 갑자기 차가 멈추더니 운전석에 있던 남자가 짐칸에 들어왔다.

이름은 모르지만 일당의 집결지에서 본 청년이었다.

"이제 곧 세이칸 연락선을 타야 해."

청년은 고바야시에 말하고 도쓰가와에게 고개를 돌렸다.

"배 안에서 시끄러워지면 곤란하니 다시 주무시고 계십쇼."

"뭘 하려는 건가?"

"주사 한 대만 놓을 겁니다. 죽이지는 않으니 안심하세요."

청년은 차분하게 말하고 운전석에서 가져온 주사기를 집어 들었다.

그는 도쓰가와의 몸을 제압한 채 도쓰가와의 웃옷 소매를 걷어 올려 날카로운 주삿바늘을 찔러 넣었다.

3

가메이와 오스기는 아베 히로시가 입원한 지토세카라스야마의 미타 외과 병원을 찾았다.

노미야마 일당의 협조를 기대하기 어려운 상황에서 가메이가 의지할 곳은 아베 히로시뿐이었기 때문이다.

아베가 도쓰가와의 행방을 알지는 못할 것이다. 도쓰가와가 사라진 건 아베가 입원한 이후다.

그러나 그가 노미야마 일당에 대해서 뭔가 알려 주면 도쓰가와를 찾을 단서가 나올지 모른다.

가메이와 오스기는 먼저 담당 의사를 만났다.

"이제 몸은 괜찮습니다. 한 달 정도 더 입원하면 건강히 퇴원할 수 있을 겁니다."

의사가 두 사람에게 말했다.

"몸은 괜찮다는 말은 정신상에는 아직 충격이 남아 있다는 뜻일까요?"

가메이가 물었다.

"네. 자살을 기도한 이유를 물어봤는데 말문이 막힌 사람처럼 입을 다물더군요. 충격이 상당했던 것 같습니다."

"기억상실 증세 같은 게 아닐까요?"

"그건 아닐 겁니다. 오히려 안 좋은 기억을 최대한 떨치려고 하는 게 아닐까 싶습니다. 과거가 언급되는 순간에 강한 거부감을 보이는 걸 보면요."

"그럼 결국 아무 이야기도 못 들으셨나 보군요. 아지트에서 왜 도망쳐 나왔는지도."

"말을 안 하고 있으니까요."

"저희가 가서 이야기해 봐도 될까요?"

"네. 괜찮을 것 같습니다."

가메이와 오스기는 의사의 안내를 받아 아베가 있는 병실로 향했다.

아베는 침대에서 일어나 멍하니 창밖을 바라보고 있었다.

얼굴은 여전히 창백하고 수염도 자라서 의식을 잃고 누워 있을 때보다 더 수척해 보였다.

가메이는 침대 옆에 앉아 "한 대 피우겠나?" 하고 세븐스타 담뱃갑을 내밀었다.

아베는 말없이 담배를 집어 들었다. 그가 라이터로 담뱃불을 붙이고 나서야 가메이는 입을 뗐다.

"지금 한 사람이 위험에 처해 있네."

아베는 무표정하게 담배를 피웠다.

"도쓰가와라는 경찰이야. 자네들의 아지트에 간 이후로 지금껏 돌아오지 않고 있지. 어쩌면 노미야마의 손에 살해됐을지도."

"……."

"노미야마는 자네도 발견하는 즉시 죽여 버리겠다고 했어. 자신들의 비밀이 들통날까 봐 두렵겠지."

가메이는 거짓말을 섞어 가며 상대의 반응을 살폈지만 아베의 표정에 변화가 없었다.

"자네도 사람이 죽는 걸 바라지는 않지 않나?"

그 말에 아베의 눈동자가 흔들렸다.

"역시 그렇군. 나도, 다른 사람들도 살해는 막고 싶기 마련이야. 우리는 도쓰가와 경부님을 구하고 싶네. 그리고 그건 노미야마와 자네들을 위한 것이기도 해. 자네들 동료 중에 이미 몇 명이 스스로 목숨을 끊었지. 하지만 이번에는 그걸 넘어 다른 사람까지 죽이려 하고 있어. 우리는 그런 상황을 막고 싶은 거야. 어떤가? 우리에게 협조해 주겠나?"

"……."

대답이 없지만 아베의 눈동자가 자꾸 이리저리 흔들렸다. 동요하고 있다는 증거다.

"나는 한 사람의 생명을 구하고 싶네."

가메이가 힘주어 말했다.

어느새 무의식적으로 아베에게 고개를 숙이고 있었다.

아베는 당황한 얼굴로 입을 다물었다.

가메이는 가만히 대답을 기다렸다.

몇 분이 지났을까. 옆에 있던 오스기가 입을 열려고 해서 가메이가 손으로 제지했다.

몇 분이 더 흘렀다.

아베는 침묵을 견디지 못하는 것처럼 가볍게 헛기침을 했다.

"저더러 뭘 하라는 겁니까?"

마침내 그가 입을 열었다.

"어차피 제가 할 수 있는 일은 없습니다."

"말만 해 주면 돼."

"말하고 싶지 않습니다."

"하지만 자네가 우리를 돕지 않으면 한 사람이 죽게 될 거야."

"아버지는 사람을 죽이지 않습니다."

아베는 그렇게 말했지만 목소리에는 그야말로 힘이 없었다.

"과연 그렇게 단정할 수 있을까?"

가메이는 물러서지 않았다. 그가 노미야마에게 신뢰를 잃은 건 분명하다. 그것을 들키지 않으려고 안간힘을 쓰는 느낌이다. 그런데 무슨 일로 신뢰를 잃었을까. 다른 사람들은 변함없이 노미야마와 함께하고 그를 신뢰하는 것처럼 보이는데.

'이 청년은 노미야마의 어떤 비밀을 알게 된 게 아닐까?'

아베는 또다시 침묵에 잠겼다. 그러나 이번 침묵은 말보다 더 분명한 한 가지를 나타내고 있었다. 노미야마에 대한 믿음은 이미 사라지고 없다는 사실이다. 아베는 노미야마가 도쓰가와를 죽였을지도 모른다고 의심하고 있다.

"경부님이 죽고 난 이후에는 늦네."

가메이는 아베의 얼굴을 들여다봤다.

"자네들은 어디에 하나님의 왕국을 세우려고 하지?"

옆에서 오스기가 물었다.

"홋카이도입니다."

"홋카이도 어디?"

"지토세공항 근처 땅을 사들였다고 들었는데, 자세한 위치는 잘 모르겠습니다."

그렇게 말하고 아베는 피곤한 것처럼 눈을 감았다.

"더는 드릴 말씀이 없습니다. 부탁드립니다."

"그래, 고맙네."

가메이는 고개를 숙이고 오스기와 함께 병실을 나섰다.

"홋카이도에 갈 작정인가?"

병원을 나가자마자 오스기가 물었다.

"그래. 가 봐야겠지. 그쪽에서 조사하면 그들이 사들인 땅이 어딘지 알 수 있지 않겠나."

"아베가 한 말 말인데."

"응?"

"그가 아버지는 사람을 죽이지 않는다고 했을 때 자네는 그렇게 단언할 수 있겠느냐고 반문했잖나. 그때 그는 당황한 기색이 역력하더군."

"그래. 내 눈에도 보였어."

"그는 무슨 일 때문에 노미야마를 못 믿게 됐을까. 순간 그런 의문이 들었어. 기꺼이 죽음을 택할 정도로 노미야마에게 푹 빠져 있었을 텐데."

"자네가 떠올린 답은?"

"두 가지를 떠올려 봤네. 하나는 여자와 관련된 이유. 낙태한 여자 말이야. 또 하나는 그들 중에 이미 네 명이 죽었네. 모두 항의성 자살이라지만 혹시 자살이 아닌 살인 아닐까. 아니, 네 명이 전부 살해됐다는 게 아니야. 그중 한두 명은 살해당한 사람도 있지 않을까 하는 거지. 아베는 아마 그걸 깨닫고 절망하지 않았을까."

"난 이제 홋카이도에 다녀올 테니 자네가 다시 한번 아베를 만나서 확인해 주게."

4

차 안에 싸늘한 공기가 들어온 것을 도쓰가와는 기억했다.

공기가 차가워진 게 홋카이도로 넘어왔기 때문인지 밤에 접어들어서인지는 의식이 몽롱했던 탓에 알 수 없었다.

전보다 더 속이 안 좋았다.

바닥에 누워 있는데도 일어설 엄두가 나지 않았다. 머리가 지끈거리고 구역질이 치밀었다.

고바야시의 모습은 보이지 않았다. 도쓰가와가 도망칠 수 없다고 판단해 둘 다 운전석에 앉았을 수도 있다.

트럭이 전속력으로 달리는지 흔들림이 심했다. 메스꺼움이 더해져 도쓰가와는 어쩔 수 없이 몸을 일으켜 속에 든 것을 게워 냈다.

어디를 달리고 있는지 전혀 알 수 없었다.

세이칸 연락선에 탑승하기 전 약을 주사했으니 홋카이도 땅을 달리는 건 확실하지만 홋카이도의 어느 지역인지는 알 수 없다.

몇 시간을 잤는지도 불분명하다. 손목시계는 차고 있지만 어두워서 숫자가 읽히지 않았다.

두 손목이 욱신거렸다. 빨갛게 부었을 텐데 역시 어두워서 보이지 않았다.

살해당할 수 있다는 공포는 없었다. 애초에 죽일 계획이라면 이렇게 성가시게 홋카이도로 데려오지도 않았을 것이다.

정말 그저 방해가 되니 홋카이도 어딘가에 감금시킬 생각일까.

이따금 차가 멈췄다. 신호등 앞에서 선 것 같은데 몸이 말을 듣지 않아 탈출은 불가능했다.

그때 또다시 차가 멈춰 섰다.

이번에는 좀처럼 움직이지 않았다. 갑자기 뒤쪽 문이 열리는 소리가 들리더니 희미한 손전등 빛이 보였다.

짐이 먼저 내려가고 탁 트인 공간에서 고바야시가 얼굴을 내밀었다.

"내려 주십시오."

고바야시가 말했다.

"발목에 수갑을 채운 상태로는 못 걸어."

도쓰가와가 불평했다. 여전히 목소리가 내 것이 아닌 것 같았다.

"도망가지 않겠다고 약속해 주십시오."

"어차피 어지럽고 몸이 안 좋아서 못 도망쳐. 온몸이 약에 절여진 기분이야."

"금방 괜찮아질 겁니다."

고바야시는 도쓰가와의 발목에 채워진 수갑을 풀었다.

도쓰가와는 비틀거리며 트럭에서 내렸다.

상쾌한 밤공기가 도쓰가와를 에워쌌다.

고개를 드니 머리 위로 별이 총총히 떠 있다.

도쓰가와는 무심코 심호흡을 하고 주위를 둘러봤다.

보이는 곳마다 광활한 들판이었다. 군데군데 검은 숲이 떠올라 있다.

눈앞에 산장풍의 집이 있고 고바야시는 그곳에 도쓰가와를 데려갔다.

고바야시가 석유램프에 불을 붙였다. 오래전 사냥꾼이 묵었을 법한 오두막집이다. 큰 난로가 있고 방 한 구석에는 장작이 쌓여 있었다.

"추우면 불을 지피겠습니다."

고바야시가 말했다.

"아니. 괜찮아. 이곳이 너희가 하나님의 왕국을 만들기 위해 사들인 땅인가?"

"네. 그 땅에 오래전부터 지어져 있던 오두막이죠."

고바야시가 밖에 나가자 또 다른 청년이 골판지 상자를 들고 왔다. 그는 상자에서 식료품을 꺼냈다.

"배고프시죠?"

그러더니 그는 빵과 음료수 캔을 도쓰가와에게 건넸다.

도쓰가와는 수갑 찬 손으로 그것들을 받았다.

"속이 메스꺼워서 영 입맛이 없어."

"금방 나아질 겁니다."

"자네 이름이 궁금하군."

"다치바나 겐이치로입니다."

청년이 대답했다. 나이는 스물두세 살 정도일 것이다. 무뚝뚝한 표정이 고바야시를 빼닮았다.

도쓰가와는 빵과 음료수를 옆에 내려놓고 다시 물었다.

"자네들은 앞으로 뭘 할 생각인가?"

"이곳에 하나님의 왕국을 세울 겁니다."

다치바나의 눈빛이 빛났다.

"하지만 노미야마는 여전히 몇 명의 죽음이 더 필요하다고 하지 않았나?"

"땅은 확보했지만 자금이 더 있어야 하니까요. 그걸 위해 저희는 기꺼이 자신을 희생할 각오가 돼 있습니다."

"시체 위에 꿈에 그리던 왕국을 만들 수 있다고 생각하나?"

"오래전 열두 사도는 자신을 희생했습니다. 만약 그들이 목숨을 아꼈다면 지금의 기독교도 없을 겁니다."

"그때는 예수가 스스로 십자가에 못 박혔어. 그런데 노미야마는 어떻지? 제자들만 죽게 하고 정작 자신은 아무것도 안 하지 않나?"

"그렇지 않습니다!"

고바야시가 화난 목소리로 외쳤다. 얼굴이 벌겋게 달아올랐다. 예상치 못한 말에 화가 난 걸까. 아니면 그 자신도 속에 품고 있는 의문을 지적당하니 찔린 걸까.

"아버지는 언제든 자신을 희생할 수 있다고 말씀하십니다."

다치바나가 침착하게 말했다. 이 청년은 노미야마를 철석같이 믿는 듯하다. 하지만 고바야시는 마음이 흔들리고 있고, 그러니 더 목소리를 높이고 공격적인 태도를 보이는 게 아닐까.

"그의 말을 믿나?"

"믿습니다."

다치바나가 대답했다.

"그분을 위해서라면 전 무엇이든 할 수 있고 무엇이든 할 수 있다고 믿습니다. 그분이 사람을 죽이라고 명령하시면 아무렇지도 않게 당신을 죽일 수도 있습니다."

다치바나는 흥분한 기색도 없이 담담하게 말했다.

그의 냉정한 모습에 도쓰가와는 오싹해졌다. 이것은 일종의 광기다. 심지어 자신의 광기를 깨닫지 못하는 만큼 더 질이 좋지 않다고 생각했다.

"여기는 홋카이도의 어느 지역인가?"

도쓰가와가 두 청년에게 물었다.

"조만간 알게 될 겁니다."

고바야시가 대답했을 때 머리 위에서 제트기 엔진 소리가 울려 퍼졌다. 고도가 별로 높지 않은지 소리는 5, 6분 만에 사라졌다.

도쓰가와는 수갑이 채워진 왼쪽 손목의 시계를 내려다봤다.

밤 10시를 조금 넘긴 시간이다. 도쿄에서 삿포로 가는 마지막 비행기가 아마 밤 10시경 지토세공항에 도착했을 것이다.

"공항에서 그리 멀지 않은 곳 같군."

도쓰가와는 그렇게 말하고 두 사람의 반응을 살폈다. 두 사람 다 침묵하고 있다가 잠시 후 다치바나가 미소 지었다.

"그리 멀지 않다고 해도 여기는 홋카이도입니다. 걸어서 도망치는 건 불가능합니다."

"그렇겠지. 그런데 자네들이 말하는 하나님의 왕국에는 대체 누가 사나?"

"걸맞은 사람들이 살겠죠. 그렇다고 해서 조건이 까다로운 건 아닙니다. 그저 하나님 왕국의 존재를 믿고 이곳에 오면 됩니다. 의심하는 자는 못 들어옵니다."

"그러니까 노미야마를 아버지로 모시는 사람이라는 뜻이겠지?"

"그렇습니다. 뭔가를 믿을 수 있다는 건 행복한 일입니다. 현대인들의 불행 중 하나는 아무것도 못 믿는다는 것이죠. 이미 우리의 생각에 동의해서 이곳에 살고 싶다는 사람들이 많습니다. 머지 않아 이곳에는 이상적인 낙원이 만들어질 겁니다. 그 초석이 될 수 있다면 저 하나쯤 죽어도 상관없습니다."

다치바나는 눈빛을 반짝이며 강조했다.

그로부터 몇 시간이 더 흘렀을까.

5

가메이는 최종편인 일본 항공 527편 비행기를 타고 밤늦게 지토세공항에 도착했다. 정시보다 12분 늦게 도착해 시계는 이미 밤 10시가 지나 있었다.

3백 명 정원의 점보 비행기 안은 만석이었다. 생각해 보니 오늘은 토요일이다.

미리 전화로 약속해 공항에는 홋카이도 경찰 본부의 아라키 형사가 마중 나와 있었다.

마흔 남짓으로 홋카이도의 광활한 대지를 연상케 하는 건장한 체격의 형사였다.

아라키가 인사를 건넸다.

"전화로 말씀하신 사안 말입니다만."

그는 가메이를 차로 안내하며 입을 열었다.

"있었습니까?"

"닷새 전 이곳에서 60킬로미터쯤 떨어진 곳에 10만 평의 땅을 사들인 사람이 있습니다. 도쿄 사람인데 이름이 노미야마라고 합니다."

"그놈입니다!"

가메이는 저도 모르게 버럭 외쳤다.

"그때 지불한 금액이 5억 엔 정도라고 하는데, 정확한 액수는 모르겠습니다."

"평당 5천 엔인가요? 홋카이도는 역시 땅값이 저렴하군요."

가메이가 감탄하자 아라키는 고개를 가로저었다.

"아뇨, 홋카이도도 놀라울 만큼 땅값이 올랐습니다. 내지의 부동산 업자들이 땅을 마구 사들이고 있거든요. 다만 노미야마가 산 곳은 황무지이고 전후戰後 내지에서 몇몇 사람이 이주해 왔지만 토질이 겨우 감자나 재배할 수 있는 수준이라 1년 전 마지막 살던 가족도 결국 이사를 떠났습니다."

"지금 그곳으로 안내해 주시겠습니까?"

"다행히 아직 달이 밝으니 안내해 드리겠습니다."

아라키는 공항 밖에 세워 둔 차에 가메이를 태우고 직접 시동을 걸어서 출발했다.

지토세공항에서 삿포로까지는 고속도로가 이어졌다. 도로 양옆에는 홋카이도다운 광활한 대지와 원시림이 펼쳐졌다.

하얀 달빛 아래로 검은 대지가 펼쳐진 풍경이 그야말로 장관이었다.

그런데 불현듯 시야를 가로막은 러브호텔의 화려한 네온사인이 멋진 풍경을 망가뜨렸다. 심지어 '호텔 베르사유'라는 이름이라 더 어색했다.

운전하는 아라키가 웃으며 "요즘은 저런 것들이 많이 들어서서 곤란합니다" 하고 나직이 말했다.

30여 분을 더 달리고서야 차가 고속도로를 벗어났다.

포장도로가 사라지자 차가 흔들리기 시작했다.

가메이는 서둘러 조수석 앞창으로 밖을 봤다.

눈앞에 산이 들어왔다. 그러나 민가는 한 채도 보이지 않았다.

이후 40여 분 정도 산길을 더 달려 산기슭의 분지에 도착했다.

"여깁니다."

아라키가 말했다.

눈앞에 지붕이 기울어진 주인 없는 폐가가 보였다.

감자를 심었을 밭에는 지금은 잡초가 무성하게 자라 있다.

"이런 집이 열두어 채나 있습니다."

아라키는 폐촌 하나를 노미야마가 통째로 사들였다고 했다.

가메이는 쪼그려 앉아 흙을 손으로 집어 봤다. 도호쿠의 농촌에서 태어난 가메이는 손끝으로 토질을 알 수 있다. 이곳은 이른바 화산재 지대라 흙이 메말라 있다. 정착민들이 30년간 쓴맛을 보고 도망치듯 떠난 이유를 알 것 같았다. 요즘 농촌에서 쌀을 재배하지 못하는 건 치명적이고 이곳에서는 축산업도 어려울 것이다.

'노미야마 일당은 이런 곳에 하나님의 왕국을 만들려는 걸까.'

"전기가 들어옵니까?"

"작년에 겨우 전기가 들어오기 시작했는데 공교롭게도 그때 마지막 한 집이 이사를 가 버렸습니다."

"마을 전체를 둘러보고 싶네요."

"일단 타시죠."

두 사람은 다시 차로 돌아가 잡초로 우거진 황야에 들어갔다.

달빛 속으로 폐가가 점점이 흩어져 있다. 폐가 앞을 지날 때마다 가메이는 차에서 내려 집 안에 들어가 봤다. 안에 도쓰가와가 감금돼 있을지도 모른다고 생각했다.

그러나 열두 집을 전부 뒤져도 도쓰가와는 없었다. 발견된 것은 이상하리만치 눈빛이 형형한 들개 두 마리뿐이었다.

가메이는 한숨을 내쉬었다. 시간은 어느새 자정을 넘겼다.

"노미야마 일당이 사들인 게 이 폐촌뿐입니까?"

"다른 물건들도 샀을 수 있지만 자세한 건 모르겠습니다."

"아침에 다시 한번 이곳을 둘러보고 싶습니다."

"그럼 일단 차 안에서 눈을 좀 붙이시겠습니까?"

아라키가 말했다.

시동을 끈 차 안에 있으니 세상에서 소리라는 게 완전히 사라진 것처럼 느껴졌다. 고요하게 잠든, 죽은 마을이었다.

"노미야마라는 자가 이 죽은 마을을 다시 살리려고 하는 걸까요?"

아라키가 가메이에게 담배를 권하며 물었다.

"그런 것 같네요. 그것도 모자라 행복을 보장하는 천국으로 만들 겠다고 합니다."

"이런 곳에서는 농사를 지어도 먹고 살 수 없습니다."

"네. 그래 보입니다."

가메이가 고개를 끄덕였다. 애초에 자급자족할 수 있다면 폐촌이 되지도 않았을 것이다.

동틀 시간이 가까워 오자 더 추워졌다. 두 사람은 차 밖으로 나가 모닥불을 피웠다.

가메이와 아라키는 모닥불 옆에서 어느새 잠이 들었다.

그로부터 얼마 후 두 사람은 누군가의 목소리에 눈을 떴다.

고장 나기 일보 직전의 왜건 차량이 옆에 멈춰 서 있고, 그 옆에 젊은 남녀 몇 명이 모여 가메이와 아라키를 의심스럽게 내려다보고 있었다.

"자네들은 뭔가?"

가메이가 물었다.

"당신이야말로 누구야?"

그중 한 청년이 눈살을 찌푸리며 물었다.

"우리 동료인가?"

"동료? 그게 무슨 소리지?"

"하나님의 왕국에서 살고 싶은 사람은 오늘 여기 모이라고 해서 우리는 그 번잡한 도쿄를 떠나 여기까지 왔어. 혹시 당신들도 우리 같은 사람인가 싶어서."

"노미야마에게 들었나?"

"노미야마인지 누군지는 모르겠지만 난 이걸 보고 왔어."

청년은 돌돌 말아 주머니에 넣어 둔 얇은 잡지를 가메이와 아라키에게 보여 줬다.

요즘 젊은이들에게 인기 있는 『포인트』라는 이름의 잡지였다. 정보지인데 한 면에 다음과 같은 광고가 실려 있었다.

현대 사회는 교만과 타락으로 결국 멸망할 것이다. 이미 곳곳에서 징조가 나타나고 있다. 공해, 부정부패, 살인, 마약. 이 모든 것들이 바로 멸망의 징조다.

우리는 지금이야말로 그것들과 싸워야 한다. 타락에 빠져 무너지는 상황을 단호히 거부해야 한다.

이를 위해 우선 홋카이도의 황야 한 곳에 '하나님의 왕국'을 세우기로 했다. 뜻이 있는 사람은 모두 이곳에 참여하라.

이곳에서는 모든 인간이 하나님 앞에서 평등하다. 병든 자, 죄 있는 자, 어린 자, 늙은 자도 차별받지 않는다. 오직 하나님에게 복종만 요구될 뿐 그밖에는 아무런 제약이 없다.

5월 13일(일)부터 이곳에 참여할 수 있다. 현대 사회에 절망한 자, 하나님의 왕국을 원하는 자들은 모두 모이기를 바란다.

옆에는 지도도 첨부돼 있었다.

가메이가 광고를 읽는 동안에도 차나 자전거를 타고 폐촌에 모이는 사람들이 속속 늘어났다.

6

30명이 넘는 사람들이 책임자가 어딨냐고 아우성치고 있을 때 대형 트럭이 경적을 울리며 다가왔다.

트럭을 운전한 사람은 고바야시 마사히코였다. 그는 차를 세우고 후드 위로 올라가 외쳤다.

"여러분은 하나님의 왕국을 이곳에 세우는 데 찬성해서 모인 분들입니까?"

왼쪽 손목에 채워진 팔찌가 아침 햇살을 맞아 반짝반짝 빛났다.

"당신이 책임자예요?"

30여 명 중 초로의 남자가 물었다.

"아뇨. 우리 지도자께서는 오늘 중에 이곳에 오실 겁니다. 자세한 이야기는 그분께 들으십시오."

"그때까지 뭘 하고 있어야 하나요?"

"일단 식량과 의약품이 트럭에 실려 있으니 필요하신 분들은 쓰시면 됩니다. 이곳에는 총 열두 채의 집이 있는데 모두 오래된 빈집입니다. 그곳에서 주무셔도 좋고 아니면 텐트를 치고 주무셔도 상관없습니다. 텐트 도구도 트럭에 있으니 이용하세요."

"이곳에서는 정말 차별 없이 모두가 평등하게 살 수 있는 거죠?"

다리가 불편한 대여섯 살짜리 딸을 데려온 중년 여자가 어두운 눈빛으로 고바야시를 봤다.

고바야시는 온화하게 미소 지었다.

"맞습니다. 우리 지도자가 오시면 대번에 아실 수 있을 겁니다."

그 후 고바야시는 후드에서 내려가 음식 등을 꺼내 그곳에 모인 사람들에게 나눠 주기 시작했다.

어느 정도 작업이 끝나자 가메이가 다가가 고바야시의 팔을 붙잡았다.

"도쓰가와 경부님을 어디로 보냈지?"

"전 모릅니다."

"모를 리 없지. 경부님은 너희를 찾아갔다가 사라지셨으니까. 납치가 중죄인 건 알지 않나?"

가메이는 위협적으로 윽박질렀지만 고바야시는 무뚝뚝하게 반응했다.

"의심스럽다면 직접 찾아보시는 게 어떨까요?"

"다른 한 명은 어떻게 됐어?"

"다른 한 명? 누구를 말하는 거죠?"

"기타카라스야마에 있는 너희 아지트에 갔더니 노미야마의 제자 두 명이 없더군. 너와 또 한 명. 그는 어딨지?"

"도쿄로 돌아간 거 아닐까요? 직접 알아보시죠."

"경찰을 얕잡아보지 마!"

가메이는 무심코 고바야시에게 주먹을 날렸다. 도쓰가와가 이미 죽어 이 홋카이도의 광활한 벌판 어딘가에 묻힌 게 아닐까 하는 의심이 가메이의 불안을 더 증폭시켰다.

고바야시는 비틀거리더니 자신을 지켜보는 30여 명의 사람들을 향해 씩 웃었다.

"잘 보십시오. 이 사람들은 경찰입니다. 자기 마음에 들지 않으면 이런 식으로 폭력을 행사하는 족속들이죠. 이곳에 세워질 하나님의 왕국에는 경찰이 없습니다. 애초에 그런 건 필요 없기 때문입니다."

"이 자식이!"

가메이가 화를 내며 고바야시에게 달려드는 것을 아라키가 필사적으로 말렸다.

어느새 지켜보던 30여 명이 비난 섞인 눈빛으로 가메이와 아라키를 바라보고 있었다.

"가메이 형사님. 그만합시다."

아라키가 가메이를 진정시켰다.

가메이는 고개를 끄덕였지만 다시 고바야시를 보며 일갈했다.

"무슨 수를 써서라도 경부님을 찾아내고야 말겠다."

두 사람이 등을 돌려 차에 올라타려고 할 때 갑자기 가메이의 등 뒤로 돌멩이가 날아왔다.

뒤이어 또 다른 돌멩이가 자동차 펜더에 부딪혀 요란한 소리가 났다.

7

같은 날 오후 2시.

다마강 수온이 높아져 마루코다마강의 보트 대여점 앞에는 작은 행렬이 만들어져 있었다.

기온은 정오에 이미 25도에 육박해 초여름 날씨를 보였다. 강을 오가는 배에 커플이 압도적으로 많은 것도 초여름다운 풍경이었다.

강변에는 아이들의 모습이 보이고 낚시꾼도 많았다.

도쿄 쪽 강변에서 보트 대여점을 운영하는 오노는 이따금 쌍안경으로 강변을 둘러봤다.

혹시라도 사고가 일어나지 않았을까 걱정해서기도 하지만, 조금 전부터 12번 보트가 보이지 않았기 때문이다.

노트에는 보트를 빌려준 시간이 적혀 있는데 12번 보트는 12시 20분에 대여됐다. 이미 반납 예정 시간에서 한 시간이나 지났는데 오지 않았다.

쌍안경으로 아무리 찾아도 12번 보트가 보이지 않았다. 이쪽에서 타다가 반대편으로 건너가는 사람도 있어서 가나가와현 쪽 강변도 살폈지만 12번은 찾을 수 없었다.

'어쩔 수 없군.'

혀를 끌끌 차고 5, 6분 후에 다시 쌍안경을 눈에 대 보니 백 미터 정도 떨어진 얕은 상류에서 움직이지 않는 보트가 보였다.

사람이 타 있는 흔적은 없다. 12번 보트였다.

'얕은 물가, 보트 탑승 금지'라는 팻말이 세워진 곳이다. 그런 곳에 간 걸 보니 아무래도 손님이 보트를 버리고 도망친 듯했다.

'정말 곤란하게 하네.'

화가 치밀었지만 보트를 그대로 둘 수는 없으니 오노는 가게를 지키는 큰아들에게 "잠깐 다녀오마" 하고 옆에 세워 둔 빈 보트에 올라탔다.

보트를 타고 출입 금지 표지판 앞으로 가서 말뚝에 배를 연결했다.

그 앞은 2, 30센티미터로 수심이 얕아서 배 밑바닥이 긁히는 곳이었다.

오노는 바지를 걷어 올리고 물속에 들어갔다. 강바닥에는 때 묻은 돌이 많아 쉽게 미끄러진다. 오노는 투덜거리며 천천히 버려진 보트로 다가갔다.

마침내 보트 앞에 도착해 배 앞쪽에 손을 얹었을 때였다.

'앗!'

오노는 보트를 자기 쪽으로 끌어당기며 소리 없이 비명을 질렀다.

보트에 아무도 타지 않은 줄 알았는데, 배 밑바닥에서 웬 젊은 남녀가 베개를 깔고 누운 것처럼 편하게 누워 있었던 것이다. 그뿐만이 아니다. 두 사람 주변에는 붉은 남국의 꽃이 가득 뒤덮여 있었다.

수십, 아니 수백 송이의 꽃이다. 얼굴을 가까이하니 강렬한 향기에 취해 버릴 것 같았다.

꽃 속에 파묻힌 두 남녀는 눈을 감고 가슴에 손을 올린 채 꼼짝도 하지 않았다.

뺨을 톡톡 두드려도 움직이지 않는다.

'죽었나?'

그런 생각이 들었을 때 오노는 다시 한번 소리 없는 비명을 지르고 말았다.

8

보트가 도쿄 쪽의 얕은 강가에 있었기 때문에 사건은 도쿄 경시청에서 맡게 됐다.

구체적으로는 가마타 경찰서가 조사를 맡았는데, 사건이 발생하자마자 이모토와 이시카와 형사가 거의 동시에 가마타 경찰서로 달려갔다.

일요일에 생긴 동반 자살. 그리고 두 남녀의 손목에 채워진, 성경 구절을 새긴 팔찌. 그것만으로도 사건을 일으킨 쪽이 노미야마 일당임을 짐작할 수 있었기 때문이다.

이모토와 이시카와는 가마타 경찰서 형사에게 현장인 다마강 강변으로 안내받았다.

문제의 보트는 이미 끌어올려져 있었다. 꽃으로 가득 찬 배의 상여였다.

보트 주변은 구경꾼으로 가득했다.

"사인은 청산 중독으로 추정됩니다."

가마타 경찰서 형사가 이모토와 이시카와에게 알렸다.

"이 꽃은 히비스커스군요."

이모토는 시신을 둘러싸고 있는 붉은 꽃 한 송이를 집어 들었다.

"맞습니다. 일요일마다 일어난 자살 사건과 똑같다고 보시나요?"

"다른 가능성은 떠올릴 수 없죠."

이모토는 화난 듯이 말했다.

아베 히로시가 '심중'이라는 말을 중얼거린 날부터 경계했지만 결국 막지 못했다. 그것도 모자라 도쓰가와 경부의 행방까지 묘연한 상태다.

"남자의 가슴 위에는 이게 있었습니다."

가마타 경찰서 형사가 엽서 크기의 종이를 보여 줬다.

우리는 항의하기 위해 죽음을 택한다.

종이에는 그렇게 적혀 있었다.

'또인가.'

이모토는 속으로 생각했다. 노미야마는 제자들을 잇따라 자살하게 하는 것으로 닛포 콘티넨털을 협박해 5억 엔이라는 거금을 뜯어냈다.

이번에는 동반 자살로 또 어느 곳을 협박하려는 걸까.

"이번 사망자들은 첫 번째와 두 번째 사망자들처럼 웃고 있지 않군."

이시카와가 보트 안을 보며 말했다. 확실히 두 시신의 얼굴에는 고통의 표정이 그대로 남아 있었다.

"이쪽이 더 자연스러워."

이모토가 말했다.

두 시신은 부검을 위해 들것에 실려서 병원에 옮겨졌다.

"이후 일은 자네에게 맡길게."

이모토가 이시카와에게 말했다.

"난 미타 외과 병원에 있는 오스기 형사와 홋카이도의 가메이 형사에게 연락하고 오겠네. 그 후 노미야마를 만나러 가야겠어."

9

오스기는 수화기를 내려놓자마자 계단을 올라가 아베 히로시가 있는 병실에 들어갔다.

침대에서 일어나 있던 아베는 오스기의 험악한 얼굴을 보고 순간 겁먹은 듯했다.

오스기는 의자에 앉아 얼굴을 아베 쪽으로 들이밀었다.

"다마가와에서 동반 자살 사건이 일어났네. 자네 동료인 남녀가 죽었어."

그 말을 듣자 아베의 얼굴에서 핏기가 가셨다. 오스기는 더욱 밀어붙였다.

"자네는 다 예상하고 있었을 거야. 두 남녀가 죽을 것을. 아닌가?"

"두 사람이 꽃에 파묻힌 채 죽었나요?"

아베가 힘없이 물었다.

"그래. 새빨간 히비스커스에 파묻혀 있었다더군."

"역시 그렇군요."

"역시 그렇군요, 로 끝날 거라 보나?"

"네?"

"도쓰가와 경부님이 너희 일당에게 납치당했어. 만약 살해되기라도 했다면 이건 살인 사건으로 발전해. 아니, 죽지 않았더라도 납치죄는 성립하지. 하나님의 왕국이니 뭐니 난 잘 모르겠지만 이건 엄연한 범죄야. 죄를 쌓아 올려 만든 왕국에서 정말 행복이 보장될 거라고 보나?"

"아버지께서 정말 도쓰가와 경부님을 납치한 건가요?"

"그래. 사실이다. 게다가 이번 동반 자살도 위장된 살인일 수 있지."

"제가 뭘 어떡해야 하나요?"

"모든 걸 사실대로 이야기해 주면 돼. 그걸로 충분해."

"모든 것이라고 하셔도……."

"그럼 우선 동반 자살 사건부터. 이번에는 또 어디를 협박할 생각이지?"

"주오 상사입니다."

"히비스커스꽃은 왜?"

"오키나와에서 해양 박람회가 열렸을 때 주오 상사는 오키나와 주오 관광이라는 자회사를 만들어 박람회 분위기에 들뜬 오키나와에 진출했습니다. 그리고 지역민들에게 돈을 벌 기회라며 대출을 마구 해 주고 관광 사업을 추진했죠. 이렇다 할 먹거리가 없는 오키나와 주민들이 우르르 달려들었지만, 결국 모조리 실패했습니다. 해양 박람회는 일시적인 이벤트였을 뿐이고 어차피 본토의 거대 자본이 들어오면 지역 소기업들은 쉽게 무너질 수밖에 없으니까요."

"그래서?"

"결국 그들에게는 빚만 남았습니다. 오키나와 주오 관광은 그 돈으로 오키나와의 아름다운 땅을 사들여 해안 위에 거대한 레저 랜드를 만들었고요."

"그게 히비스커스꽃에 둘러싸인 자살과 무슨 관련이 있나?"

"당시 피해자 중에는 신혼부부도 있었습니다. 오키나와 주오 관광의 권유로 대출을 받아 관광객을 상대로 하는 기념품 가게를 차렸는데 실패해서 거의 천만 엔에 가까운 빚을 지고 말았죠. 두 사람은 그 일 때문에 괴로워하다가 결국 스스로 목숨을 끊었는데 그때 아내의 머리에 새빨간 히비스커스꽃이 꽂혀 있었다고 합니다."

"그렇군. 그런데 노미야마는 어떻게 자네들처럼 자살을 바라는 사람들을 모을 수 있었지?"

"지금도 이 세상 일부 젊은이들은 끊임없이 자살 유혹에 시달리고 있습니다. 이유는 절망, 사람들 눈에 띄고 싶은 허영심, 혹은 앞날에 대한 막연한 불안감 때문일 수도 있죠."

"하지만 겉모습만 봐서는 알 수 없지 않나? 노미야마는 자살을 바라는 사람을 구분할 능력을 가졌나?"

"『포인트』라는 잡지가 있는데, 알고 계시나요?"

378

"이름은 들어본 적 있네."

"잡지에는 주로 청소년들을 위한 정보가 실리고 인생 상담 코너도 있죠. 가족이나 친구들 앞에서 고민을 털어놓지 못하는 청년들은 심야 라디오 DJ에게 편지를 보내거나 잡지에 글을 투고합니다. 누구든 상관없는 거예요. 자기 고민을 들어주기만 한다면."

"자네도 『포인트』에 글을 투고했나?"

"네. 사실 고등학교 1학년 때 자살을 한 번 기도했다가 실패한 적이 있습니다. 그런 내용의 글을 써서 투고했죠. 모든 투고에 답변이 오는 건 아닙니다. 인기 있는 잡지일수록 투고도 많으니까요. 그렇게 포기하고 있을 때 아버지가 저를 찾아와서 나와 함께하지 않겠느냐고 하셨습니다."

"노미야마는 어떻게 자네가 『포인트』에 글을 투고한 걸 알았지?"

"아버지의 친구분께서 『포인트』의 편집을 맡고 계시니까요."

"그럼 그의 제자들은 모두 『포인트』라는 잡지에 자기 고민을 써서 보낸 젊은이들인가?"

"그렇습니다. 그중에서 늘 자살 충동에 시달리는 사람, 유독 예민한 성격의 사람들을 추려 열두 명의 제자로 삼은 겁니다."

"그들에게는 어떤 교육을 했지?"

"자살 충동을 없애 주는 대신 죽는다는 게 얼마나 멋진 일인지 알려 줬습니다. 매일매일요. 삶의 가치가 아닌 죽음의 가치입니다. 그리고 한 가지 더."

"뭐지?"

"제게는 이쪽이 더 와닿았습니다. 일종의 강박관념입니다. 모두의 마음에 강박관념을 심어 주는 거죠."

"구체적으로 무슨 말인가?"

"우리는 틈날 때마다 아버지에게 꾸지람을 들었습니다. 너희가 스몬병*문제에서 무엇을 했느냐? 미나마타에 가본 적이 있느냐? 베트남 난민들을 대상으로 뭔가 한 적이 있느냐?"

"그런 건 그냥 생트집 아닌가?"

"형사님. 섬세한 사람일수록 아무것도 못 하는 자신에게 끊임없이 죄책감을 느낍니다. 정치 운동에 뛰어들면 그런 마음을 달랠 수도 있겠지만 그러지 못하니 더 괴로워하죠."

"노미야마는 그런 자네들의 약점을 잡은 거군."

"그렇습니다. 노이로제에 걸릴 만큼 저희의 죄책감을 자극했죠. 그러는 한편으로 하나님의 왕국을 세우기 위해 자신을 희생하는 게 얼마나 훌륭한 일인지를 설파했습니다. 첫 번째, 두 번째 자살자인 가네코와 이시다 아키코가 웃으면서 죽어 간 이유를 전 알고 있습니다. 두 사람 다 일종의 안도감을 느꼈을 거예요. 이제는 강박관념에서 벗어날 수 있다고 생각했을 겁니다. 죽음의 순간에야 비로소

---

* 1950-60년경 일본 전역에서 대규모로 발생한 희귀병. 전염성 질환이라는 편견 때문에 환자들이 차별받았는데 이후 결국 다른 원인으로 밝혀졌다.

요. 누군가에게는 죽음의 공포보다 더 큰 공포가 있는 법입니다."

"그런데 자네는 도망쳐 나왔어. 왜지?"

10

"말하고 싶지 않습니다."

"아니. 말해 주지 않으면 곤란해. 분신자살한 카자미 사에코 일 때문 아닌가?"

"……."

"역시 그렇군. 그녀는 누군가의 아이를 임신하고 낙태했어. 자네가 아이 아버지인가?"

"아닙니다."

아베는 창백한 얼굴로 강하게 부인했다.

"어떻게 아니라고 단언하지?"

"저희 같은 제자들에게는 자유 연애가 허락되지 않기 때문입니다. 하나님의 왕국을 세우기 전까지는."

"그럼 너희 중에서 여자를 임신시킬 수 있는 사람은 노미야마 한 명뿐이라는 말이 돼. 자네는 그 이야기를 듣고 카자미 사에코를 임신시킨 남자가 노미야마라는 걸 즉시 깨달았겠지. 그래서 절망에 빠져 그곳에서 도망친 거야. 아닌가?"

"마음대로 상상하십시오. 전 결국 낙오자고 유다일 뿐이니까요."

"그런 건 이유가 되지 않아. 그런데 다른 제자들은 왜 빠져나오지 않지? 고바야시 마사히코는 카자미 사에코가 낙태했다는 말을 듣고 안색이 변했다고 해. 그도 상대가 노미야마인 걸 깨달았을 텐데 왜 아직도 그 옆을 지키고 있지?"

"두렵습니다. 저도 여전히 두려워요."

"노미야마가 두렵나?"

"그것도 그렇지만 혼자가 되는 게 두렵습니다. 지금껏 아버지라는 절대자가 있어서 그의 지시에 맞춰 움직였는데 그런 절대자가 사라지고 혼자서 뭔가를 결정하게 되는 상황이 두렵습니다."

"자네도 카자미 사에코를 좋아했지?"

"모두가 그녀를 좋아했습니다."

"카자미 사에코 본인은 어땠을까?"

"네?"

"노미야마의 아이를 임신한 걸 보면 노미야마를 미워했던 것 같지는 않아. 하지만 결국 아이를 지우게 됐지. 노미야마 입장에서 카자미 사에코의 임신 사실이 밝혀지면 자신의 신성함이 훼손될 거라고 생각했을 테니까. 그런데 카자미 사에코가 기꺼이 낙태를 한 것 같지는 않더군. 그런 여자는 드물 것이고 그녀의 팔찌에는 뭔가로 긁은 듯한 흠집이 가득했어. 그건 명백한 분노의 표현이었지. 그럼 그녀가 정말로 원해서 목숨을 끊은 것일까 하는 의문이들기 마련 아니겠나?"

"그만하시죠."

아베는 나약한 목소리로 말했다.

"그녀는 하나님의 왕국을 만들기 위해 기꺼이 자신을 희생했습니다."

"노미야마에게 절망한 주제에 아직도 그런 말을 하나?"

오스기는 안경 너머로 안타깝다는 듯이 아베를 봤다.

"전 믿고 싶습니다."

"뭘?"

"뭔가를요."

"카자미 사에코가 노미야마를 증오했다면 그녀는 자살한 게 아니야. 노미야마가 입을 틀어막기 위해 그녀를 죽인 거지."

"그런 일은 없습니다. 자살이 맞습니다. 그녀는 밀실에서 죽어 있었으니까요."

"과연 그렇게 단언할 수 있을까?"

오스기는 지그시 아베를 바라봤다.

11

가메이는 삿포로 도경 본부에서 도쿄에 있는 이모토의 전화를 받았다.

"다마강 동반 자살 사건 소식은 방금 들었네."

가메이가 입을 열었다.

—난 이시카와 형사와 현장에 다녀왔어.

"히비스커스꽃에 파묻힌 채로 죽었다고?"

—그래. 꽃향기 때문에 숨이 막힐 것 같더군.

"정말 그 두 사람은 스스로 죽음을 택했을까?"

—현재로서는 뭐라고 말할 수 없는 상황이야. 이시카와가 아직 현장에 있으니 조만간 밝혀지겠지.

"노미야마와 그의 제자들은 뭐라던가?"

—그걸 물어보려고 기타카라스야마에 있는 그들의 집결지에 가 봤네. 그런데 이미 다 사라지고 없더군. 노미야마와 제자들 모두 연기처럼 사라져 버렸어.

"어디 갔는지는 모르나?"

—동네 사람들을 수소문해 봤지만 아무도 모른다고 해. 그들은 이웃과 전혀 소통하지 않았던 것 같아.

"홋카이도로 오겠는걸."

—그러고 보니 홋카이도의 하나님의 왕국인가 뭔가 하는 곳은 좀 어떻던가?

"폐촌이기는 해도 거의 10만 평의 땅을 노미야마가 사들였더군. 이미 하나님의 왕국에 살고 싶다는 사람이 30명 넘게 폐촌에 모여

들었어."

―노미야마 일당도 그곳에 갔을 거야.

"이미 고바야시 마사히코가 오늘 안에 지도자가 온다고 참가자들에게 설명했어."

―그럼 틀림없군.

"도쓰가와 경부님을 찾으려면 인원이 더 필요해. 누가 좀 와 줄 수 없겠나?"

―오스기 형사에게 연락해 보지. 그는 지금 아베 히로시를 만나고 있으니 뭔가 알아냈을지도 몰라.

전화를 끊고 가메이는 시계에 눈을 돌렸다.

벌써 5시에 가까워졌다.

노미야마가 도쿄를 떠났다면 지금쯤 이곳에 도착했을까.

도경의 아라키 형사가 저녁을 가져다주었다.

"식사를 마치면 다시 한번 폐촌에 가 보고 싶습니다."

가메이가 청하자 아라키는 고개를 끄덕였다.

"네. 저도 다시 가 보고 싶던 참입니다."

두 형사가 차를 타고 폐촌을 찾은 건 저녁 7시가 조금 넘은 시간이었다.

어느새 마을 입구에 임시 문이 생겼고 그 앞에 고바야시가 경비원처럼 서 있었다.

가메이와 아라키가 차에서 내려 다가가자 고바야시가 날카롭게 두 사람을 쏘아봤다.

"노미야마는 아직 도착하지 않았나?"

가메이가 묻자 고바야시가 대답했다.

"아버지께서는 지금 모든 이들과 대화 중이시니 잠깐만 기다려 주시죠."

그 말을 증명하듯 멀리서 모닥불이 타는 모습과 사람들의 떠드는 소리가 들렸다.

12

"나는 너희를 환영한다."

노미야마는 모인 사람들을 향해 말을 건넸다.

사람들은 기대와 불안이 뒤섞인 눈빛으로 가만히 노미야마를 바라보고 있었다.

노미야마는 미소 지으며 사람들의 얼굴을 하나하나 둘러봤다.

"너희는 뭔가를 찾아서 이곳에 왔겠지. 나는 과거에 너희에게 무슨 일이 있었는지 알고 싶지 않고, 알 필요도 없다고 생각한다. 너희 중에는 전과자가 있을지도 모르지만 그 역시 상관없다. 실제로 죄지은 사람이 이곳에 있더라도 그것을 비난할 생각도 없다. 여기는 과거가 필요 없는 곳이다.

저기 한쪽 다리가 없는 청년이 보이는군. 그래, 자네. 작금의 능력주의 사회에서 자네는 얼마나 살기 힘들었을까. 그곳에서의 동정은 연민에 불과하니 말이다. 하지만 이 하나님의 왕국에서는 다르다. 이곳에서는 모두가 완벽하게 평등하다. 평등을 해치는 것, 예컨대 화폐 따위는 이곳에 없다. 필요한 게 있으면 신청하면 지급받는다. 더 많이 일한 사람이 더 많이 가져가는 것은 이곳에서 용납되지 않는다. 왜냐하면 이곳은 하나님의 왕국이고, 일하는 건 하나님에 대한 봉사를 의미하기 때문이다. 또 이곳에서 너희는 세상의 온갖 속박과 굴레에서 벗어날 수 있다. 부모 형제, 윗사람과 아랫사람, 더 나아가 일본인끼리의 관계 같은 게 이 안에서는 어떤 의미도 없다. 너희는 그런 심리적 속박에서 해방될 것이고, 고로 완전한 자유를 얻을 수 있다. 너희의 마음이 섬세할수록 의리, 인류 같은 낡은 속박을 견디기 힘들었을 것이다. 그런 것들로부터 너희는 해방됐다.

즉, 이곳에서 너희는 물질적, 정신적으로 완벽하게 자유로울 수 있다. 이곳은 하나님의 왕국이다. 너희는 이곳에서 하나님의 말씀에만 순종하면 된다. 단, 하나님의 말씀에는 절대복종해야 한다. 왜냐하면 하나님이 실수를 범하는 일은 결코 있을 수 없기 때문이다."

노미야마는 한 명 한 명의 얼굴을 찬찬히 보며 이야기했다. 달변이라기보다 단어 하나, 문장 하나를 음미하듯 말하고 있다.

모인 사람들은 말없이 노미야마의 이야기를 듣고 있다. 감동해서 푹 빠져 듣는 건지, 당황해서 할 말을 잃은 건지 긴장한 표정만으로는 알 수 없다.

그때 한 소년이 조심스레 손을 들었다.

"어떡하면 하나님의 말씀을 들을 수 있을까요?"

"오오, 넌 몇 살이냐?"

노미야마는 스웨터 차림의 소년에게 물었다.

"열두 살입니다."

그러자 노미야마는 "넌 아주 훌륭하면서도 순수한 질문을 했다" 하고 칭찬을 아끼지 않았다.

"가장 중요한 질문임에도 어른들은 주저하는 질문이지. 그러면서 아는 척을 하지만 실상은 하나도 모르는 자들이다. 교회의 높으신 사람들도 무조건 성경을 읽으라고 한다. 그 안에 답이 있다고 단언하지만 그러면서도 성경 속 말씀을 얼마든지 다른 의미로도 해석할 수 있다고 한다. 그것은 자신에게 확신이 없어 다른 쪽으로 책임을 전가하는 행위이다. 나는 그렇게 하지 않는다. 이곳에서는 내 말이 곧 하나님의 음성이다. 내가 어떻게 하나님의 계시를 받았는지에 대해 지금 이 자리에서 구구절절 설명할 생각은 없다. 다만 어느 날 밤 갑자기 온몸이 마비되는 듯한 전율과 함께 나는 하나님의 음성을 들었다. 열두 제자와 너 자신을 희생해 광야에 하나님의 왕국을 세우라는 신의 음성이었다. 이것은 나에게 예수 그리스도처럼 행동하라는 뜻이다. 혹자는 나의 광기가 일으킨 환상이라며 나를 비웃기도 한다. 하지만 예수 그리스도도 오래전 그 당시에는 미치광이 취급을 받았다. 그러나 지금 누가, 감히 그를 미치광이라 하는가?"

노미야마가 말을 끊고 잠자코 사람들의 얼굴을 응시했다.

강렬한 눈빛에 누군가는 눈을 돌렸고, 어떤 소년은 두 볼을 붉히며 노미야마를 뚫어져라 봤다.

노미야마는 검지를 들어 하늘을 가리켰다.

"나는 하나님의 계시에 따랐다. 열두 명의 젊은이들이 내게 모여들어 하나님의 왕국을 만들기 위해 하나둘 자신을 희생했다. 내가 그들에게 강요한 것이 아니다. 그들 스스로 결정해서 자신을 희생한 것이다. 그리고 지금 실제로 이 광야에는 하나님의 왕국이 만들어지고 있다. 나는 하나님의 계시의 정확성에 놀라움을 금치 못하고 있다. 심지어 열두 청년들 중 한 명은 제 목숨이 아까워 우리를 배신해 경찰에 달려갔다. 2천 년 전 예수 그리스도를 배신한 유다처럼, 우리 안에서도 현대판 유다가 탄생한 것이다. 이러니 어찌 놀라지 않을 수 있겠느냐. 너희가 나를 믿느냐 믿지 않느냐는 전적으로 너희 자신의 문제다. 만약 믿지 못하겠거든 속히 이곳을 떠나 속세에 찌든 세상으로 돌아가라. 하나님의 왕국은 그런 자들에게 합당하지 않다. 만약 이곳에서 살고 싶다면 하나님의 계시를 받았다는 나의 말을 믿으라. 자, 믿는 자는 손을 들어 보거라."

순간 사람들 사이에서 한 명이 손을 번쩍 들어 올리고 고함쳤다.

"저는 당신을 믿습니다!"

사람들 사이에 섞여 있던 고바야시 마사히코였다.

고바야시 주변에 있던 몇 사람도 덩달아 이끌리듯 손을 들었다.

"고맙구나. 정말 고맙구나."

노미야마는 눈시울을 붉혔다.

연기가 아니라 실제 그의 눈에서 눈물이 흘러나와 반짝반짝 빛났다.

감동의 물결이 사람들을 에워쌌다. 스스로 연출한 감동에 노미야마는 도취한 듯했다.

"고맙다."

노미야마는 사람들을 바라보며 눈물을 흘리며 반복적으로 감사를 표했다.

"나를 아버지라고 불러 주겠느냐."

"아버지!"

고바야시가 외쳤다.

그러자 사람들도 그에 맞춰 "아버지!"라 외쳤다. 고바야시가 기회를 놓치지 않고 또다시 "아버지!"라고 반복했다.

그동안 수줍은 듯이 입을 다물고 있던 여자도 분위기에 휩쓸린 것처럼 "아버지!"라고 외쳤다. 크게 뜬 두 눈에서 눈물이 흘러넘쳤다.

"나는 너희에게 약속한다."

노미야마는 사람들을 향해 손을 내밀며 말했다.

"백성들이 그를 배반했어도 예수 그리스도는 백성을 배반하지 않았다. 나는 지금 너희에게 같은 것을 약속한다. 너희가 날 버릴지라도 나는 너희를 버리지 않을 것이다."

"아버지!"

사람들이 일제히 외쳤다. 얼굴이 점점 붉어지는 게 훤히 보인다.

"너희도 약속해 줬으면 한다."

"아버지! 우리는 기꺼이 약속합니다!"

고바야시가 큰 소리로 외쳤다.

"아버지!"

다른 사람들도 외쳤다. 마치 외치면 자신이 구원받으리라 믿는 듯한 외침이었다. 노미야마는 감동한 것처럼 다시 눈을 질끈 감았다.

"나는 너희가 나를 믿고 따라오겠노라고 약속해 주기를 바란다. 약속할 수 있겠느냐?"

"아버지! 우리는 기꺼이 약속합니다!"

"내가 하나님의 계시를 받았다고 믿느냐? 내 말이 곧 하나님의 말씀이라고 믿느냐?"

"아버지! 우리는 믿습니다!"

"뒤를 돌아보아라."

문득 노미야마가 심각한 표정으로 뒤를 가리켰다.

사람들이 일제히 돌아섰다.

"저기 있는 자들은 악마의 사도들인 형사들이다. 저들은 신을 믿지 않고, 나를 믿지 않고, 이 하나님의 왕국을 파괴하려 하고 있다. 저들을 그대로 둬도 되겠느냐?"

"쫓아내자!"

누가 외쳤는지는 알 수 없었다.

사람들이 한꺼번에 형사들 쪽으로 다가왔다.

모두의 표정이 잔뜩 굳어 있다.

"안 되겠다. 철수하세!"

얼굴이 창백해진 가메이 형사가 뒤로 물러나며 외쳤다.

13

형사들이 돌아간 후 트럭이 건축 자재를 싣고 와 집회장 건설이 시작됐다.

모두가 자처해서 작업에 나섰다.

노미야마도 땀을 흘리며 자재를 나르고 못을 박았다.

누구도 강요하지 않았다. 남자들은 힘쓰는 일을 했고 여자들도 잔재목을 나르거나 뒷정리를 했다.

사람들의 머릿속에 하나님의 왕국의 모습이 뚜렷하게 그려진 것 같지는 않았다. 그러나 뭔지 알 수 없어도 그 안에 행복이 보장돼 있을 거라는 기대가 그들을 자발적으로 작업에 참여하게 하는 듯했다.

그동안 한 명, 또 한 명이 새로운 사람들이 하나님의 왕국에 들어왔다.

모든 참가자의 소지품이 한곳에 모였다. 노미야마의 지시였다.

반대하는 사람은 없었다. 그만큼 노미야마라는 사람의 말에 설득력을 느끼는 듯했다.

인해 전술 덕분에 어설프게나마 집회장이 만들어졌다.

바닥과 지붕이 먼저 완성됐다. 비바람에 노출돼 부서지기 일보 직전이었던 농가 열두 채도 복구돼 모인 이들이 하나둘 나뉘어 그 안에 들어갔다.

홋카이도 경찰 본부에서 온 가메이와 오스기는 도경의 아라키 형사와 함께 하나님의 왕국을 감시했지만, 그곳이 노미야마의 사유지인 이상 강제로 안에 들어갈 수는 없었다.

도쓰가와 경부의 행방 또한 여전히 묘연했다.

가메이와 오스기는 늦은 밤 몰래 하나님의 왕국에 잠입해 불 켜진 농가 열두 채를 전부 확인했지만 도쓰가와의 모습을 찾을 수는 없었다.

아무래도 도쓰가와는 다른 곳에 갇혀 있는 듯했다.

그곳은 노미야마가 10만 평의 폐촌을 매입할 때 함께 사들인 곳일 것이다. 홋카이도 어딘가의 산장 같은 장소로 추정됐다.

그러나 수사는 난항을 겪었다. 그곳을 반드시 노미야마의 명의로 사들였다고 단정할 수는 없기 때문이다.

실제로 문제의 폐촌을 제외하고 노미야마 명의로 구입된 땅이나 건물은 없었다.

홋카이도는 광활한 지역이다. 무턱대고 찾다가는 10년이 걸려도 도쓰가와를 찾지 못할 듯했다.

"자, 조건을 생각해 보세."

가메이는 홋카이도 지도를 보며 오스기에게 말했다.

"조건?"

"노미야마가 경부님을 감금한 장소를 사들였을 때의 조건 말이야. 그는 경부님을 감금하려고 급하게 그곳을 사들였을 거야."

"왜 그렇게 생각하나?"

"그러지 않았다면 자기 이름으로 샀겠지. 보다시피 그는 자기 과시욕이 강한 사람이니까."

"그렇군. 다른 조건은?"

"급하게 사들였다면 그 시기는 아마 경부님이 사라진 다음 날이나 그다음 날 정도가 되겠지. 즉, 5월 11일이나 12일 사이. 이것이 두 번째 조건일세. 다음은 장소인데, 폐촌에서 그리 멀지 않은 곳일 가능성이 크지 않겠나. 유사시에는 바로 달려가야 하니까."

"방금 떠올랐는데 그 폐촌, 그러니까 지금은 하나님의 왕국이라지만 아무튼 그곳에 식료품 같은 걸 실어 나르는 대형 트럭이 있었지."

"아, 그래. 기억나는군. 커다란 화물칸이 달린 트럭. 지금도 삿포로 인근에서 식료품이나 건축 자재들을 사서 하나님의 왕국으로 운반하고 있지 않을까?"

"그런데 트럭에 도쿄 번호판이 달려 있더군. 일부러 도쿄에서 차를 몰고 홋카이도까지 왔다는 말이 되는데, 단지 식료품 같은 걸 조달할 때 쓰려면 홋카이도에서 차를 사거나 빌려도 되지 않나?"

"그렇군. 그럼 그 트럭으로 경부님을 도쿄에서 여기로 데려왔을까."

"아마도. 그럼 번화가 같은 곳에서 경부님을 끌어내렸을 것 같지는 않아. 그렇다고 산속 깊은 오두막 같은 곳에 트럭이 들어갈 수 있는 것도 아니고."

"좋아. 일단 그것도 조건에 넣어 두세."

두 사람이 떠올린 조건은 도경 본부에 전달됐고 얼마 후 조건에 맞는 주택을 찾았다.

그런데도 수사는 좀처럼 진척되지 않았다.

최근 들어 다시 부동산 매입 붐의 조짐이 보여 홋카이도에서 토지, 주택 매매가 급증했기 때문이다.

5월 11, 12일경에 새로 등기부에 오른 주택은 지토세 주변에서 스물한 채나 있었다.

가메이와 오스기는 도경의 협조를 받아 한 집씩 찾아갔다.

그러나 찾는 주택은 나오지 않았다. 다섯 번째 별장 같은 건물에 다가설 때는 갑자기 총알이 날아들어 당황했는데, 기동대를 동원해 현장을 포위하니 현지 폭력 조직이 별장 안에서 필로폰을 제조하고 있었다.

그러는 동안에도 시간은 무자비하게 흘러 가메이를 비롯한 형사들을 괴롭혔다. 노미야마 일당이 무턱대고 현직 경찰을 죽이지는 않았을 것으로 예상하지만 상대는 자신을 현대판 예수 그리스도라고 믿는 자다. 무슨 짓을 할지 모른다는 불안감이 있었다.

열여섯 번째 집은 에니와와 가까운 곳에 있는 별장이었다.

별 기대 없이 그곳을 찾은 이유는 삿포로시와 가까웠기 때문이다.

지은 지 몇 년쯤 지난 것으로 보이는 산장 느낌의 가옥이었다.

구청의 등기부 등본을 보니 도쿄에 사는 다치바나 겐이치로라는 남성이 5월 12일에 이 별장을 구입했다.

폭 8미터의 포장도로가 별장까지 이어져 대형 트럭을 세워 둘 조건을 갖추고 있었다.

가메이 일행이 차를 타고 가 보니 대문은 닫혀 있고 안에서 인기척은 느껴지지 않았다.

가메이는 오스기와 상의 후 도경 형사의 협조를 받아 문을 따고 별장 안에 들어갔다. 도쓰가와 경부의 목숨과 관련된 일이다. 나중에 문제시되면 자신이 경찰 일을 그만두면 된다며 가메이는 각오를 다졌다.

안에는 사람이 없었고 시신도 보이지 않았지만 빵 조각, 음료수, 맥주병 등이 흩어져 있어 최근까지 사람이 있었다는 걸 알 수 있었다. 그러나 그가 도쓰가와 경부인지는 불분명했다.

말없이 집 안을 살피던 가메이는 불현듯 "이것 좀 봐!" 하고 오스기를 불렀다.

한쪽 구석 바닥에 'S.TO'라는 글자가 비뚤배뚤하게 새겨져 있었다. 새긴 지 얼마 안 된 것으로 보였다.

가메이는 눈빛을 번득였다.

"경부님의 이름이 도쓰가와 쇼조야."

"S.TOTSUGAWA라고 새기다가 도중에 어디론가 끌려갔을까?"

"어디일까?"

"아마 하나님의 왕국 아니겠나."

가메이가 말했다.

8

지옥의 낙원

1

안대가 걷혔을 때 도쓰가와는 자신이 지금 어디 있는지 잠시 분간할 수 없었다.

쏟아지는 불빛이 너무 눈부신 탓에 주변이 보이지 않았다.

눈을 몇 번 깜빡이면서 빛에 익숙해지자 주위에서 자신을 보고 있는 수십 명의 사람이 시야에 들어왔다.

나무 바닥에 의자가 놓였고 수갑이 채워진 채 그 의자에 앉아 있었다.

널찍한 공간이었다.

수십 명의 남녀가 바닥에 앉거나 서서 도쓰가와를 바라보고 있었다.

"어서 오십시오. 도쓰가와 경부님."

옆에서 들리는 목소리에 도쓰가와는 앉은 채로 목소리의 주인

공에게 눈길을 향했다.

새하얀 로브를 입은 노미야마가 그곳에 있었다.

"자네인가."

도쓰가와는 구역질을 참으며 그를 봤다. 연일 정체불명의 주사를 맞아 때때로 환각 증상에 시달렸다. 지금은 환각이 사라졌지만 메스꺼움이 심했다.

"날 납치했으니 자네들은 곧 납치죄로 체포될 거야."

도쓰가와가 그렇게 말하자 노미야마는 날카롭게 도쓰가와를 쏘아봤다.

"당신이야말로 지금부터 이곳에서 심판을 받게 될 거다."

"심판?"

"그래. 이곳은 하나님의 왕국이다. 당신은 그곳을 모독하고 파괴하려 한 죄로 심판받게 될 거야."

"어처구니가 없군. 누가 누굴 심판한다는 거지?"

"나다. 하나님의 계시를 받은 내가 당신을 심판한다."

"누가 그런 말을 믿나? 자네가 하나님의 계시를 받았느니 하는 헛소리를."

"지금 이 집회장에는 50명이 넘는 사람이 모여 있다. 이들이 바로 증인이다."

노미야마는 자신감 넘치는 목소리로 사람들을 향해 "자, 너희에게 묻겠노라"라고 했다.

"너희는 내가 하나님의 계시를 받았다고 믿느냐?"

"아버지! 우리는 믿습니다!"

사람들이 일제히 외쳤다.

도쓰가와의 얼굴에서 핏기가 가셨다. 이미 이성이 통하지 않는 분위기라는 걸 느꼈기 때문이다.

노미야마의 입가에 미소가 번졌다.

"보아라! 이 남자를."

노미야마는 크게 소리치며 도쓰가와를 가리켰다.

"이 남자는 범죄자다. 유다가 이 남자에게 우리를 팔아넘겼다. 이 남자는 하나님의 왕국을 파괴하고자 부하들을 보냈다. 어떻게 이런 자에게 죄가 없다고 할 수 있겠느냐? 너희에게 먼저 묻겠다. 이 남자는 신에게 죄를 범했는가, 범하지 않았는가?"

"범했습니다!"

사람들의 목소리가 한꺼번에 울려 퍼졌다.

노미야마는 만족스러운 얼굴로 그들을 향해 고개를 끄덕이고 도쓰가와를 돌아봤다.

"유감이지만 당신은 유죄다."

"날 죽이려고?"

"살인은 하지 않는다. 이곳은 하나님의 왕국이니까. 신성한 왕국을 당신 같은 권력의 하수인의 피로 더럽히고 싶지 않다."

"듣던 중 고마운 얘기로군."

"당신에게 명예로운 죽음을 선택하게 해 주지. 내 제자들은 자신을 희생해 하나님의 왕국을 세우고자 했다. 어떤가? 당신도 회개하고 그들을 뒤따르지 않겠나?"

"안타깝게도 난 자살을 싫어해서."

"신의 자비를 거부하는 건가? 내 충고에 따라 그 길을 택하면 당신도 하나님의 왕국을 세우는 것에 기여한 셈이 되는데."

"멋들어진 무덤이라도 만들어 주나?"

"이미 내 제자 열두 명 중 절반인 여섯 명이 목숨을 바쳤다. 그들의 이름은 이곳 집회장 벽에 새겨져 앞으로 영원히 남을 것이다. 거기에 당신 이름도 덧붙여 주지."

"사양할게."

"하나님의 심판을 거부하겠다면 어쩔 수 없지. 그럼 저들에게 당신의 처분을 맡기겠다."

노미야마는 옆에서 두 사람의 대화를 가만히 지켜보는 50여 명의 남녀에게 눈을 돌렸다.

"이 남자를 어떡하면 좋겠느냐?"

잠시 침묵이 흐르고 나서 누군가가 외쳤다.

"눈에는 눈!"

일제히 박수가 터졌다.

"이에는 이!"

이번에는 새된 여자 목소리가 도쓰가와의 귓전을 때렸다.

모든 사람이 비정상적으로 흥분 상태다.

노미야마는 자신을 예수 그리스도로 비유했다. 그러나 지금 그의 선동으로 도쓰가와를 처형하려는 사람들은 2천 년 전 예수 그리스도를 십자가에 못 박은 군중들과 마찬가지 아닌가.

어디선가 돌맹이가 날아와 도쓰가와의 이마에 부딪혔다.

열두세 살 정도로 보이는 소년이 조약돌을 들고 도쓰가와를 노려보고 있었다.

도쓰가와는 수갑 찬 두 손으로 이마를 누르고 아이를 바라봤다. 이마를 타고 흐르는 따스한 피가 느껴졌다.

아이는 더없이 진지한 눈빛으로 도쓰가와를 노려보고 있다. 이 소년의 눈에 지금 자신은 악마로 보이는 걸까.

"아이를 말려들게 하지 마라!"

도쓰가와가 소리쳤다.

그러나 그 말은 사람들을 제지하기보다 오히려 그들의 흥분을 고조시켰다.

소년이 또다시 돌을 던졌다. 이번에는 도쓰가와의 이마에 명중하지 않았지만 요란한 소리와 함께 바닥에 떨어졌고, 마치 그것이 방아쇠가 된 것처럼 사람들이 "이 녀석을 밖으로 끌어내자!" 하고 도쓰가와에게 손을 뻗었다.

"그만!"

도쓰가와는 절박하게 외쳤다.

얼마 안 돼 의자에서 끌려 내려왔다. 누군가가 뒤에서 도쓰가와를 발로 걸어찼다. 머리를 얻어맞고 두 팔을 붙들린 채 도쓰가와는 바닥을 질질 끌려갔다. 싸우기에는 상대가 너무 많고 무엇보다 이들의 정신 상태가 정상이 아닌 것이 두려웠다. 사소한 계기, 그걸 넘어 아주 작은 비명조차도 이들을 자극할 것 같았다.

'정말 날 죽이려는 걸까.'

도쓰가와가 그렇게 생각하는 순간 갑자기 총소리가 주변 공기를 찢어 놓았다.

2

도쓰가와의 눈앞에 권총을 든 두 남자가 보였다.

'가메이?'

"경부님!"

남자가 그렇게 외치며 달려왔다. 역시 가메이 형사였다.

가메이가 도쓰가와를 부축했다.

"괜찮으십니까?"

가메이가 도쓰가와의 얼굴을 들여다보며 물었다.

오스기 형사도 다가왔다.

"도경 경찰들이 지금 이곳을 포위하고 있습니다. 납치와 감금죄로 저들을 체포할 겁니다."

"잠깐만."

도쓰가와가 오스기를 향해 손을 들었다.

"왜 그러십니까?"

"저들과 대화하고 싶네."

"대화가 통할 상대가 아닙니다."

가메이가 단호히 말했다.

"모두 체포해서 유치장에 가둬 놓고 정신이 번쩍 들게 하는 편이 좋습니다."

"그건 완전한 해결책이 될 수 없네. 문제를 더 키울 뿐. 저들을 체포해도 노미야마는 그걸 빛나는 수난의 한 페이지로 바꿔 쓸 거야."

"그럼 어떡해야 좋을까요?"

"그러니 대화해 보려는 거세. 자네들도 내 옆에서 들어보게."

"알겠습니다."

"내가 감금돼 있는 동안 두 명이 더 죽었다고 했나?"

"다마강 보트 안에서 남녀가 히비스커스꽃에 파묻힌 채로 죽었습니다. 아베 히로시는 그것을 오키나와 땅을 사들인 주오 상사에 대한 항의이자 협박이라 했고요."

"알아낸 것들을 다 말해 주게."

"여기 메모해 왔습니다."

가메이가 수첩을 건넸다. 그곳에는 지금껏 사망한 노미야마 제자들의 이름도 적혀 있었다.

"이름은 아베에게 전해 들었습니다."

"이중 닛포 콘티넨털에서 일했던 사람이 있나?"

"닛포 화학 직원이었던 사람이 있었습니다."

"그럴 줄 알았네. 그러지 않았다면 타이중 화학의 나비 일도 알 수 없었을 테니."

"그는 내부 고발을 하려다가 좌절하고 노미야마 밑으로 들어갔다고 합니다. 비뚤어진 정의감이 모임 참여로 이어진 것 같습니다."

"보트에서 죽은 여자는 이토 미도리인가."

도쓰가와는 지난 노미야마 일당의 집결지에서 만난 깡마르고 신경질적인 느낌의 여자의 얼굴을 떠올렸다. 결국 그녀도 목숨을 잃었나.

"두 사람의 얼굴에는 미소가 없었습니다. 오히려 고통이 표정에 선명하게 남아 있었습니다."

"그렇겠지."

도쓰가와는 다시 한번 집회장을 둘러봤다.

폐촌에 모여든 사람들은 어느덧 조금 전의 광기를 잊고 겁에 질린 얼굴로 옹기종기 모여 있었다. 도쓰가와에게 돌을 던진 소년은 여전히 돌을 손에 들고 있지만 도쓰가와가 계속 쳐다보니 주춤주춤 뒷걸음질 치고 바닥에 돌을 떨어뜨렸다.

도쓰가와는 그들을 향해 "자네들도 잘 듣게"라고 선언하고 반대

쪽에 있는 노미야마에게 다가갔다.

노미야마 주변에는 아직 살아남은 다섯 제자들이 있었다.

그중에는 고바야시 마사히코가 있고, 도쓰가와를 감금했던 다치바나도 있었다.

"자네들의 이름이 궁금하군."

도쓰가와는 그들을 향해 입을 열었다.

"죽은 여섯 사람의 이름은 알고 있네. 고바야시 군과 다치바나 군의 이름도 알고 있고. 자네들이 유다라 부르는 아베 히로시까지. 다른 세 사람의 이름도 알고 싶어."

"내가 직접 소개하지. 나의 훌륭한 제자들을."

노미야마는 변함없이 차분한 목소리로 말했다.

"오른쪽부터 오노사와 이사무, 사에구사 기미코, 그리고 가장 어린 제자가 가타오카 도시코다."

가타오카 도시코는 기껏해야 열일곱, 여덟 살로밖에 보이지 않았다. 눈과 입가에 아직 앳된 기운이 남아 있다.

"이제야 자네들 모두의 이름을 알게 됐군."

도쓰가와가 웃으며 말하자 노미야마가 눈살을 찌푸렸다.

"그게 무슨 뜻이지?"

"내 눈에 드디어 한 사람 한 사람이 독립적인 인간으로 보이기 시작했다는 뜻이야. 그런데 당신은 방금 나의 훌륭한 제자들이라고 했지?"

"그래. 엄연한 사실이지. 하나님의 왕국을 위해 기꺼이 자신을 희생할 줄 아는 이들이다. 훌륭한 제자들 아닌가."

"그렇다고 죽여도 된다고 할 수 없지."

"뭐?"

노미야마가 눈을 부릅떴다.

"못 들었나? 자네가 예수 그리스도의 재림이든 뭐든 간에 살인은 살인이라고 하는 거야."

도쓰가와는 단호하게 말했다.

"그게 무슨 헛소리지? 내 제자들은 기꺼이 자신을 희생했다. 살인 같은 말은 비단 나뿐만 아니라 그들의 죽음에 대한 모독이다."

"뭐든 말하기 나름이라고 했지. 먼저 세상을 뜬 가네코 마코토, 다음으로 죽은 이시다 아키코 두 사람은 확실히 자살이 맞겠지. 하지만 이 둘도 자네가 그들의 섬세한 마음에 상처를 내고 의무감으로 속박해 자살로 몰고 간 거 아닌가? 자살만이 유일한 구원이라고 믿을 만큼 그들을 몰아붙인 거야. 그러니 두 사람의 죽은 얼굴에는 미소가 떠올라 있었고. 하지만 그 미소는 자네 말처럼 자기희생에 만족한다는 표현 따위가 아닐세. 마침내 고통에서 해방됐다는 의미의 미소였지. 그 점은 자네와 옆에 있는 제자들도 잘 알고 있을 터."

"뭐라고 하든 그들은 자신을 희생했다."

"그래. 그건 맞겠지. 하지만 다른 사건들은 달라. 자네는 잡지에 투고된 글을 보며 심리적으로 쉽게 몰아붙일 수 있는, 다시 말해 상처받기 쉬운 심성을 가졌고 과거에 자살 충동에 시달린 적이 있는 젊은이들을 불러 모았어. 하지만 앞의 그 두 사람처럼 잘 되지는 않았지. 당연한 일이야. 자네는 죽음의 가치에 대해 열심히 설파하면서도 두 가지 실수를 저질렀으니까. 하나는 젊은이들을 집단생활시킨 것. 외로울 때는 자살 충동에 시달리는 젊은이들이었을지 몰라도 다른 사람들과 집단생활을 하는 동안 그들은 삶의 기쁨을 느끼지 않았을까. 두 번째는 바로 자네의 왕성한 성욕."

도쓰가와는 가메이의 수첩을 펼치며 말했다.

"자네는 지금껏 숨겨 왔지만 학창시절에 이미 두 번이나 유부녀와 문제를 일으킨 적이 있더군. 헤어진 아내도 자네의 성욕이 비정상적으로 왕성했다고 증언했어. 자네 밑에 모인 젊은이 중에는 젊은 여자가 다섯 명이나 있지. 그것도 자네 명령이라면 절대복종하는 여자들이. 자네는 그 다섯 명 중 가장 매력적이었던 카자미 사에코와 관계를 맺었어. 그 후 그녀는 아이를 뱄고 자네는 서둘러 낙태를 시켰지. 현대의 예수 그리스도가 제자를 범해 아이를 임신시킨 게 밝혀지면 곤란하니까. 만약 이 스캔들이 들통나면 자네에게 엄청난 위기를 불러일으킬 터. 그래서 자네는 순서를 앞당겨서 카자미 사에코를 네 번째로 죽이기로 한 거야. 세 번째로 죽은 세키네 가즈오도 아마 자네와 카자미 사에코의 관계를 알아차렸으니 자네에게 죽임을 당하지 않았을까."

"말도 안 되는 소리. 세키네 가즈오와 카자미 사에코 모두 하나님의 왕국을 만들기 위해 자신을 희생한 거다."

"아니, 두 사람은 자네가 죽였어."

"증거가 있나? 세키네 군은 진구 야구장의 투수 마운드에서 분신했지. 죽임을 당할 거라는 걸 알면서도 그런 곳에 태연하게 가는 사람이 있다고? 당신은 보낼 수 있겠나?"

노미야마는 이해가 안 된다는 표정을 지었다.

"간단한 일이야."

도쓰가와는 단언했다.

"자네는 그날 자네가 직접 진구 구장 투수 마운드에서 자살할 거라고 세키네 가즈오에게 말했을 거야. 그러면서 내 죽음을 보러 오라고 했겠지. 아버지의 말씀이니 그는 그대로 따를 수밖에 없었어. 예수 그리스도처럼 자기희생을 하려는 자네에게 크게 감동하면서. 구장에서 자네는 휘발유를 손에 투수 마운드로 걸어갔고 그곳에서 작별의 의미로 세키네 가즈오에게 건배를 제안했을 거야. 하지만 자네가 건넨 음료에는 술이 아닌 청산가리가 들어 있었고, 그걸 마신 세키네는 순식간에 사망했어. 자네는 그 시신 위에 휘발유를 뿌리고 간단한 시한식 발화 장치를 설치한 후 그곳을 떠났겠지. 그것은 기름을 묻힌 끈일 수도 있고 양초 따위였을 수도. 아무튼 그런 종류의 발화 장치였어."

"그때 마운드 주변은 깨끗이 정비돼 있었고 오직 세키네 군의 발자국만 남아 있었다지. 투수 마운드로 향하는 그의 발자국이."

"그래, 그건 나도 아네. 자네는 그곳이 일종의 밀실 상태였다고 말하려는 거겠지? 하지만 말이야. 자네는 야구장에 비치된 톤보라는 갈퀴를 이용해 세키네 가즈오의 발자국만 남기고 나머지는 깔끔하게 지우고 도망친 게 분명해. 물론 톤보로 그라운드를 정비하는 건 아마추어에게는 쉽지 않은 일이야. 그런데 자네는 대학 시절 3년 동안 그 일을 아르바이트로 했다더군. 가와카미 히로부미라는 친구의 이름을 대신 빌려 아르바이트를 했으니 지금껏 그 사실이 밝혀지지 않았을 뿐. 이제야 그게 드러난 거지. 자, 다음은 카자미 사에코 양 사건. 자네는 그녀의 입을 틀어막기 위해 '스페이스 79'라는 조립식 건물에 그녀를 불러서 불태워 죽였어."

3

집회장 전체에 무거운 분위기가 감돌았다. 모두 입을 굳게 다문 채 노미야마와 도쓰가와를 바라보고 있다.

뭔가를 찾아 하나님의 왕국에 온 사람들이 그저 멍하니 두 사람을 지켜보고 있었다.

고바야시와 가타오카 도시코는 침울한 얼굴로 존경하는 아버지가 어떻게 반격할지를 숨죽여 지켜봤다.

갑자기 노미야마가 껄껄 웃음을 터뜨렸다.

"카자미 사에코는 닛포 콘티넨털에 항의하려고 그 조립식 건물 안에서 분신하지 않았나? 어디까지나 스스로 목숨을 끊은 거고 심지어 그곳은 완벽한 밀실이었다. 그녀는 다른 사람에게 폐를 끼칠까 봐 안에서 문을 잠근 채 밀실 상태에서 불타 죽은 거야. 내가 그렇게 시킨 게 아니다. 그녀 스스로 다른 사람이 의심받을까 봐 현장을 밀실로 만든 것이지. 그런데도 당신은 지금 내가 그녀를 죽였다고 주장하는 건가?"

사람들의 시선이 도쓰가와에게 집중됐다.

그들의 눈빛 속에 호기심 외에도 강렬한 증오가 담긴 것을 도쓰가와는 체감했다.

문득 고바야시, 가타오카 도시코, 다치바나의 눈에 자신이 어떻게 보일까 하는 의문이 들었다.

노미야마라는 자신들의 우상을 몰락시키려는 야만적인 인간으로 보일까. 그렇다면 도쓰가와는 그들이 아버지라 부르는 노미야마를 살인자의 지위까지 끌어내려야 한다. 그러지 못하면 노미야마의 우상성은 더 견고해질 것이다.

그런 상황이 펼쳐졌을 때의 공포를 떠올렸다. 노미야마는 지금 당장 도쓰가와를 죽이라고 명령할지 모른다. 꼭 죽이지는 않더라도 쫓아내라는 정도의 지시는 내릴 것이다. 광기가 집회장을 지배하는 순간 형사들의 권총 같은 건 아무 소용이 없다.

도쓰가와는 조용히 헛기침을 했다.

"그래. 자네가 그녀를 죽였네."

그렇게 말하고 노미야마를 똑바로 쳐다봤다.

노미야마는 "내 설명을 못 들었나 보군"이라고 했다.

"다시 한번 말하지만, 그 여자가 죽은 조립식 주택은 완전한 밀실이었어. 그래서 당시 출동한 소방대원들도 창문 유리를 깨고 안에 물을 뿌려야 했지. 모두가 아는 주지의 사실이고 그건 경찰도 마찬가지일 터. 그런데도 당신은 끝까지 내가 그녀를 죽였다고 주장하는 건가?"

"그래. 자네가 죽였어."

"그럼 어떻게 내가 그 밀실에서 빠져나올 수 있었는지 설명해 봐라."

"간단해. 당시 그 조립식 주택은 분양 광고를 내고 있었고 카탈로그가 돌아다녔으니 내부 구조가 어떻게 돼 있는지 자네들도 알고 있었겠지. 그걸 떠올리면서 내 설명을 들어보도록. 그날 그곳은 확실히 문과 창문 모두 자물쇠가 걸려 있었어. 그리고 창문에는 커튼이 내려와 있었고 그 커튼도 불에 탔지. 우선 어떻게 그 안에 들어가는지부터 생각해 보세. 전시장 관리인은 그때 그곳 문에 자물쇠를 채웠는지 확신하지 못했지만 뭐, 자물쇠는 채웠다고 봐야 할 거야. 그럼 범인은 어떻게 그걸 풀고 집 안에 들어갈 수 있었을까? 영화나 드라마 같은 데서는 철사를 구부려서 능숙하게 자물쇠를 푸는 장면 같은 게 종종 나오는데, 일반인이 그런 짓을 할 수 있었을 것 같지는 않아. 범인은 아마 더 간단하고 거친 방법을 썼을 거라고 생각하네. '스페이스 79' 문에 달린 자물쇠는 일반 주택에서도 쓰이는 실린더 자물쇠였어. 강철로 만들어져 언뜻 보기에는 튼튼하지만 그런 유의 자물쇠에는 맹점이 있지. 자물쇠 자체는 튼튼해도 드라이버 하나만 쓰면 자물쇠 전체를 문에서 떼어낼 수 있다는 점이야. 내가 아는 어떤 장인은 단 5분 만에 자물쇠를 문에서 떼어내더군. 물론 드라이버 하나로. 나도 흉내 내 봤는데 어설픈 내 실력으로도 가능할 정도였어. 그러니 범인은 아마 그런 방법으로 문을 열었을 게 분명해.

하지만 그날 분신 사건은 백주 대낮에 일어났지. 그런 밝은 곳에서 드라이버로 자물쇠를 떼어내거나 하면 누군가에게 들킬 염려가 있지 않겠나? 그러니 범인은 그 전날 밤에 그걸 미리 해 놨을 거야. 드라이버로 자물쇠를 분리해 잠기지 않은 상태로 만든 후에 다시 문에 달아 놓았겠지. 그렇게 해놓고 범인은 사건 당일 '스페이스 79' 안으로 들어갔어. 그럼 그곳에서 다시 나갈 때는 어떻게 나갔을까? 문을 열고 나갔을까? 아니. 시신 발견 당시 그곳의 문은 잠겨 있었네. 열쇠 없이 그런 상황을 만들려면 다시 한번 자물쇠를 문에서 떼어내 밖으로 나간 후 잠긴 상태로 자물쇠를 다시 달아야 해. 이건 제거하는 것보다 훨씬 어렵고 발각될 위험도 크지. 애초에 그날 집 안에는 체인도 걸려 있었으니 범인은 문을 통해서 나간 게 아니야. 범인은 그날 집 안에서 문을 잠갔네. 문제는 바로 창문 자물쇠. 알루미늄 섀시의 창문 자물쇠는 스프링식이더군. 위에서 아래로 내리다가 수평 아래로 내려가면 이후에는 스프링의 힘으로 찰칵 잠기는 구조지. 그것 덕분에 범인은 현장을 밀실로 만들고 유유히 그곳을 빠져나갈 수 있었네. 범인은 우선 카자미 사에코를 그 조립식 주택으로 유인해서 독살했어. 세키네 가즈오 때처럼 범인은 아버지라는 이름으로 불리는 절대자이니 그녀에게 청산이든 음료 따위 마시게 하는 건 식은 죽 먹기였겠지."

거기까지 설명하고 도쓰가와는 문득 "아니" 하고 다시 자기 말을 부정했다.

"카자미 사에코는 범인의 아이를 임신한 후 아이를 다시 지웠어. 그러는 동안 두 사람의 관계는 자연스럽게 구세주와 제자 관계에서 남녀 관계가 됐겠지. 그럼 범인은 그녀에게 함께 죽자고 달콤하게 제안해서 독약을 먹였을 수도 있어. 아무튼 그렇게 범인은 카자미 사에코를 독살한 후 조립식 주택에 눕히고 자물쇠를 잠근 다음 준비해 온 휘발유를 뿌렸어. 다음으로 창문 자물쇠에 손을 댔지. 끈 같은 걸 써서 자물쇠의 위치를 수평보다 약간 아래에 고정해 두는 거야. 불에 잘 타는 끈이라면 어떤 끈이든 상관없었지. 그렇게 해 놓고 집 안에 불을 붙이고 커튼을 닫고 창문을 통해 밖에 나간 후 다시 힘차게 창문을 닫으면 그로써 밀실은 완성돼. 주택 내부가 불길에 휩싸이자마자 금세 화학섬유 커튼에 불이 옮겨붙었고 수백 도의 고온이 만들어졌어. 그럼 창문 자물쇠를 고정한 끈은 형체도 없이 타 버릴 거고 고정이 풀린 자물쇠는 스프링의 힘으로 내려와 자동으로 잠기게 돼. 그렇게 자네는 카자미 사에코를 순교자로 만들어 그녀의 입을 강제로 틀어막아 버린 거야."

4

집회장의 분위기가 더욱더 무거워졌다. 마치 묘지에라도 온 것 같다.

그때 제자 중 가장 어린 열여덟 살의 가타오카 도시코가 울음을 터뜨렸다. 다치바나, 오노사와, 그리고 또 다른 여제자 사에구사 기미코는 어두운 눈빛으로 노미야마를 바라봤다.

도시코의 울먹이는 소리만 들렸다.

잠시 후 노미야마는 얼굴을 일그러뜨리며 "바보 같군"이라고 말했다.

"바보 같은 소리. 난 그녀를 죽이지 않았다."

"밀실 트릭은 이미 무너졌네. 카자미 사에코는 자네 아이를 지웠고 아베 히로시는 그 사실에 절망해 트럭에 뛰어들어 자살을 기도했지. 자네는 현대판 예수 그리스도가 아닌, 단순한 살인자야."

도쓰가와는 단정적으로 말했다.

"저는 아버지를 믿습니다!"

그때 고바야시가 대뜸 큰 소리로 외쳤다. 떨리는 목소리가 집회장에 울려 퍼졌다.

"고바야시 군. 자네는 지금 속고 있는 거야."

도쓰가와는 그렇게 말하며 고바야시에게 고개를 돌렸다.

"그렇지 않습니다. 아버지는 오직 이 하나님의 왕국 건설만을 생각하고 계셨습니다. 그런 아버지가 살인자일 리 없습니다."

"자네도 카자미 사에코가 낙태한 아이가 노미야마의 아이라는 걸 알고 있지 않았나? 오직 그만이 여제자들을 자유롭게 다룰 위치에 있었으니까. 자, 이제는 눈을 뜨게. 자네 옆에 있는 남자는 예수 그리스도의 재림 따위가 아니야. 자신의 절대적 지위를 악용해 여제자를 범하고 아이가 생긴 걸 알게 되자 낙태시킨 후 입막음으로 죽여 버린 범죄자지. 이 하나님의 왕국 역시 종교적 사명감 같은 게 아닌 이 안에서 절대자로 군림하고 싶어서 만든 곳에 불과하다고. 자네는 이 모든 걸 이미 알고 있어."

"증거가 있습니까?"

"상황 증거는 충분해."

"그런 건 믿지 않습니다."

고바야시는 단호하게 말했다.

"그냥 안 믿겠다는 건 어린아이 투정이나 마찬가지 아닌가."

"아닙니다. 절대 아닙니다."

"뭐가 다르지?"

도쓰가와가 힘 있게 쏘아보자 고바야시는 눈을 부릅떴다.

"아버지는 늘 우리에게 약속하셨습니다. 절대로 너희들만 죽게 하지 않겠다. 예수 그리스도가 십자가에 매달린 것처럼 나도 너희를 따를 거라고 하셨습니다. 하나님의 왕국을 만들기 위해 제 한 몸을 희생하려는 분이 어떻게 그런 사적인 이유로 사람을 죽이겠습니까?"

"노미야마는 자네들에게 거짓말을 일삼고 있어. 자네들을 모두 희생시켜 하나님의 왕국을 세운 후에 자신은 십자가에 못 박히지 않고 왕국의 지도자로 군림할 계획이겠지. 그곳은 노예들의 피땀 위에 세워진 독재자의 왕국이야."

"그럴 리 없습니다."

"그럼 노미야마는 왜 다른 제자들처럼 자살을 기도하지 않지? 정말 그가 예수 그리스도의 재림이라면 제자들보다 먼저 스스로 십자가에 못 박히는 게 마땅하지 않나?"

"아버지."

고바야시가 노미야마 앞에 무릎을 꿇었다.

"저 형사들에게 아버지께서 살인범이 아닌 예수 그리스도의 재림이라는 걸 보여 주십시오."

"……."

노미야마는 말없이 생각에 잠겼다. 도쓰가와는 그런 노미야마를 바라봤다.

"아니, 자네는 죽지 않을 거야. 자네는 어느 누구보다 야심 차고 자기 욕망에 충실한 사람이니까."

"그럴 리 없어!"

그렇게 말한 사람은 노미야마가 아닌 고바야시였다.

고바야시가 노미야마를 돌아봤다.

"아버지. 간곡하게 부탁드립니다. 아버지께서 살인자 따위가 아닌 예수 그리스도의 재림이라는 걸 우리에게도 보여 주십시오. 그 후 예수 그리스도처럼 우리 앞에 다시 부활해 주십시오."

"저도 부탁드립니다."

사에구사 기미코도 노미야마 앞에 무릎을 꿇고 그를 바라봤다.

도쓰가와는 노미야마가 어떤 반응을 보일까 궁금해져 노미야마를 주목했다. 이 남자는 성인聖人은커녕 속세에 찌든 야심가다. 이 하나님의 왕국을 만든 이유도 사람들을 구원한다는 일념보다 이 안에서 자신이 독재자로 군림하기 위해서다.

그렇다면 노미야가 자살 같은 걸 할 리 없다.

"알았다."

노미야마는 서서히 고개를 끄덕였다.

"그렇게 해 주시는 겁니까?"

고바야시가 눈빛을 반짝였다.

노미야마는 자기 앞에서 무릎을 꿇은 제자들의 머리를 쓰다듬었다.

"그래. 나는 너희에게 약속했다. 지금도 약속을 전부 기억하고 있고, 약속을 어겨서 너희를 실망시킬 생각도 없다. 지금 이렇게 형사들에게 괴롭힘을 당하는 것도 나에게 주어진 시련 중 하나라고 생각한다. 저들이 나를 십자가에 매달고자 한다면 나는 기꺼이 십자가에 못 박힐 것이다. 나는 죽음을 두려워하지 않는다."

그러더니 그는 집회장에 있는 수십 명의 사람들을 향해서도 말했다.

"잘 들어라. 경찰은 내게 돌을 던지며 나를 위험인물로 간주하고 있다. 이는 2천 년 전 예수 그리스도가 당대 권력자들에 의해 위험인물로 지목된 것과 같다. 예수 그리스도는 스스로 십자가에 매달림으로써 그가 하나님의 아들이라는 걸 만천하에 보여 주었다. 나도 그를 따를 것이다. 오늘 밤 나는 이곳에 있는 제자들과 최후의 만찬을 즐기려고 한다. 그리고 내일 나는 십자가에 매달려 죽는다. 하지만 그것은 죽음이 아닌, 부활이다. 경찰들에게 마지막으로 한 가지 부탁하고 싶은데, 오늘 밤은 나와 다섯 제자들만 함께 있게 해 달라. 어차피 경찰도 나를 체포할 수 없을 것이다. 살인자라고 해도 증거가 없으니."

5

도쓰가와는 노미야마를 체포하기 위해 눈을 번득이는 부하들을 제지하고 일단 하나님의 왕국 밖으로 나갔다.

"왜 노미야마를 체포하지 않는 겁니까?"

가메이가 이를 악물고 도쓰가와에게 따졌다.

"그러고 싶어도 노미야마가 세키네 가즈오와 카자미 사에코를 죽였다는 증거가 없잖나."

"두 밀실의 수수께끼는 풀리지 않았습니까?"

"그건 그래. 하지만 밀실의 수수께끼가 풀림으로써 타살 가능성이 증명됐지만 그와 동시에 자살 가능성도 남았지. 타살을 증명한 게 아니니까. 카자미 사에코는 자기 손으로 문과 창문을 잠그고 분신했을 수도 있어."

"경부님!"

"나도 아네. 그건 살인이야. 그런데 증명할 수는 없네."

"경부님이 납치된 건 명백한 사실입니다. 납치죄로 저들을 체포합시다."

"날 납치한 건 고바야시와 다치바나야. 그 둘은 체포할 수 있겠지만 정작 노미야마는 몰랐다고 하면 체포할 수 없네."

"이대로 있다가는 노미야마가 도망칠지도 모릅니다. 제자들과 최후의 만찬을 하고 싶다고 그럴싸하게 둘러댔지만 어둠을 틈타 도망칠 게 분명합니다."

"아니, 도망치지 않을 거야. 그는 누구보다 자존심과 명예욕이 강한 인물이야. 만약 몰래 줄행랑을 친다면 그때는 지금까지 쌓아 올린 위상이 산산조각 나겠지. 신의 자리에서 삽시간에 비겁하디 비겁한 일개 인간으로 전락하고 마는 거야. 하나님의 왕국도 잃게 될 거고. 그가 그런 상황을 견딜 리 없어."

"그렇다고 노미야마가 정말 자살할 것 같지도 않습니다."

"예수 그리스도처럼 자신도 기꺼이 십자가에 못 박히겠다고 했지."

"궁지에 몰리자 마음에도 없는 말을 한 겁니다. 자신도 죽겠다고 하지 않으면 수습이 안 되겠다고 느꼈겠지요. 즉흥적으로 내뱉은 허세에 불과합니다. 지금쯤 어떻게 해야 할지 몰라 막막해하고 있지 않을까요?"

가메이는 냉소적으로 말했다.

"그는 똑똑한 인간이야. 궁지에 몰렸다고 해도 아무런 계산 없이 십자가에 매달려 죽겠다고 떠벌리지는 않았을걸."

"광기에 사로잡힌 게 아닐까요?"

"광기?"

"네. 노미야마는 자신을 예수 그리스도의 재림이라고 떠들고 있습니다. 거기에 열두 제자까지 모아 놓고 완전히 예수 그리스도를 흉내 내고 있죠."

"심지어 아베 히로시라는 유다도 있지."

"그리고 여러모로 엉망이기는 해도 하나님의 왕국이 거의 만들어지기도 했습니다. 노미야마는 점점 자신이 예수 그리스도의 재림이라고 진심으로 믿게 된 게 아닐까요. 다시 말해 광기에 사로잡힌 겁니다."

"그래서 한번 죽어도 어차피 예수 그리스도처럼 다시 부활할 수 있다고 스스로 믿고 있다는 말인가?"

"도망칠 계획도 없이 그런 망언을 한 걸 보면 광기로밖에 보이지 않습니다."

"광기라."

도쓰가와는 말없이 집회장 쪽으로 눈을 돌렸다.

하나님의 왕국에 모인 수십 명의 남녀들은 지금 집회장 밖 또는 풀밭에 앉아 집회장을 지켜보고 있다.

밤하늘에 커다란 달이 떠 있고 창백한 달빛 아래에서 사람들의 모습이 그림처럼 움직이지 않았다.

노미야마는 오늘 밤 집회장에서 다섯 제자들과 최후의 만찬을 즐기겠다고 했다. 그 모습을 보며 도쓰가와는 마치 연극 같다고 생각했다.

'가메이의 말처럼 정말로 광기가 노미야마의 머리를 지배해 버린 걸까.'

집회장 안은 조용했다.

도쓰가와는 손목시계를 확인했다. 그러나 언제부터인지 시계가 멈춰 있다. 대형 트럭을 타고 납치돼 오는 중에 멈춘 것 같았다.

"지금이 몇 시인가?"

도쓰가와가 가메이에게 물었다.

"밤 10시가 막 넘었습니다."

그런 대답이 들렸을 때 잠잠하던 집회장에서 네 사람이 나오는 모습이 보였다.

6

네 명 중에 고바야시가 있어서 도쓰가와는 다시 하나님의 왕국에 들어가 그를 불러 세웠다.

"집회장에서 무슨 짓을 하는 거지?"

"형사님과는 상관없는 일입니다."

고바야시는 굳은 얼굴로 말했다.

"아니, 상관있어. 노미야마는 스스로 십자가에 못 박히겠다고 했지. 만약 그게 자살을 뜻하는 거라면 우리는 그걸 막아야 해."

"이제 와서 그런 말씀을 하시는 게 이상하네요."

"무슨 말이지?"

"형사님은 아버지를 살인자로 단정 지었습니다. 그러니 아버지는 자신의 결백을 증명하기 위해 스스로 십자가에 못 박히겠다고 하신 겁니다. 지금은 또다시 그걸 막으려는 겁니까?"

"그래. 지금 집회장 안에서 노미야마는 뭘 하고 있지? 제자들은 총 다섯 명일 텐데 한 명은 아직 안에 남아 있나?"

"최후의 만찬은 끝났습니다. 지금은 아버지와 다치바나 씨가 조용히 대화 중입니다."

"왜 노미야마와 다치바나 둘이서만 대화하는 거지?"

"그는 가장 먼저 아버지의 제자로 들어온 사람이니까요. 만약 아버지가 십자가에 못 박히시면 부활 전까지 우리는 다치바나 씨의 지시를 따르게 될 겁니다. 그걸 고려해 아버지는 다치바나 씨에게 여러 가지로 가르침을 주시고 있습니다. 방해하지 마십시오."

"자네는 노미야마가 정말 부활할 거라고 믿나?"

"믿지 못할 이유가 없잖습니까. 저나 다른 네 사람도 아버지의 부활을 믿으니 아버지가 스스로 십자가에 못 박히시려는 걸 말리지 않고 담담하게 지켜보는 거죠. 이 하나님의 왕국에서 반드시 부활하실 것을 말입니다."

"노미야마와 다치바나 대화는 언제까지 계속되지?"

"내일 아침까지입니다."

"그때까지 노미야마는 죽지 않는 건가?"

"어차피 형사님들과는 상관없는 일입니다. 경찰들은 이 하나님의 왕국의 주민이 아니니까요."

"난 형사야."

"그래서 뭐 어쩌라는 거죠?"

고바야시는 감정 섞어 내뱉고 다른 세 사람을 따라 사라졌다.

도쓰가와는 잠시 망설이다가 무거운 문을 열고 집회장 안에 들어갔다.

고바야시는 아침까지 노미야마가 죽지 않을 거라고 했지만 역시 불안했다. 도쓰가와는 노미야마는 자살할 리 없다고 예상했고 반대로 가메이는 그가 광기에 사로잡혀 스스로 목숨을 끊을지도 모른다고 걱정했지만 어떻든 간에 자살은 막아야 했다.

넓은 집회장 한가운데에서 두 남자가 바닥에 주저앉아 있는 모습이 보였다.

노미야마와 다치바나였다.

두 사람 다 후드가 달린 로브를 입었다. 다치바나는 도쓰가와가 전에도 봤던 흰색 로브지만 노미야마는 금색이다. 이 하나님의 왕국에서는 지도자를 표시하기 위해 금색 로브를 두른 것으로 보였다.

두 사람은 바닥에 쪼그려 앉아 마주 보며 대화하고 있었는데 문득 노미야마가 고개를 들어 도쓰가와를 째려봤다.

"무슨 일이지?"

"난 형사다. 당신이 정말 자살을 할 거면 난 그걸 막아야 해. 그게 내 의무니까."

"고생이 많지만 어차피 밤이 깊어질 때까지는 아무것도 안 한다. 설마 이렇게 제자와 대화를 나누는 것조차 법에 저촉되는 건 아니겠지?"

노미야마는 냉소적인 눈빛을 보냈다. 물론 자살할지도 모른다는 추측만으로 잡담 중인 사람을 체포할 수는 없다.

도쓰가와가 대답을 머뭇거리자 노미야마는 그를 무시하고 크게 외쳤다.

"고바야시!"

고바야시가 집회장 안에 들어오자마자 험악한 눈빛으로 도쓰가와를 노려봤다.

그러나 노미야마는 고바야시를 향해 "아니, 그 형사는 그냥 내버려 둬라"라고 했다.

"그보다 난 이 왕국에서 앞으로 살게 될 이들에게 작별 인사를 하려고 한다. 지금부터 한 사람씩 이곳에 들어오라고 해라."

7

도쓰가와는 밖으로 나가 가메이와 나란히 서서 수십 명의 남녀가 한 사람씩 집회장으로 들어가는 모습을 지켜봤다.

고바야시는 한 사람씩이라고 했지만 젊은 남녀 커플은 함께 들어갔고, 어떤 어린아이는 엄마의 손을 잡고 들어가기도 했다.

집회장에서 나오는 모든 이들의 얼굴은 감격에 차 붉게 달아올라 있었다. 두 눈이 충혈된 채 눈물을 흘리는 소녀도 있었다.

노미야마는 아마 그들에게 자신이 곧 죽을 것임을 다시 한번 알렸을 것이다. 죽음이라는 건 그 자체만으로 사람들을 감동시키는 힘을 가지고 있다.

이별 의식은 두 시간이 걸려서야 끝났고 이후 고바야시가 노미야마와 다치바나에게 포도주를 가져다줬다.

"사람들과 대화하다 보니 목이 마르다고 하셨습니다."

고바야시가 도쓰가와에게 말했다.

도쓰가와는 가메이와 함께 시계를 확인했다. 새벽 1시. 동트기 전까지는 아직 시간이 있다.

고바야시는 12, 3분이 지난 뒤에 나왔다.

"안에 있는 두 사람은 아직 대화 중인가?"

도쓰가와가 물었다.

"동틀 때까지 대화하실 거라고 했잖습니까."

고바야시는 변함없이 단호하게 말했다.

고바야시를 포함한 제자들과 수십 명의 주민이 멀리서 집회장을 바라보고 있다. 마치 지금 당장 자신들의 눈앞에서 기적이 일어나기만을 기다리는 눈빛이었다.

"어떡할까요?"

가메이가 나직하게 물었다.

"이제 와서 뛰어들어도 소용없겠지. 노미야마와 다치바나가 정말로 그저 대화 중이라면 체포도 불가능하니."

"저들의 눈빛이 정말 섬뜩합니다. 마치 설레는 마음으로 노미야마가 죽기만을 기다리는 눈빛입니다."

"현대판 예수 그리스도가 십자가에 못 박히기를 기다리고 있으니까."

"다치바나가 나오면 들어가시겠습니까? 노미야마가 죽는다고 해도 어차피 혼자 남게 된 이후일 테니."

"그러세."

도쓰가와가 대답했을 때였다.

불현듯 눈앞이 확 밝아졌다.

뒤이어 "쾅!" 소리와 함께 창문 유리가 새빨갛게 물들었다.

불이었다.

도쓰가와는 반사적으로 집회장 계단을 뛰어올라 육중한 문에 손을 얹었다.

그러나 문을 열려고 할 때 "앗!" 하고 비명을 질렀다.

순식간에 불길이 치솟아 올랐기 때문이다. 내부는 이미 불바다였다.

안에 등유 같은 걸 뿌리고 불을 붙인 게 틀림없었다.

도쓰가와는 다시 계단을 내려가 망연자실하게 불길에 휩싸인 집회장을 지켜봤다.

이 광야 한가운데서는 소방차를 부를 수도 없다.

집회장 주변에 있는 사람들이 진화에 협조해 주면 좋겠지만 그
들 역시 꼼짝하지 않고 집회장을 그저 바라만 봤다. 불길에 반사된
누군가의 얼굴에는 황홀한 표정마저 떠올라 있었다.

나무를 쌓아 만든 집회장은 이제는 거대한 모닥불로 변했다.

엄청난 소리를 울리며 지붕이 불타고 있다.

불똥이 튀어 올랐다. 이제는 어찌할 도리가 없다. 강렬한 열기에
도쓰가와와 가메이는 무심코 대여섯 걸음 뒤로 물러섰다.

"드디어 해냈군요. 노미야마가."

가메이가 감정 없이 말했다.

"이게 자네가 말한 광기인가."

"다치바나라는 사람은 스스로 원해서 노미야마와 함께 죽은 걸
까요. 아니면 노미야마가 강제로 그를 데려간 걸까요."

"그건 시신을 봐야 알 수 있겠지."

도쓰가와가 힘없이 말했다. 어느새 그의 얼굴도 불빛에 반사돼
빨갛게 물들어 있었다.

8

불탄 흔적 속에서 검게 그을린 시신 두 구가 발견됐다.

어느 쪽이 노미야마인지 알 수 없을 정도로 불에 타 버렸다. 간

신히 구분할 수 있었던 건 불탄 옷의 일부가 한쪽은 금빛을 띠고 있었기 때문이다.

시신들은 부검을 위해 삿포로 시내의 대학병원으로 옮겨졌다.

고바야시를 비롯한 이들이 시신 반출에 반대했지만 도경 경찰이 힘으로 제압했다.

도쓰가와와 가메이는 부검이 이뤄지는 대학병원으로 갔다.

아직 동이 트지 않은 시간이었다.

부검 전 불탄 시신에 있는 시계와 예의 팔찌를 떼어낼 때 도쓰가와와 가메이가 옆에서 도왔다.

우선 금빛 로브 옷조각이 붙은 시신부터 시작했다.

옷을 떼어내려고 하니 살점이 함께 달라붙어서 떨어졌다.

두 시신은 키가 비슷하고 얼굴과 팔다리 모두 불에 타 이 금빛 옷 조각마저 없었다면 누가 노미야마인지 알 수 없었을 것이다.

다음으로 황동 팔찌를 벗겼다. 손수건으로 팔찌를 닦고 뒷면에 새겨진 글자를 읽었다.

우리는 씨앗을 뿌리는 자이니라.

"어라? 이상한데."

도쓰가와가 무심코 외친 건 바로 그때였다.

노미야마가 찬 팔찌는 전에 본 적이 있었다. 그의 팔찌에 새겨진 문구는 'I, N, R, I'라는 알파벳 네 개였다. 라틴어로 '나사렛 예수, 유대인의 왕'의 머리글자였다.

"저 시신의 팔찌도 가져와 보게."

도쓰가와가 지시했다.

가메이와 오스기가 시신에서 팔찌를 떼어 와 도쓰가와에게 건넸다.

그 팔찌 뒷면에는 'I, N, R, I' 글자가 또렷이 새겨져 있었다.

"이게 노미야마의 팔찌야."

"그럼 이 시신이 노미야마라는 말인가요?"

가메이가 의기소침한 얼굴로 두 시신을 번갈아 봤다.

"아니, 내가 봤을 때 노미야마는 금빛 로브를 입고 있었으니 이쪽이 노미야마가 맞아."

"그럼 두 사람이 서로 팔찌를 교환한 후에 불을 질러 분신했다는 말이 되겠네요."

"그렇겠군."

"그럼 제자인 다치바나도 노미야마와 함께 죽기를 결심했나 보군요."

"그럼 셈이 되겠지만……."

도쓰가와는 뭔가 걸리는 것을 느꼈다.

노미야마는 자신을 아버지라 칭하며 현대판 예수 그리스도를 자처한 인물이다. 그래서 팔찌에 'I, N, R, I'라는 글자를 새겨 넣었다.

또 그는 2천 년 전 예수 그리스도가 십자가에 못 박힌 것처럼 자신을 희생하겠다고 했다. 그런 그가 현대판 예수 그리스도에 가장 걸맞은 문구가 새겨진 팔찌를 과연 제자의 팔찌와 맞바꿀까.

부검이 시작된 뒤에도 도쓰가와의 의구심은 사라지지 않았다.

부검은 두 시간 만에 끝났다.

"사인은 두 사람 다 청산 중독입니다."

부검을 맡은 의사가 도쓰가와에게 말했다.

"타 죽은 게 아니라 청산 중독사라고요?"

도쓰가와는 진구 야구장과 조립식 주택에서 죽은 남녀를 떠올렸다.

그 일들은 노미야마가 범인이었다. 적어도 도쓰가와는 그렇게 확신했다. 다마강 보트에서 히비스커스꽃에 파묻혀 죽은 커플도 아마 노미야마의 손에 독살됐을 것이다.

도쓰가와는 가메이에게 전해 들은 정황으로 동반 자살 사건을 다음과 같이 추론했다.

젊은 남녀를 동반 자살로 위장해 죽이고 그것도 모자라 시신을 보트에 태워 히비스커스꽃으로 장식하는 건 보통 사람에게는 어렵다.

그러나 노미야마는 달랐다. 그는 집단 안에서 카리스마적인 존재였고 제자들은 노미야마에게 순종했다. 그런 상황에서라면 비교적 간단히 제자 두 명을 마음대로 죽일 수 있지 않을까.

예를 들어 이렇게 하면 된다.

노미야마는 희생양으로 삼을 두 젊은이를 조용히 불러 하나님의 왕국을 만들기 위해 너희가 희생해 줄 수 있겠냐고 묻는다. 두 사람이 대답하고 죽어 주면 그걸로 끝이다. 만약 그들이 죽음을 두려워한다면 이렇게 말한다.

그럼 예수 그리스도께서 제자들보다 먼저 십자가에 못 박힌 것처럼 다음 주일에 내가 직접 희생양이 되겠다. 너희 두 사람은 나의 최후를 지켜봐라.

두 사람이 거부할 수 있었을 리 없다. 이후 노미야마는 이렇게 덧붙였다. '나는 세간의 관심을 끌기 위해, 그리고 주오 상사에 항의하는 의미로 다마강에 띄운 보트 안에서 히비스커스꽃에 파묻혀 죽겠다'라고.

두 남녀는 마지못해 일요일에 히비스커스꽃을 따러 다마강 강변으로 나갔다.

노미야마는 그런 두 사람을 사람들의 발길이 닿지 않는 풀숲으로 데려갔다. 그리고 두 사람에게 보트를 빌려 오라고 했다.

두 사람은 빌린 보트를 풀숲으로 끌고 왔다.

거기서 노미야마는 두 사람에게 드디어 너희와 작별이니 최후의 만찬으로 술을 마시자며 가져온 포도주를 꺼내 든다. 포도주가 아닌 그냥 음료수였을 수도 있지만 어쨌든 그 안에는 청산가리가 들어 있었다.

두 사람에게 한 치의 의심도 없었는지는 알 수 없다. 설령 의심했다고 해도 그들에게는 아버지를 먼저 죽게 한다는 죄책감이 있었다. 그러니 망설이면서도 그것을 마셨을 것이다.

그렇게 두 사람은 죽었다.

노미야마는 두 시신을 보트에 싣고 그들이 가져온 히비스커스 꽃으로 시신을 장식한 후 보트를 강에 밀어 넣고 사라졌다.

남은 제자들에게는 두 사람이 하나님의 왕국을 만들기 위해 기꺼이 자신을 희생했다고 전했을 것이다.

이번 사례도 비슷하다.

그러나 이번에는 죽은 두 사람 가운데 한 명이 노미야마다.

혹시나 싶어 두 시신의 혈액형도 확인했다.

'I, N, R, I' 팔찌를 찬 시신은 B형.

다른 시신은 AB형으로 밝혀졌다.

노미야마의 혈액형은 AB형이었으니 역시 팔찌는 바뀐 것이 분명하다.

또 두 사람의 위장에서 상당한 양의 포도주가 검출됐다고 의사가 말했다.

고바야시가 포도주를 가져가는 모습을 도쓰가와가 목격했다.

그 안에 청산가리가 들어 있었을까. 아니면 노미야마가 불타 죽을 공포를 견디지 못해 미리 다치바나와 청산가리를 넣은 포도주를 마시고 불을 붙였을까.

만약 그렇다고 해도 팔찌가 뒤바뀐 건 역시 수수께끼다.

새벽이 되어 고바야시를 비롯한 네 제자가 두 사람의 시신을 인수하러 왔다.

"하나님의 왕국에서 아버지와 다치바나 씨를 위해 성대한 위령제를 열고자 합니다. 아버지는 당신을 희생함으로써 자신의 결백을 증명하셨으니 시신은 저희가 거둬 가도 되겠죠."

고바야시가 도쓰가와와 도경 형사들에게 말했다.

그러나 도쓰가와는 노미야마의 죽음으로 그의 결백이 증명됐다고 생각하지 않았다.

세키네 가즈오와 카자미 사에코를 죽인 사람은 노미야마가 분명하고, 보트에서 죽은 남녀도 노미야마가 죽인 게 틀림없다고 확신했다. 보트에서 죽은 남녀의 이름이 고이케 노부유키, 이토 미도리라는 것도 알고 있다.

그러나 시신에는 수갑을 채울 수 없다. 결국 시신은 고바야시 일당의 손에 넘어갔다.

두 시신이 반출된 후 도쓰가와를 비롯한 형사들은 일단 도경 본부로 돌아갔다.

도경 본부장 아키즈키가 형사들에게 위로의 말을 건넸다.

"이로써 사건이 어느 정도 마무리된 것 같군. 노미야마의 자살이라는 결말이 자네들에게는 아쉽겠지만 이제 자네를 납치, 감금한 혐의로 고바야시 마사히코를 체포하면 모든 게 끝일세. 그 일은 우리가 맡을 테니 자네와 다른 형사들도 이만 한숨 돌리게."

"감사합니다."

도쓰가와는 아키즈키에게 고개 숙여 인사하고 다시 입을 열었다.

"그런데 고바야시는 나중에 제가 직접 만나러 가고 싶습니다."

"도망칠 가능성은 없나?"

"괜찮을 겁니다."

"그를 잘 아나?"

"압니다. 도쿄에서 줄곧 쫓아다녔으니까요. 그는 자기 머릿속에 있는 의무감에 얽매이는 성격입니다. 병적일 정도로요. 그는 지금 자신이 아버지라 불렀던 노미야마의 위령제를 열고자 합니다. 그것이 자신의 의무라고 믿고 있습니다. 그러니 그 일을 무사히 마칠 때까지는 도망칠 수 없을 겁니다. 그런 사람입니다."

9

도쓰가와는 가메이와 오스기를 쉬게 하고 자신도 낮 시간까지 눈을 붙였다.

그 와중에 고바야시가 도망치지 않을까 걱정하지는 않았다.

도쓰가와의 머릿속에는 지금도 고바야시가 벌벌 떨면서 깡패들에게 당하는 중년 남자를 구하러 나서는 모습이 생생하게 남아 있다. 그것은 용기가 아닌 공포에 가까운 의무감 때문이었다고 지금도 확신했다.

여기서 도망치면 그에게 남은 건 자멸뿐이다. 의무를 저버렸다는 자책감을 견디지 못해서 자멸할 것이다.

도쓰가와가 눈을 떴을 때 먼저 일어나 있던 가메이가 점심을 가져다주었다.

"이쪽 방송국에서 어젯밤 사건을 쉴 새 없이 보도하고 있습니다. 저녁에도 크게 다룰 것 같네요."

가메이는 도쓰가와와 함께 도시락을 먹으며 보고했다.

"어떻게 다루고 있나?"

"중계차를 하나님의 왕국으로 보내 고바야시 일당을 인터뷰하고 있으니 주로 현대판 예수 그리스도가 스스로 십자가에 못 박혔다는 뉘앙스입니다. 뉴스를 보고 또 많은 이들이 그곳을 찾지 않을까 싶네요."

"도경에서는 고바야시 마사히코를 체포하지 않았겠지?"

"체포는 안 했지만 감시는 계속하고 있습니다. 참, 그리고 보니 닛포 콘티넨털에서 노미야마의 사망 소식을 듣고 하나님의 왕국 앞으로 거액의 조의금을 보냈다고 합니다."

"주오 상사는?"

"액수는 적어도 그쪽도 조만간 보내지 않을까요. 노미야마는 주오 상사도 위협했으니까요."

"위령제는 시작됐나?"

"해가 지면 시작할 거라고 하네요. 홋카이도의 모든 방송국에서 생중계를 할 것 같습니다."

"우리도 시간에 맞춰 가 보세."

"고바야시를 납치, 감금 혐의로 체포하실 겁니까?"

"아니, 난 그보다 다른 데 관심이 있어."

식사를 마친 도쓰가와가 담배에 불을 붙였다.

"뭐죠?"

"그 팔찌. 노미야마와 다치나바의 팔찌가 왜 바뀌었을까 하는 의문이 영 사라지지 않아서 말이야."

"그 일에 대해 오스기 형사는 두 사람이 동성애 관계였을지 모른다고 하더군요. 그러니 다치바나가 노미야마와 함께 죽었을 거라고요."

"동성애 말인가."

"물론 노미야마는 카자미 사에코를 임신시켰으니 그가 양성애자였을 수도 있습니다. 그런 부류의 사이비 종교 지도자들은 원래 도착적인 성벽이 있어서 노미야마도 그랬을 거라는 지적이 일정 부분 수긍은 갑니다."

"동성애자들끼리 팔찌를 교환하나?"

"동성애자 남성들이 팔찌 같은 걸 많이 찬다는 이야기는 저도 어디선가 들었던 것 같은데……."

"그러고 보면 예수 그리스도가 동성애자였다는 설도 있지. 종교인이라는 자들은 어느 정도 동성애적 성향이 있어야 신도들을 설득할 수 있는지도 모르겠어. 특히 남자 신도들."

"신앙도 결국 연애 감정과 비슷한 측면이 있지 않나요?"

가메이가 물었다.

"여신도들은 지도자에게 이성 간의 연애 감정을 느낀다. 남자 신도들은 지도자에게 동성애적 연애 감정을 느낀다. 그러니 지도자를 위해서 목숨을 바칠 수 있는지도 모르죠."

"즉, 존경심만으로는 지도자를 위해 죽지 못한다는 말인가."

"그런 것 같습니다. 어쨌든 죽음의 공포를 이기기 위해서는 맹목적인 감정이 필요할 테니까요."

가메이는 동성애 가능성에 집착하는 모습을 보였다.

노미야마, 다치바나가 죽기 전에 팔찌를 교환한 건 두 사람이 동성애 관계였기 때문이고 그러니 다치바나도 순교의 의미로 노미야마와 함께 불타 죽었을 거라고 했다.

'정말 그럴까?'

도쓰가와는 속으로 의문을 품었다.

다치바나의 심정이 아예 이해되지 않는 건 아니다. 그는 노미야마에게 굳건한 신뢰를 보냈다. 그것은 어쩌면 동성애에 가까운 감정이었을 수도 있다.

예수 그리스도처럼 자신을 희생하려는 노미야마와 함께 죽고 싶어 한 마음을 꼭 이해하지 못할 바도 아니다.

도쓰가와가 여전히 이해할 수 없는 건 노미야마의 마음과 행동이었다.

그는 자신을 현대의 예수 그리스도로 비유했다. 그렇다면 다치바나에게 자신의 부활을 믿고 기다리라고 해야 마땅하지 않을까.

또한 노미야마는 카자미 사에코를 자살로 위장해서 죽였다.

'물론 이번에는 많은 사람들 앞에서 자살을 공언했으니 다른 사람을 죽일 수 없었겠지만.'

도쓰가와는 그렇게 생각하다가 문득 가메이에게 고개를 돌리고 외쳤다.

"가메이, 가세."

10

두 사람은 도경에서 준비해 온 차에 올라탔다.

가메이가 운전대를 잡고 시동을 걸었다.

"드디어 고바야시를 납치, 감금 혐의로 체포하시는 겁니까?"

"그런 건 잊고 있었는데."

도쓰가와가 중얼거리자 가메이는 놀란 표정을 지었다.

"하지만 고바야시에게는 다른 혐의가 없습니다. 노미야마와 다치바나를 독살하고 불을 질렀다는 의혹이 있기는 하지만 동기나 증거가 없으니까요. 애초에 노미야마는 자살을 공언했고 다치바나도 그를 위해 자신을 희생했다면 고바야시의 죄는 기껏해야 자살방조죄 아닐까요?"

"전방을 잘 보게. 난 죽으면 천국에 간다는 말을 믿지 않으니."

"아니면 경부님은 고바야시가 노미야마 대신 자신이 직접 하나님 왕국의 지도자가 되려고 방해되는 인간들을 차례차례 죽였다고 보시는 겁니까? 분명 지금 그곳에 남은 사람은 고바야시를 제외하면 세 명뿐이고 그 안에서 고바야시는 리더급인 데다 나머지는 새로 모인 사람들뿐입니다."

"고바야시는 그런 야심가가 아니야. 자네도 알다시피 그는 소심하고 늘 의무감에 사로잡혀 있는 타입이지."

"그럼 왜 갑자기?"

"고바야시가 그런 인간이라 오히려 불안해졌다고 할까."

"무슨 말씀인지 잘 모르겠습니다만."

"어쨌든 가 보지 않으면 알 수 없어."

두 사람의 차가 하나님의 왕국에 도착했을 때는 이미 해가 저물어 홋카이도의 광활한 벌판에 어둠이 깔리고 있었다. 기온도 떨어지기 시작했다.

불탄 집회장의 잔해가 깨끗이 치워졌고 대신 설치된 커다란 텐트 앞에 사람들이 모여 있었다.

이곳저곳에 모닥불이 피워져 있다.

위령제를 중계하려고 온 방송국 차량들이 눈부신 조명을 그들을 향해 비췄다.

도경 순찰차도 세 대 보였다.

도쓰가와와 가메이가 차에서 내리자 먼저 와 있던 도경의 아라키 형사가 다가왔다.

"고바야시 마사히코가 아버지를 위해 기도하자고 해서 지금 다 함께 묵념 중입니다."

텐트에는 고바야시가 혼자 서 있고 다른 사람들은 앉아 있다. 모두 고개를 숙인 채로 침묵하고 있다.

사람들은 전보다 더 많아져 이제는 거의 백 명에 육박했다. 이들은 무엇을 찾아서 이곳에 모여들었을까. 현실이 불행하니 행복을 추구하며 이곳을 찾았을까. 아니면 현실이 너무 평화롭고 지루해서 자극이 필요했을까.

어쨌든 지금 이곳에 죽음이라는 이름의 긴장감이 깔려 있는 건 분명했다.

긴 묵념이 끝나고 고바야시는 방송국에서 마련해 준 것으로 보이는 마이크를 들고 군중을 향해 입을 열었다.

그의 연설은 노미야마처럼 유창하거나 매끄럽지 못했다. 시종일관 어색하고 목소리가 떨렸다. 그러나 두 사람의 죽음이라는 극적인 사건 이후 오히려 고바야시의 어눌한 말투가 사람들에게 호의적으로 다가가는 듯했다.

"우리는 아버지의 죽음을 두 눈으로 직접 보았습니다. 아버지는 현대의 예수 그리스도로서 스스로 죽음의 십자가에 매달리신 것입니다. 예수 그리스도는 당신이 하나님의 아들이라는 걸 증명하기 위해 십자가에 매달리셨다고 합니다. 또 마가복음에 따르면, 예수님은 최후의 만찬 때 제자들에게 빵을 떼어 주며 '받아먹으라, 이것은 내 몸이다'라고 말씀하셨고, 잔을 들어 제자들과 함께 마시며 '이것은 많은 이들을 위해 흘리는 내 언약의 피다'라고 말씀하셨습니다. 즉, 예수님은 이별의 순간부터 이미 부활을 예언하고, 약속하신 것입니다. 전 그것을 계약이라고 생각합니다. 지금 우리는 아버지를 잃었습니다. 그러나 그것은 부활이 약속된 이별입니다. 여러분은 이제 모두 아버지의 제자입니다. 우리는 그 옛날 예수님의 제자들이 그랬던 것처럼 함께 빵을 나눠 먹고 포도주를 마시며 가만히 아버지의 부활을 기다리면 됩니다."

고바야시는 중간에 말을 여러 번 끊으며 거기까지 말했다.

다른 세 제자가 미리 준비해 둔 빵과 컵에 부은 포도주를 사람들에게 나눠 주고 다녔다.

고바야시가 컵을 들어 올렸다.

"자, 여러분. 아버지의 부활을 기원하며."

그 순간 도쓰가와가 "그만!" 하고 소리치며 텐트 안에 뛰었다.

11

고바야시는 얼굴을 찡그리며 도쓰가와를 바라봤다.

"이 포도주에 독이라도 들었다고 보십니까?"

"그럴 가능성도 있겠지."

도쓰가와가 말했다.

"그전에 자네를 체포해야 해."

"형사님을 납치하고 감금했기 때문인가요?"

"아니. 자네가 살인을 저질렀기 때문에."

"살인? 또 그런 말씀을 하십니까?"

"또?"

"형사님은 아버지가 자살로 위장해 제자들을 죽였다고 억지를 부리셨습니다. 아버지는 그 때문에 결백을 증명하기 위해 자신을 희생하셨고요. 또 같은 일을 반복하실 겁니까?"

"노미야마는 자살한 게 아니야. 다치바나와 함께 자네가 죽였어."

"예? 제가 왜 아버지를 죽인다는 말입니까? 아버지는 예수 그리스도처럼 스스로 십자가에 못 박히셨습니다. 지금 형사님의 말은 저에 대한 모독일 뿐 아니라 아버지에 대한 모독입니다."

고바야시는 화난 얼굴로 도쓰가와를 바라봤다. 흥분했는지 얼굴에서 핏기가 사라졌다.

"이상한 연극 그만 집어 치우게."

도쓰가와는 싸늘하기 그지없는 눈빛으로 고바야시를 봤다. 그의 목소리와 고바야시의 목소리가 마이크를 통해 텐트 안에 있는 사람들의 귀에 전해졌다. 고바야시는 마이크를 끄는 걸 잊어버린 듯했다.

"연극은 또 무슨 말씀입니까? 연극으로 사람이 죽습니까? 그럼 형사님도 한번 죽어 보시죠."

"물론 연극으로 죽지는 않겠지. 하지만 노미야마는 자살한 게 아니라 살해됐어."

"거짓말하지 마십시오."

"잘 들어봐. 혹시 내 말을 듣기가 두려운가? 진실이 밝혀질까 봐 무섭나?"

"그럴 리 없죠."

"노미야마와 다치바나가 불길에 휩싸여 죽었을 때 난 가장 먼저 두 가지를 떠올렸네. 다치바나가 스스로 노미야마와 함께 순교했을 가능성과, 노미야마가 혼자 죽기 싫어서 다치바나를 데려갔을 가능성이지. 그런데 두 사람의 팔에 채워진 팔찌가 뒤바뀐 걸 보고 나서 생각이 바뀌었네. 그 뒤로는 줄곧 두 사람이 왜 팔찌를 교환했을지를 떠올렸지."

"아버지와 다치바나 씨는 깊은 유대감으로 엮여 있었으니 죽음을 앞두고 서로 팔찌를 교환한 겁니다. 의심할 여지가 없지 않나요?"

"그게 아니야. 다치바나를 포함한 자네들 열두 제자들의 팔찌에는 '우리는'으로 시작하는, 말하자면 제자로서의 결심을 담은 성경 구절이 새겨져 있었어. 하지만 노미야마의 팔찌는 달랐지. 거기에 새겨져 있었던 건 'I, N, R, I', 즉 '나사렛 예수, 유대인의 왕'이라는 말이었네. 오직 지도자에게만 허락된 구절인 거야. 그런 팔찌를 제자인 다치바나와 교환할 리 있겠나? 그런데 현실의 시신에는 두 팔찌가 바뀌어 있었지.

그건 뭘 의미할까. 난 오직 한 가지 가능성만이 떠오르더군. 이건 다치바나의 시신을 노미야마로 위장하기 위한 공작이다. 사실 불탄 두 시신은 몸집이 비슷해서 처음에는 구별이 안 될 정도였어. 얼굴도 알아볼 수 없고 지문까지 모조리 타 버렸다고 가정하면, 구분할 수 있는 수단은 오직 팔에 채워진 팔찌만 남는 거야. 이번 경우, 다행히 두 사람이 입은 로브의 색이 달랐고 그 옷조각이 남아 시신의 팔찌가 뒤바뀐 것임을 알 수 있었네. 만약 로브까지 바꿔 입었다면 우리는 다치바나의 시신을 노미야마로 착각했을지도 몰라."

"그게 무슨 문제입니까? 어차피 두 분은 다 돌아가셨는데."

"노미야마는 죽을 마음 따위 없었어. 그의 목적은 이 땅 위에 왕국을 세워 그곳에서 절대자로 군림하는 것이었으니까. 그런데 내가 카자미 사에코를 비롯한 다른 제자들을 자살로 위장해서 죽였다고 지적하는 바람에 노미야마는 자신의 결백을 증명하기 위해 자살을 해야만 하는 상황에 몰렸지. 하지만 이 야망에 가득 찬 남자가 제 발로 목숨을 끊을 리는 없으니 노미야마는 한 가지 계획을 세웠어. 바로 자신과 몸집이 비슷한 다치바나를 대신 죽게 하고 자신은 나중에 현대판 예수 그리스도로 부활하는 모습을 보여 주겠다는 계획을.

그는 먼저 금색과 흰색 로브를 준비해서 자신은 금색 로브를 입고 다치바나에게는 흰색 로브를 입혔어. 그리고 마지막 작별 인사를 하고 싶다며 이곳에 모인 사람들을 한 명씩 집회장으로 불렀지. 그러면 사람들의 머릿속에는 자연스럽게 금색 로브를 입은 사람이 노미야마, 흰색 로브를 입은 사람이 다치바나로 각인되기 마련이야. 그런 다음에 팔찌를 바꿔 끼고 다치바나를 독살하는 거야. 그 후 발화 장치를 설치하고 등유를 뿌린 뒤 노미야마는 하얀 로브를 입고 후드를 머리끝까지 뒤집어쓴 채로 집회장을 빠져나가. 하얀 로브를 입은 사람이 다치바나라고 믿는 사람들은 그가 노미야마라는 건 꿈에도 알 수 없겠지. 그렇게 다치바나를 자처한 노미야마는 소란 속에서 잠시 몸을 숨겼다가 나중에 다시 부활할 계획이었어. 사라진 다치바나에 대해서는 아마 예수의 죽음 이후 제자들이 각지로 흩어졌던 것처럼 어딘가 지방으로 떠났다고 설명할 생각 아니었을까. 그리고 집회장이 불길에 휩싸이고 불길 속에서 'I, N, R, I' 팔찌를 찬 시신이 발견된다면 누구나 그가 노미야마라고 믿게 돼. 진짜 노미야마는 소란 속에서 하얀 로브와 후드를 쓰고 사라진 후에 나중에 유유히 다시 부활해야 했지만, 계획이 도중에 틀어져 결국 노미야마 자신도 죽고 말았어. 그리고 그 계획을 어그러뜨린 사람은 바로 고바야시, 자네일세. 자네가 마지막 순간에 노미야마를 배신한 거야."

12

마이크를 타고 전해지는 도쓰가와의 목소리가 집회장에 모인 사람들의 귓전을 때렸다.

방송국 기자는 처음에는 뜻밖의 상황에 당황했지만 곧장 호기심 가득한 눈빛으로 카메라를 도쓰가와에게 향했다.

"아마 노미야마는 자네더러 다치바나에게 독을 먹이라고 지시했을 거야. 그렇게 자네는 두 사람 몫의 포도주를 집회장에 가져갔네. 노미야마는 다치바나에게 줄 잔에만 청산가리를 넣으라고 했지만, 자네는 마지막 순간 노미야마를 배신하고 두 잔 모두에 청산가리를 넣었지."

도쓰가와가 설명을 이어 갔다.

고바야시는 입술을 찡그렸다.

"제가 왜 아버지를 죽인다는 말입니까? 아버지를 대신해 이 왕국의 왕이라도 되려고?"

"아니, 자네에게 그런 야망은 없어. 소심한 자네가 다른 사람 위에 군림할 수도 없을 테고."

"그럼 제가 아버지를 죽일 동기는 없잖습니까. 그렇지 않나요? 경부님."

"아니, 있네. 자네는 '스페이스 79' 안에서 사망한 카자미 사에코를 사랑했어. 하지만 소심한 만큼 그녀에게 마음을 직접 표현하지 못하고 그저 괴로워하고 있었겠지. 우리가 조사한 결과 카자미 사에코가 최근 임신을 하고 낙태한 사실이 밝혀졌네. 그걸 알게 된 자네는 얼굴을 붉히며 화를 냈다고 가메이 형사가 말하더군. 난 그 말을 지금도 똑똑히 기억해. 자네는 카자미 사에코를 임신시킨 사람이 노미야마라는 걸 즉시 알아차렸을 거야. 당연하지. 제자들 사이에서는 연애가 금지이고, 그런 금기를 어길 수 있는 사람은 절대 권력을 쥔 노미야마뿐이니까. 아베 히로시는 그걸 깨닫고는 절망해 무리를 이탈하고 심지어 자살까지 기도했어."

"그는 우리를 배신한 유다입니다."

"그렇게 잘라 말할 수 있나?"

도쓰가와가 강렬하게 쏘아보자 고바야시는 말문이 막혔는지 침묵했다.

도쓰가와는 한층 더 밀어붙였다.

"자네는 그룹에 남아서 그 어느 때보다 노미야마를 존경하는 자세를 보였어. 우리 경찰이 나타날 때마다 필사적으로 노미야마를 지키는 모습까지 보였지. 하지만 자네는 이미 오래전에 노미야마에 대한 존경심을 잃고 심지어 증오까지 했을 거야."

"그럴 리 없습니다."

"사랑하는 카자미 사에코를 위해 복수를 맹세했을까? 아니, 자네에게 그런 극적인 감정이 있었을 리는 없어. 만약 그런 감정이 있었다면 더 일찍 노미야마를 죽였을 테니까. 자네의 마음을 지배하고 있었던 건 카자미 사에코를 위해서 뭔가를 해야 한다는 의무감이었어. 사랑하던 여자가 다른 남자에게 능욕당하고, 그것도 모자라 살해까지 됐을 때 그런 그녀를 사랑했던 사람은 뭘 해야 하는가. 자네는 그런 의무감에 사로잡혀 매일매일 자책했겠지. 자네는 그런 사람이야. 언젠가 중년 회사원이 깡패 두 명에게 붙들려 괴롭힘을 당하고 있을 때 자네는 도망칠 용기가 없이, 그렇다고 당장 그 회사원을 도와 줄 엄두도 못 내고 그저 양심에 찔려서 파랗게 질려 있었던 걸 난 똑똑히 기억하네. 그때와 똑같아. 자네는 카자미 사에코를 위해서 뭔가를 해야 한다는 의무감에 사로잡힌 채로 노미야마를 지켜보고 있었네. 뭔가를 해야 한다고 느끼면서도 노미야마가 두려운 나머지 좀처럼 의무를 다하지 못했는데, 지금에 와서야 드디어 기회를 잡은 거지."

"……"

"내가 노미야마를 몰아붙일 때 자네는 마침내 기회가 왔다고 생각했을 거야. 자네는 충직한 제자 같은 얼굴로 자신도 십자가를 지겠다고 약속한 아버지가 제자들을 자살로 위장해서 죽일 리 없다고 주장했네. 그 말은 언뜻 노미야마를 감싸는 것처럼 들리지만 실제로는 그를 더욱 궁지에 몰아넣는 효과가 있었어. 내가 추궁하는 단계에서 노미야마는 증거가 없다고 우기며 그냥 넘길 수도 있었지만, 자네가 옆에서 그를 부추긴 결과 그는 자신의 결백을 증명하기 위해 모두가 보는 앞에서 자살하는 모습을 보여 줘야만 했으니까."

13

"자네는 이로써 자신의 의무를 다했다고 생각할지도 모르겠군. 하지만 노미야마는 한 치 앞을 내다볼 수 없는 인물이지. 아까 말했듯 그는 제자인 다치바나를 대신 죽게 하고 자신은 조만간 현대판 예수 그리스도로 부활할 것을 계획했어. 성경에 나오는 것처럼 사흘 후 부활해서 등장할 생각이었을지도 몰라. 자네는 그걸 눈치챘을 거야. 아니, 그전에 노미야마가 자네에게 명령했을걸. 다치바나가 마실 잔에만 청산가리를 넣으라고. 자네는 지시에 따르는 척하며 두 잔 모두에 청산가리를 넣었어. 다치바나가 왜 전혀 의심하지 않는지에 대해서는 이렇게 추정해 볼 수 있지. 노미야마에 대한 굳은 믿음이 있었기 때문에. 또 노미야마는 포도주를 마시기 전 서로 팔찌를 교환하자고 다치바나에게 제안했을 거야. '내가 세상을 떠나면 네가 이 왕국의 지도자가 되어라. 이 팔찌가 네게 지도자의 자격을 부여할 것이다'. 그 정도는 말했을 게 분명해. 그 말을 듣고 다치바나는 감격한 나머지 잔에 청산가리가 들었는지 따위 의심할 상태가 아니었겠지. 노미야마는 자기 계획대로 일이 풀린다며 속으로 좋아했겠지만, 그런 노미야마도 자네가 자신을 배신할 거라고는 눈곱만큼도 의심하지 않았을 거야. 자네처럼 소심한 사람이 반기를 들고 자신을 배신할 수 있으리라고는 꿈에도 생각 못 했을 테니까. 그렇게 노미야마와 다치바나가 죽었고, 두 사람이 죽은 이상 로브를 갈아입힐 필요도 없다고 판단한 자네는 그대로 집회장에 불을 붙이고 그곳을 떠났네. 어쩌면 자네는 로브도 모조리 불탈 거라고 믿었을지도 모르겠군. 하지만 작은 옷 조각이 시신에 달라붙어 있었고, 팔찌와의 불일치로 나에게 의문을 가져다줬어. 사소한 의문이었지만 그게 결국 자네를 무너뜨리게 된 거지. 자, 고바야시, 자네를 살인 혐의로 체포하겠네."

도쓰가와는 가메이 형사에게 이쪽으로 오라고 손짓했다.

고바야시를 제외한 다른 세 제자는 예상치 못한 전개에 당황했고, 하나님의 왕국에 모인 백여 명의 사람들도 놀라서 어찌할 바를 모르는 듯했다.

가메이가 곁에 왔을 때 창백한 얼굴로 가만히 입술을 깨물고 있던 고바야시가 갑자기 컵을 든 손을 높이 들어 올렸다. 그러고는 마이크를 향해 말했다.

"지금 이 경찰이 한 말은 증거라고는 없는, 허울뿐인 말장난입니다. 원래 권력자라는 족속들에게 아버지의 지도하에 이곳에 우리가 세운 하나님의 왕국 같은 건 그야말로 눈엣가시겠죠. 왜냐하면 이는 국가 안에 또 다른 국가가 있는 거나 마찬가지이기 때문입니다. 그래서 경찰의 힘을 동원해 우리를 짓밟으려는 겁니다. 그것도 비열하게, 살인이라는 오명을 뒤집어씌워서요. 대체 제가 왜 아버지를 죽인다는 말입니까? 아버지를 죽이고 제가 이곳에 군림할 계획이라도 한다는 겁니까? 그런 추론은 어리석기 짝이 없습니다. 왜냐하면 스스로 십자가에 매달리신 아버지는 주 예수 그리스도께서 그랬던 것처럼 사흘 후 우리 앞에 다시 부활할 것이기 때문입니다."

"거짓말. 자네도 그럴 거라고는 믿지 않잖나."

도쓰가와는 감정을 토로하듯 말했다. 그 말에 고바야시는 잠시 움찔했지만 마음을 다잡듯 가볍게 고개를 흔들었다.

"여러분. 경찰의 이런 헛소리 따위는 신경 쓰지 말고 다 함께 술잔을 비우고 조용히 아버지께서 다시 나타나시기만을 기다립시다!"

고바야시가 사람들을 향해 외쳤다.

목소리에 놀란 사람들이 퍼뜩 정신을 차린 것처럼 컵을 들어 올렸다.

"그만해!"

도쓰가와가 소리쳤다.

고바야시는 싸늘한 눈빛으로 고개를 돌렸다.

"이 포도주에 독이라도 들었다고 보십니까?"

"아닌가?"

"신성한 술에 누가 독 따위를 집어넣는다는 말이죠?"

고바야시는 잔을 입에 갖다 대고 단숨에 잔을 비웠다.

옆에 있던 가메이 형사가 "앗!" 하고 외쳤을 때 고바야시는 이미 빙그레 웃으며 빈 잔을 사람들에게 보여 주고 있었다.

"참으로 향긋한 술입니다. 경부님도 한 잔 어떠십니까?"

고바야시는 미소 지으며 도쓰가와에게 말했다.

도쓰가와는 대답 없이 그를 바라봤다.

그때 불현듯 젊은 여자의 비명 소리가 들렸다.

도쓰가와의 눈앞에서 고바야시의 몸이 기우뚱하더니 그가 한쪽 무릎을 바닥에 꿇은 것이다.

삽시간에 그의 얼굴이 고통으로 일그러졌다. 고바야시는 그대로 무슨 말을 중얼거리다가 말고 그대로 바닥에 주저앉아 버렸다.

다음으로 무리 안에서 비명과 고통의 신음 소리가 터져 나왔다.

고바야시와 함께 포도주를 마신 몇몇 사람들이 몸부림치며 고통을 호소하고 있었다.

"구급차를 불러!"

도쓰가와가 마이크에 대고 소리쳤다.

14

구급차가 도착할 때까지 형사들은 쓰러진 자들의 입에 강제로 물을 붓고 손가락을 집어넣어서 독극물을 토하게 했다.

구급차 두 대가 도착한 건 그로부터 30분 뒤였다.

삿포로는 물론 지토세에서도 멀리 떨어진 곳이라 어쩔 수 없다고 쳐도 너무 늦은 감이 없지 않았다.

고바야시를 비롯한 다섯 명의 남녀가 목숨을 잃었다. 스물한 살 청년 한 명이 간신히 구급차에 실려 갔는데 그 역시 병원에 도착하기 전 사망했다.

경찰들이 하나님의 왕국에 있던 담요들을 가져와 시신을 덮었다.

"전 이 자의 발상이 도무지 이해가 안 갑니다."

가메이는 고바야시의 시신을 담요로 덮고 담담한 얼굴로 도쓰가와에게 말했다.

"스스로 독을 마시고 죽은 것 말인가?"

"그게 아니라 여기 모인 사람들 모두에게 독을 먹이려 한 것 말입니다. 조사해 보니 나눠 준 포도주에는 전부 청산가리가 들어 있었다고 하네요. 고바야시를 제외한 다른 세 제자는 포도주에 청산가리가 들어 있다는 사실을 전혀 몰랐다고 하고요. 그 말이 거짓말 같지는 않았습니다. 그럼 고바야시는 제멋대로 자신을 포함한 여기 사람을 다 죽이려고 한 겁니다. 왜 그런 어리석은 생각을 했을까요? 도무지 이해가 안 됩니다."

"자기 마음속에서 꿈을 완성하려고 한 것 같아."

"네?"

"처음 노미야마를 찾아갔을 때는 그 역시 하나님의 왕국을 만들 겠다는 꿈을 꾸었던 게 분명해. 하지만 그 꿈은 순식간에 무너져 버렸지. 좋아하게 된 카자미 사에코가 노미야마와 부적절한 관계를 맺은 데다 아이까지 가졌다는 걸 알게 됐으니까. 심지어 그녀가 자살로 위장해 노미야마에게 살해됐다는 사실까지 알게 된 고바 야시는 노미야마를 죽이고 말았어. 그의 경우 분노에 눈이 멀어서 노미야마를 죽인 건 아니야. 카자미 사에코를 위해 뭔가를 해야 한다는 의무감이 강박관념으로 발전해 노미야마를 독살하게 된 거지. 만약 진정한 사랑 때문에 어쩔 수 없이 그녀의 원수를 갚았다면 단지 그걸로 끝났을 거야. 그의 마음속에서는 이미 모든 게 완성됐을 테니까.

하지만 고바야시만큼은 달랐네. 그가 저지른 건 어디까지나 뭔가를 해야만 한다는 의무감에서 비롯된 행위였어. 의무감이라는 건 자기 자신을 정당화하려는 욕망과 결부돼 있지. 그런 사람은 제삼자의 시선을 끊임없이 의식하기 마련이고. 고바야시는 결국 살인범이지만 그는 자신이 살인자가 아닌 현대판 예수 그리스도의 제자 중 한 명, 즉 하나님의 왕국을 만든 사람이라고 믿고 싶었던 것으로 보이네."

"경부님. 그는 노미야마와 하나님의 왕국을 믿지 못하게 된 것 아닙니까?"

"그래서 자신을 포함한 모든 이들을 독살한다는 미친 계획을 떠올렸겠지. 어느덧 그 자신도 믿지 못하게 된 꿈을 완성시키고야 말겠다는 의지로. 하나님의 왕국과 관련된 사람들이 모두 죽으면 끝내 진실이 숨겨지고 아름다운 꿈 이야기만 남게 될 거라고 생각하지 않았을까."

15

새벽이 밝자 사람들이 하나둘 하나님의 왕국을 떠나기 시작했다.

차를 타고 온 이들은 다시 차를 타고 그곳을 빠져나갔고, 지토세에서 걸어서 온 사람들은 한꺼번에 몇 명씩 무리 지어 사라졌다.

그들의 얼굴에는 가까스로 죽음을 모면했다는 안도의 표정이 떠올라 있었지만 적극적으로 기뻐하는 사람은 많지 않았다.

방송국과 신문 기자들이 집요하게 그들의 현재 심정을 물었다. 아마 '악몽에서 깨어난 기분입니다' 같은 대답을 기대했을 텐데, 희한하게도 사람들의 입에서 그런 말을 들을 수는 없었다.

악몽이었을 것은 분명하다. 그러나 그들은 현재에 만족하지 못해 뭔가를 찾아서 이곳에 온 사람들이다. 그 후 죽음을 모면하기는 했지만 다시 채워지지 않는 현실 세계로 돌아가게 됐다. 그들은 언젠가 또다시 하나님의 왕국을 찾아서 어디론가 떠날 수도 있다. 그런 곳이 존재하지 않는다는 걸 알면서도.

그 후 이삼일 동안 신문과 방송이 이번 사건을 집중 조명했다.

무엇보다 사건의 '진실'을 추적했다. 그 결과 하나님의 왕국에 군림하고자 한 노미야마는 현대판 예수 그리스도에서 사기꾼 살인마로 전락했고, 그와 열두 제자 집단은 배덕자의 집단처럼 보도됐다. 어떤 주간지는 '지도자와 남제자들은 동성애 관계였고 여제자들은 성노예였다. 그곳은 그야말로 소돔의 도시'라고 썼다.

도쓰가와는 신문 인터뷰와 방송 좌담회 참석을 요청받았지만 모두 거절했다.

형사 사건으로 이번 사건은 해결됐다고 확신했지만 누군가 이번 사건을 어떻게 정의하냐고 물으면 그에 대한 대답을 찾을 수 없었기 때문이다. 노미야마라는 이름의 한 미치광이가 꾼 허망한 꿈이었을까. 아니면 이 안에 또 다른 의미가 있을까.

수사본부가 해체된 후 도쓰가와는 해답을 찾기 위해 홀로 다시 홋카이도를 찾았다.

'하나님의 왕국'에 도착했을 때는 이미 저녁이 돼 있었다. 백 명에 가까운 사람이 각자 꿈을 찾아 모여든 그곳은 원래의 황량한 폐촌으로 돌아가 있었다.

모닥불은 보이지 않고 사람 목소리도 들리지 않았다. 그러나 집회장 터에 다다랐을 때 도쓰가와는 달빛 속에 비치는 사람 그림자 같은 것을 보고 소스라치게 놀랐다.

도쓰가와는 종교가 없고 예수 그리스도의 부활도 믿지 않았다.

그래도 그림자가 눈에 들어온 순간 왠지 노미야마의 망령을 본 느낌이 들어 섬뜩했다.

자세히 보니 그는 노미야마도, 고바야시도 아닌 제자들 중 가장 어렸던 열여덟 살의 가타오카 도시코였다.

그녀는 하얀 로브를 입고 불탄 집회장 앞에 무릎을 꿇은 채 큰 눈으로 밤하늘을 올려다보고 있었다. 도쓰가와가 다가가도 알아차린 기색이 없다. 사람들이 모두 떠나간 뒤에도 소녀는 혼자 계속 이곳에 남아 있었던 듯했다. 로브에 생긴 얼룩과 눈만 유난히 큰 지쳐 보이는 얼굴이 그것을 말해 줬다.

소녀가 이곳에서 뭘 기다리고 있는지는 금세 알 수 있었다.

소녀는 실현될 수 없는 기적을 계속 기다리고 있는 것이다. 그 모습은 소녀에게는 아직 이번 사건이 끝나지 않았다는 것, 그리고 이번 사건이 소녀에게 남긴 상처가 얼마나 깊은지를 보여 주는 상징적인 광경이었다.

초인의 꿈을 이루고 떠난
거장의 영원히 빛나는 선물 보따리

2022년과 2023년은 국내외 미스터리 팬들에게 유독 슬픔이 큰 해였습니다. 짧은 기간에 일본 미스터리 소설계의 거목이자 주춧돌이던 세 명의 거장이 잇따라 세상을 떠났기 때문입니다. 우선 『그리고 밤은 되살아난다』,『내가 죽인 소녀』 등의 중년 사립 탐정을 주인공으로 한 하드보일드 소설을 내놓으며 독보적인 스타일리스트로 많은 독자들의 사랑을 받았던 하라 료 작가가 2023년 5월 향년 77세의 나이로 타계했고, 지금도 일본 사회파 미스터리의 간판 작품으로 꼽히는 『인간의 증명』과 731부대의 만행을 그린 논픽션 『악마의 포식』 등을 내놓으며 인기 작가이자 사회 운동가로도 활동한 모리무라 세이이치 작가가 향년 90세의 나이로 2023년 7월 타계했습니다. 그보다 한 해 전인 2022년 3월에는 『침대 특급 살인 사건』으로 시작되는 일본 '트래블 미스터리'의 창시자이자 평생 출간 작품 수 6백 편 이상, 누적 발행 부수 2억 부가 넘는 일본 미스터리계의 대부 니시무라 교타로 작가가 향년 92세의 나이로 세상을 떠났습니다. 특히 모리무라 세이이치 작가와 니시무라 교타로 작가는 여러 면에서 공통점이 있었는데, 두 작가 모두 마쓰모토 세이초의 대두 이후 질 낮은 사회파 소설의 난립으로 일본에서 사회파 미스터리를 위시한 추리 소설 붐이 조금씩 가라앉는 시기이던 1960년 중반에 비교적 어렵게 데뷔했다는 점, 초반에는 여러 시행착오를 거쳤으나 이후 논리를 중시한 본격 미스터리와 사회파 미스터리의 요소를 훌륭하게 융합한 작품을 내놓기 시작하며 70년대부터 서서히 전성기를 맞이했다는 점, 두 작가 모두 TV 드라마로 장기 방영돼 오랫동안 일본 국민들의 사랑을 받은 인기 캐릭터 주연 시리즈(우시오 탐정이 등장하는 '종착역 시리즈'(모리무라 세이이치), 도쓰가와 경부가 등장하는 '트래블 미스터리'(니시무라 교타로))를 남겼다는 점 등을 꼽을 수 있습니다. 또 1930년대 생으로 직접 전쟁의 참상을 경험했던 두 작가는 나란히 자신의 경험을 살려 작품 속에 당시 군부와 전체주의 비판, 반전反戰 메시지 등을 담아내며 사람들의 경각심을 촉구하기도 했습니다.

1980년 처음 발표된 본 작품 『묵시록 살인사건』은 그런 니시무라 교타로 작가가 데뷔 초기 굵직굵직한 사회파 미스터리를 내놓으며 한창 사회파 미스터리 작가로 두각을 드러내던 시기를 떠올리게 하는 작품입니다. 국내에는 『살인의 쌍곡선』, 『화려한 유괴』, 『명탐정 따위 두렵지 않다』 등이 출간되며 주로 작품 속에 기상천외한 트릭과 논리적인 수수께끼 풀이, 과감한 설정과 흥미로운 스토리를 담는 정통 퍼즐 미스터리 작가로서의 면모가 더 알려진 감이 있지만, 사실 니시무라 교타로는 1978년 『침대 특급 살인 사건』으로 시작되는 철도 소재의 '트래블 미스터리'로 본격적인 인기를 구가하기 전 이미 일본의 여러 사회 병폐와 문제를 날카롭게 꼬집는 사회파 미스터리를 다수 출간하며 추리 소설 마니아들 사이에서 입소문을 타고 있었습니다. 특히 여러 대담과 인터뷰에서 "나는 강자보다 억압받는 자들을 더 좋아한다"라고 공언한 작가답게 작품에는 빈곤과 장애, 공해 피해 등 사회 문제로 차별받는 사람들을 향한 애정과 관심이 짙게 깔려 있었고, 사회보다 늘 한 발짝 앞서가는 진보적인 소재가 들어가는 것으로 유명했습니다. 대표작으로는 벽촌 산골에서 가난하게 사는 소녀의 욕망과 애달픈 죽음을 그리며 '올읽기물 추리소설 신인상'을 수상한 1963년 작 단편 『일그러진 아침』, 특정 성분의 수면제를 복용한 임신부들의 잇따른 기형아 출산으로 전 세계적으로도 이슈화된 '탈리도마이드 사건'을 소재로 해 1965년 작가에게 에도가와 란포상을 안긴 『천사의 상흔』 등이 있습니다. 청각 장애인 피고가 받는 차별과 아픔을 그린 작가의 첫 번째 장편 『네 개의 종지부』는 출간된 지 정확히 1년 후에 현실에서 차별받은 청각 장애인이 저지른 살인 사건이 일어나 법정 내 수화 통역 등이 문제시되면서 작가의 뛰어난 사회적 감수성을 증명한 바 있습니다.

『묵시록 살인사건』은 그중에서도 특히 더 의미가 깊은 사회파 미스터리 작품입니다. 1970년대 후반 철도 소재 미스터리의 성공으로 유명세를 타기 시작하면서도 사회파 미스터리를 향한 열정을 놓지 못했던 작가는, 인기 캐릭터인 도쓰가와 경부를 주인공으로 등장시켜 당시 일본 사회에 깔린 개인주의와 배금주의 그늘 아래에서 방황하는 젊은이들의 생생한 모습, 그런 그들의 약점을 이용해 자신의 어두운 욕망을 채우는 사이비 종교 단체 지도자와 경찰의 치열한 대결을 그린 『묵시록 살인사건』을 내놓았습니다. 작품은 문고본 4백 페이지가 넘을 정도로 만만찮은 볼륨을 자랑하지만 느닷없이 하늘을 뒤덮는 나비 떼와 풍선의 출현처럼 독자의 눈길을 잡아끄는 흥미로운 설정, 일본 국내외를 넘나드는 거대한 스케일, 하나하나 꼭꼭 씹으며 쌓아 올리는 듯한 정중한 스토리 진행, 간결하고 읽기 쉬운 문장이 주는 뛰어난 가독성으로 좀처럼 책장 넘기는 손을 쉬이 멈추지 못하게 하는 것이 특징입니다. 그리고 무엇보다 작품 출간 4년 후 일본 역사상 최악의 테러 사건을 저지른 사이비 종교 단체 '옴 진리교'가 일본에서 결성됐다는 점을 통해 이번에도 소름 끼칠 정도로 정확한 작가의 사회적 혜안을 어김없이 증명하기도 했습니다. 물론 오래된 작품답게 작품에서 묘사되는 세세한 장치나 설정은 지금 읽으면 다소 고루할 수도 있습니다. 하지만 작품을 통해서 작가가 전하고자 하는 큰 줄기의 메시지는 지금 읽어도 고스란히 전해지는, 아니 오히려 지금이라서 더욱 의미가 깊고 와닿는 지점도 있는 걸작 사회파 미스터리로서의 요건을 두루 갖춘 작품입니다.

니시무라 교타로는 1961년 데뷔 이후 무려 6백 편이 넘는 작품을 말 그대로 '쉴 새 없이' 써내며 명실상부 일본 미스터리계의 거장 중의 거장 자리에 올랐지만, 2017년에 가진 인터뷰에서 "작품 수로 도쿄에서 가장 높은 전파탑인 스카이트리의 높이(634미터)를 넘기고 싶다"라는 초인적인 꿈을 피력한 바 있습니다. 오직 미스터리 독자들을 위해 선물을 남기고 싶다는 일념으로 활동하던 노작가의 사전에는 휴식기, 황혼기라는 단어가 없었던 셈입니다. 그리고 2022년, 공식 집계 출간 작품 수 647편이라는 대기록과 함께 영원히 빛바래지 않을 선물 보따리를 마지막으로 독자들에게 남겨 놓고 작가는 깊고 깊은 안식에 들어갔습니다. 『묵시록 살인사건』 이후에도 국내에서 계속 이 보석 같은 선물 보따리가 하나하나 풀리기를 기원하며 이 자리를 빌려 다시 한번 일본 미스터리의 부흥과 발전을 이끈 거목 니시무라 교타로 선생님의 명복을 빕니다.

2024년 겨울
이연승

묵시록 살인사건

1판 1쇄 발행 2024년 1월 15일
1판 2쇄 발행 2024년 2월 28일

지은이 니시무라 교타로 | **옮긴이** 이연승

편집장 민현주 | **디자인** 박진범 | **제작·마케팅** 송승욱 | **총괄이사** 황인용 | **발행인** 송호준

발행처 블루홀식스 | **출판등록** 2016년 4월 5일 제2016-000100호
주소 경기도 파주시 회동길 483-1 **전화** (031)955-9777 **팩스** (031)955-9779
이메일 blueholesix@naver.com

ISBN 979-11-93149-10-2 (03830) **정가** 18,800원